STURM ÜBER DEN H

Sybille Baecker ist gebürtige Niedersächsin und Wahlschwäbin. Sie studierte BWL, arbeitete als IT-Prozessingenieurin und Pressereferentin. Heute lebt sie als Schriftstellerin in der Nähe von Tübingen. Ihr Herz schlägt für die Highlands und die rauen Küsten Schottlands, die sie immer wieder gern und ausgiebig bereist. Ebenso hegt sie ein Faible für den Scotch Whisky. Die Fachfrau für »Whisky & Crime« ist Autorin der erfolgreichen Krimiserie um den Kommissar und Whiskyfreund Andreas Brander. 2020 wurde sie mit dem Arbeitsstipendium des Autorinnennetzwerkes Mörderische Schwestern ausgezeichnet.
www.sybille-baecker.de

Dieses Buch ist ein Roman. Handlungen und Personen sind frei erfunden. Ähnlichkeiten mit lebenden oder toten Personen sind nicht gewollt und rein zufällig.

SYBILLE BAECKER

STURM ÜBER DEN HIGHLANDS

Kriminalroman

emons:

Bibliografische Information der Deutschen Nationalbibliothek
Die Deutsche Nationalbibliothek verzeichnet diese Publikation
in der Deutschen Nationalbibliografie; detaillierte bibliografische
Daten sind im Internet über http://dnb.d-nb.de abrufbar.

© Emons Verlag GmbH
Alle Rechte vorbehalten
Umschlagmotiv: Montage aus istockphoto.com/jiduha,
shutterstock.com/Honza Krej
Umschlaggestaltung: Nina Schäfer
Gestaltung Innenteil: DÜDE Satz und Grafik, Odenthal
Lektorat: Hilla Czinczoll
Druck und Bindung: CPI – Clausen & Bosse, Leck
Printed in Germany 2022
ISBN 978-3-7408-1360-4
Originalausgabe

Unser Newsletter informiert Sie
regelmäßig über Neues von emons:
Kostenlos bestellen unter
www.emons-verlag.de

Für Frank
und für alle, die Lust auf einen Ausflug
in den Norden Schottlands haben

Freitag

Thybster

Das Schaf war tot. Der Regen hatte das Blut, das aus der aufgeschnittenen Kehle geflossen war, in den weichen Boden gespült. Noch immer tröpfelte leichter Nieselregen auf das Fell. Der Mai war kalt und feucht. Douglas MacKeith starrte auf das tote Tier zu seinen Füßen. Es lag auf der Seite, die Klauen hatten die Erde aufgewühlt, ein Vogel hatte dem Schaf ein Auge ausgepickt. Der Geruch von Dung und nasser Wolle hing in der Luft.

»Wer macht so etwas?« Tiefe Furchen bildeten sich im Gesicht des Sechzigjährigen. Er war groß, sein Körper drahtig, mit sehnigen Muskeln von der jahrelangen harten Arbeit. Der Wind strich durch sein graues Haar und den kurzen Bart aus schwarzen und grauen Stoppeln. Die braunen Augen blickten betrübt auf das Elend.

»Ich hab dich sofort angerufen, als ich es entdeckt habe.« Conor Greenless war ebenso alt wie Douglas. Sie kannten sich seit Kindertagen. Der Mann stand neben ihm, die Hände in den Taschen seiner verschlissenen Waxcotton-Jacke vergraben, die Schultern hochgezogen. Er war kleiner, leicht untersetzt, Wangen und Nase waren gerötet und von Äderchen durchzogen. »Eine Sauerei ist das, eine elende Sauerei.«

Douglas' Blick schweifte über die Weide, die in leichten Wellen bergab bis zur Kante der Klippen verlief. Die Herde graste in sicherer Entfernung. Kleine Grüppchen – Mutterschafe mit ihren Lämmern. In der Ferne sah er auf dem Pentland Firth die Fähre von Scrabster zu den Orkneyinseln übersetzen. Möwen ließen sich vom Wind tragen und kreischten hoch über ihren Köpfen.

»Kannst du mal mit anpacken?«

»Was willst du machen?«

»Ich kann sie nicht hier liegen lassen.« Douglas deutete mit dem Kopf auf seinen in die Jahre gekommenen Land Rover. Gemeinsam hievten sie das tote Schaf auf die Ladefläche.

»Du solltest das anzeigen«, riet Conor ihm.

»Und dann?« Douglas schnaufte abfällig. »Irgendwelche besoffenen Rowdys haben sich einen üblen Spaß erlaubt. Ich find schon raus, wer's war, und dann wird er die Rechnung dafür bekommen.«

Conor sah ihn stirnrunzelnd an.

»Danke, dass du mir gleich Bescheid gegeben hast.« Fleisch und Fell würde er nicht verwerten können, aber ein totes Tier beunruhigte die Herde. Und Stress war nicht gut für seine Schafe. Douglas öffnete die Wagentür, und Trevor sprang heraus. Der schwarz-weiß gefleckte Border Collie trippelte aufgeregt hechelnd um ihn herum. »Ich dreh eine Runde, muss schauen, ob der Rest der Herde okay ist.«

»Soll ich dich begleiten?«

»Nein, lass gut sein.«

Douglas sah Conor hinterher, der in seinen alten Nissan stieg und über die holprige Weide davonfuhr. Er klopfte kurz an sein Hosenbein, sodass der Hund an seine Seite trabte, und begann seinen Rundgang.

Aberdeen

Aberdeen Airport empfing Kimberly Hart mit strömendem Regen. Sie wartete am Gepäckband auf ihren rot-schwarzen Rucksack, hievte das Ungetüm vom Band auf ihren Rücken und durchlief die Passkontrolle. So weit war alles wie immer.

Es war nicht ihr erster Flug, und sie war nicht zum ersten Mal im Ausland. Aber dieses Mal war sie ohne Begleitung unterwegs, und niemand stand mit einem Namensschild in der Ankunftshalle, um sie willkommen zu heißen und zu ihrem Hotel zu bringen.

Etwas verloren glitt ihr Blick durch die Halle. Hier und da gab es herzliche Umarmungen zur Begrüßung, Geschäftsleute eilten zielstrebig zum Ausgang oder Richtung Autovermietung. Stewardessen und Stewards zogen tratschend Rollkoffer hinter sich her.

Sie strich sich eine Strähne aus den Augen. Sie hatte ihre blonden Haare wachsen lassen, aber sie waren noch nicht lang genug, um sie zu einem Zopf zu binden. Halblange blonde Zotteln, die ihr ständig ins Gesicht fielen.

Da stand sie nun. Allein. Es wurde ihr in diesem Moment erst richtig bewusst. Zum allerersten Mal in ihrem Leben war sie ganz auf sich allein gestellt. Siebenundzwanzig Jahre lang hatte es immer jemanden gegeben, an den sie sich halten konnte, der ihr sagte, wohin sie gehen musste und welcher Termin als Nächstes im Kalender stand.

Sie hatte keine Termine, keinen einzigen.

Was nun? Sie war es nicht gewohnt, Entscheidungen zu treffen. Das hatte sie anderen überlassen. Wenigstens war sie so geistesgegenwärtig gewesen, die erste Übernachtung in einem Hotel im Voraus zu buchen. Wie es weitergehen sollte, stand in den Sternen.

Sie marschierte vorbei an Shops und Restaurants, den Hinweisschildern zum Ausgang folgend. Ihre Unerfahrenheit bei der Reiseplanung wurde ihr deutlich vor Augen geführt, als sie unter dem Vorbau des Flughafengebäudes ihr Smartphone einschaltete und die Adresse ihrer Unterkunft in die Navi-App eingab. Mit unmittelbarer Nähe zum Flughafen hatte das Hotel geworben.

Sie hatte bei ihrer Buchung gesehen, dass sich das Gebäude direkt neben dem Flughafen befand. Allerdings – und das bemerkte sie erst jetzt, als sie auf die Routenbeschreibung sah – auf der gegenüberliegenden Seite. Sie musste das halbe Gelände umrunden. Die Hallen, die sie auf der Internetkarte irrtümlich für das Flughafengebäude gehalten hatte, waren der Hangar für die Offshore-Hubschrauber.

Sie rümpfte die Nase, als sie im trüben Licht den Regen in feinen Fäden zu Boden fallen sah. Bei dem Wetter in der Dämmerung an einer viel befahrenen Straße entlangzulaufen war wenig verlockend.

Sie suchte ein Taxi. Der Fahrer musterte sie stirnrunzelnd, als sie ihm die Adresse nannte. »Sind Sie sicher?«

»Ja«, erwiderte sie, aber vielleicht hatte er sie falsch verstanden? Sie zeigte ihm die Adresse auf dem Display ihres Smartphones.

»Aye.« Die Skepsis in seinen Augen blieb. Er öffnete ihr die Tür zum Fond des Wagens und setzte sich hinters Steuer. »Sind Sie zum ersten Mal in Schottland?«

»Nein.« Sie war vor drei Jahren einmal in Edinburgh gewesen. Allerdings hatte sie bei dem Besuch nicht viel von Land und Leuten gesehen. Das hatte sie nie. Flughafen, Taxi, Hotel, Halle und wieder zurück. Für Sightseeing war keine Zeit. Es hatte sie auch nicht interessiert. »Ist das Hotel nicht gut?«

»Nun, es gibt bessere Orte für eine junge Frau.«

»Ich komm schon klar.«

Er warf ihr einen Blick über den Rückspiegel zu. »Machen Sie Urlaub?«

Gute Frage. »Ja.«

»Und was wollen Sie in Schottland machen?«

»Ein bisschen wandern in den Highlands«, improvisierte sie.

»Bleiben Sie im Osten, da ist das Wetter besser als an der Westküste.«

Sie sah auf die Seitenscheibe, über die der Regen mittlerweile in dicken Schlieren strömte. »Tobt im Westen gerade ein Blizzard?«, fragte sie ironisch.

Der Taxifahrer lachte. »Das Wetter wird besser. Morgen scheint hier die Sonne.«

Das klang sehr optimistisch, fand Kim.

Die Fahrt endete nach wenigen Minuten vor einem lang

gestreckten Gebäudekomplex. Ein Flachbau aus den Siebzigern. Der einst vermutlich weiße Putz schimmerte schmutzig grau im fahlen Licht. Um das gesamte Hotel zog sich ein voll belegter Parkplatz. Der Asphalt war mit Schlaglöchern übersät. Auf den Fotos im Internet hatte das Hotel hübscher und moderner ausgesehen.

Auf einem dunkelbraunen Blechvordach stand in großen Lettern »Reception«. Ein paar kräftige Männer in Jeans und dicken Baumwollhemden standen rauchend unter dem Dach eines Übergangs, der anscheinend Rezeption und Hotel miteinander verband.

»Das ist mein Hotel?«

Der Taxifahrer nickte bedauernd. »Ich sagte ja, es gibt schönere Ecken. Möchten Sie woandershin?«

»Nein, ist nur für eine Nacht.« Sie stieg aus.

Der Taxifahrer hob ihren großen Rucksack aus dem Kofferraum und fuhr davon.

Thybster

Marley MacKeith streifte mit kräftigen Strichen das Regenwasser von seiner Jacke, bevor er die Tür zum Pub aufstieß. Im JJ's empfingen ihn fröhliches Stimmengewirr und eine Wärme, die ihm sogleich den Schweiß aus den Poren trieb. Eilig zog er die Jacke aus und hängte sie an die Garderobe neben dem Eingang. Auf dem Weg zur Theke grüßte er hier und da in die Runde.

»Hey, Marley, wie geht's?« Joyce Sandison schenkte ihm ein Lächeln, wobei sich tiefe Grübchen in den Wangen ihres runden Gesichts bildeten. Sie hielt ein Glas hoch. »Wie immer?«

»Alkoholfrei.« Er war mit dem Wagen gekommen und wollte durch den Regen nicht zu Fuß nach Hause gehen.

Joyce stellte ihm das Glas und eine Flasche alkoholfreies Bier auf den Tresen. Die langen Ketten, von denen sie gleich mehrere um ihren Hals geschlungen hatte, klimperten gegen das Thekenholz, als sie sich ein Stück zu ihm vorbeugte. »Ich hab das mit Douglas' Schaf gehört. Das tut mir leid.«

Marley zog grimmig die Augenbrauen zusammen. »Wenn ich den erwische, der das getan hat, kann er sich warm anziehen.«

Sie tätschelte beschwichtigend seine Hand. »Hast du mit deinem Vater gesprochen? Ich finde, er sollte das anzeigen.«

»Du weißt, was Douglas von meiner Meinung hält.«

Joyce nickte bedauernd. »Du solltest wenigstens Grace informieren.«

Grace war seine ältere Schwester. Sie arbeitete bei der Polizei in Thurso, keine fünf Meilen entfernt. Mit Sicherheit hatte sich der Vorfall längst bis zu ihr herumgesprochen. »Ich rufe sie nachher an«, versprach er dennoch.

Die Wirtin lächelte zufrieden und wandte sich dem nächsten durstigen Kunden zu.

Marley nahm sein Bier und setzte sich zu Ryan und Dave an den Tisch. Die beiden arbeiteten im Fischerei- und Fährhafen Scrabster. Kräftige Männer, die zupacken konnten, so wie er auch. Sie waren in eine Diskussion über ein mögliches Bauvorhaben vertieft. Es gab anscheinend einen Geldgeber, der in die Region investieren wollte.

Er hörte nur mit halbem Ohr zu. Den ganzen Tag hatte er in der Werkstatt gestanden, Fassdauben gehobelt, gefügt und ausgelegt. Der Auftrag einer Whiskybrennerei musste fertig werden. Er hatte sich mit der Zeitplanung verschätzt, nun stand er unter Termindruck. Die Wärme lullte ihn ein. Er trank einen Schluck Bier, lehnte sich zurück und schloss die Augen.

»Sollen wir dich wecken, wenn wir gehen?« Ryan stieß ihm in die Seite. »Du siehst aus, als ob du gleich einpennst.«

»Sorry, Jungs, war 'n harter Tag.«

»Und er ist noch nicht zu Ende.« Sein Kumpel hob sein Glas.

Marley prostete ihm zu, leerte den Rest seines Bieres und stellte das Glas zurück auf den Tisch. »Für mich schon. Ich mache mich besser auf den Heimweg.«

»Du bist doch gerade erst gekommen.«
Und es war ein Fehler. Ihm war nicht nach Trinken und Albernheiten. »Wollte nur einen Absacker. Ich muss morgen wieder früh in der Werkstatt stehen.«
»Du arbeitest zu viel, Mann.«
Marley hob einen Mundwinkel zu einem schwachen Grinsen. »Ich bin jung und brauche das Geld.«
»Komm zu uns in den Hafen. Geregelte Arbeitszeiten, geregeltes Einkommen. Und beste Kollegen.« Den letzten Satz bekräftigte Ryan mit lautem Lachen und einem kurzen Klopfen auf seine Brust.
»Ich will nicht kistenweise tote Fische schleppen.«
»Oh, die armen kleinen Fische«, foppte Ryan ihn. »Schmecken aber gut.«
Marley zuckte die Achseln. Er war an die Neckereien seiner Kumpel gewöhnt.
»Wenn der Golfplatz genehmigt wird, könntest du dich um einen Zimmererauftrag bewerben«, schlug Dave vor. »Das gibt sicher gutes Geld.«
»Was für ein Golfplatz?«
»Ich sag doch, er hat gepennt«, lästerte Ryan. »In Thurso kursiert das Gerücht, dass in der Gegend ein neuer Golfplatz angelegt werden soll, samt Luxus-Clubhaus und Hotel.«
»Es gibt doch schon einen Golfplatz.« Ein Club mit langer Tradition. 1893 gegründet, rühmte er sich, der nördlichste Golfplatz auf dem Festland zu sein, wusste Marley, obwohl er selbst lediglich als Teenager bei einem Schulausflug ein paar Bälle dort abgeschlagen hatte. »Das ist sicher wieder nur leeres Geschwätz. Zwei Golfplätze in der Region, das rechnet sich doch nicht.«
Dave hob die Schultern. »Ich kenn auch nur das Gerede aus dem Hafen. Aber wäre doch nicht schlecht.«
»Seit wann spielst du Golf?«
»Es geht mir nicht ums Spielen. Aber es könnte Leute in die Region locken. Und Tourismus bringt Geld.«
»Und Mädels«, ergänzte Ryan grinsend.

»Die spätestens nach einer Woche wieder weg sind«, dämpfte Marley die Vorfreude seines Kumpels.

»Ich will die ja nicht heiraten.« Ryan demonstrierte mit einer Geste, welche Vorstellungen er hatte.

»Wie willst du denn an so eine Golflady rankommen, wenn du nicht Golf spielst?«, fragte Dave spöttisch.

»Ich heuer auf dem Golfplatz an, als Barkeeper oder Caddyfahrer.«

»Du als Barkeeper? Da arbeitet Marley eher im Fischereihafen.«

»Was denn? Hier helfe ich auch hin und wieder hinter der Theke aus.«

»Und bist am Ende des Tages besoffener als alle Gäste«, erwiderte Marley.

»Das war ein einziges Mal.«

Sie lachten alle drei bei der Erinnerung, wie Marley und Dave Ryan am Ende eines Abends hinter der Theke fürsorglich zugedeckt hatten, bevor sie gegangen waren. Joyce' Lebensgefährtin Jeana war weniger mitfühlend gewesen und hatte ihn am nächsten Morgen mit einem Eimer eiskaltem Wasser geweckt und dazu verdonnert, die Kneipe zu wischen.

»Was ist mit dem toten Schaf?«, wechselte Dave das Thema.

»Weiß dein Vater, wer es war?«

»Ich denke nicht, sonst hätte er sich den Kerl schon vorgeknöpft.«

»Auge um Auge«, sinnierte Ryan.

»Das Messer wird er ihm nicht an den Hals setzen, aber wenn er dem Kerl nicht eine verpasst, dann tue ich es. Man schneidet einem Schaf nicht einfach die Kehle auf.«

»Stimmt, gehört ein bisschen Kraft dazu«, witzelte Ryan.

Marley warf ihm einen warnenden Blick zu. Beim sinnlosen Töten von Tieren hörte sein Humor auf.

»Es muss einer aus dem Ort gewesen sein«, überlegte Dave. »Es fährt doch keiner extra nach Thybster, um ein Schaf abzustechen.«

»Ich wüsste niemanden, der dafür in Frage kommt«, erwiderte Marley. »Und Douglas ist in der Gemeinde gut angesehen.«

»Jeder kann sich mal Feinde machen. Du zum Beispiel. Ich sag nur Arran Fletcher. Der ist gerade gar nicht gut auf dich zu sprechen.«

Marley wusste, worauf Dave anspielte. Vor einer Woche hatte er mit Fletchers Ex-Freundin Fiona im Pub heftig geflirtet. Sie war nicht wirklich an ihm interessiert, das wusste Marley, aber sie genoss Arrans eifersüchtige Blicke. Dass Marley sie am Ende des Abends nach Hause begleitet hatte, sorgte für Gerüchte im Ort. »Arran würde deswegen kein Schaf töten.«

»Nee, sicher nicht. Aber ich glaube, er würde dir gern eine aufs Maul hauen.«

»Soll er mal versuchen.«

»Vielleicht waren es ein paar Jungs aus Thurso«, schlug Ryan vor. »Arbeiter von einer der Offshore-Inseln, die ein paar Tage freihaben und nicht wissen, wohin vor Langeweile.«

Die Zwischentür zur Küche schwang auf. Automatisch wanderte Marleys Blick in die Richtung. Jeana Johnson schwebte heraus. Natürlich schwebte sie nicht, aber in Marleys Phantasie bewegte sie sich immer leicht über dem Boden, wie eine der Elfen, die er aus den Fabeln seiner Kindheit kannte.

Als kleiner Junge hatte er sich in die jüngere Schwester von Grace' Freundin Alison verliebt. Jeana war zwei Jahre älter als er, eine große Frau, jedoch zart gebaut. Ihre Haut war hell und makellos. Feines rotgold glänzendes Haar umrahmte ihr schmales Gesicht und floss in sanften Wellen über ihre Schultern. Die grünen Augen schimmerten wie Smaragde.

In ihrer Gegenwart fühlte er sich manchmal wie ein ungelenker, tölpelhafter Bär. Er war nicht hässlich, durch die schwere körperliche Arbeit als Zimmerer und Küfer hatte er ein breites Kreuz und muskulöse Arme. Allerdings war er auch kein Adonis mit Waschbrettbauch, und seine Hände waren von der Arbeit rau wie Schmirgelpapier.

Seine heimliche Liebe war unerhört geblieben. Sie hatte ihn immer mit Respekt behandelt, aber gleichzeitig auf Distanz gehalten. Seit es Joyce gab, wusste er, dass er nie eine Chance gehabt hatte.

An diesem Abend trug Jeana ein bodenlanges dunkelgrünes Kleid, das sowohl ihre Größe als auch ihre Zartheit betonte. Sie bemerkte seinen Blick, zwinkerte ihm fröhlich zu und begann, leere Gläser und Geschirr von den Tischen zu räumen.

»So eine Verschwendung«, seufzte Ryan neben ihm.

Marleys Smartphone vibrierte. Er zog es aus der Hosentasche.

»Wo steckst du?«, schallte es ihm entgegen, kaum dass er sich gemeldet hatte.

»JJ's.«

»Ich muss mit dir reden.«

»Komm vorbei.«

»Nicht im Pub.«

Er wollte ohnehin längst auf dem Heimweg sein. »Bin unterwegs.«

Aberdeen

Alison Dexter hatte es sich in der Lobby des Airport Hotels in einem der Sessel vor dem Kamin gemütlich gemacht. Von hier aus hatte sie einen guten Blick auf die Rezeption. Bis zu ihrer Verabredung war noch eine halbe Stunde Zeit. Das Warten vertrieb sie sich gern damit, Leute zu beobachten. Es war ein gutes Training. Sie fragte sich, wer diese Menschen waren, woher sie kamen und warum sie unterwegs waren. Wenn sie später beim Dinner oder am nächsten Tag beim Frühstück die Gelegenheit hatte, mit einem Gast zu sprechen, konnte sie prüfen, wie gut sie mit ihrer Einschätzung gelegen hatte.

Das Hotel war beliebt bei den Männern und Frauen, die

auf den Offshore-Bohrinseln in der Nordsee arbeiteten. Diejenigen, die nicht aus der Gegend kamen, nutzten es, wenn sie am nächsten Tag früh ihren Flug bekommen mussten oder um dort ein paar freie Tage zu verbringen, wenn die Heimreise zur Familie zu weit war.

Das Hotel hatte sich auf die Arbeiter eingestellt. Es bot geräumige Zimmer mit großen Betten. Es gab einen Pub mit deftigem Essen und Sportnews auf den Monitoren, einen Shuttleservice zum Airport und günstige Konditionen für Stammgäste.

Aber auch Touristen, die auf ihr Budget achteten, und Firmenkunden verkehrten hier. Das Hotel verfügte über mehrere Konferenzräume, sodass Tagungen und Vorträge stattfinden konnten. Alison liebte diese bunte Mischung.

Sie spielte mit dem Smartphone in ihrer Hand, gab vor, ein Blumenarrangement auf dem Beistelltisch zu fotografieren, machte dabei jedoch heimlich Schnappschüsse von den Gästen an der Rezeption. Auch das war eine gute Übung. Ihre Arbeit als private Ermittlerin erforderte Menschenkenntnis, Diskretion und Unauffälligkeit.

Eine junge Backpackerin trat durch die Schiebetür in die Lobby. Definitiv eine Touristin, stellte Alison auf den ersten Blick fest. Sie trug Wanderschuhe, Jeans und eine rote Outdoorjacke, die noch recht neuwertig aussah. Unter der Kapuze, die sie beim Hereinkommen in den Nacken schob, kamen strubbelige blonde Haare zum Vorschein. Ihr rot-schwarzer Rucksack machte nicht den Eindruck, als hätte er schon längere Wandertouren hinter sich. Ein Greenhorn.

Die Frau blieb einen Moment stehen, um sich zurechtzufinden, dann schritt sie auf die Rezeption zu. Fester Schritt, aufrechter Gang. Selbstbewusst, ging es Alison durch den Kopf. Sie sah sich nach einem Begleiter oder einer Begleiterin der Frau um. Aber mit ihr war sonst niemand hereingekommen. War sie allein unterwegs, oder wartete jemand vor dem Hotel?

Sie konnte nicht lange draußen gewesen sein, dazu war ihre Kleidung zu trocken – es hatte seit dem frühen Nachmittag geregnet. Also war sie vermutlich gerade angekommen. Mit dem Zug oder mit dem Flugzeug? Flugzeug, tippte Alison. Von Continental Europe.

Wie alt mochte sie sein? Mitte zwanzig? Auf jeden Fall war sie sportlich. Der Rucksack war groß und wirkte schwer, aber sie hatte keine Mühe, ihn von den Schultern zu heben, als sie vor der Rezeptionistin stand. Ihr Blick war sehr konzentriert, während sie mit der jungen Schottin hinter dem Empfangstresen sprach.

Sportstudentin aus dem Ausland auf dem Weg zum Wandern in den Highlands, resümierte Alison ihre Beobachtung. Keine Südländerin, vermutlich aus dem nördlichen Teil Europas – Skandinavien, Niederlande, Deutschland. Ihr Smartphone vibrierte. Sie sah auf das Display. Ihre Miene verfinsterte sich.

»Hamish? Lass mich raten.«

***

Kim atmete auf. Das Flughafenhotel war von innen gemütlicher, als der äußere Anschein vermuten ließ. Der Boden war mit Teppich ausgelegt. Schräg gegenüber der Rezeption loderte ein Feuer im Kamin. Breite Sessel mit großblumigen Mustern in gedeckten Farben waren um kleine Tische gruppiert. Das Personal an der Rezeption war freundlich. Lediglich die Flure zu den Zimmern waren lang und dunkel. Ein heller Anstrich hätte ihnen gutgetan.

Sie schloss die Tür hinter sich, stellte den Rucksack auf den Boden und ließ die fremde Umgebung auf sich wirken. Das Zimmer war riesig. Zu ihrer Linken stand ein großes Doppelbett, gegenüber ein Schreibtisch mit Schreibutensilien, Wasserkocher und Teebeuteln, darüber hing ein Flachbildschirm an der Wand. Im hinteren Teil des Raumes stand ein Zweisitzersofa mit Tisch. Wenn sie den Tisch ein Stück zur Seite schob, könnte sie dort am Morgen ihr Work-out machen.

Sie ließ sich rücklings auf das Bett fallen. Sie hatte es tatsächlich durchgezogen. War einfach aufgebrochen. Ohne Plan und ohne die Sicherheit eines ganzen Teams im Rücken, das dafür sorgte, dass sie sich um nichts kümmern musste. Sie war stolz und spürte gleichzeitig Anflüge von Unsicherheit.

Sie nahm ihr Smartphone. Es war die einzige Verbindung zu ihrem alten Leben. Ihr altes Leben, das keine vierundzwanzig Stunden hinter ihr lag. Das Display zeigte fünf verpasste Anrufe. Nicht jetzt. Sie war noch nicht so weit. Sie löschte die Liste. Dennoch legte sich sogleich die vertraute Anspannung auf ihren Körper. Eine Kontraktion in ihrem Nacken und den Armen. Sie setzte sich auf, ließ die Schultern kreisen, um die Muskulatur zu lockern.

Schon wieder die Frage: Was nun? Die Unsicherheit in ihr wuchs.

»Kim, du hast Hunger«, erklärte sie sich selbst, obwohl sie wusste, dass das schlechte Gefühl nicht daher rührte, dass sie seit dem Frühstück kaum etwas gegessen hatte.

Sie machte sich frisch, tauschte das Sweatshirt gegen eine dunkle, weite Bluse und ging in den hoteleigenen Pub, der sich hinter der Lobby befand. Das Restaurant war für das Abendessen einer Tagungsgesellschaft reserviert, hatte sie beim Einchecken erfahren.

Unschlüssig blieb sie am Übergang zwischen Lobby und Pub-Bereich stehen. Kleine braune Ledersessel waren um runde Tische arrangiert, an der kurzen Seite befand sich die Theke, an der Wand hingen Monitore und übertrugen tonlos Sportnachrichten.

Die meisten Plätze waren besetzt. Sie hätte den Reiseführer besser studieren sollen. Was herrschte in Schottlands Pubs für ein Verhaltenskodex? Hätte sie reservieren müssen? War es unhöflich, zu fragen, ob sie sich zu jemandem an den Tisch setzen konnte? Musste sie warten, bis jemand kam und ihr einen Platz anbot? Suchend sah sie sich nach einer Bedienung um.

Wenige Meter von ihr entfernt hob eine Frau den Arm und winkte. Kim wandte sich um. Hinter ihr stand niemand. Als sie wieder zu der Frau sah, nickte diese lächelnd und deutete einladend auf den freien Platz neben sich. Zögernd ging sie auf die Frau zu.

»Hey.« Die Fremde zeigte erneut auf den leeren Sessel an ihrem Tisch. »Der Platz ist frei.«

Die Frau war ein paar Jahre älter als Kim. Sie trug ein auffälliges Kleid in kräftigen Rot- und Orangetönen, das lange braune Haar fiel ihr über die Schultern. Die braungrünen Augen spiegelten das freundliche Lächeln wider.

»Vielen Dank.« Kim setzte sich.

»Du bist vorhin erst angekommen, oder? Ich glaube, ich habe dich an der Rezeption stehen sehen«, plauderte die Frau munter drauflos. »Du hattest einen großen Rucksack bei dir.«

Kim deutete ein Nicken an.

Die Fremde streckte ihr die Hand entgegen. »Ich bin Alison.«

»Kimberly.«

»Kimberly, schön, dich kennenzulernen. Es ist heute ganz schön viel los. Viele Arbeiter von den Bohrinseln, die übers Wochenende freihaben. Und die Golfladys haben unseren Speisesaal okkupiert.«

Kim schwirrte der Kopf von dem Wortschwall. »Entschuldige bitte, könntest du etwas langsamer sprechen? Ich muss mich noch ein bisschen eingewöhnen.« Sie wollte nicht unhöflich sein und ihrer neuen Bekanntschaft sagen, dass sie Probleme hatte, ihren schottischen Akzent zu verstehen.

»*Oh, I am sorry.*« Alison musterte sie interessiert. »Woher kommst du?«

»Aus Deutschland. Hamburg.«

»Gerade erst angekommen?«

Kim nickte. Am Nachbartisch wurde Essen serviert. Der Duft von frittierten Fish and Chips wehte herüber. Verstohlen schielte sie zu der Karte, die in einer schmalen Holzschiene auf dem Tisch steckte.

»Getränke und Essen musst du vorn am Tresen bestellen und auch direkt dort bezahlen. Dein Getränk kannst du gleich mitnehmen, das Essen wird serviert«, erklärte Alison. »Du musst dem Barmann unsere Tischnummer sagen.« Sie zeigte auf die Nummer, die auf der Holzschiene eingebrannt war.

»Danke.« Kim stand auf. »Soll ich dir etwas mitbringen?« Alison deutete kopfschüttelnd auf ihr volles Pint.

Eine halbe Stunde später hatte Kim einen großen Beefburger samt Pommes verputzt und auch das Salatblatt mit zwei Streifen Rote Bete nicht verschmäht.

Alison hatte während ihres Essens auf ihrem Smartphone gelesen. Als Kim sich die Mundwinkel mit der rauen Papierserviette abtupfte und sie dann auf den leeren Teller legte, wandte sich Alison ihr wieder zu.

»Was machst du in Schottland? Urlaub?«, erkundigte sie sich.

»Mhm«, erwiderte Kim unbestimmt.

»Du bist Studentin, oder?«

»Nein, ich ...« Kim hatte mit Mühe ihr Abitur geschafft. Sie zögerte. Sie wollte die freundliche Frau nicht anlügen, aber sie wollte auch niemandem erzählen, wer sie war, und hoffte, dass sie nicht erkannt wurde. »Ich jobbe, mal hier, mal da.«

»Ach.«

»Und was machst du?«, fragte Kim eilig, bevor Alison mehr von ihr wissen wollte.

»Ich bin Hoteltesterin.«

»Im Ernst?«

»Ich arbeite für ein Reiseportal. Wenn ein Hotel dort auffallend schlecht beurteilt wird, schicken sie mich hin, um zu prüfen, was dran ist. Wenn es tatsächlich so schlecht ist, wird es aus dem Angebot entfernt.«

Kim sah sich stirnrunzelnd um. »Oje.«

Alison lachte. »Keine Sorge, ich bin nicht beruflich hier. Das Hotel ist okay. Allerdings sollte sich eine allein reisende junge, hübsche Frau wie du nicht von Typen wie denen dahinten zu einem Drink einladen lassen. Die wirst du nur schwer wieder los.« Sie deutete unauffällig auf eine Gruppe vierschrötiger Männer, die an einem Tisch Karten spielten und Bier tranken.

»Okay, ist notiert. Ich trinke ohnehin selten Alkohol.«
Alisons Blick wanderte fragend zu dem leeren Ciderglas vor Kim.
»Das ist doch eher Apfelsaft als Alkohol.«
»Vertu dich nicht, Darling. Der Black hat auch siebeneinhalb Prozent.«
»Ach so?« Sie sah grübelnd auf das Glas, das sie während des Essens mit großem Durst geleert hatte.
»Wo soll denn die Reise hingehen? Vielleicht kann ich dir sagen, ob deine gewählten Unterkünfte etwas taugen.«
Kim grinste verlegen. »Ich habe nichts gebucht. Ich, ähm … dachte mir, ich marschiere einfach mal los.« Sie hatte sich bei ihrer Reiseplanung lediglich für ein Land entschieden, zu mehr war sie nicht in der Lage gewesen.
»Was interessiert dich? Kunst, Kultur, Architektur, Geschichte …?«
Kim zog eine Grimasse. Das klang viel zu anstrengend. Sie wollte kein Citysightseeing, und sie wollte nicht in verstaubten Museen Texttafeln lesen. Sie musste raus an die Luft, sich bewegen. »Natur, Tiere.«
»Was für Tiere? Schafe?« In Alisons Augen blitzte es amüsiert.
»Schafe sind niedlich.«
»Aye.«
»Seehunde oder Delphine wären auch schön.« Sie erinnerte sich an die Bilder in ihrem Reiseführer, den sie vor ihrem Abflug noch schnell am Flughafen erworben hatte, und hoffte, dass diese nicht nur zu Werbezwecken darin abgebildet waren.
»Also Schafe findest du an jeder Straßenecke. Für Seehunde habe ich einen Tipp für dich. Fahr nach Portgordon, da liegen sie am Strand.«
»Ehrlich?«
»Wenn ich es sage.«
»Wo liegt Portgordon?«
»Ist gar nicht weit von hier. Über die A 96 fährst du eine

gute Stunde.« Sie nahm ihr Handy und rief eine Straßenkarte auf. »Siehst du, gut fünfundfünfzig Meilen, einfach nur geradeaus.«

»Und mit dem Bus?«

»Hast du keinen Mietwagen?«

Kim schüttelte den Kopf. Sie besaß nicht einmal einen Führerschein.

Alison studierte die Routenplanung und zog die Nase kraus. »Fast drei Stunden.«

»Ich hab Zeit«, erwiderte Kim achselzuckend.

»Okay, ich schreib dir eine Adresse auf, da bekommst du ein gutes Zimmer. Oder wolltest du zelten?«

»Dazu müsste ich mir erst ein Zelt kaufen.«

Alison lachte auf. »Für Delphine habe ich auch einen Tipp: Fortrose. Es gibt dort einen Aussichtspunkt am Moray Firth. Chanonry Point, da siehst du garantiert mehr als einen Delphin.«

Die Frau nahm wieder ihr Smartphone und zeigte ihr den Ort auf der Karte.

Kim konnte ihr Glück kaum fassen, dass sie gleich an ihrem ersten Abend dieser netten Frau begegnet war. Das Gespräch fing an, ihr Spaß zu machen. Sie konnte sich nicht erinnern, wann sie das letzte Mal so zwanglos mit jemandem geplaudert hatte. »Kommst du hier aus der Gegend?«

»Nein, ich wohne in Inverness, aber ich komme aus Caithness, das ist eine Grafschaft ganz oben im Norden. Der Ort heißt Thybster, aber das Kaff kennt kein Mensch. Hier, schau, wenige Meilen östlich von Thurso.« Sie wischte über das Display, bis die Karte den nordöstlichsten Zipfel des Festlandes anzeigte.

Kim war weder Thurso noch Thybster ein Begriff. »Ist es schön da?«

»Mehr als das!« Alisons Augen strahlten. »Mit etwas Glück sieht man da auch Delphine. Manchmal sogar Wale. Der Norden ist die schönste Gegend Schottlands.«

»Echt?«

»Na ja, sagen wir: Für mich ist es die schönste Gegend. Es ist sehr ländlich, wenig touristisch. Thybster ist für Reisende nicht besonders attraktiv. Es ist ein verschlafenes Nest. Es gibt einen kleinen Pub, viele Schafe, die Küste, das Meer, und das war's auch schon.«

Kim sah nachdenklich auf das Display von Alisons Smartphone. Wenig touristisch bedeutete auch wenige deutsche Touristen. Unerkannt bleiben, zur Ruhe kommen, war es nicht das, wonach sie sich seit Monaten sehnte?

Thybster

Durch die regennassen Scheiben seines Land Rovers sah Marley das Auto seiner Schwester im Hof von Francis Cottage stehen. Er parkte neben ihr, sprintete zur Haustür und schloss auf. Hinter sich hörte er Grace die Wagentür zuschlagen. Er wartete, bis sie bei ihm war, und ließ sie vor sich eintreten. Mit ihnen wehte kalte, feuchte Luft in den warmen Flur.

Er schaltete das Licht an und hängte seine Jacke an die Garderobe. Als er Grace die Jacke abnahm, bemerkte er den Bluterguss auf ihrem Jochbein. Die Verletzung war schon ein paar Tage alt und hatte sich grüngelb verfärbt.

»Oh mein Gott, Grace!«

Seine Schwester winkte ab. »Wir hatten eine Verhaftung, die ein bisschen aus dem Ruder gelaufen ist. War ein Glückstreffer.«

»Ich hoffe, du hast ihm auch eine verpasst.«

»Ihr, es war eine Frau, und nein, Marley, ich bin Polizistin. Ich schlag nicht einfach auf die Leute ein. Sie bekommt eine Anzeige wegen Widerstand und Tätlichkeit. Zufrieden?«

»Nein.« Er wunderte sich immer wieder, wie sachlich sie mit der Aggression anderer Menschen umging und die Gewalt, die sie erfuhr, ertrug. »Du solltest diesen Job nicht machen. Ich will nicht, dass dich jemand schlägt.«

Grace verdrehte die Augen. »Wie sieht's aus, warten wir auf gutes Wetter, oder bekomme ich einen Tee, kleiner Bruder?«

Auch wenn er mittlerweile einen halben Kopf größer als sie war, wies sie ihn gern darauf hin, dass sie fünf Jahre älter war. Als sie Kinder waren, hatte sie ihn beschützt, wenn er sich vor etwas gefürchtet hatte. Das Beschützen lag ihr im Blut. Sie war schon immer groß und stämmig gewesen und konnte sehr bestimmt auftreten. Dennoch wünschte er sich, sie hätte sich nicht so einen gefährlichen Beruf ausgesucht.

Er zog seine Schwester an sich und küsste ihre Stirn. Gemeinsam gingen sie in die Küche. Marley schaltete den Wasserkocher ein. »Wolltest du deswegen nicht in den Pub kommen?« Er deutete auf den Bluterguss.

»Auf die dummen Sprüche deiner Freunde kann ich gut verzichten.« Grace setzte sich an den Tisch. »Ich war gerade bei Dad.«

»Wegen des Schafs?«

»Warum hast du mich nicht angerufen?« In ihrer Stimme schwang deutlich Ärger mit. »Da müssen mir meine Kollegen erzählen, dass bei unserem Vater die Schafe auf der Weide abgeschlachtet werden.«

»Es war ein Schaf«, relativierte Marley ihre Worte. »Conor hat es heute Morgen entdeckt und Douglas informiert. Ich habe es auch nur aus dritter Hand erfahren.« Er war mittags im Dorfladen gewesen, und Becky Russel, die Inhaberin, hatte ihn darauf angesprochen.

»Trotzdem!«, beharrte seine Schwester.

Das Wasser kochte. Er füllte es in die Tassen. »Ich hatte zu tun, Grace. Ich habe einen Auftrag, und der muss fertig werden. Aber ich hätte dich heute Abend noch angerufen. Steht ganz oben auf meiner To-do-Liste.« Er deutete auf die unbeschriebene kleine Kreidetafel an der Küchenwand, die Grace ihm geschenkt hatte, um Ordnung in sein Leben zu bringen.

Ihr Blick wanderte erneut zur Decke. Diesen genervten Große-Schwester-Blick hatte sie seit ihrer Kindheit drauf. Aber er wusste, dass sie hinter diesem Gesichtsausdruck lediglich ihre Sorge zu verbergen versuchte.

»Du warst im Pub.«

»Nur auf ein Pint. Ich war schon auf dem Sprung nach Hause, als du angerufen hast.«

Grace lehnte sich mit vor der Brust verschränkten Armen zurück. »Und wann hattest du vor, mit Dad zu sprechen?«

»Wozu? Meine Meinung interessiert ihn eh nicht.«

»Du tust ihm unrecht.«

Das sah Marley ganz anders. Aber wie oft hatte er diese Diskussion schon mit Grace geführt? Er stellte die Tassen auf den Tisch und gesellte sich zu seiner Schwester. »Was hat er denn gesagt?«

»Dass ich kein großes Ding draus machen soll.«

»War ja nicht anders zu erwarten.«

»Er tippt auf ein paar besoffene Halbstarke.«

»Nie im Leben.« Marley schüttelte den Kopf. »Die laufen doch nicht extra raus zu Thybster Rock.«

Thybster Rock war eine steile Küstenformation am Pentland Firth, an die Douglas MacKeiths Weidefläche grenzte. Die Weide begann hinter Douglas' Farmhaus und lag ein Stück von der A 836 zurück, die von Thurso Richtung John o' Groats führte. Sie war groß, unübersichtlich und uneben. Niemand kam da nachts zufällig vorbei.

»Hat er eine Vermutung geäußert, wer es getan haben könnte?«, fragte Marley.

»Nein, kennst ihn ja: Wenn er nichts sagen will, sagt er nichts.« Sie nahm den Teebeutel aus ihrer Tasse, legte ihn auf den Untersetzer, den er in die Mitte des Tisches gestellt hatte, und strich sich durch die kurzen braunen Haare. »Ich mache mir Sorgen, Marley. Ich habe mir den Kadaver angesehen. Jemand hat dem armen Tier gezielt die Kehle durchgeschnitten. Das war kein Dummejungenstreich.«

Marley rührte grübelnd Zucker und Milch in seinen Tee. Die Gespräche mit seinem Vater hatten sich seit Jahren auf das

Notwendigste beschränkt, obwohl sie kaum eine halbe Meile voneinander entfernt lebten. Er versuchte, seinen alten Herrn auf der Farm zu unterstützen, wo er konnte, auch wenn Douglas immer wieder behauptete, er könne auf seine Hilfe verzichten.

Aber Marley war auch dabei, sein eigenes Unternehmen aufzubauen, und das kostete Zeit und Kraft. Und da er die Werkstatt nicht auf dem familieneigenen Hof aufbauen durfte, hatte er ein Cottage pachten müssen. Jeana und Alison hatten ihm den Hof, den sie von ihren Eltern übernommen hatten, zu einer günstigen Pacht überlassen. Dennoch musste er dieses Geld Monat für Monat reinholen. Auch die Kredite für die Maschinen mussten abbezahlt werden.

»Ich habe das Gefühl, dass er uns etwas verheimlicht, Marley.«

»Ach, Grace, er ist ein knurriger Dickkopf, der die Dinge am liebsten mit sich selbst ausmacht.«

»Kannst du nicht trotzdem versuchen, mit ihm zu reden?«

Sie würde nicht lockerlassen. »Ich schau morgen bei ihm vorbei«, gab er sich geschlagen. »Dann kann er mich wieder beschimpfen, und vielleicht rutscht ihm dabei eine unbedachte Bemerkung heraus.«

Samstag

Aberdeen

Kim schreckte aus dem Schlaf hoch. Ihr Shirt war nass geschwitzt. Das Herz schlug hart in ihrer Brust. Sie hatte schlecht geträumt. Nicht zum ersten Mal. Wie auch die Male zuvor konnte sie sich nicht an den Inhalt des Traumes erinnern. Aber das schlechte Gefühl blieb nach dem Erwachen, begleitete sie häufig durch den Tag.

Sie drehte sich auf den Rücken, lauschte im Dunkeln auf die Geräusche in der fremden Umgebung. Im Hotelflur erklangen schwere Schritte. Sie kamen an ihrem Zimmer vorbei, blieben wenig später stehen. Jemand klopfte irgendwo laut an die Tür. »*Jackson! Get up!*«

Steh auf. Einen flüchtigen Moment erwartete sie, dass auch an ihre Tür geklopft würde. Dann erinnerte sie sich, dass niemand sie auf dieser Reise begleitete.

Ihr Blick glitt zum Fenster. Hinter den Vorhängen war der Tag angebrochen. Sie nahm ihr Smartphone vom Nachttisch. Die Uhr zeigte halb sechs. Immerhin hatte sie die Nacht durchgeschlafen. Sie schwang die Bettdecke zurück und suchte ihre Sportkleidung aus dem Rucksack. Nach einer Katzenwäsche verließ sie das Zimmer.

Wie bei ihrer Ankunft standen auch jetzt ein paar Männer rauchend unter dem Vordach. Sie drehten sich neugierig zu ihr um, als sie in Jogginghose und Kapuzenshirt herauskam. Sie wich den Blicken aus und trabte los. Da sie sich nicht auskannte, lief sie kurz entschlossen in die Richtung, aus der sie am Abend zuvor mit dem Taxi gekommen war. Ein paar Pfiffe der Männer folgten ihr.

Ein schmaler Fußweg führte an der Straße entlang. Der Belag glänzte feucht im Scheinwerferlicht der vorbeifahrenden

Autos. Der Berufsverkehr hatte eingesetzt, auch am Flughafen herrschte bereits Betrieb. Sie hörte die Rotoren eines Helikopters. Ein Hauch von Kerosin hing in der kühlen Frühlingsluft. Der Regen war der Prophezeiung des Taxifahrers gefolgt und hatte sich verzogen.

Nachdem Kim ein paar Minuten locker vor sich hin getrabt war, zog sie das Tempo an. Ihre Beine waren schwer. Vielleicht hätte sie das zweite Glas Cider nicht trinken sollen. Ihr Körper war Alkohol nicht gewöhnt. Sie beschleunigte weiter, trieb ihren Puls hoch, damit sich das Adrenalin abbaute, das sich durch den Traum in ihrem Blut angesammelt hatte.

Es frustrierte sie, dass sie gleich in der ersten Nacht der Reise wieder von ihrem Leben eingeholt worden war. Aber was hatte sie erwartet? Dass ihre schlechten Träume an der Grenze ein Einreiseverbot erhielten?

Zurück im Hotel, absolvierte sie ein kurzes Work-out, duschte und ging zum Frühstück ins Restaurant. Sie hoffte, Alison dort zu treffen, aber von der freundlichen Schottin war nichts zu sehen. Kim warf einen Blick auf ihr Handy. Zwei verpasste Anrufe, drei Kurzmitteilungen. Keine Nachricht von Alison. Sie hatten am Abend die Nummern ausgetauscht. »Falls du mal Hilfe brauchst«, hatte Alison gesagt. »Oder einen Tipp für ein gutes Hotel.«

Kim löschte Nachrichten und Anrufliste und gönnte sich am Büfett ein deftiges Cooked Breakfast. Kurz meldete sich ihr schlechtes Gewissen. Sie schob es zur Seite. Es war ihre Auszeit, und da durfte sie essen, was und so viel sie wollte.

Während sie sich über Toast, Rühreier, Bohnen, Champignons und Würstchen hermachte, überlegte sie, wie es weitergehen sollte. In diesem Hotel wollte sie nicht bleiben. Thybster ging ihr nicht aus dem Kopf. Ob es da wirklich so ruhig und schön war, wie Alison es beschrieben hatte?

Sie öffnete eine Onlinekarte auf ihrem Smartphone und suchte den Ort. Er war fast zweihundertzwanzig Meilen von ihrem Hotel entfernt. Mit Bus und Bahn wäre sie über sieben

Stunden unterwegs. Erst mit dem Zug von Aberdeen nach Inverness, und von dort ging es weiter mit dem Bus die Küste entlang, ganz hinauf in den Norden.

Sie gab »Thybster« in die Suchmaske ein. Der Ort war so unbedeutend, dass es nicht einmal einen Wikipedia-Eintrag gab. Wenn sie auf die Links der Ergebnisliste klickte, landete sie auf Reiseportalen, die Hotels und Bed-&-Breakfast-Unterkünfte in Thurso anzeigten, anscheinend der einzige größere Ort an der nördlichen Küste. »Das muss ja wirklich ein verschlafenes Nest sein«, murmelte sie leise zu sich selbst.

Zu Portgordon fand sie zumindest eine englischsprachige Wikipedia-Seite und erfuhr, dass das Dorf einer der letzten Orte gewesen war, in dem die Straßenbeleuchtung 1937 von Paraffin auf elektrisches Licht umgestellt wurde. Von Seehunden am Strand las sie nichts.

Hatte Alison sich einen Spaß erlaubt? Aber sie hatte nicht den Eindruck gemacht, als bereite es ihr Vergnügen, unwissende Touristinnen zu veralbern.

Schon wieder stand sie vor der Frage, wie es weitergehen sollte. Kim schloss einen Pakt mit sich selbst: Sie würde mit dem Bus nach Portgordon fahren, und wenn dort tatsächlich Seehunde am Strand lagen, würde sie sich auf den Weg nach Thybster machen, denn dann musste der Ort wirklich schön sein. Zufrieden, nicht ziellos in diesen Tag zu gehen, gönnte sie sich einen Nachschlag am Büfett.

Thybster

Marley MacKeith hatte mit Tagesanbruch in seiner Werkstatt gestanden. Er war ein Frühaufsteher, und morgens war er am produktivsten. Gegen halb zehn gönnte er sich eine Pause und trat in den Hof vor der Werkstatt. Die Regenfront vom Tag zuvor hatte sich verzogen, durch die helle Wolkendecke blitzte die Sonne hindurch. Er streckte das Gesicht mit geschlossenen Augen dem Himmel entgegen und genoss die Wärme auf der Haut. Er atmete zufrieden durch. Die Arbeit war ihm gut von der Hand gegangen, und die ersten Fässer standen zum Toasten bereit.

Allerdings lag nun der Weg zu seinem Vater vor ihm. Er hatte es Grace am Abend zuvor versprochen. Die Aussicht auf ein Gespräch mit Douglas ließ seine gute Laune sogleich wieder sinken. Besser, er brachte es schnell hinter sich.

Er verließ den Hof und marschierte am Straßenrand an den mit Bruchsteinen eingefassten Weiden entlang. Die alten Mauern waren niedrig und zum Teil brüchig. Immer wieder fanden die Schafe einen Weg auf die Straße, grasten am Wegesrand oder legten sich dösend auf dem warmen Asphalt in die Sonne. Aber hier oben im Norden herrschte nicht viel Verkehr, und die Leute waren an die Tiere gewöhnt, sodass es nur selten zu Unfällen kam.

Viel zu schnell hatte er die Einfahrt zu Douglas' Farm erreicht. Rechts des Hofes stand die große alte Scheune, in der die Maschinen untergebracht waren, dahinter befand sich der Stall mit Streu und Futter für den Winter, dazu gab es ein paar Verschläge für kranke, alte oder besonders wertvolle Böcke und Zuchtschafe. Zurzeit war kein Tier im Stall.

Zur Linken befand sich das lang gezogene zweigeschossige Wohnhaus, zum Teil noch aus den für die Region typischen Bruchsteinplatten errichtet. Seine Urgroßeltern hatten es gebaut, im Laufe der Jahre war es erweitert und modernisiert worden. Toiletten und Bäder waren eingebaut worden, die Zimmer unterm Dach hatten Gauben bekommen.

Die Bruchsteine stammten aus dem nahen Castletown. Dort hatte es im 19. Jahrhundert einen der größten Steinbrüche von Caithness gegeben. Bis nach Südamerika und Australien waren die Steine verschifft worden, hatte sein Großvater ihm stolz erzählt. Doch als Anfang des 20. Jahrhunderts Beton seinen Siegeszug antrat, verloren der Steinbruch und damit auch Castletown und die gesamte Region an Bedeutung. Es gab erhebliche wirtschaftliche Einbußen.

Seine Familie war nicht davon betroffen gewesen. Die Mac-Keiths waren seit Jahrhunderten Schafzüchter. Doch auch die lukrativen Zeiten der Schafzucht waren lange vorbei.

Trevor döste an die Hauswand gelehnt in der Sonne. Er klopfte mit der Rute träge auf den Boden, als Marley auf den Hof kam, sah sich aber nicht genötigt, dem Gast entgegenzulaufen. Vermutlich war der Hund den ganzen Morgen mit Douglas auf den Weiden unterwegs gewesen und genoss seine Pause.

»Bemüh dich nicht, mein Freund.« Marley ging vor ihm in die Hocke und kraulte ihn hinter den Ohren. Trevor schloss zufrieden die Augen. Er zuckte erschreckt zusammen, als Douglas' Stimme durch das geöffnete Fenster schallte. Anscheinend telefonierte er, denn Marley hörte lediglich seinen Vater sprechen. Die Worte verstand er nicht.

»Na, da komme ich ja gerade richtig.« Marley zog eine Grimasse und erhob sich seufzend. Er meinte, tatsächlich Bedauern in Trevors Blick zu sehen. Aber das rührte wohl eher daher, dass er nicht mehr gekrault wurde. Marley ging zur Tür. Er wollte nicht, dass sein Vater ihn beim vermeintlichen Lauschen erwischte, und klopfte laut.

»Douglas?« Er betrat das Haus seiner Kindheit.

Ein vertrauter Geruch empfing ihn: das Holz der alten Möbel, Kaffeeduft – seine Eltern tranken seit jeher lieber Kaffee statt Tee –, und über allem hing immer ein Hauch von Schaffell.

Ein Paar schmutzige Stiefel stand in einer Plastikwanne im Flur. Frisches Gras und feuchte Erde von der Weide klebten an den Sohlen. Douglas' Waxcotton-Jacke hing neben einem Fleece und einer Strickjacke an der Garderobe, auf der Ablage darüber lag sein Hut. Alles war an seinem Platz, der Boden gefegt. Liwayway Greenless kam montags und freitags zum Putzen ins Haus.

Marley mochte die junge Philippinin, die vor gut zehn Jahren nach Thybster gekommen war. Conor hatte sie ihnen eines Tages als seine Ehefrau vorgestellt, dabei war sie jünger als Grace. Damals sprach sie nur ein paar Brocken Englisch. Mittlerweile war es ganz passabel, mit einem lustigen Akzent.

Conor Greenless half auf der Farm, und da Douglas für Hausarbeit nicht viel übrighatte und Marleys Mutter Moira die Familie vor zwölf Jahren verlassen hatte, hatte Douglas Liwayway kurzerhand die Arbeit angeboten.

Man sah sie leider viel zu selten im Ort, und Marley wusste, dass sie nicht besonders glücklich war. Am Anfang hatte er vermutet, es wäre Heimweh. Aber ihr Kummer hatte einen anderen Grund.

Marley folgte der wütenden Stimme. Sein Vater stand in der Küche, den Rücken zur Tür gewandt, das Handy am Ohr. Auch mit seinen sechzig Jahren war er noch immer eine imposante Erscheinung, aufrecht und breitschultrig. Das graue Haar war kurz geschnitten, etwas zerzaust, vermutlich von der Fahrt mit dem Quad über die Weiden. Selbst von hinten konnte Marley sehen, dass Douglas vor Wut bebte.

»Das kann er sich sonst wo hinschieben! Sagen Sie ihm das.«

»*Morning*«, machte Marley sich erneut bemerkbar.

Douglas fuhr herum. Er beendete eilig das Telefonat und funkelte ihn ärgerlich an. »Seit wann stehst du da?«

»Eine halbe Stunde«, erwiderte Marley ironisch.

Die Antwort war ein grimmiges Schnaufen.

»Wer war das?« Marley deutete auf das Smartphone in der Hand seines Vaters.

»Das geht dich nichts an.«

Natürlich nicht. Besser hätte der Auftakt ihres Gesprächs nicht sein können. Er hätte gleich wieder gehen sollen, als er die wütende Stimme durch das offene Fenster gehört hatte.

»Aye.« Marley bemühte sich um einen beiläufigen Ton. »Trinken wir einen Tee?«

»Hast du nichts Besseres zu tun?«

Tausend andere Dinge, aber er hatte Grace versprochen, mit

Douglas zu reden. Er zwang sich zur Ruhe. »Doch, aber du hast ein totes Schaf, wie ich höre, oder sind es inzwischen schon zwei?«

»Red keinen Unsinn.« Douglas füllte den Wasserkocher.

Immerhin kein direkter Rausschmiss, verbuchte Marley die Runde für sich. Er betrat die Küche und setzte sich an den Tisch.

»Weißt du, wer das Schaf getötet hat?«

»Was interessiert dich das?«

»Natürlich interessiert es mich, wenn auf dem Hof meines Vaters so etwas passiert!«

»Und warum kommst du dann erst heute?«

Marley biss die Zähne zusammen. Dieses Gespräch führte zu nichts. Er sollte gehen, bevor es den nächsten heftigen Streit gab. Er schluckte seinen Ärger mühsam herunter. »Warum zeigst du es nicht an, wenn dir jemand ein Schaf absticht?«

»Was soll das bringen? Das macht das Schaf nicht wieder lebendig. Es hätte eh demnächst geschlachtet werden müssen.«

»Dann hättest du es aber noch verwerten können. So kannst du weder Fleisch noch Wolle verwenden.«

»Hört, hört, der Farmersjunge kennt sich aus.«

»Spar dir deinen Zynismus, okay?«, gab Marley grimmig zurück. »Verdammt noch mal, niemand sticht einfach so ein Schaf ab! Hast du mit jemandem Ärger?«

»Mit wem sollte ich denn Ärger haben?«

»Das Telefongespräch gerade klang nicht nach guten Freunden.«

Douglas' Augen wurden zu schmalen Schlitzen. »Weißt du, was ich nicht gebrauchen kann? Kleine Jungen, die Gespräche belauschen, die sie nichts angehen.«

Ende der Diplomatie. Marley stieß energisch seinen Stuhl zurück und sprang auf. Er presste die Lippen fest zusammen, um nichts Unbedachtes zu sagen. Kleiner Junge. Er war größer als sein Vater und ganz sicher kein Kind mehr.

»Was ist?«, fragte Douglas.

»Ich gehe.«

»Und der Tee?«
»Tut mir leid, meine Pause ist zu Ende.«

Portgordon

Der Bus hielt, und der Fahrer wandte sich zu den wenigen Fahrgästen um. Sein Blick blieb an Kim hängen, die in der zweiten Sitzreihe träumend aus dem Fenster schaute.
»*There you are.*« Er deutete auf den Ausgang.
»*Oh, thank you!*« Kim sprang auf, schnappte eilig ihren Rucksack und stieg aus. Sie war froh, dass sie den Fahrer gebeten hatte, ihr Bescheid zu geben, wenn sie am Ziel war. Nie im Leben wäre ihr in den Sinn gekommen, dass diese unscheinbare Haltestelle in diesem noch unscheinbareren Ort ihre Endstation war.
Sie wartete, bis der Bus davongefahren war, und blickte die Straße entlang. Zu einer Seite drängten sich kleine Reihenhäuser dicht an den leeren Bürgersteig, bei einigen sah man die Sandsteinfassade, andere waren graubraun verputzt. Die Aufteilung war immer die gleiche: jeweils zwei Fenster unten neben der Eingangstür und ein großes Doppelfenster oben in der Dachgaube. Und jedes Häuschen hatte einen kleinen Kamin. Diese Ansicht war wesentlich hübscher als der funktionale Flachbau des Hotels am Aberdeen Airport.
Vereinzelt parkte ein Auto am Straßenrand. Einwohner entdeckte sie nicht. Zur anderen Seite hatte sie Sicht auf das Meer.
»Wow!« Begeistert schulterte sie ihren Rucksack und ging über die menschenleere Straße zum Wasser. Ein kniehohes Mäuerchen grenzte den Fußweg vom befestigten Deich ab. Wenige Meter dahinter befand sich ein schmaler Streifen geschotterter Strand. Das Meer war ruhig. Wellen plätscherten sanft ans Ufer.
Sie setzte sich auf die niedrige Mauer, blickte auf die grau-

blaue Fläche, die sich bis zum Horizont erstreckte. Sie sog die salzige Luft in ihre Lungen. Es roch nach Tang, nach Algen, nach Sand, nach Meer. Ein paar Sonnenstrahlen brachen durch die Wolkendecke. Kim schloss die Augen, genoss die Wärme und lauschte den Rufen der Austernfischer und Möwen.

Eine ganze Weile saß sie so da. Ihr Atem ging ruhig, und es kamen keine störenden Gedanken. Zum ersten Mal seit Monaten hatte sie das Gefühl, dass sich die Ketten, die sich um ihre Brust gespannt hatten, ein klein wenig lösten. Sie lächelte zufrieden. Diese Reise war genau das, was sie brauchte.

»Wer hätte gedacht, dass du mir tatsächlich mal einen guten Ratschlag gibst?«, wisperte sie vor sich hin. Doch die Erinnerung an Henriette genügte, um das entspannte Gefühl umgehend zu verscheuchen.

Kim öffnete die Augen und zog ihr Smartphone aus der Jackentasche. »Dann schauen wir mal, ob wir ein Zimmer für die Nacht finden.«

Sie runzelte die Stirn. Sie war kaum zwei Tage allein unterwegs und sprach bereits mit sich selbst. Kopfschüttelnd gab sie die Adresse des Bed & Breakfast, das Alison ihr am Abend zuvor empfohlen hatte, in ihr Navi ein.

Bevor sie losmarschierte, blickte sie noch einmal aufs Meer. Dieser kurze Augenblick völliger Entspannung war ein erster Schritt, die Vergangenheit hinter sich zu lassen.

Inverness

Anstatt das Wochenende mit Hamish in einem Hotelzimmer zu verbringen, war Alison zeitig aufgestanden und nach einem einsamen Frühstück zurück nach Inverness gefahren. Sie hatte einen Hang zum Grübeln, wenn es ihr schlecht ging, da war ein Airport Hotel mit Blick auf die Offshore-Hubschrauber gewiss nicht die richtige Ablenkung.

Um ihrem Trübsinn zu entkommen, hatte sie sich zu einem ausgedehnten Spaziergang überredet. Sie liebte die Hauptstadt der Highlands mit den vielen Brücken, die über den River Ness führten, dazu das Inverness Castle, das mit seinen zahlreichen Türmen auf einem Hügel stand und über die Stadt wachte. Inverness war modern und altertümlich zugleich und vor allem: kein kleines Dorf, in dem jeder jeden kannte.

Sosehr sie Thybster liebte – der Dreihundert-Seelen-Ort engte sie zu stark ein. Selbst Thurso, mit über siebentausend Einwohnern die größte Stadt im Norden, war ihr zu klein. Sie brauchte Abwechslung. Nicht nur einen Pub, nicht nur eine Handvoll Shops, nicht immer dieselben Gesichter. Allerdings gab es ein paar Menschen, die sie sehr vermisste.

Edinburgh war auf Dauer eine Nummer zu groß für sie, das hatte sie schnell gemerkt, als sie eine Weile in der Landeshauptstadt gelebt hatte. Bei diesem Gedanken war sie gleich wieder bei Hamish, der dort mit Frau und zwei Kindern in einem Vorort wohnte. Es war nicht das erste Mal, dass er sie in letzter Minute versetzte. War es dieses Mal das letzte Mal? Nur, wenn sie einen Schlussstrich zog.

Sie gelangte über eine Hängebrücke über den River Ness auf die Ness Islands, spazierte über die kleinen bewaldeten Inseln und kam schließlich an das Nordufer des Flusses. Von dort schlug sie den Weg zurück zum Zentrum ein. Es war ihre gewohnte Runde, die sie am Ende automatisch zur Inverness Cathedral führte.

Alison war nicht besonders gläubig, aber sie fühlte sich wohl in der alten anglikanischen Kirche mit ihren zwei Türmen aus rotem Tarradale-Stein und Granit. Sie setzte sich in eine der hinteren Bänke, so hatte sie das lange Mittelschiff mit Altar und Chor im Blick. Weiter vor ihr saßen im Raum verteilt drei alte Frauen. Ein paar Touristen wanderten umher, betrachteten die bunten Fenster und fotografierten fleißig fürs Urlaubsalbum. Ein Vater mahnte seine Kinder, die übermütig durch die Gänge sausten, zur Ruhe.

Der Anblick ließ ihr Herz schwer werden. In drei Wochen würde sie sechsunddreißig. In ihren Träumen hatte sie längst eine eigene Familie: einen Mann, zwei oder drei Kinder und vielleicht ein paar Katzen und einen Hund. Das Leben hatte andere Pläne für sie gehabt: Ihre Ehe war nach wenigen Jahren in die Brüche gegangen. Sie lebte allein in einer kleinen Zwei-Zimmer-Wohnung, und der Mann, den sie liebte, hatte das, was sie sich wünschte, mit einer anderen Frau.

War ihr bevorstehender Geburtstag der Grund, dass Hamishs kurzfristige Absage sie dieses Mal so enttäuscht hatte? Sie schüttelte ärgerlich den Kopf. Sechsunddreißig. Es war nur eine Zahl. Mehr nicht. Sie genoss ihre Freiheit, und sie hatte auch ohne Hamish einen schönen Abend gehabt.

Kimberly aus Hamburg, erinnerte sie sich an die junge Frau, die sie im Hotel kennengelernt hatte. Sie war siebenundzwanzig, hatte Alison erfahren. Kimberly hatte ihr gefallen. Nachdem sie ihre anfängliche Scheu überwunden hatte, war sie schnell aufgetaut. Sie wirkte aufgeweckt und neugierig. Studentin war sie nicht, hatte sie gesagt, aber sie hatte nicht rausgelassen, was sie beruflich machte, fiel Alison auf.

Zugegeben, sie selbst hatte geflunkert, was ihren Job anging. Hoteltesterin. Dass die Leute ihr diese Story immer wieder abnahmen. Sie schmunzelte still in sich hinein. Als private Ermittlerin kam sie allerdings viel herum und kannte eine Menge Hotels. Meist observierte sie treulose Ehepartner oder illoyale Mitarbeiter. Zurzeit war ihre Auftragslage allerdings mehr als dünn. Grace hatte ihr geraten, für den Anfang erst einmal bei einer größeren Detektei anzuheuern, aber sie wollte ihre Unabhängigkeit nicht aufgeben. Sie würde sich schon noch einen Namen in der Branche machen.

Ihre Gedanken wanderten wieder zu Kimberly. Sie war sportlich, das war ihrer Figur deutlich anzusehen gewesen. Sie hatte einen muskulösen Nacken und kräftige runde Schultern. Das konnte auch die weite Bluse, die sie getragen hatte, nicht vollständig kaschieren. Vielleicht eine Schwimmerin? Die hatten meist ein breites Kreuz. Aber mit Sport ließ sich nicht unbedingt Geld verdienen. Welcher Job passte zu dieser Frau?

Sie nahm ihr Smartphone, gab »Kimberly, Hamburg« in die Suchmaske ein. Die meisten Einträge waren auf Deutsch. Sie ging auf Bildersuche. Viele fröhliche junge Frauen, blond, brünett oder schwarzhaarig, lächelten ihr entgegen. Kimberly schien in Deutschland ein beliebter Name zu sein. Alison scrollte durch die Fotos. Keine davon war die Frau, mit der sie so nett geplaudert hatte.

Sie rief die Suchmaske wieder auf, tippte »Kimberly, Hamburg, Sport« ein. Erneut blätterte sie durch eine Menge Bilder. Ein Gesicht dominierte. Ein ernstes junges Gesicht, kräftig geschminkt, mit streichholzkurzen wasserstoffblonden Haaren. Alison stutzte. Konnte das sein? Sie vergrößerte ein Bild. Die blauen Augen könnten hinkommen, überlegte sie. Auch der Mund, obwohl die Lippen auf den Fotos durch die angespannte Mimik schmaler wirkten.

Kimberly Hart.

Sie gab den vollständigen Namen in die Suchmaske. Das Ergebnis zeigte ihr einige Artikel in englischer Sprache an. Sogar der »Scotsman« hatte im vergangenen Jahr über sie berichtet. Alison überflog die Texte mit zunehmender Anspannung. »*Oh my goodness*«, entfuhr es ihr.

Ein Pärchen, das wenige Meter von ihr entfernt stand, sah neugierig zu ihr herüber. Alison starrte fassungslos auf das Display ihres Smartphones. Hätte sie das doch schon am Abend zuvor gewusst! Aber hätte das irgendetwas geändert? Sie zuckte zusammen, als das Gerät in ihrer Hand zu vibrieren begann.

»Hallo, Grace«, wisperte sie. »Warte, ich muss kurz vor die Tür.« Alison schlängelte sich aus der Bank und verließ auf Zehenspitzen eilig die Kathedrale.

»Schläft er?«, erkundigte sich Grace.

»Ich bin in Inverness.«

»Ah.«

Sie musste nicht sagen, dass sie versetzt worden war.

»Wann gibst du ihm endlich den Laufpass?«
»Grace, bitte, nicht jetzt.«
»Doch, das musst du dir jetzt gefallen lassen. Er wird seine Frau nie verlassen, und er wird dich immer wieder enttäuschen.«
»Vielleicht will ich es gar nicht anders.« Sie wandte sich nach rechts, überquerte die Bishop's Road und blieb auf der anderen Seite am Ufer des River Ness stehen.
»Du hast einen besseren Mann verdient.«
»Wen? Deinen kleinen Bruder?«
»Der ist ein bisschen zu jung für dich.«
Marley war mit seinen dreißig Jahren knapp sechs Jahre jünger als Alison. »Das macht ihn doch erst recht interessant«, gurrte sie, als hielte sie ihn tatsächlich für eine gute Alternative.
Es war ihre altbewährte Methode, Grace von einem Beziehungsvortrag abzuhalten. Sie hatte sich nun einmal vor drei Jahren in Hamish Brannigan verliebt. Er arbeitete als Sicherheitsingenieur für eine Firma, die Offshore-Windkraftanlagen in der Nordsee installierte. Daher war er häufig in Aberdeen, obwohl er mit seiner Familie in Edinburgh lebte.
»Es ist unmoralisch.«
»Deinen kleinen Bruder zu verführen?«, neckte sie die Freundin.
»Deine Beziehung zu einem verheirateten Mann!«
»Darling, meine Eltern sind Hippies. Wie kannst du da erwarten, dass ich gelernt habe, mich an Regeln zu halten?«
Grace gab ein entnervtes Schnaufen von sich.
»Weshalb rufst du an?«, nutzte Alison die Chance, das Thema zu wechseln.
»Bist du demnächst mal wieder in der Gegend?«
»Hab ich eigentlich nicht auf dem Plan. Warum?«
»Es geht um meinen Dad. Jemand hat eines seiner Schafe ermordet.«
»Ermordet?« Alison musste schmunzeln. »Wurde es kaltblütig überfahren oder die Klippen hinuntergestürzt?«

»Ihm wurde auf der Weide die Kehle aufgeschlitzt.«
»Oh. Habt ihr das Schwein erwischt?«
»Dazu müssten wir wissen, wer es war. Dad will keine Anzeige erstatten, und drüber reden will er auch nicht. Stur wie tausend Böcke.«

Alison grinste wissend. Douglas MacKeith war ein Dickschädel, aber er war auch zuverlässig und tolerant, was sie sehr an ihm schätzte. Lediglich bei seinem Sohn war ihm die Toleranz abhandengekommen, wie Alison wusste.

Schon seit ihrer Jugend verstand sie sich gut mit Douglas. Er war ihr das Vorbild gewesen, das sie als Kind gesucht hatte. Ihre Eltern hatten als Aussteiger einen Hof betrieben und sich mehr schlecht als recht mit dem Anbau von Gemüse und Gelegenheitsjobs über Wasser gehalten. Regeln gab es nicht. Aber auch keine Verlässlichkeit.

»Was willst du jetzt machen?«, fragte Alison.
»Ich dachte, du könntest mit ihm reden. Aber dazu müsstest du hier sein. Ich glaube nicht, dass du am Telefon was aus ihm rauskriegst.«

Alison hörte die Ratlosigkeit in der Stimme der Freundin. »Vielleicht war es nur ein übler Streich.«
»Dann wüsste ich längst, wer es war. Nein, Ali, er mauert. Irgendetwas verbirgt er vor mir.«

Alison starrte grübelnd auf den Fluss. »Ich kann ein bisschen recherchieren. Vielleicht gab es bei euch in der Region ähnliche Fälle.«
»Zumindest keine angezeigten, das habe ich überprüft«, erwiderte Grace.
»Lass mich mal schauen.«
»Danke, du bist ein Schatz.«
»Ja, das bin ich. Grüß mein Schwesterchen, wenn du sie siehst, und gib Marley einen dicken Knutscher.«
»Letzteres garantiert nicht.«

Alison legte lachend auf. Die negativen Gedanken waren erfolgreich verdrängt, und eine Recherche war genau die richtige

Ablenkung für ein einsames Wochenende. Selbst wenn es dabei nur um Schafe ging.

Portgordon

Portgordon war kein Touristenmagnet. Kim hatte bei ihrer Ankunft mit dem Bus einen kleinen Tante-Emma-Laden gesehen, aber auf ihrem Gang durch den Ort weder Restaurants noch Cafés entdeckt. Die Uferstraße säumten kleine Reihenhäuser. Auf dem Weg zu dem B&B, das Alison ihr empfohlen hatte, war ihr kaum ein Mensch begegnet. Diese Abgeschiedenheit war ihr ganz recht.

Ihre Vermieterin hieß Marge. Sie war eine hagere Frau, die über verblichenen Jeans und bunt gemustertem Pulli eine Kittelschürze trug. Die lilagrauen Haare waren am Hinterkopf zusammengesteckt. Sie stand in der Eingangstür und feilte ihre Fingernägel, als Kim dort ankam. Eine Katze sonnte sich auf einer Mauer vor dem Haus. Auf der Fensterbank döste zwischen Scheibe und vergilbter Gardine eine zweite.

Ihr Zimmer lag in der ersten Etage unter dem Dach mit Blick aufs Meer. Das Mobiliar war abgewohnt, aber sauber. Kissen mit Katzenmotiven waren auf Bett und Stühlen drapiert. Am Fußende des Bettes lag eine gehäkelte Decke. Das Zimmer hatte den Charme vergangener guter Zeiten.

»Der Mini Market schließt um sieben. Wenn du essen gehen willst, musst du nach Buckie fahren, da gibt es ein paar Restaurants«, erklärte Marge. »Ist Frühstück um neun okay?«

»Ja, wunderbar.« Dann konnte sie vorher joggen gehen.

»Kaffee oder Tee?«

»Kaffee bitte.«

»Gut.« Die alte Frau deutete zum Fenster. »Vielleicht musst du das Fenster nachts schließen. Die Seehunde heulen manchmal sehr laut.«

Kims Augen leuchteten auf. »Hört man die bis hierher?«
Marge lächelte, und tausend Falten kräuselten sich um ihre Augen. »Die liegen am Strand. Halt dich am Hafen rechts.«
Kim nahm sich nicht die Zeit, ihren Rucksack auszupacken, und eilte hinaus.

Hafen war ein großes Wort für das kleine Becken, in dem einsam ein altes Fischerboot auf dem Trockenen saß. Anscheinend war gerade Ebbe. Reusen und Netze reihten sich am Kai entlang. Eine Möwe hockte auf einem Poller, als warte sie auf die heimkehrenden Fischer.

Kim ließ den Hafen hinter sich, folgte ein Stück der Straße, die parallel zur Küste verlief. Der Strand bestand aus grobem Kies. Hier und da lagen Überreste von Schiffstauen und Netzen. Es roch nach Fisch, Schlick und Meer. Die Sonne hatte die Wolkendecke durchbrochen und ließ die Temperatur steigen.

Und dann entdeckte sie die Tiere. Eine ganze Herde lag träge an der Wasserkante. Sie wagte kaum zu atmen, pirschte sich vorsichtig näher. Der Kies knirschte unter ihren Schuhen. Aus Sorge, die Tiere zu stören, verharrte sie in sicherer Entfernung.

Sie setzte sich an den Strand und beobachtete verzaubert die Meeressäuger. Es geschah nicht viel. Ab und zu hob ein Seehund den Kopf, hin und wieder robbte einer ins Meer oder kam heraus. Sie fand es großartig. Nach einer Weile nahm sie ihr Handy, machte ein Foto und schickte es Alison.

Sie schrieb nur ein Wort dazu: »Danke!«

Thybster

Es stank nach Rauch und angekokeltem Holz. Marley richtete sich auf und drückte sein Kreuz durch. Das Toasten eines Holzfasses über offenem Feuer war für ihn noch immer eine Herausforderung. Abgesehen von der Hitze, mussten die wuchtigen Fässer zwischendurch gewendet werden, und er musste den richtigen Zeitpunkt erwischen, sodass das Fass den vom Kunden gewünschten Toastinggrad erhielt.

Er war zufrieden mit seiner Arbeit, aber der Besuch bei seinem Vater hing ihm noch immer nach. Dass in seinen Mails eine Auftragsstornierung eingegangen war, verbesserte seine Laune nicht. Es würden neue Aufträge kommen, übte er sich in Optimismus. Er beschloss, nach dem Duschen auf ein Pint in den Pub zu gehen. Ryan und Dave machten samstagabends Musik, und vielleicht war Fiona da. Ein kleiner Flirt würde die trüben Gedanken verscheuchen.

Als er aus der Dusche kam, zeigte sein Smartphone einen verpassten Anruf von Grace. Sie hatte eine Nachricht hinterlassen, um ihn zu informieren, dass sie Alison auf den Schafsmörder angesetzt hatte. Er löschte die Nachricht schmunzelnd. Schafsmörder. Das war typisch Grace.

»Der Schlächter von Thybster«, murmelte er eine imaginäre Zeitungsschlagzeile vor sich hin, während er seine Jacke vom Haken nahm. Er zog grübelnd die Tür zu. Vielleicht sollte er seiner Schwester bei ihren inoffiziellen Ermittlungen behilflich sein. Nicht seinem Vater zuliebe, sondern damit Grace ihren Seelenfrieden fand. Sie würde erst wieder ruhig schlafen, wenn sie wusste, wer hinter dieser sinnlosen Tat steckte.

Ob er mit Conor sprechen sollte, bevor er in den Pub ging? Er war nicht versessen darauf, aber der Mann arbeitete für Douglas, seit Marley denken konnte, und er hatte das tote Tier gefunden. Vielleicht hatte sein Vater ihm gegenüber einen Verdacht geäußert.

Die Tage Mitte Mai waren lang, sodass es noch fast taghell war, als er gegen neun vor dem kleinen Cottage stand, in dem Conor und Liwayway Greenless lebten. Marley klopfte und öffnete die Tür.

»Conor? Liwa?«

Er erhielt keine Antwort. Aus der Küche hörte er das Klimpern von Geschirr. Er folgte dem Geräusch. »Hallo-o«, rief er erneut in den Flur. »Ich bin's, Marley.«

Das Geklimper verstummte. Er erreichte die Türschwelle, sah Liwa mit dem Rücken zu ihm am Spülbecken stehen. Sie hatte die Hände abgestützt und den Blick auf das Spülwasser gesenkt.

»Conor nicht da.«

Sie sprach so leise, dass er Mühe hatte, sie zu verstehen. Und warum drehte sie sich nicht zu ihm um? So eine Unhöflichkeit war nicht ihre Art.

»Weißt du, wo er ist?«

Sie hob die Schultern. Er hörte sie leise schniefen.

»Liwa, was ist los?« Er betrat die Küche.

»Bitte, geh.«

Es zwickte ihn unangenehm im Magen. Mit wenigen Schritten war er neben ihr. Sie hielt den Kopf gesenkt. Das lange schwarze Haar fiel ihr ins Gesicht.

»Hey, Liwa?«

Sie drehte das Gesicht von ihm weg. Sein Blick glitt ratlos durch die Küche. Erst jetzt bemerkte er die Unordnung. Die Tischdecke lag am Boden, daneben eine zerbrochene Vase. Blumen lagen in den Scherben.

»Was ist passiert?«

»Alles gut. Bitte, geh.«

Eine ähnliche Situation hatte er vor Monaten schon einmal erlebt. In ihm begann es zu brodeln. »Schau mich bitte an.«

Sie reagierte nicht.

Er legte eine Hand auf ihre Schulter, drehte sie mit sanfter Gewalt zu sich. Er musste nicht viel Kraft anwenden. Liwa war eine zierliche Frau, und der Anblick ihres verweinten Gesichts brachte sein Blut zum Kochen. Ihre Lippe war aufgeplatzt und ihr rechtes Auge zugeschwollen. »Wo ist Conor?«, presste er zwischen zusammengebissenen Zähnen hervor.

»Ich weiß nicht.« Ihr stiegen wieder Tränen in die Augen.

Er zog einen Stuhl vom Tisch zurück. »Setz dich. Du musst das kühlen, damit es nicht weiter anschwillt.«

Er ging zum Kühlschrank, nahm eine Packung Tiefkühl-

gemüse aus dem Eisfach und wickelte es in ein Geschirrtuch.
»Halt das auf dein Auge und die Lippe.«

Sie folgte seiner Anweisung. Er setzte sich zu ihr, strich ihr sanft über die Hand. »Soll ich dich zum Arzt bringen?«

»Nein, kein Arzt.«

»Liwa, du darfst dir das nicht gefallen lassen.«

»Er nicht böse. Er hat Sorgen.«

»Er darf dich nicht schlagen!«

»Es war aus Versehen.«

»Bullshit!«

Sein harscher Ton trieb ihr erneut Tränen in die Augen.

»Entschuldige, Liwa, aber –«

»Es ist gut. Ich aufräume, und morgen alles ist vergessen.«

»Ist es nicht.«

»Doch, Marley.« Sie tupfte sich mit einem Taschentuch über das Gesicht, bemühte sich, ihre Fassung wiederzugewinnen. »Alles ist gut. Bitte geh jetzt.«

Marley kochte noch immer vor Wut, als er wenig später das JJ's erreichte. Der Pub war gerammelt voll. Fröhliches Stimmengewirr und Musik schallten durch die offenen Fenster auf die Straße. Er trat durch die Tür, nahm sich nicht die Zeit, seine Jacke aufzuhängen. Sein Blick glitt suchend über Bänke und Stühle. Hinten in der Ecke saß der Kerl vor seinem Ale. Marley stampfte durch den Raum, ignorierte die freudigen Begrüßungen seiner Freunde und der Wirtin.

Conor Greenless sah erschreckt auf, als Marley ihm von hinten an die Schulter fasste und ihn vom Stuhl zog. »Hey, hey!«

Marley packte ihn am Kragen. Conor war ein Stück kleiner als er und schmächtiger. Er stieß ihn hart von sich. Conor strauchelte zurück. Zwei Männer, die am Tresen standen, fingen ihn auf. Marley war sofort wieder bei ihm, packte ihn erneut am Kragen.

Die Musiker hörten auf zu spielen.

»Marley, lass den Scheiß!«, rief Joyce.

Aber ihre Stimme drang nicht zu ihm durch. In seinen Ohren war nur ein wildes Rauschen. Er drückte Conor mit dem Rücken gegen die Wand, nagelte ihn dort fest.

»Marley!« Ryan packte seinen Arm.

Er funkelte seinen Freund zornig an. Ryan ließ ihn los und hob beschwichtigend die Hand. »Beruhig dich, Mann.«

Marley wandte sich wieder Conor zu, der unter seinem Griff kaum atmen konnte. Er neigte sich ein Stück näher zu seinem Gesicht, roch die süßliche Fahne von zu viel Alkohol.

»Wenn du Liwa noch ein einziges Mal schlägst, kriegst du es mit mir zu tun. Hast du das verstanden?« Nur mit Mühe hielt er sich davon ab, schon jetzt zuzuschlagen.

»Ich –«

»Noch ein einziges Mal, und du wirst den Tag verfluchen, an dem du geboren wurdest. Das verspreche ich dir.« Er versetzte dem Mann einen Stoß gegen die Brust und ließ ihn los.

Erst als er sich umwandte, wurde ihm die Totenstille im Pub bewusst. »Die Show ist vorbei«, fuhr er die Gäste an.

Er blickte in Ryans irritiertes Gesicht und stampfte wutbebend hinaus. Vor dem Pub blieb er stehen. Er sog die kühle Abendluft tief in seine Lungen.

»Geht's noch, Marley MacKeith?« Jeana kam aus dem Pub und stellte sich neben ihn. »Was war denn das für eine Nummer?«

Er stieß die Luft laut aus, sah in ihr hübsches Gesicht, auf dem jetzt eine verärgerte Falte zwischen den Augenbrauen zu sehen war.

»Bei uns gibt es keine Schlägereien. Ich dachte, du wüsstest das. Eigentlich müsste ich dir Hausverbot erteilen!«

»Er hat Liwa wieder verprügelt.«

Das nahm ihr den Wind aus den Segeln. Sie sah ihn betroffen an. »Wie geht es ihr?«

»Was denkst du wohl?«

»Ich dachte, er hätte sich inzwischen im Griff.«

Marley schnaufte verächtlich. »Er war schon immer ein

Arsch.« Oft genug war er in seiner Jugend das Ziel von Conors Spott gewesen.

Jeana schaute zum Eingang des Pubs. »Das Haus ist voll. Ich kann Joyce nicht allein lassen.«

»Liwa will niemanden sehen«, beruhigte er ihr Gewissen. »Ich verstehe nicht, warum sie ihn nicht verlässt.«

»Das weißt du doch«, erwiderte Jeana leise.

»Ich kenne den Grund, aber ich verstehe es nicht! Das ist Mittelalter!«

Sie berührte sanft seinen Arm. »Wir finden einen Weg, ihr zu helfen.«

Ihre zarte Geste tat ihm gut. Er rang sich ein dankbares Lächeln ab.

»Willst du noch mit reinkommen?«

Marley schüttelte den Kopf. Die Lust auf Musik und Flirten war ihm vergangen. »Ich geh nach Hause.«

»Ist vermutlich das Beste.« Sie umarmte ihn. Ihr Blick war besorgt, als sie sich wieder von ihm löste. »Marley, es ist nicht gut, wenn ein junger starker Mann auf einen alten Trinker losgeht und ihn bedroht.«

Montag

Inverness

Hamish hatte sich am Sonntagabend gemeldet, aber Alison hatte seinen Anruf ignoriert. Er sollte nicht meinen, sie wäre jederzeit für ihn verfügbar. Eigentlich mochte sie diese Spielchen nicht, aber sie war noch verstimmt wegen seiner kurzfristigen Absage. Außerdem musste sie am nächsten Morgen früh raus. Sie hatte schließlich einen Job.

Zu einer abgeschlossenen Observierung war ein Bericht zu schreiben, und es stand eine Recherche für einen Baumarktleiter aus, der wissen wollte, ob ein Mitarbeiter heimlich Ware mitgehen ließ. Nicht unbedingt tagesfüllend, aber das ging Hamish Brannigan nichts an.

Dann war da noch der Anruf von Grace, der ihr keine Ruhe ließ. Sie hatte den Sonntag mit Internetrecherche verbracht. Schafe kamen immer wieder zu Tode – häufig waren unachtsame Hundehalter die Ursache. Die frei laufenden Hunde scheuchten die Schafe auf, verletzten oder rissen sie, oder sie hetzten die armen Tiere zu Tode.

In den westlichen Highlands hatte vor ein paar Jahren ein Wildschwein mehrere Schafe gerissen. Der Eber war erschossen worden.

In einem Artikel war die Klimaerwärmung als Grund für den Tod von fast einer halben Million Schafen vor einigen Jahren genannt worden. Im Winter waren die Tiere im außergewöhnlich hohen Schnee erstickt, im Sommer in der Hitze kollabiert.

Messerattacken auf Schafe gab es wenige, und im Norden konnte sie gar keine Hinweise auf ein derartiges Vergehen finden. Jenseits des Tweeds, in Hampshire ganz im Süden Englands, hatte es eine Serie gegeben, bei der Schafe mit mehreren Messerstichen getötet worden waren. Der oder die Täter hatten mit Farbe okkultistische Symbole auf die Felle gesprüht. Man vermutete Ritualmorde einer satanistischen Gruppe.

Alison ließ grübelnd einen Kuli durch die Finger gleiten. Satanisten in Thybster? Sie wüsste nicht, welche Familie aus dem Dorf sie damit in Verbindung bringen sollte. Ihre eigenen Eltern waren die schrägsten Vögel gewesen, die es in der Gegend gegeben hatte. Aber vielleicht waren in den letzten Jahren neue hinzugezogen. Sie wählte Grace' Nummer.

»Hey, Ali, bin gerade im Dienst.«

Im Hintergrund hörte Alison Motorengeräusche. »Ich habe nur eine Frage zu dem toten Schaf: Hat der Täter mit Farbe Symbole auf das Fell gesprüht?«

»Was für Symbole?«

»Drudenfuß, umgedrehtes Kreuz – irgendwas, das auf Okkultismus hindeutet.«

»Das hätte ich dir mit Sicherheit gesagt.«

»Aye.« Die Spur konnte sie also abhaken. »Gab es weitere tote Schafe?«

»Bisher nicht.«

»Okay, ich recherchiere mal weiter. Pass gut auf dich auf und halt dich von den bösen Jungs fern.«

Grace lachte. »Ich versuch's.«

Alison legte das Handy zurück auf den Tisch. Ein einziges totes Schaf – also kein Serientäter. Keine Symbole – also keine Satanisten. Was blieb? Konnte es als Denkzettel gemeint sein? Hatte Douglas MacKeith es sich mit irgendjemandem böse verscherzt?

Wo konnte sie ansetzen? Bei Douglas. Aber dazu musste sie nach Thybster fahren. Am Telefon würde sie kein brauchbares Wort aus ihm herausbekommen. Wenn sie in Thybster wäre, könnte sie auch gleich bei den Farmern in der Umgebung vorbeischauen. Vielleicht hatten die etwas beobachtet.

Ihr Blick glitt zum Fenster. Der Himmel strahlte in sanftem Blau, das Wetter sollte auch in den nächsten Tagen sonnig bleiben. Ein paar Tage wäre sie hier entbehrlich. In dringenden

Fällen wäre sie über ihr Smartphone erreichbar. Und sie würde die Mädels wiedersehen: ihre Schwester Jeana mit ihrer Lebensgefährtin Joyce und natürlich Grace.

Sie rief ihre E-Mails auf, um zu prüfen, ob doch noch ein dringender Auftrag eingegangen war. Aber in ihrem Postfach waren nur ein paar Newsletter und Spammails.

Kurz entschlossen nahm sie ihr Smartphone, um Jeana anzurufen, damit sie ihr ein Bett bezog. Ein Seehund blickte ihr mit dunklen Knopfaugen vom Display entgegen. Kimberly hatte ihr das Foto am Samstag geschickt. Ein gelungener Schnappschuss. Alison hatte ihn sich als Bildschirmschoner gesetzt. Sie lächelte gedankenverloren. In diesem einen Wort, das die junge Frau in ihrer Nachricht geschrieben hatte, steckte so viel mehr.

Thybster

Marley schaltete die Schleifmaschine aus. Der Staub hing ihm in den Haaren und klebte auf seiner verschwitzten Haut. Er war wieder mit der aufgehenden Sonne aufgestanden und hatte seither ununterbrochen in der Werkstatt gearbeitet. Er trat vor die Tür und blickte in den wolkenlosen Himmel.

Noch immer ärgerte er sich, dass er am Samstagabend derart die Beherrschung verloren hatte und im Pub auf Conor losgegangen war. Er hoffte, dass Liwa nicht dafür hatte büßen müssen. Er war nach Hause gegangen und hatte sich mehr als einen doppelten Scotch gegönnt. Zur Selbstbestrafung hatte er den Sonntag durchgearbeitet.

Sein Nacken und sein Rücken schmerzten. Er brauchte unbedingt einen Ausgleich. Eine Runde joggen könnte die verspannten Muskeln wieder lockern, überlegte er. Danach würde er die zweite Charge auch noch fertigstellen, dann konnte er am nächsten Tag eine Auslieferung machen. Das wäre gut. Sein Konto lechzte nach Geld.

Er wusch sich grob den Staub von Armen und Gesicht und wechselte Arbeitskleidung gegen Shorts und T-Shirt. Wenig später war er auf dem Weg zu den Klippen. Die Feldwege waren vom Regen der vergangenen Wochen aufgeweicht. Selbst wenn er auf der Grasnarbe lief, schmatzte das Wasser unter seinen Schuhen. Die nassen Füße machten ihm nichts aus. Seit seiner Kindheit war er über die Weiden gelaufen. Er hatte gelernt, die Unebenheiten auszugleichen und im Schlamm nicht auszurutschen.

Er liebte diese Freiheit. Jetzt im späten Frühjahr war es besonders schön. Brachvögel staksten über die saftig grünen Weiden, Primeln setzten gelbe und lila Akzente. Die Lämmer wurden mutiger, hüpften über die Wiesen, ihre Mütter trugen noch kuschelige Wollmäntel, die ihnen in wenigen Wochen geschoren wurden. Die Böcke waren friedlich – die Brunstzeit begann erst im Spätsommer.

Der lockere Trab löste die Anspannung, die ihm seit Samstagabend im Nacken saß. Wie konnte er Liwa helfen, aus dieser Situation herauszukommen? Sie hatte Angst, ihrer Familie Schande zu bereiten. Conor hatte für seine Frau zahlen müssen. Nicht nur die Reise von den Philippinen nach Thybster. Auch die Vermittlungsagentur und ihre Familie hatten Geld bekommen.

Für Marley war das moderner Sklavenhandel. Es tat ihm leid um die junge Frau. Sie war lieb und fleißig und viel zu unterwürfig. Von Anfang an hätte sie Conor klare Grenzen aufzeigen müssen. Er verstand nicht, dass Douglas nicht rigoroser eingriff. Ohne Douglas wäre der Mann arbeitslos. Keiner stellte einen Trinker ein.

Von seinem Vater wanderten seine Gedanken unweigerlich zu dem toten Schaf. Warum brachte jemand ein Schaf um? Sicher war Douglas ein Dickschädel, aber abgesehen von ihrer komplizierten Vater-Sohn-Beziehung war er ein umgänglicher Mann. Er war angesehen im Dorf, seit Jahrzehnten Mitglied im Gemeinderat. Er war einer der ersten Gäste im Pub gewesen, als Jeana und Joyce ihn vor vier Jahren übernommen hatten. Dass die beiden Frauen mehr als Freundschaft verband, war Douglas egal. Marley schnaufte ärgerlich. Douglas tolerierte so viel, nur seinen eigenen Sohn verstand er nicht.

Er hatte Thybster Rock erreicht, blieb an der Klippe stehen. Sein Blick glitt über das graublaue Meer unter ihm. Er hielt Ausschau nach Delphinen oder Schweinswalen, manchmal kamen auch Orcas vorbei, in der vorangegangenen Woche hatte er welche bei Dunnet Head gesehen.

Möwen und Seeschwalben ließen sich vom Wind durch die Luft tragen. Marley setzte seinen Weg fort, lief ein Stück an der Küste entlang, bog schließlich wieder auf den Trampelpfad landeinwärts ab.

In der Ferne sah er ein Auto auf einem Feldweg zwischen den Weiden stehen. Es war Conors Nissan. Er verspürte keine Lust, dem Mann zu begegnen, und schlug einen Haken, um quer über die Weide zu laufen. Ein Pick-up rollte gemächlich auf Conors Wagen zu. Marley fragte sich, wessen Auto das war. Er blieb stehen und folgte ihm mit den Augen.

Der Wagen hielt hinter dem Nissan, bei dem Conor abwartend stand. Der Fahrer des Pick-ups stieg aus. Die Männer unterhielten sich. Wer war der andere? Marley war zu weit entfernt, um den zweiten Mann genauer sehen zu können. Conor hatte er lediglich an seiner Gestalt und seinem Wagen erkannt. Der andere war eine dunkle Silhouette. Groß, schlank, leicht vorgebeugt, die Mütze seiner dunklen Jacke verdeckte sein Gesicht. Jetzt gestikulierte er ausschweifend. Offensichtlich war er erregt. Conor verschränkte die Arme und hörte zu.

Der Fremde zog einen Umschlag aus seiner Jacke. Er gab ihn Conor, der ihn öffnete und den Inhalt prüfte.

»Was machst du schon wieder für krumme Geschäfte?«, murmelte Marley leise vor sich hin. Conor hatte immer irgendwelche dubiosen Geschäfte am Laufen, um sich über Wasser zu halten. Die Arbeit für Douglas war nur ein Zubrot, so viel konnte sein Vater ihm nicht zahlen.

Es sah aus, als ob die beiden Männer kurz stritten, dann stieg der Fremde in seinen Pick-up und fuhr davon. Conor hielt den Umschlag unschlüssig in der Hand. Statt einzusteigen, blieb er neben seinem Wagen stehen und ließ den Blick über die Weiden gleiten.

Marley blieb, wo er war. Sollte Conor Greenless ruhig wissen, dass er ihn gesehen hatte.

Portgordon

Kim hatte ein Handtuch doppelt gefaltet und es auf den Kiesstrand gelegt. Sie hatte den Oberkörper zurückgelehnt, stützte sich auf den Unterarmen ab und ließ sich die Sonne ins Gesicht scheinen. In einiger Entfernung lag die Seehundherde und tat es ihr gleich. Sollte noch mal jemand behaupten, in Schottland würde es ständig regnen. Dies war nun schon der dritte Tag in Folge ohne einen einzigen Tropfen.

Sie genoss die wärmenden Strahlen. Das stetige leise Plätschern der Wellen gegen das flache Ufer war beruhigend und einschläfernd.

Kims Biorhythmus hatte sich noch nicht ihrer Auszeit angepasst. Sie wachte jeden Morgen zu ihrer gewohnten Zeit auf, ging vor dem Frühstück joggen und absolvierte ihr morgendliches Work-out. Es war eine Routine aus ihrem alten Leben. Die Bewegung half ihr, gut in den Tag zu starten.

Was fehlte, war das Programm nach dem Frühstück. Statt die nächste Trainingseinheit einzulegen, kaufte sie sich ein paar Sandwiches im örtlichen Mini Market und ging zum Strand. Stundenlang saß sie auf dem harten Kies, beobachtete das Meer, die Seehunde, die Möwen und Austernfischer oder döste vor sich hin. Manchmal kamen Spaziergänger vorbei, hin und wieder parkte ein Wagen an der Straße, und Touristen stiegen aus, um Fotos zu machen. Kamen die Menschen zu nahe, brachte das Unruhe in die Herde, und sie flüchtete ins Wasser, um wenig später wieder zurückzukehren.

Sie konnte sich nicht erinnern, dass es in ihrem Leben je eine Phase gegeben hatte, in der sie so faul gewesen war. Natürlich hatte es Pausen und Auszeiten gegeben, aber auch die waren immer durchgeplant gewesen, jeder Tag war minutiös durchgetaktet. Es hatte ihr nichts ausgemacht – sie hatte Freude an dem, was sie tat. Sie mochte die Menschen, mit denen sie zusammenarbeitete. Es hatte nie einen Grund gegeben, ihr Leben in Zweifel zu ziehen.

Doch seit jenem verhängnisvollen Tag Anfang September war das vorbei. Sie schlief seither schlecht, Alpträume begleiteten sie durch die Nächte, sodass sie unausgeruht und unkonzentriert war. Und täglich war ein Gedanke stärker geworden, der sie zutiefst verunsicherte: »Ich kann es nicht mehr.«

Aber aufzugeben war für sie nie eine Option gewesen. Sie war eine Kämpferin. Und so hatte sie weiter jeden Tag getan, was von ihr verlangt wurde, in der Hoffnung, dass es eines Tages besser würde. Es hatte ihr geholfen, durch die ersten Monate zu kommen. Gut ging es ihr damit nicht.

»Hör auf«, sagte sie leise zu sich selbst. Sie wollte nicht an ihre Vergangenheit denken. Sie war hier, um zur Ruhe zu kommen, um herauszufinden, wie es mit ihrem Leben weitergehen sollte. Es gab keinen Plan B.

Sie heftete den Blick auf die Seehunde. Manche streckten Kopf und Schwanz in die Höhe, sodass sie krumm wie eine Banane dalagen. Kim hatte im Internet gelesen, dass das ein Zeichen von Entspannung war. Die Haltung sah allerdings nicht sehr bequem aus. Es musste anstrengend sein, Kopf und Flosse die ganze Zeit in die Luft zu strecken.

Hinter ihr knirschten Schritte im Kies. Kim hielt sie für die eines Spaziergängers, der an ihr vorbeigehen würde, aber die Schritte kamen näher. Sie sah sich um.

»*Hello.*« Alison strahlte sie an. Sie trug ein in Rottönen gemustertes Kleid, das im Wind wehte. An den Füßen Flipflops.

Kim sah der Schottin verwundert entgegen. »Hallo.«
Alison ließ sich neben ihr auf dem Schotter nieder. »Ich habe versucht, dich anzurufen.«
»Hab's Telefon stumm gestellt.«
»Ich hatte es am Samstag schon mal versucht. Danke übrigens für das Foto. Guter Schnappschuss.«
»Ich … sorry, ich lösch die Anruferliste immer ungelesen.«
»Ich hatte auch eine Nachricht hinterlassen.«
Kim sah Alison betreten an. »Ich höre die Mailbox nicht ab.«
Alison grinste. »Wozu hast du eigentlich ein Telefon?«
Kim zuckte die Achseln. »Zum Googeln.«
Alison wandte sich dem Meer zu und atmete tief ein. »Ich liebe es, am Wasser zu sein.«
Kim musterte die Frau, die sich so selbstverständlich zu ihr gesetzt hatte, als wären sie alte Freundinnen. »Wie hast du mich gefunden?«
»Kinderspiel. Durch das Foto wusste ich, wo du bist. Ich habe Marge angerufen und erfahren, dass du bei ihr wohnst. In deinem Zimmer warst du nicht, also war das hier meine zweite Anlaufstelle.«
Ihre Strategie war nachvollziehbar. »Und warum hast du mich gesucht?«
»Dein Foto hat mich daran erinnert, dass ich schon lange nicht mehr hier war.«
Kim wandte sich wieder den Seehunden zu. Sie freute sich, Alison wiederzusehen. Sie mochte die Frau und war ihr dankbar für den großartigen Tipp hierherzukommen. Aber ihr plötzliches Auftauchen irritierte sie. Würde sie ihren Anrufbeantworter abhören, hätte Alisons Ankunft sie vielleicht nicht so überrascht, räumte sie im Stillen ein.
»Hast du Lust auf einen Ausflug nach Thybster? Ich fahre morgen hin und könnte dich mitnehmen.« Alison hatte die Füße aufgestellt und die Unterarme locker auf die Knie gelegt.
»Ich, ähm …« Das Angebot überrumpelte Kim noch mehr als das unerwartete Auftauchen der Frau. »Wir kennen uns kaum.«

»Stimmt.« Alison blinzelte und wandte sich ihr zu, ihre Stimme hatte etwas von der Lockerheit verloren. »Ich schulde dir noch eine ehrliche Antwort über meinen Beruf. Ich bin keine Hoteltesterin.«

Das schlechte Gefühl verstärkte sich. Kim wartete stumm darauf, was die andere ihr zu sagen hatte.

»Ich bin private Ermittlerin.«

Kims Puls schnellte in die Höhe. Sie starrte die Frau an, tausend irrwitzige Gedanken tobten durch ihren Kopf. Sie blickte zur Straße, scannte sie nach einem vertrauten Gesicht oder einer der verhassten Kameras.

»Alles okay?«

Kim hatte die Luft angehalten, stieß sie nun heftig aus. »Wer schickt dich?«

»Niemand.«

»Lüg mich nicht an!« Ihre Gesichtszüge hatten sich verhärtet, ihre Stimme klang aggressiv.

»Ich lüge dich nicht an.«

»Und warum bist du hier?«

»Um dir eine Mitfahrgelegenheit nach Thybster anzubieten.«

Kims Herzschlag wollte sich nicht beruhigen. Sie versuchte, sich auf ihre Atmung zu konzentrieren, einatmen und lang und tief ausatmen. Sie brauchte einen klaren Kopf.

»Was ist denn los?«, fragte Alison besorgt.

»Wem hast du gesagt, dass ich hier bin?«

»Wieso sollte ich das jemandem sagen?«

Immer wieder wanderte Kims Blick zur Straße. Warteten sie da? Hatten sie die Kamera bereits im Anschlag? Womöglich hatten sie sie die ganze Zeit schon beobachtet. Kim, dreh nicht durch, mahnte sie sich innerlich. Die Entspannung der letzten Tage war wie fortgefegt.

Alison suchte ihren Augenkontakt. »Kimberly, ich gebe zu, ich habe dich gegoogelt. Aber nur aus rein privater Neugier. Ich habe niemandem gesagt, dass du hier bist.«

»Verschwinde!« Statt darauf zu warten, dass Alison ging, stand sie selbst auf.

»Kimberly, hör mir bitte zu.« Alison erhob sich ebenfalls.

»Lass mich in Ruhe!«

»Kimberly, ich kann mir vorstellen, was du durchgemacht hast. Es muss schrecklich gewesen sein.«

Es war die übliche Masche. Vertrau mir. Ich weiß, was in dir vorgeht. Dabei hatte jeder nur seinen eigenen Vorteil im Blick. Sie wandte sich ab.

»Warte, Kimber–«

Die Frau verstummte erschreckt, als Kim sich ihr mit finsterer Miene noch einmal zuwandte. »Killerblick« nannte ihr Vater diese Mimik. Ihre Hände hatten sich zu Fäusten verkrampft.

Alison wich zurück und hob beschwichtigend die Hände. »Nur ein gut gemeinter Rat: Wenn du nicht gefunden werden willst, dann musst du dein Smartphone ausschalten. Sobald du es einschaltest, wählt es sich beim nächstbesten Mobilfunkmast ein, und so findet man dich.«

Das war Schritt zwei der üblichen Masche: Ich gebe dir einen wertvollen Ratschlag, weil ich es gut mit dir meine. Allerdings hatte Alison nicht unrecht. Sie hatte selbst schon darüber nachgedacht, wollte aber nicht auf ihr Handy verzichten. Es nützte nichts, sich ein neues Prepaidhandy in Schottland zu kaufen. Dazu musste sie ihren Ausweis vorzeigen, und dann war wieder die Verbindung zwischen Telefonnummer und ihrem Namen hergestellt.

Sie nahm ihr Smartphone und schaltete es aus. So unnütz diese Aktion jetzt auch war.

»Hast du Kreditkarten benutzt?«, fuhr Alison fort.

Wie sonst hätte sie Flug und Hotel zahlen sollen?

»Damit lässt sich deine Spur locker bis hierher verfolgen. Das ist jetzt leider so. Ich würde dir raten, beim nächsten Geldautomaten Bargeld abzuheben, damit du –«

»Hab ich dich um deinen Rat gefragt?«, raunzte Kim sie an.

Alison legte begütigend die Handflächen aneinander. »Es tut

mir leid. Ich hab dich erschreckt. Ich weiß nicht, was genau in deinem Leben los ist und wovor du davonläufst. Ich habe ein paar Zeitungsartikel gelesen. Mehr nicht.«

»Ich laufe vor gar nichts davon. Ich will nur meine Ruhe!«

»Ist das so?« Die Schottin sah ihr in die Augen und schüttelte wissend den Kopf.

»Mein Leben geht dich einen Scheißdreck an!« Die Wut wich Enttäuschung. Sie hatte Alison gemocht, sie war ihr sogar dankbar gewesen für den Tipp mit dem Seehundestrand. Und dabei war alles nur Masche!

Alison strich sich die dunklen Haare aus der Stirn. Ihr Blick wanderte den Strand entlang zum Wasser. »Jetzt haben wir sie verscheucht.«

Kim folgte ihrem Blick. Die Seehunde waren fort. Sie fühlte sich elend. »Warum hast du mir hinterherspioniert?«

»Ich bin neugierig. Ich fand dich sympathisch und habe mich gefragt, wer du –« Alison unterbrach sich selbst und versuchte es mit einem versöhnlichen Lächeln. »Ich bin private Ermittlerin, aber niemand hat mich auf dich angesetzt. Ich habe keinen Auftraggeber, der mich dafür bezahlt, dich zu suchen, und ich arbeite auch mit keiner Zeitung zusammen. Es war wirklich nur Neugierde. Ich weiß nicht, wie ich dir das beweisen soll, aber ich weiß, worauf man achten muss, wenn man eine Weile untertauchen will. Und Thybster ist dafür ein verdammt guter Ort. Allerdings müssen wir vorher eine Lösung für dein Smartphone und deine Kreditkarte finden.«

»*Wir* müssen gar nichts!« Damit wandte Kim sich endgültig ab und stampfte davon.

Thybster

Marley hatte den Nachmittag durchgeschuftet. Und er hatte es tatsächlich geschafft, seinen Auftrag fertigzustellen. Am nächsten Tag konnte er die Fässer an den Kunden liefern. Er war zufrieden mit sich. Und sehr erschöpft. Nachdem er die Werkstatt aufgeräumt hatte, schob er einen Pie in den Backofen und duschte. Das heiße Wasser war eine Wohltat für seine müden Muskeln. Er wollte nur noch etwas essen und sich dann vom Fernsehprogramm in den Schlaf lullen lassen.

Er hatte den Auflauf gerade aus dem Ofen genommen, als Grace klopfte und in seiner Küche erschien.

»Oh, Marleys *Special Pie*?«, fragte sie statt einer Begrüßung und blickte hungrig auf den Küchentisch.

»Nimm dir 'nen Teller.«

Das ließ Grace sich nicht zweimal sagen. Er teilte die Portion geschwisterlich, obwohl er einen Bärenhunger hatte. Aber er wusste, dass Grace seinen Pie liebte.

Sie steckte sich eine Gabel in den Mund und verdrehte verzückt die Augen. »Der ist so gut.«

Marley beugte sich vor und legte vorsorglich einen Arm schützend um seinen Teller. Mehr als die Hälfte würde er seiner Schwester nicht abgeben.

»Das ist das erste vernünftige Essen, das ich heute zwischen die Zähne kriege.«

»Ich kann Randall das Rezept geben«, bot Marley großzügig an.

Grace zog eine Grimasse. »Du weißt, dass Randall nicht kocht.«

Abgesehen davon war er auch die meiste Zeit auf See. Grace' Lebensgefährte war Erster Offizier auf einem Kreuzfahrtschiff. »Augen auf bei der Partnerwahl.«

Der halbe Pie würde seinen Hunger nicht stillen, und Marley überlegte, was er als zweiten Gang essen konnte. »Was führt dich zu mir, außer der Absicht, mir mein schwer verdientes Abendessen wegzufuttern?«

»Lass uns erst essen.«

Das klang nicht nach einem Besuch aus purer Geschwisterliebe. Er ahnte, woher der Wind wehte. Nachdem er die Auflaufform ausgekratzt hatte, stellte er sie in die Spüle, um die angebackenen Reste in Wasser einzuweichen. Er öffnete den Kühlschrank und nahm einen Joghurt heraus. »Du auch?«

»Immer her damit.« Grace lehnte sich zufrieden zurück. Sie war seit jeher eine gute Esserin gewesen, was man ihren Hüften allerdings auch ansah.

Er gab ihr einen Joghurt und setzte sich wieder an den Tisch.

»Leg los.«

»Ich will dir keine Standpauke halten.«

Sie würde es dennoch tun. Er hob abwartend die Augenbrauen.

»Jeana hat mich angerufen.«

Er grinste schmallippig.

»Du bist allen Ernstes auf Conor losgegangen?«

»Denkst du, Jeana erzählt dir Märchen?«

»Nein, aber ...«

Ihr Rumgedruckse nervte ihn. »Was – aber?«, forderte er ungeduldig.

»Du kannst nicht in aller Öffentlichkeit auf Conor losgehen!«

»Ach so.« Er verschränkte die Arme vor der Brust. »Soll ich es lieber so machen, wie er es mit Liwa hält? Ich lauere ihm irgendwo auf, wo ihn niemand hört, und da hau ich ihm einfach mal ordentlich eine aufs Maul.«

»Marley!«

»Fahr zu ihr!«, fuhr er auf. »Schau dir ihr Gesicht an. Er hat sie grün und blau geschlagen, verflucht noch eins!« Die Erinnerung brachte sein Blut erneut zum Kochen. »Hat euch irgendjemand angerufen? Die Nachbarn müssen es gehört haben. Aber da will sich keiner einmischen. Ist ja nur die Philippinin. Die wird es schon verdient haben.«

»Marley, du tust den Leuten unrecht.«

»Nein, das tue ich nicht. Die Einzige, der Unrecht geschieht, ist Liwa. Sperrt den Kerl einfach mal ein paar Wochen weg, damit er Zeit hat, nüchtern zu werden und darüber nachzudenken, was er tut.«

»Wir können nicht einfach jemanden einsperren.«

»Irgendwann schlägt er sie tot. Herrgott, sie ist doch nur so ein Hemdchen.«

»Marley, jetzt bleib bitte sachlich.«

Er sah seine Schwester verständnislos an. »Police Sergeant Grace MacKeith, fahre bitte zum Greenless Cottage und schau dir Liwayway Greenless' Gesicht an!«

»Ich war bei ihr.«

»Gut.« Er stand auf, tigerte ein paar Schritte durch seine Küche, blieb schließlich mit dem Gesäß gegen die Arbeitsplatte gelehnt stehen.

»Sie will ihn nicht anzeigen. Es ist ihr unangenehm, dass du es gesehen hast.«

Er hob hilflos die Arme. »Ihr muss gar nichts unangenehm sein. Conor sollte sich in Grund und Boden schämen! Verflucht, Grace, Liwa hat Angst! Deshalb will sie ihn nicht anzeigen!«

»Denkst du, das weiß ich nicht? Aber wenn sie behauptet, gestürzt zu sein, habe ich keine Handhabe gegen Conor.« Sie suchte in seinen Augen nach Verständnis. »Es ist schwer zu verstehen. Es ist auch nicht zu entschuldigen, was Conor getan hat. Ich habe mit ihm gesprochen, und er hat mir versprochen, es nie wieder zu tun.«

»Oh ja, auf das Wort eines Trinkers ist Verlass.«

»Wir behalten ihn im Auge.«

»Sie muss weg von dem Kerl!«

»Das wäre sicher das Beste, aber sie will es nicht, und wir können sie nicht zwingen.«

Marley starrte eine Weile stumm zum Fenster. »Ich hab ihn heute gesehen. Draußen bei Thybster Rock hat er sich mit jemandem getroffen. Er macht gerade wieder irgendwelche krummen Geschäfte.«

»Nur weil er sich mit jemandem trifft?«

»Der andere hat ihm einen Umschlag gegeben.«

»Und was war in dem Umschlag?«

»Keine Ahnung.«

»Und jetzt möchtest du, dass ich Conors Haus durchsuche?«

»Fände ich eine gute Idee.«

»Du hast ihn echt auf dem Kieker.« Sie klopfte auf den Tisch vor seinem leeren Stuhl. »Setz dich wieder zu mir, kleiner Bruder.«

Er tat ihr den Gefallen.

»Versprich mir, dass du dich von Conor fernhältst, und wenn noch einmal etwas mit Liwa ist, rufst du mich an, anstatt wie ein tollwütiger Bär in den Pub zu stürmen.«

»Aye, Ma'am.«

»Blödmann, ich meine das ernst.«

»Hab alles notiert.« Er deutete auf die leere Kreidetafel an der Wand, womit er Grace ein genervtes Schmunzeln entlockte.

»Alison kommt morgen nach Thybster«, wechselte sie das Thema.

»Wie kommt's?«

»Wir wollen herausfinden, was es mit Dads totem Schaf auf sich hat.«

»Hat sie keine besseren Aufträge?«

Grace zuckte die Achseln. »Vielleicht hat sie einfach Lust, mit uns Mädels mal wieder um die Häuser zu ziehen.«

»In Thybster? Das wird eine wilde Nacht«, erwiderte Marley ironisch.

»Du musst mir einen Gefallen tun.«

»Mit Randall einen trinken gehen und dafür sorgen, dass er in Thurso bleibt und dich nicht im JJ's auf den Tischen tanzen sieht?«

Grace lachte auf. »Das darf er ruhig sehen. Außerdem ist er gerade auf See.«

»Was dann?«

»Es könnte sein, dass Alison versucht, mit dir zu flirten. Das macht sie aber nur, um mich zu ärgern, weil ich gegen ihren Hamish gewettert habe.«

»Das klingt jetzt nicht nach einem Kompliment für mich.«

»Ich wollte dich nur vorwarnen.« Grace grinste diabolisch. »Ich fände es gut, wenn du zum Schein auf den Flirt eingehen würdest.«

Marley runzelte die Stirn. »Was soll denn der Quatsch?«

»Ein kleiner Spaß auf ihre Kosten.«

»Und so was nennt sich Freundinnen.« Er schüttelte den Kopf, dann erwiderte er ihren Blick komplizenhaft. »Wie weit darf ich denn gehen? Nur Küssen, oder ist Sex auch erlaubt?«

Die Frage ließ das Lächeln auf Grace' Lippen umgehend verschwinden.

Marley tätschelte ihre Hand. »Dein Gesicht hätte ich fotografieren sollen. Willst du noch was trinken?«

»Ich sollte langsam mal nach Hause fahren.« Sie machte dennoch keine Anstalten aufzustehen. »Hast du eigentlich noch mit Dad gesprochen?«

»Oh ja. Es war wieder ein wunderbares Vater-Sohn-Gespräch.«

»Und was kam dabei heraus?«

»Ich soll mich nicht in sein Leben einmischen. Allerdings …« Marley rief sich seinen Besuch auf Douglas' Hof in Erinnerung. »Er hat telefoniert, als ich kam. Ich weiß nicht, mit wem und worum es ging, aber es klang nicht nach einem freundschaftlichen Gespräch.«

»Ein Streit? Mit wem sollte er denn Ärger haben?«

Marley hob die Schultern. »Wie gesagt: Ich soll mich aus seinem Leben heraushalten.«

»Hast du was von dem Telefonat mitbekommen?«

»Nur, dass sein Gesprächspartner sich irgendwas sonst wo hinschieben kann. Keine weiteren Details.«

Grace zupfte grübelnd an ihrer Unterlippe. »Ich glaube nicht, dass es jemand aus Thybster war.«

»Der Anrufer?«

»Nein, der Schafskiller.«

Marley runzelte bei der martialischen Wortwahl seiner Schwester die Stirn. »Und warum nicht?«

»Wenn es ein paar Teens gewesen wären, die ... keine Ahnung, eine Mutprobe im Suff gemacht haben, dann wäre doch irgendetwas durchgesickert. Aber Jeana und Joyce haben im Pub nichts mitbekommen, die Russels haben in ihrem Laden auch nichts gehört. Alle sind erschüttert und in Sorge um ihr eigenes Vieh. Und Dad hat doch mit niemandem im Dorf Ärger.« Sie sah fragend zu Marley. »Oder?«

»Du meinst außer mit mir?«

Portgordon

Kims Shirt war schweißnass, als sie aus einem unruhigen Schlaf hochschreckte. Sie schnaufte atemlos. Wieder ein Alptraum, an dessen Inhalt sie sich nach dem Erwachen nicht mehr erinnern konnte.

»Super, Alison, das hast du gut hingekriegt«, raunte sie frustriert in den Raum. Alles war wieder da, als wäre es erst gestern geschehen. Sie weigerte sich, über den Traum nachzudenken, drängte das aufsteigende Gefühl der Panik zurück. Tief und ruhig durchatmen, das überlistete das limbische System in ihrem Gehirn. Nur das verfluchte Adrenalin baute sich so schnell nicht ab.

Sie schlug die Bettdecke zurück, zog das Shirt aus und ging ins Bad. Sie drehte das kalte Wasser auf, wusch sich Gesicht, Arme und Nacken. Allmählich wurde sie ruhiger.

Sie starrte das Gesicht im Spiegel an. Ein vertrauter Anblick, und doch fühlte sie sich fremd. Unter den blauen Augen lagen dunkle Schatten. Das aschblonde Haar klebte wirr und verschwitzt an ihrem Kopf. Sie griff zur Bürste, bändigte die Strähnen.

Sie wusste, dass Alison nicht schuld an ihren schlechten Träumen war. Es würde immer wieder Situationen in ihrem Leben geben, in denen sie mit dem Geschehenen konfrontiert werden würde. Sie musste lernen, damit umzugehen, die immer wiederkehrenden schlechten Gedanken zu durchbrechen.

»Du bist, was du denkst«, wisperte sie ihrem Spiegelbild zu. Sie wusste, wer sie gewesen war, aber sie wusste nicht, wer sie jetzt war, und noch weniger, wer sie sein wollte. Aber mitten in der Nacht über das eigene Sein zu philosophieren führte zu nichts.

Sie hatte mal gelesen, dass man sein Gehirn übertölpeln konnte, indem man stur lächelte, auch wenn einem nicht zum Lächeln zumute war. Irgendwann begann das Gehirn dann trotzdem, gute Gefühle zu produzieren.

Ihr Lächeln war eine gequälte Grimasse.

»Verflucht, Kim, lass dich nicht unterkriegen. Du bist eine Kämpferin! Blick nicht zurück, schau nach vorn!«

Die Phrasen klangen hohl in ihrem Kopf. Sie wandte sich ab und ging zurück in ihr Zimmer. Sie zog ein frisches Shirt an, setzte sich auf die Bettkante und nahm ihr Smartphone. Es war noch nicht einmal Mitternacht. Sie hatte kaum eine Stunde geschlafen.

Das Display zeigte bereits wieder einen verpassten Anruf. Zögernd wählte sie die Nummer ihrer Mailbox aus.

»Sie haben sechzehn neue Nachrichten. Erste Nachricht. Freitag, neun Uhr sieben.«

Sie schloss die Augen und biss die Zähne zusammen, während sie lauschte.

»Kim, wo steckst du? Wir warten auf dich.«

Sergej. Seine Stimme war ihr so vertraut. Es tat ihr leid, dass sie auch ihn enttäuscht hatte, aber hätte sie ihn eingeweiht, hätte er alle Hebel in Bewegung gesetzt, um zu verhindern, dass sie in das Flugzeug stieg. Sie löschte die Nachricht.

»Nächste Nachricht. Freitag, neun Uhr sechzehn«, fuhr die automatische Ansage monoton fort. Der Anrufer klang nicht sehr freundlich.

»Kim, wo bist du? Sergej hat mich angerufen. Sieh zu, dass du in die Halle kommst!«

Auch diese Stimme war ihr vertraut. Nachricht gelöscht.

»Nächste Nachricht. Freitag, neun Uhr zweiunddreißig.«

»Verfluchter Mist, Kim! Ich habe gerade mit Jette gesprochen. Sie sagt, du bist verreist. Bist du total bescheuert? Du kannst doch nicht einfach verreisen, ohne uns etwas davon zu sagen. Ruf mich sofort zurück!«

Wow, da war jemand richtig in Rage. Kim spürte einen kleinen, grimmigen Triumph.

»Nächste Nachricht. Freitag, elf Uhr achtundfünfzig.«

»Wo zur Hölle steckst du? Du hast den Vertrag nicht unterschrieben! Kim, das ist wichtig! Es geht um deine Zukunft. Da kannst du nicht einfach so abhauen. Ruf mich sofort an!«

Dieser verfluchte Vertrag. Sie sah das Dokument vor sich, spürte, wie ihr Puls gleich wieder in die Höhe schnellte. Es ging nicht nur um ihre Zukunft, das wusste sie, und ebenso wusste sie, dass sie diesen Vertrag nicht unterschreiben wollte.

»Nächste Nachricht. Freitag, zwanzig Uhr dreiundvierzig.«

»Kim, wenn du dich nicht sofort bei mir meldest, kannst du alles vergessen. Deine Zukunft ist im Arsch! Melde dich, verdammt noch mal. Du ruinierst alles.«

Die nächsten Nachrichten verliefen nach einem ähnlichen Schema. Eine erfreuliche Ausnahme bildete Alisons Anruf am Samstagabend.

»Hey, Kimberly, danke für das schöne Foto. Ich freu mich, dass du meinem Rat gefolgt bist. Es ist so entspannend, den Seehunden beim Nichtstun am Strand zuzuschauen. Ich habe direkt Lust bekommen, auch mal wieder nach Portgordon zu fahren. Wenn du noch eine Weile in der Gegend bist, können wir uns doch mal treffen? Hey, ich fand dich sehr sympathisch. Ruf mich bitte zurück.«

Kim lächelte wehmütig. Alisons Worte klangen so fröhlich und aufrichtig. Dabei hatte sie gelogen und ihr hinterherspioniert.

Sie quälte sich weiter durch die Nachrichten. Die letzte war am frühen Abend gekommen.

Lothar schlug einen versöhnlichen Ton an. »Okay, Kim, ich habe mit Jette gesprochen. Sie sagt, du brauchst eine kleine Auszeit. Das ist in Ordnung. Es wäre schön gewesen, wenn du das vorher mit uns abgesprochen hättest. Aber nun ist es, wie es ist. Ich habe die Pläne mit Sergej abgestimmt, wir liegen gut in der Zeit. Aber in einer Woche solltest du wieder am Start sein, sodass wir nicht alles komplett umschmeißen müssen. Dem Veranstalter habe ich zugesichert, dass er in vierzehn Tagen den unterschriebenen Vertrag auf seinem Schreibtisch hat. Also, mach dir keine Sorgen, ich habe alles geregelt. Falls ich dich am Sonntag irgendwo abholen soll, gib mir Bescheid. Und nächsten Montag starten wir dann richtig durch.«

Sie starrte fassungslos auf das Telefon in ihrer Hand. »Du kapierst es einfach nicht!«

Sie blickte zum offenen Fenster, hörte das Heulen eines Seehundes. Einen Moment zögerte sie, dann schrieb sie eine Nachricht: »Gilt dein Angebot noch?«

Die Antwort kam prompt.

Dienstag

Thybster

Marley hatte sich mit Tee und Sandwich auf die Bank vor seinem Haus gesetzt. Es war noch kühl so früh am Morgen, aber der wolkenlose blassrosa Himmel kündigte einen weiteren sonnigen Tag an.

Das Röhren eines Motors störte die Idylle. Marley sah zur Straße. Ein Pick-up rollte vorbei in Richtung Thybster. Marley stutzte. War das derselbe Wagen, den er am Tag zuvor bei Thybster Rock gesehen hatte? Ein Zufall? Oder war der Fahrer auf dem Weg zu Conor, um wieder einen Umschlag mit fragwürdigem Inhalt zu übergeben?

Er wollte sich den schönen Morgen nicht mit schlechten Gedanken verderben und ging zum Stall, um die Hühner herauszulassen. »Guten Morgen, die Damen. Ich hoffe, ihr habt gut geruht und fleißig Eier gelegt«, begrüßte er die kleine Schar.

Die Tiere reagierten mit Nichtachtung und wackelten an ihm vorbei ins Freie. Er beschloss, eine Runde zu joggen, bevor er mit dem Verladen der Fässer begann. Er wechselte die Kleidung und trabte wenig später auf die andere Seite der Straße, setzte über die kleine Mauer und lief über die Weiden Richtung Klippen. In der Ferne sah er den Hof seines Vaters. Er meinte, Licht in einem der Fenster zu erkennen. Sein alter Herr war so wie er selbst ein Frühaufsteher. Das brachte die Arbeit mit sich. Für tausendeinhundert Schafe wollte gesorgt sein.

Früher hatten sie noch mehr Tiere gehabt. Aber der Absatz war eingebrochen. Fleisch und Wolle aus anderen Ländern waren billiger. Marley wusste, dass Douglas sich trotz staatlicher Subventionen gerade so über Wasser hielt. Aber sein Vater war genügsam, der Hof und die Maschinen waren bezahlt.

Es würde ihnen dennoch beiden besser gehen, wenn Douglas ihm gestattet hätte, die Werkstatt in einer seiner Scheunen einzurichten. Auch das Haus bot ausreichend Platz für sie beide. Aber mit seinem Vater war nicht zu verhandeln. Entweder Marley stieg in die Schafzucht ein und spielte nach Douglas' Regeln, oder er konnte sehen, wo er blieb.

Marley beschleunigte, als könne er so seinem Frust davonlaufen. Austernfischer flatterten schrill trillernd über die Wiese, Brachvögel pickten im Gras, ein paar Schafe sprangen blökend auf, als er vorüberkam.

Bei Thybster Rock bog er ab und lief querfeldein über die Weidefläche. Es ging ein gutes Stück über den unebenen Boden den Hügel hinauf. Marley hielt sein Tempo. Von der Schafherde seines Vaters war nichts zu sehen außer hier und da ihre Hinterlassenschaften, wo sie zum Wiederkäuen geruht hatten. Weit entfernt blökte ein Lamm. Er erreichte den höchsten Punkt. Abrupt blieb er stehen.

»*Bloody hell!*«

Fassungslos starrte er auf das Bild, das sich ihm bot. Es war surreal, wie aus einem schlechten Film. Er brauchte einen Moment, um zu verstehen, was er sah. In der Senke vor ihm lagen weiße Kadaver, das Fell zum Teil blutverschmiert. Er zählte sechs Schafe. Ein Stück entfernt stand einsam ein kleines Lamm und blökte verlassen.

Er näherte sich zögernd dem Schlachtfeld, spürte einen Kloß im Hals. Beim ersten Schaf ging er in die Hocke. Der Körper war noch warm, aber in den Augen leuchtete kein Leben mehr. Er schluckte. Sein Blick wanderte suchend über die Weide. Keine Menschenseele war zu sehen. Als er sich den toten Tieren wieder zuwandte, bemerkte er die aufgewühlte Erde. Jemand musste die Schafe zusammengetrieben haben. Sie hatten versucht zu entkommen.

Er erhob sich, trat ein paar Schritte zurück und zog das Smartphone aus dem Sportarmband an seinem Oberarm, um Grace anzurufen.

»Weißt du, wie spät es ist?«, murmelte seine Schwester verschlafen.

»Das Schwein hat Douglas' Schafe abgeschlachtet.«

»Was?« Grace war mit einem Schlag hellwach. »Wo bist du? Was ist passiert?«

Er berichtete ihr, was er entdeckt hatte.

»Okay, bitte bleib vor Ort. Ich informiere meinen Chef. Wir kommen raus. Marley, das ist ein Tatort. Es darf nichts verändert werden.«

Er nickte, ohne daran zu denken, dass Grace ihn nicht sehen konnte.

»Hast du mich verstanden?«

»Aye.« Sein Blick blieb an dem verstörten Lamm hängen. »Wir müssen Douglas informieren.«

»Ruf ihn an. Aber er soll alles so lassen, wie es ist. Achte darauf, okay? Ich bin so schnell wie möglich bei euch.«

***

Grace und ihre Kollegen hatten einen Teil der Weide weiträumig abgesperrt. Die Polizisten suchten den Boden akribisch nach Spuren ab. Douglas MacKeith war vor ihnen eingetroffen. So entsetzt hatte Marley seinen Vater noch nie erlebt. Fassungslosigkeit, Trauer und Ohnmacht spiegelten sich in seinem Gesicht wider.

Der Mann, der seit jeher Schafe für die Fleischindustrie züchtete, der unzählige Böcke und Lämmer zum Schlachthof gefahren hatte, war zutiefst erschüttert. Es war nicht der finanzielle Verlust, der ihn aus der Fassung brachte, es war der sinnlose Tod der wehrlosen Tiere.

Marley hatte mit Trevors Hilfe das verängstigte Lamm eingefangen und mit einem Strick an Douglas' Wagen festgebunden. Es blökte nach seiner Mutter.

»Es hat Hunger«, brummte Douglas.

»Darum kümmere ich mich nachher.«

Sein Vater bedachte ihn mit einem kalten Blick. »Wozu? Es wird nachher geschlachtet.«

Marley erwiderte die Provokation mit finsterer Miene. »Hast du nicht schon genug tote Schafe?«

»Schafe sind Nutztiere und keine Kuscheltiere. Wann kapierst du das endlich?«

»In erster Linie sind es Lebewesen.« Er deutete auf die Kadaver hinter dem Absperrband. »Wer hat das getan, Douglas?«

Der Alte hob die Schultern. Marley hatte das Gefühl, dass sein Vater sehr wohl eine Ahnung hatte, wer hinter diesem Gemetzel steckte. Aber es wäre sinnlos, wenn er jetzt versuchen würde, etwas aus ihm herauszubekommen. Seine Sorge um das Lamm hatte Douglas schon wieder gegen ihn aufgebracht.

Marley sah sich suchend nach Grace um, entdeckte sie bei Chief Inspector Kenneth Campbell. Der Fünfundfünfzigjährige hatte es sich nicht nehmen lassen, persönlich zum Tatort zu kommen, das rechnete Marley dem Mann hoch an.

»Grace, braucht ihr mich noch?«, rief er über den Platz. »Ich muss los.«

»Wir melden uns, wenn wir noch Fragen haben.« Sie winkte ihm zu und setzte ihr Gespräch mit Campbell fort.

»Wenn du Hilfe brauchst, sag Bescheid«, bot er seinem Vater an. Ohne eine Antwort abzuwarten, wandte Marley sich ab. Er löste den Strick von Douglas' Wagen. »Komm, Kleine.«

»Was soll das werden?«, rief Douglas ihm hinterher.

»Ich zahl es dir später.«

Weil das Lamm nicht von seiner toten Mutter fortwollte, hob Marley es auf den Arm und machte sich auf den Heimweg.

Portgordon

Alison war am Abend zuvor nicht zurück nach Inverness gefahren, sondern hatte im nahen Buckie ein Zimmer genommen.

Sie hatte im Internet weitere Artikel über Kimberly gelesen, weil sie ihre heftige Reaktion verstehen wollte.

Kimberlys Laufbahn war beeindruckend. Sie war aber anscheinend nicht unbedingt eine Sympathieträgerin. Als »Killer-Kim« hatte die Presse sie betitelt. Auf den Fotos wirkte sie bedrohlich und einschüchternd, eine verschärfte Version der Person, die ihr am Strand von Portgordon gegenübergestanden hatte. Nur wenn sie lächelte, verlor sich die Härte in ihrem Gesicht. Aber es gab kaum Fotos, auf denen sie lächelte.

Alison wusste nicht, was Kimberly dazu bewogen hatte, ihre Meinung zu ändern, aber sie hatte sich über ihre nächtliche Nachricht gefreut. Wenige Minuten vor der verabredeten Zeit stand Alison am Morgen vor Marges B&B. Sie hielt ein wenig Small Talk mit der Vermieterin, während sie auf Kimberly wartete. Als die junge Frau aus dem Haus trat, lag noch immer eine tiefe Anspannung in ihrem Blick.

»Hey, schön dich zu sehen. Gut geschlafen?«, begrüßte Alison sie betont munter.

Kimberly hob die Schultern. »Nicht wirklich.«

»Das tut mir leid.«

Sie verabschiedeten sich von Marge und gingen zu Alisons silbergrauem Ford Focus. Kimberly wuchtete den schweren Rucksack mit erstaunlicher Leichtigkeit von den Schultern in den Kofferraum.

»Hast du dein Smartphone ausgeschaltet?«

Kimberly zog das Gerät aus der Tasche und schaltete es aus. »Ja.«

Kein Lächeln, keine Ironie. Eine sachliche Auskunft.

»Gut.« Alison winkte Marge noch einmal zu und stieg in den Wagen. »Dann wollen wir mal.«

Die Fahrt zur A 96 verlief schweigend. Kimberly sah aus dem Fenster. Sie machte nicht den Eindruck, als ob sie sich in ihrer Haut besonders wohlfühlte. Aber vielleicht war sie auch nur müde.

»Du kannst ruhig schlafen, das stört mich nicht.«

Ihre Beifahrerin wandte sich ihr zu. »Warum fährst du nach Thybster?«

Das beschäftigte sie also. »Ich besuche meine Schwester.« Alison spürte Kimberlys misstrauischen Blick auf sich. »Sie heißt Jeana. Sie betreibt mit ihrer Lebensgefährtin einen Pub. Den einzigen in Thybster.« Sie sah flüchtig zu ihrer Mitfahrerin. »Sie haben auch ein kleines B&B.«

»Auch das einzige in Thybster?« In Kimberlys Stimme schwang Sarkasmus mit.

»Du denkst immer noch, ich spioniere dich aus, oder?«

»Ich verstehe nicht, warum du mich erst anschwindelst und mir dann aus heiterem Himmel anbietest, mich nach Thybster zu fahren.«

»Weil ich ein netter Mensch bin und mir der Freitagabend mit dir gefallen hat.«

»Bist du auch lesbisch?«

»Wieso *auch*?«

»Na, ich denke, deine Schwester?«

»Ach so, ja … also, nein, bin ich nicht.«

Kimberly starrte wieder grübelnd aus dem Fenster.

Es herrschte wenig Verkehr auf der Landstraße, und sie kamen zügig voran. Alison lenkte den Wagen auf die Autobahn Richtung Norden und beschleunigte.

»Ich verstehe es trotzdem nicht«, murmelte Kimberly vor sich hin.

»Ich wäre so oder so heute nach Thybster gefahren. Das hat sich kurzfristig ergeben. Und ich hatte am Freitagabend den Eindruck, dass du eher auf der Suche nach einem ruhigen Ort bist und nicht die typische Touristentour machen möchtest. Du hast kein Auto, und mit dem Bus ist es eine elend lange Fahrt. Wie gesagt: Ich wollte einfach nur nett sein.«

Kimberly verfiel erneut in Schweigen. Alison war sich nicht sicher, ob sie ihr glaubte. Sie ärgerte sich, dass sie bei ihrer ersten Begegnung nicht ehrlich gewesen war.

»Ich fahre nach Thybster, weil ich einer Freundin helfen

will«, durchbrach sie nach einiger Zeit die Stille. »Jemand hat ein Schaf getötet, das ihrem Vater gehört. Wir wollen herausfinden, wer das getan hat.«

»Ein Schaf?«, fragte Kimberly skeptisch.

»Ja.«

»Und dafür engagiert man eine private Ermittlerin?«

»Nein, das ist privat, ein Freundschaftsdienst. Wir Leute aus dem Norden halten zusammen. Auch wenn ich nicht mehr in Thybster wohne, gehöre ich noch immer dazu.«

»Aber es ist ein Schaf.«

»Auch ein Schaf sticht man nicht einfach ab.«

»Hm.« Kimberly wandte sich zurück zum Seitenfenster. Nach einer Weile sagte sie: »Stimmt.«

»Was weißt du über Schafe?«

Kimberly zuckte die Achseln. »Dass man aus ihrem Fell Wolle macht.«

»Schafe sind Herdentiere. Du solltest niemals ein Schaf allein halten, sie brauchen ihr soziales Umfeld.«

»Werde ich mir merken.« In Kimberlys Worten schwang wieder ein Anflug von Sarkasmus mit.

»Sie sind intelligent und empfindsam«, fuhr Alison unbeirrt fort. »Sie können untereinander Freundschaften schließen. Und sie sind sehr scheu. Aber wenn sie dich kennen, kommen sie sogar zu dir, wenn sie dich sehen. Wie gesagt, es sind gesellige Tiere.«

»Hab's notiert.«

Es klang eher so, als würde sie die Information in die Schublade »unnützes Wissen, gleich wieder vergessen« einsortieren.

»In der Brunstzeit solltest du allerdings vorsichtig sein. Der Bock mag keine Eindringlinge, wenn Paarungszeit ist. Wenn er schlechte Laune hat und dich als möglichen Konkurrenten sieht, rammt er dich mit seinem Schädel. Und da kann mächtig viel Wumms hinterstecken.«

»Ich gehe ja nicht einfach so auf eine Schafweide.«

»In Schottland gilt das Wegerecht. Du darfst bei einer Wanderung privates Gelände überqueren, also auch eine Schafweide. Den Country Code solltest du natürlich einhalten.«

»Was ist das jetzt wieder?«

»Gatter schließen, wenn du hindurchgehst. Kein Feuer machen, Tiere und Natur nicht stören. So was eben.«

»Okay.«

Die Stimme ihrer Mitfahrerin klang schon nicht mehr ganz so abweisend, bemerkte Alison erfreut.

»Und woran erkenne ich, dass so ein Bock gerade brünstig ist?«

»Erkennen kannst du das als Laie nicht. Meistens ist im Herbst Paarungszeit, damit die Lämmer dann im Frühjahr auf die Welt kommen. Aber es kommt immer auf die Rasse an. Ich sag mal so: Wenn die Schafe mit ihren jungen Lämmern auf der Weide sind, sollte keine Gefahr bestehen.«

»Okay.«

»Ich habe noch einen Tipp: Wenn du ein Schaf siehst, das auf dem Rücken liegt, musst du ihm helfen. Es kommt von allein nicht wieder auf die Beine.«

»Echt nicht?«

»Echt nicht.«

»Warum legen die sich dann hin?«

»Weiß nicht, vielleicht juckt ihnen das Fell, und dann wälzen sie sich im Gras, um sich zu kratzen. Und wenn sie gerade zu viel Wolle haben, dazu vielleicht noch tragend und daher eh ziemlich rund sind, kommen sie nicht mehr hoch.«

»Klingt nicht besonders schlau.«

»Woher soll das Schaf wissen, dass es gerade zu dick ist? Es hat ja keinen Spiegel.«

»Sollte man vielleicht mal drüber nachdenken.«

Alison meinte, eine Spur Ironie aus Kimberlys Stimme herauszuhören. »Sollen wir die Highlands verspiegeln?«

»Würde die Landschaft vermutlich ziemlich verschandeln.«

»Aye.«

»Was passiert, wenn so ein Schaf nicht mehr hochkommt?«

»Wenn keiner hilft, stirbt es. Die Organe drücken auf die Lunge. Der Kreislauf kollabiert.«

»Kommt das oft vor?«

»Zum Glück nicht.«

»Und wie stelle ich so ein Schaf wieder auf die Füße?«

»Du stellst dich an die Seite des Schafes, packst in sein Fell und schubst es hoch. Manchmal fallen sie gleich wieder um. Dann musst du sie einen Moment lang festhalten, damit sich ihr Kreislauf stabilisieren kann.«

»Ist notiert.«

Alison warf Kimberly einen flüchtigen Seitenblick zu und sah sie kurz lächeln. Dieses Mal war ihre Bemerkung nicht ironisch gemeint.

Thybster

Douglas MacKeith war erschüttert. Den ganzen Vormittag hatte er bei der Polizei auf der Weide verbracht. Nun saß er auf der Bank vor seinem Haus und starrte ratlos ins Leere. Drei Muttertiere, ein Jährling und zwei Lämmer waren dem Massaker zum Opfer gefallen. Wieder waren die Schafe mit einem Schnitt durch die Kehle getötet worden.

»Das sieht nicht nach einem Spaß aus, Douglas. Das wirkt eher wie blinde Wut oder Rache«, hatte Campbell festgestellt.

»Du treibst nicht in blinder Wut sechs Schafe zusammen und schneidest ihnen die Kehle durch«, hatte Douglas bitter erwidert.

»Da ist jemand ganz gezielt vorgegangen«, stimmte Grace zu. »Schafe sind Fluchttiere. Die hauen ab. Ich vermute, dass es mehr als ein Täter gewesen ist. Die haben die Tiere hier in die Enge getrieben und dann abgeschlachtet.« Sie hatte Douglas eindringlich in die Augen gesehen. »Dad, hast du mit jemandem Ärger? Wir müssen das wissen!«

»Niemand im Dorf würde meine Schafe töten, und andere Leute kenne ich nicht.«

»Dad!«

»Ich weiß es nicht, verflucht noch mal! Vielleicht rennt hier ein Irrer rum, der einen Hass auf Schafe hat.«

Auf Grace' Gesicht lagen Zweifel. »Du verheimlichst uns etwas.«

Er hatte den Blick seiner Tochter grimmig erwidert. »Red keinen Unsinn! Das sind meine Schafe. Mein Geld. Meine Existenz!«

Die Polizei hatte die Kadaver der Tiere als Beweismittel beschlagnahmt. Ein Fachmann sollte sich die Verletzungen ansehen. Da es in der Polizeidienststelle Thurso jedoch keine Möglichkeit gab, die Tiere zu lagern, waren sie in dem kleinen Kühlhaus neben seiner Scheune untergebracht.

Douglas strich Trevor, der treu zu seinen Füßen saß, über den Kopf. Selbst sein Hund schien verstört über das Geschehen.

Ein Wagen fuhr auf den Hof. Conor Greenless stieg aus seinem betagten Nissan.

»Ist das wahr?«, rief er schon von Weitem.

»Aye.«

»Wie viele Schafe hat es erwischt?«

»Sechs.«

Conor schüttelte fassungslos den Kopf. »Verflucht, Douglas, wieso tötet jemand deine Schafe?«

»Ich weiß es nicht.«

»Denkst du, dass es jemand aus dem Dorf war?«, fragte Conor.

»Man sieht den Menschen nur vor den Kopf.« Douglas sah seinem langjährigen Freund ernst ins Gesicht. Es gab noch etwas anderes, das ihm auf dem Herzen lag. »Wir kennen uns schon lange, Conor. Ich mag dich, das weißt du. Aber du musst dein Leben in den Griff kriegen.«

Conor lief rot an. »Was soll das heißen?«

»Du hast Liwa wieder geschlagen. Ich weiß es, und nach

Marleys Auftritt am Samstagabend weiß es der ganze Ort. Hör endlich auf mit der Trinkerei, die macht dich kaputt.«

»Marley weiß gar nichts«, presste Conor grimmig zwischen zusammengebissenen Zähnen hervor. »Seine Anschuldigung war pure Verleumdung. Er kann froh sein, dass ich ihn nicht anzeige.«

»Ich habe Liwa gesehen.« Sie war am Montag wie gewohnt zu ihm zum Putzen gekommen. Er hatte sie nicht auf die Verletzungen in ihrem Gesicht angesprochen. Er hatte gespürt, dass sie nicht darüber reden wollte.

»Sie ist gestürzt«, fauchte Conor. »Verflucht noch mal, dass Marley voreilig Schlüsse zieht, ist schlimm genug. Aber jetzt auch noch du? Ich dachte, wir sind Freunde!«

»Ja, das sind wir«, erwiderte Douglas langsam. »Und Freunde geben aufeinander acht.«

Dunrobin

Kim war hin- und hergerissen zwischen ihrem Misstrauen gegenüber Alison und dem Wunsch, ihr zu vertrauen. Wie hätte irgendjemand aus Deutschland so schnell herausfinden sollen, dass sie nach Schottland geflogen war, und zwar nicht zum großen internationalen Flughafen nach Edinburgh, sondern zu dem kleineren nach Aberdeen? Ganz nüchtern betrachtet, war das unmöglich.

Alison schien ihr Schweigen schlecht auszuhalten. Sie plapperte die ganze Zeit über Schafe, als wäre Kim die neue Praktikantin auf einer Farm. Aber wider Erwarten fand sie die Informationen interessant. Noch nie hatte sie sich mit Schafen beschäftigt. Allenfalls im Restaurant bei der Entscheidung zwischen Lammragout oder Rindersteak.

Die Fahrt führte sie durch Inverness – das sie nach Alisons Meinung unbedingt einmal besuchen sollte – an der Küste entlang Richtung Norden. Zwischen ihren Ausführungen zum Thema Schafhaltung wies Alison auf verschiedene Sehenswürdigkeiten hin: Vor Inverness gab es das Schlachtfeld von Culloden und später die Glenmorangie Distillery am Dornoch Firth.

»Ich lade dich zum Cream Tea ein«, erklärte Alison, nachdem sie bereits über zwei Stunden unterwegs waren, und folgte dem Wegweiser von der A 9 zum Dunrobin Castle. »Du magst doch Tee, oder?«

»Ja, aber du musst mich nicht einladen.«

»Ich möchte es aber.« Sie lenkte den Wagen auf einen überfüllten Parkplatz. Ein Bus spuckte gerade eine ganze Reisegruppe aus.

Kim blickte zu dem Prachtbau, der sich vor ihnen wie ein Märchenschloss mit zahlreichen Türmen, Erkern und Fenstern erhob.

»*Welcome to Scotland's Disney castle*«, erklärte Alison augenzwinkernd.

»Ich dachte, wir trinken Tee?«

»Wir gehen auch nur ins Café und machen keine Schlossbesichtigung. Es sei denn, du möchtest es. Es ist wirklich sehr hübsch.«

»Ein anderes Mal.« Kims Blick wanderte unbehaglich über die zahlreichen Touristen, die um sie herum vom Parkplatz Richtung Eingang strebten.

»Zu viele Leute hier, oder?« Alison wartete ihre Antwort nicht ab. »Weißt du was? So weit ist es gar nicht mehr. Wir können auch in Thybster Tee trinken. Ich müsste nur kurz zur Toilette. Du auch?«

»Nein.« Sie sah Alison hinterher, die mit flotten Schritten auf das Schloss zulief. Einen belebteren Platz hätte sie für einen Zwischenstopp nicht finden können. Kurz flammte in Kim der Verdacht wieder auf, dass sie sich doch in ihr getäuscht haben könnte und irgendwo in einem der Wagen oder vielleicht auch im Schloss jemand von der Presse lauerte.

»Jetzt werd nicht paranoid«, rief sie sich zur Vernunft. Niemand wusste, wo sie war, und Alison hatte gesagt, dass sie mit niemandem über sie gesprochen hatte.

Kim lehnte sich zurück und schloss erschöpft die Augen. Sie bekam dieses Durcheinander in sich nicht in den Griff. Die Anrufe, die sie in der Nacht abgehört hatte, hatten nicht dazu beigetragen, dass sie sich besser fühlte. Eine Woche hatte Lothar ihr gegeben, dann sollte sie zurückkommen und weitermachen wie bisher. Konnte sie das? Aber was sollte sie stattdessen tun? Die Ratlosigkeit zermürbte sie.

Sie musste weggeschlummert sein, denn sie schreckte hoch, als die Fahrertür geöffnet wurde.

»Sorry, hat ein bisschen länger gedauert. Eine Busladung Omis war schneller als ich.« Mit Alison wehte ein Duft von frischem Gebäck ins Wageninnere. Sie hielt eine Tüte hoch. »Ich konnte nicht widerstehen. Frisch gebackenes Shortbread und Tee.«

Kim nahm den Becher und das Gebäck entgegen. »Danke.«

»Nimmst du Zucker oder Milch?«

»Nein«, erwiderte sie automatisch. Dann entschied sie sich um. Sie musste nicht auf ihre Ernährung achten. Jedes Gramm mehr würde die Rückkehr in ihr altes Leben schwerer machen. »Oder doch. Zucker bitte.«

Alison reichte ihr ein Tütchen. Kim war geübt darin, im Gesicht ihrer Gegnerin zu lesen, und in Alisons Augen las sie Besorgnis, als sie zu ihr sah, um den Zucker entgegenzunehmen. »Was ist los?«

»Nichts.«

»So siehst du nicht aus.«

»Ach?«, kam es verdutzt von Alison. Sie biss von ihrem Gebäck ab, aß und spülte die Krümel mit Tee herunter. »Grace hat mich gerade angerufen. Es gab noch mehr tote Schafe.«

»Grace?«

»Meine Freundin.«

»Und nun?«

»Nun mache ich mir Sorgen, was da oben los ist.«

Kim hob die Augenbrauen. »Und in diese gefährliche Gegend nimmst du mich mit und behauptest auch noch, es wäre der schönste Ort Schottlands?«

»Du bist ja kein Schaf.«

»Wie beruhigend.«

Es war vielleicht die Anspannung, unter der sie beide standen und die sich ein Ventil suchte. Ihre Blicke trafen sich. Alison gluckste und prustete los. Kim kämpfte gegen den Impuls, aber das Lachen war ansteckend. Sie kicherten, bis ihnen die Tränen kamen. Kim konnte sich nicht erinnern, wann sie das letzte Mal so herzlich gelacht hatte. Wieder hatten sich die Ketten um ihre Brust für einen Augenblick ein wenig gelöst. Es war das zweite Mal, dass Alison ihr zu so einem befreienden Moment verhalf.

»Jetzt wurde mir von einer Schafexpertin bestätigt, dass ich kein Schaf bin. Das ist doch mal ein Anfang«, seufzte Kim, nachdem der Lachanfall abgeebbt war. Es hatte gutgetan, und sie fühlte sich auf ungewohnte Weise mit ihrer Fahrerin verbunden.

»Kimberly, du bist einmalig.« Alison strich sich über die Augenwinkel.

Kim hatte das Gefühl, dass sie noch etwas sagen wollte, aber sie zwinkerte ihr nur freundschaftlich zu. Vielleicht hatte sie mit Alison wirklich jemanden vor sich, dem sie vertrauen konnte? In einträchtigem Schweigen aßen sie ihr Shortbread und leerten die Pappbecher mit Tee.

»Wie kommt es, dass du so gut Englisch sprichst?«

Kim wischte sich einen Krümel aus dem Mundwinkel. »Die meisten Wettkämpfe waren im Ausland, außerdem sprachen viele meiner Trainingspartner und Trainer kein Deutsch. Ich wollte mich verständigen können. Allerdings ist der schottische Dialekt echt hart.«

»Selbst die Engländer haben Schwierigkeiten, uns zu verstehen. Das ist allerdings gewollt«, erwiderte Alison grinsend.

»Sprichst du eine Fremdsprache?«

»Ich hatte Französisch in der Schule, aber ich würde nicht behaupten, dass ich die Sprache spreche. Wir brauchen das ja auch nicht. Auf der ganzen Welt wird Englisch gesprochen, und außerdem bekommen wir jenseits des Tweeds sowieso gleich Heimweh und kehren so schnell wie möglich wieder nach Schottland zurück.«

»Warst du schon mal im Ausland?«

»Einmal in London, wenn das zählt. Du bist ziemlich viel herumgekommen, oder?«

»Ja, aber ich habe nie wirklich etwas von dem Land gesehen, in dem ich war.«

Alisons Blick war wieder ernster geworden. »Wovor läufst du davon, Kimberly?«

»Wieso denkst du, dass ich vor etwas davonlaufe?«

»Na ja, deine Reaktion gestern am Strand ...«

Kims Gesichtszüge verschlossen sich wieder.

»Wenn du mal reden willst: Ich bin ziemlich gut darin, Ratschläge zu erteilen«, bot Alison an.

Kim nickte, obwohl sie nicht vorhatte, sie um einen Ratschlag zu bitten. Sie wollte nicht mehr tun, was andere ihr sagten. Sie musste selbst herausfinden, wie es mit ihrem Leben weitergehen sollte.

Alison startete den Motor. »Der Norden ist wunderbar. Du wirst ihn lieben.«

Thybster

Der morgendliche Fund der toten Schafe hatte dazu geführt, dass Marley später als geplant mit der Auslieferung der Fässer starten konnte und erst am späten Nachmittag aus Wick zurückkehrte.

Während der ganzen Fahrt hatte er überlegt, wer zu so einer Grausamkeit fähig war. Ihm fiel niemand ein. War es tatsächlich die Tat eines Irren, der Freude daran hatte, Schafe abzuschlachten?

Er stellte den Anhänger auf seinem Hof ab und fuhr zum Pub, um das Lamm abzuholen, das er in Jeanas Obhut gegeben hatte. Gedankenverloren lief er über den Parkplatz zum Eingang. Auf einer der Bänke vor dem Pub saß eine junge Frau, die er nicht kannte. Ein Kännchen Tee und ein leerer Teller standen vor ihr. Sie sah zu ihm, als er näher kam, und er hob grüßend die Hand. »Hey.«

»Hey.« Sie lächelte flüchtig, wich seinem Blick aber gleich wieder aus.

Er öffnete die Tür zum JJ's. Um diese Zeit war nur wenig Betrieb. Joyce kam aus der Küche. »Ah, da ist ja Daisys Adoptivpapa.«

»Daisy? Ihr habt dem Lamm einen Namen gegeben?«

Joyce hob die Schultern. »Du kennst doch Jeana.«

»Sie kann das Lamm nicht behalten, das ist ihr hoffentlich klar. Ich werde nachher versuchen, eine Amme für sie zu finden.«

»Pass auf, dass Douglas dich nicht erwischt.«

Er zog eine Grimasse. »Vielleicht ist es besser, wenn ich sie mit der Flasche großziehe, nicht dass sie doch noch unterm Messer landet.«

Joyce grinste verschwörerisch. »Sie hat ein Massaker überlebt. Vielleicht kannst du Grace überreden, sie in ein Zeugenschutzprogramm aufzunehmen.«

»Mach nur deine Witze. Du darfst Jeanas Tränen trocknen, wenn Douglas Daisy schlachtet. Ihr hättet dem Lamm keinen Namen geben sollen.«

»Aye«, seufzte Joyce. »Willst du was trinken?«

»Ein Tee und ein paar Sandwiches wären gut.«

Joyce nahm ein Kännchen, füllte es mit heißem Wasser und Teebeuteln und richtete es mit Milch, Zucker und Tasse auf einem Tablett an. »Sandwiches bring ich dir.«

Marley nahm das Tablett entgegen. »Ich setz mich draußen hin.«

»Sei nett zu unserem neuen Gast.«
»Die Frau?« Er deutete mit dem Kopf zur Tür.
»Aye, eine Backpackerin. Alison hat sie mitgebracht.«
»Alison ist hier?«
»Sie war es. Jetzt ist sie bei Grace. Du kannst dir denken, warum.«
Während Joyce in der Küche verschwand, ging er vor die Tür. Er steuerte den Tisch an, an dem die Fremde saß. »Darf ich?«
Sie sah verdutzt auf, nickte aber.
Marley setzte sich ihr gegenüber. »Schönes Wetter heute.«
»Ja.«
Sie war keine Schottin, hörte er aus diesem einen Wort heraus.
»Joyce hat mir verraten, dass du mit Alison gekommen bist.«
Sie blinzelte irritiert. Hübsche blaue Augen, stellte er fest, darunter lagen jedoch dunkle Schatten. Es war sicherlich anstrengend, mit einem Rucksack durch die Lande zu ziehen. Allerdings machte sie einen sehr sportlichen Eindruck.
»Ich bin Marley«, stellte er sich vor.
»Marley?«, wiederholte sie, als wollte sie sichergehen, ihn richtig verstanden zu haben.
»Aye, Marley.« Er deutete auf seine Brust.
»Wie Bob Marley?«
»Nee, wie Marley MacKeith.«
Sie runzelte die Stirn. »Kenn ich nicht.«
»Du hast ihn gerade kennengelernt.« Er streckte ihr lächelnd seine Rechte über den Tisch entgegen.
Eine leichte Röte überzog ihre Wangen. »Entschuldige.«
»Alles okay. Wie heißt du?«
»Kimberly.«
»Schön, dich kennenzulernen, Kimberly. Wo kommst du her?«
»Aus Deutschland.«
»Ah.« Er strahlte sie an und sagte mühsam auf Deutsch: »Ein Bier bitte.«
Das vertrieb ihre Verlegenheit. »Du sprichst Deutsch?«

»Nur biss...schen.« Er hob die Hand, presste die Spitzen von Daumen und Zeigefinger zusammen, um ihr die geringe Größe seines Wortschatzes anzuzeigen. Er kramte in seinem Kopf nach ein paar Brocken Deutsch, die noch hängen geblieben waren. »Auto.« Er deutete auf einen Pkw, der am Straßenrand parkte.

Sie nickte.

»Danke schon ...« Sein Blick wanderte über die Umgebung auf der Suche nach weiteren Worten. »Haus ... ah, und«, er hob den Zeigefinger, »Punktlichkeit.«

Sie lächelte über seine Aussprache. »Nicht schlecht. Hast du Deutsch in der Schule gelernt?«

»Nein.« Er wechselte wieder in seine Muttersprache, redete in Erinnerung daran, wie schwer es für ihn gewesen war, sich in einem Land zu verständigen, dessen Sprache er nicht verstand, jetzt jedoch langsamer. »Ich habe ein paar Monate in Deutschland gearbeitet. In ... *well, wait* ... Bad Durkheim?«

»Bad Dürkheim.«

»Aye. Kennst du den Ort?«

»Nein, da war ich noch nie. Was hast du da gemacht?«

»Ich bin Küfer.« Als er ihren fragenden Blick sah, deutete er auf ein altes Bierfass, das dekorativ neben dem Eingang des Pubs stand. »Ich baue und repariere Fässer.«

»Whiskyfässer?«

»Ja, auch.« Bei Schottland und Fässern dachten die Touristen immer gleich an Whisky. Dabei gab es auch gutes Craftbeer, das in Fässern gelagert wurde.

»Und das hast du in Deutschland gelernt?«

»Nein, in Schottland. In der Speyside Cooperage. Das ist bei Craigellachie, Banffshire. Danach bin ich ein paar Monate nach Frankreich gegangen, dann nach Deutschland und nach Italien. Aber da war es mir zu warm, und dann bin ich wieder nach Hause gekommen und habe meine eigene Werkstatt aufgemacht.«

»Mir wurde gesagt, dass der Schotte Heimweh bekommt, sobald er das Land verlässt.«

Er lachte. Das Gespräch mit der Deutschen machte ihm Spaß. »Was denkst du wohl, warum ich wieder hier bin?«

»Und warum bist du ins Ausland gegangen?«

»Ich wollte lernen, wie Fässer in anderen Ländern gebaut werden. Und du? Was machst du, wenn du nicht gerade im wunderschönen Norden Schottlands bist?«

Sie hob die Schultern, und er spürte, wie sie einen Teil ihrer Lockerheit wieder verlor. »Ich hab das Richtige noch nicht gefunden.«

»Ich kann dir gern mal zeigen, wie man Fässer baut.«

Sein Angebot überrumpelte sie, das las er in ihrem Gesicht. Aber auch er war erstaunt über seine rasche Einladung. Er hatte das Gefühl, diese Frau zu kennen. War er ihr begegnet, als er auf der Walz war? Aber das wäre wirklich ein außergewöhnlicher Zufall.

»Ja, warum nicht?«, erwiderte sie zögernd.

Joyce kam heraus und stellte einen Teller mit Sandwiches vor ihm auf den Tisch. »Schön, ihr habt euch schon kennengelernt. Braucht ihr noch was?«

»Alles bestens, danke. Sag Jeana, sie darf noch ein bisschen mit Daisy spielen.«

»Du kannst froh sein, wenn du sie nachher überhaupt wieder mitnehmen darfst.«

»Daisy ist ein Lamm«, erklärte Marley, nachdem Joyce sie wieder allein gelassen hatte.

»Ich weiß, ich habe sie vorhin kennengelernt. Jeana sagte, ihre Mutter ist tot.«

»Aye.« Er biss in das mit Tomaten und Gurke belegte Sandwich.

»Guten Appetit«, sagte Kimberly auf Deutsch.

Er hielt sich kauend die Hand vor den Mund. »Danke schon.«

Sie setzte sich rittlings auf die Bank, legte den Kopf in den Nacken und blinzelte in die Sonne.

Verstohlen musterte er ihr Profil. Woher kannte er dieses

Gesicht? Er war sich sicher, dass er sie heute nicht zum ersten Mal sah.

»Aus welcher Ecke Deutschlands kommst du?«, fragte er, nachdem er das erste Sandwich verspeist hatte.

Sie zögerte wieder mit einer Antwort. »Aus dem Norden.«

»Ich war mal auf Norderney«, erinnerte er sich an einen Ausflug, den er damals mit zwei Kollegen gemacht hatte.

»Da war ich auch schon mal. Da war ich aber noch so klein.« Sie hielt die Hand einen halben Meter über den Boden.

»Das ist dann ja noch nicht so lange her«, neckte er sie.

Sie sah ihn mit gespielter Empörung an, konnte sich aber ein Schmunzeln nicht verkneifen. Dieser Blick gefiel ihm.

»Marley MacKeith, *sexiest man alive*!«, erschallte es überschwänglich hinter ihm.

Er wandte sich um. Alison Dexter kam freudestrahlend auf ihn zu. »Spar dir deine Schmeichelei. Grace hat mich vorgewarnt«, erwiderte er unbeeindruckt.

Alison zog einen Flunsch. »Sie gönnt mir auch keinen Spaß. Drück mich wenigstens mal, Kleiner.«

Er stand auf und nahm sie in den Arm. Der »Kleine« war fast einen Kopf größer als sie.

»Ich liebe diesen von harter Arbeit gestählten Körper.« Alison schlug einen Ton an, als wollte sie am liebsten auf der Stelle über ihn herfallen, und drückte seinen Bizeps.

»Setz dich.« Er deutete auf den Platz neben sich. »Sandwich?«

»Danke, ich hatte vorhin.« Alison ließ sich neben ihm auf der Bank nieder. »Ist er nicht süß?«, wandte sie sich an Kimberly, woraufhin die Frau ihn tatsächlich abschätzend taxierte. Er spürte, wie seine Ohren heiß wurden. Na super. Er widmete seine Aufmerksamkeit dem zweiten Sandwich, um seine Verlegenheit zu überspielen.

»Ganz okay«, fällte sie ihr Urteil.

Alison grinste.

Ganz okay war besser als süß, befand Marley still für sich.

Welcher Mann wollte schon »süß« sein? »Du warst bei Grace?«, wechselte er das Thema.

»Aye.« Alison sah wieder zu Kimberly. »So ist das Leben in einem Dorf. Hier bleibt nichts vor niemandem auch nur fünf Minuten verborgen. Mein Freund Marley spricht übrigens Deutsch.«

»Ich weiß, wir haben uns schon angeregt unterhalten.« Sie grinste ihn verschwörerisch an.

Marley erwiderte ihr Lächeln. Diese Frau gefiel ihm immer mehr. Ein Flirt mit einer Touristin? Er dachte an Ryans Worte. Man musste ja nicht gleich heiraten. Ein bisschen Abwechslung in seinem Alltag wäre nicht schlecht.

»Was sag ich?«, sah Alison ihre These über das Dorfleben bestätigt. Sie wandte sich Marley zu. »Ich war gerade auf Douglas' Hof, aber er war nicht da.«

»Er wird auf den Weiden unterwegs sein.«

»Vermutlich ja, ich versuche es nachher noch einmal. Willst du mitkommen?«

Marley lachte unfroh auf. »Ganz sicher nicht.«

»Ich würde auch gern noch mit dir sprechen.«

Aus den Augenwinkeln bemerkte er, dass Kimberly ihr Geschirr zusammenräumte.

»Ich will mir ein bisschen die Füße vertreten«, erklärte sie und ergänzte an Marley gewandt auf Deutsch: »War nett, dich kennenzulernen.«

Er versuchte sich zu erinnern, was die Worte bedeuteten. Sie lächelte, also war es wohl etwas Nettes. »Wünsche ich dir auch«, erwiderte er auf Englisch und hoffte, dass die Antwort passte.

Sie sahen ihr nach, wie sie im Pub verschwand.

»Was hat sie gesagt?«, erkundigte Alison sich.

»Keine Ahnung.«

Alison stieß ihn lachend in die Seite. »Du Poser! Aber keine Sorge, sie bleibt sicher ein paar Tage, da kannst du deine Deutschkenntnisse wieder auffrischen.«

Das waren doch nicht die schlechtesten Aussichten. »Und was willst du jetzt von mir?«

»Das weißt du doch.« Sie zwinkerte ihm lüstern zu.

»Jetzt mal ernsthaft, Ali.« Er war nicht in der Stimmung für die Spielchen, die Grace und ihre Freundin auf seine Kosten miteinander austrugen. Und er war tatsächlich etwas enttäuscht, dass Kimberly gegangen war. Es war reine Höflichkeit gewesen, war er sich sicher, damit Alison mit ihm unter vier Augen sprechen konnte.

»Wir müssen herausfinden, wer und warum jemand die Schafe deines Vaters tötet.«

»Darum kümmert sich doch jetzt die Polizei.«

»Aus Inverness kommt deswegen niemand her, und die Jungs in Thurso haben genug andere Baustellen.«

»Grace ist ja auch noch da.«

»Aber wir können sie nicht damit alleinlassen.«

»Und was gedenkst du zu tun?«

»Erst einmal mit Douglas reden, und dann werde ich mich in der Gegend umhören, ob jemandem etwas aufgefallen ist.«

»Mir ist etwas aufgefallen«, fiel Marley bei dem Stichwort ein. »Heute Morgen habe ich einen dunklen Pick-up gesehen. Ich bin mir nicht sicher, welche Marke, könnte ein Chevi gewesen sein. Oder ein Ford Ranger.«

Alison zog einen Notizblock aus ihrer Handtasche. »Wann genau war das?«

»So gegen fünf vielleicht. Die Maschine hat mächtig geröhrt, deswegen ist er mir aufgefallen.«

»Wo?«

»Er fuhr an Francis Cottage vorbei Richtung Thybster.«

»Kannst du den Wagen näher beschreiben?«

»Ich glaube, ein neueres Modell, nicht schwarz, eher grau.« Ihm kam noch eine Erinnerung. »Conor müsste wissen, wem der Wagen gehört. Ich hab ihn erst gestern mit dem Fahrer reden sehen. Draußen bei Thybster Rock.«

Mittwoch

Thybster

Hinter den geblümten Vorhängen schimmerte der Tag herein. Kim rollte sich auf den Rücken und ließ den Blick durch das Zimmer wandern. Eine breite geblümte Borte verlief auf halber Höhe an der Wand entlang, oberhalb war die Tapete längs gestreift: feine Linien im Wechsel zwischen cremigem Weiß, pastelligem Rosa und einem Farbton, den sie als Goldocker definierte. Unterhalb der Borte war die Tapete komplett pastellrosa.

Die Farben wiederholten sich in den Gardinen und Vorhängen, ebenso in dem Bezug des kleinen Sessels, den ein Kissen mit Blümchenmuster zierte, dessen Design sich in der Bettwäsche wiederfand. Dazu kam eine rosa Tagesdecke.

Auf einem kleinen weiß getünchten Tisch standen ein Wasserkocher mit zwei Tassen – rosa Rosendekor – und eine Schale mit Teebeuteln. Auch Nachttisch und Kleiderschrank waren aus weißem Holz. Den Fußboden bedeckte ein flauschiger Teppich in Altrosé. Es war alles wunderbar aufeinander abgestimmt, allerdings für Kims Geschmack zu verspielt.

Sie schmunzelte bei der Erinnerung an Jeanas Worte, als sie ihr das Zimmer gezeigt hatte: »Falls Rosa nicht deine Farbe ist, wir hätten das Zimmer auch in Blau.«

Alisons Schwester war eine Erscheinung. Kim hatte sich bei ihrer Begegnung zusammenreißen müssen, sie nicht pausenlos anzustarren. Sie war so außerordentlich hübsch mit ihren langen rotgoldenen Locken, den grünen Augen und den perfekt geschwungenen Lippen. Obwohl sie ein paar Zentimeter größer war als Kim, wirkte sie zart und zerbrechlich. Sie weckte sofort einen Beschützerinstinkt in ihr.

»Rosa ist prima«, hatte Kim sich selbst sagen hören. Dieses

rosa Puppenzimmer passte überhaupt nicht zu ihr, und doch fühlte sie sich pudelwohl. Sie hatte traumlos geschlafen und war ausgeruht. Das B&B gehörte zum Pub, befand sich aber in einem separaten Haus, in dem Jeana und ihre Lebensgefährtin in der unteren Etage wohnten. Von dem abendlichen Lärm im JJ's hatte Kim nichts mitbekommen.

Sie schwang die Füße aus dem Bett, wusch sich und schlüpfte in ihre Trainingskleidung. Sie muffelte ein wenig vom Schweiß der vorangegangenen Tage. Kim fragte sich, ob es im Dorf einen Waschsalon gab, wo sie ihre Kleidung reinigen konnte.

Im Haus war alles still, und sie bemühte sich, möglichst geräuschlos ins Freie zu kommen. Auf den Holzstiegen ein aussichtsloses Unterfangen. Sie schloss die Haustür und genoss die kühle Morgenluft auf der Haut. Von Jeana hatte sie sich am Abend zuvor beschreiben lassen, wo sie am besten ihre Runde drehen konnte, und so trabte sie die Main Street entlang durch das Dorf. Die Straßen waren leer. Die Sonne erklomm in der Ferne gerade den Horizont.

Am Ortsausgang lief sie ein Stück geradeaus. Rechts kam ein kleines Cottage mit einer Scheune. »Francis Cottage«, hatte Jeana erklärt, es war ihr Elternhaus. Sie und Alison hatten es an Marley MacKeith verpachtet.

Als sie an der Einfahrt vorbeijoggte, sah sie ihn über den Hof gehen. Er hob grüßend die Hand, als er sie bemerkte. Sie winkte zurück. Holzfässer standen aufgereiht vor der Scheune. Da hatte er also seine Küferei. Der Mann hatte ihr gefallen. Sein Deutsch war allerdings sehr schottisch eingefärbt gewesen. Sie hatte Mühe gehabt, die paar Worte zu verstehen.

Ein Stück weiter folgte auf der linken Seite die Einfahrt zu einer Farm mit einem größeren Haus und mehreren Scheunen. Es lag etwas zurückgesetzt von der Straße. Es war das Farmhaus von Marleys Vater Douglas. Wenige Meter nach der Farm sollte sie links auf einen Feldweg einbiegen.

»Das Land gehört Douglas, aber du darfst darüberlaufen.« Jeana hatte sie noch einmal auf das »Access Law« hingewiesen und sie zudem gewarnt: »Geh nicht zu dicht an den Rand der Klippen. Es geht da ziemlich steil bergab, und die moosigen Felsen können sehr rutschig sein.«

Sie passierte die Farm und bog in den Feldweg ein, der leicht anstieg, um an einer Biegung wieder abzufallen. Von hier hatte sie Sicht aufs Meer. Sie lief zu den Klippen, blieb am Rande stehen und betrachtete das Spiel der Wellen, die schäumend über die Felsen unter ihr rollten. Es war beeindruckend. Gewaltiger als die sanfte Dünung am Strand von Portgordon. Gischt spritzte auf. Sie schmeckte das Salz auf ihren Lippen. Möwen glitten in rasantem Tempo dicht über die Wasseroberfläche.

Sie setzte ihren Lauf auf dem schmalen Trampelpfad fort, der am Rande der Weiden an der Küste entlangführte. Ihre Gedanken verselbstständigten sich. Sie wurde am Sonntag zurückerwartet. Bis dahin blieben ihr noch vier Tage, um eine Entscheidung zu treffen.

Was würde Lothar machen, wenn sie nicht zurückkam? Und wie sollte es dann für sie weitergehen? Sie konnte nicht einfach in dem rosa Puppenzimmer bleiben und in den Tag hineinleben. So viel Geld hatte sie nicht. Sie musste sich ernsthafte Gedanken über ihre Zukunft machen.

Ein heiseres Blöken holte sie aus ihren Grübeleien. Sie blieb stehen und blickte suchend in die Landschaft.

»Das gibt's doch nicht«, entfuhr es ihr ungläubig. Wenige Meter von ihr entfernt hatte sie ein Schaf entdeckt. Es lag schräg auf dem Rücken und zappelte hilflos mit den Beinen in der Luft. Ein Lamm sprang um das Wollknäuel herum und blökte aufgeregt.

Sie suchte in ihrem Kopf nach den Informationen, die Alison ihr über liegende Schafe gegeben hatte. Sie sterben, wenn sie nicht wieder auf die Beine kommen. Sie konnte nicht achtlos an dem Tier vorbeilaufen. Unsicher ging sie auf das Schaf zu. Das Lamm flüchtete, blieb in einiger Entfernung stehen und beobachtete sie ängstlich. Seine Mutter strampelte stärker, je näher Kim kam.

»Ganz ruhig, ich will nur helfen«, sprach sie leise auf das Schaf ein. Sollte sie englisch mit dem Tier sprechen, oder reichte der Singsang ihrer Stimme, um es zu beruhigen? Sie umrundete das Schaf, sah die vor Angst weit aufgerissenen dunklen Augen. »Ich tu dir nichts. Ganz ruhig.«

Sie trat an das Tier heran, beugte sich herunter und griff in das dichte Fell. Es fühlte sich rau und filzig an. Der Geruch der Wolle stieg ihr in die Nase.

»Okay, auf geht's.«

Sie versuchte, das Schaf auf die Beine zu stellen, aber der runde Körper schaukelte nur leicht. Das Tier war schwerer, als sie vermutet hatte. Sie musste mit mehr Schwung vorgehen. Sie krallte die Finger ins Fell, spannte die Muskeln an. »Jetzt hilf mal ein bisschen mit, du dummes Tier.« Sie holte Luft.

»Finger weg von meinem Schaf!«, dröhnte eine zornige Stimme hinter ihr.

Sie erstarrte in der Bewegung. Das Tier vor ihr zappelte panisch.

»Finger weg, hab ich gesagt!«

Sie hörte ein Klicken. Ihr Herz setzte aus. Sie ließ das Schaf los, hob vorsichtig die Hände und richtete sich langsam auf. Das Klicken hatte sich angehört wie ein Gewehr. Das konnte unmöglich wirklich passieren. »Ich wollte nur helfen.«

»Dreh dich um!«

Sie folgte der Anweisung und sah sich einem älteren Mann gegenüber, der tatsächlich den Lauf einer Schrotflinte auf sie gerichtet hatte. Er trug eine Waxcotton-Jacke, die Cordhose steckte in Gummistiefeln. Zu seinen Füßen saß ein schwarz-weiß gefleckter Hund, der wesentlich freundlicher wirkte als sein Herr.

»Ich wollte nur helfen«, wiederholte sie.

Der Blick des Mannes glitt suchend über ihren Körper. Sie hoffte, dass der Kerl ruhige Hände hatte und nicht versehentlich den Abzug betätigte. Ihr Herz schlug ihr bis zum Hals, während sie ihr Gegenüber ebenfalls musterte. Die Gesichtszüge kamen ihr bekannt vor.

»Hast du ein Messer bei dir? Dann legst du es jetzt besser auf den Boden. Schön langsam.«

»Ich habe kein Messer bei mir«, erwiderte sie verwirrt. Sie hielt weiter die Hände erhoben.

»Was treibst du dich hier rum?«

»Ich war joggen. Schauen Sie mich doch an.« Sie hoffte, dass ihm endlich auffiel, dass sie zu den Shorts Joggingschuhe trug und auch ihr Sweatshirt kein Versteck für eine Machete bot. »Ich wollte dem Schaf helfen. Sehen Sie, es liegt immer noch da.«

Der Mann deutete mit dem Kopf nach links. »Geh da rüber.«

Sie trat unsicher ein paar Schritte über den unebenen Boden zur Seite.

»Du bleibst da stehen, sonst hetz ich den Hund auf dich.«

Endlich nahm der Mann die Flinte herunter. Sie atmete vorsichtig auf, wagte jedoch nicht, die Hände zu senken.

Er ging zu dem Schaf und stellte es mit einer routinierten Bewegung auf die Beine. Nachdem er es einige Sekunden lang festgehalten hatte, ließ er es los, und das Schaf trottete unsicher davon. Das Lamm sprang erleichtert seiner Mutter entgegen.

Der Mann wandte sich ihr mit misstrauischem Blick wieder zu. »Wer bist du?«

»Ich heiße Kimberly.«

»Und was treibst du dich hier rum?«

»Ich war joggen. Ich bin gestern nach Thybster gekommen. Ich wohne im Pub, und Jeana sagte, ich dürfe hier langlaufen.« Sie versuchte, tief zu atmen, um ihren Pulsschlag wieder zu beruhigen. »Darf ich die Arme runternehmen?«

»Aye.«

Sie senkte die Arme, ließ die Schultern kreisen. Ihr Nacken war verspannt. Der Hund sprang auf und kam schwanzwedelnd auf sie zu. »Na, du«, grüßte sie ihn in der Hoffnung, dass das Tier ihr wohlgesonnen war.

Der Hund setzte sich hechelnd vor sie. Nachdem sie sich nicht rührte, rückte er näher. Er wollte gestreichelt werden.

Der Alte schnaubte erstaunt. »Trevor mag dich.«

Sie streckte dem Hund vorsichtig eine Hand entgegen, damit er daran schnuppern konnte. Er schleckte über ihre Finger.

»Du wohnst bei Jeana und Joyce?«

»Ja.«

»Dann bist du die Deutsche?«

In diesem Dorf blieb nichts verborgen, da hatte Alison nicht übertrieben. »Ja.«

»Tut mir leid, wenn ich dich erschreckt habe.«

Das hatte er allerdings. Sie konnte den Mann nicht einschätzen und nickte nur. Die Augen. Er hatte dieselben Augen wie sein Sohn. Nur hatte Marley am Tag zuvor nicht so finster dreingeschaut.

»Woher weißt du, wie man mit Schafen umgeht?«

»Das weiß ich nicht. Aber Alison hat gesagt, dass ein Schaf von allein nicht wieder auf die Beine kommt, wenn es auf dem Rücken liegt. Sie hat mir erklärt, was ich tun muss.«

»Aye.«

Eine Windböe ließ sie in ihrer verschwitzten Kleidung frösteln. Sie rieb sich über die Arme. »Ich lauf dann mal weiter ...«

Er entließ sie mit einem Nicken, gab dem Hund ein Zeichen, zu ihm zu kommen.

Sie trabte los. Ihr Herz raste noch immer. Noch nie in ihrem Leben hatte jemand mit einer Schrotflinte auf sie gezielt. Hätte der Kerl geschossen, wenn sie das Schaf nicht sofort losgelassen hätte?

Thurso

Alison hatte ihren Wagen in einer Seitenstraße geparkt und wartete in der Olrig Street vor der Thurso Police Station. Sie hatte sich mit Grace zum Lunch verabredet. Ihr Blick glitt die Straße entlang über die niedrigen Reihenhäuser mit dunklen

Schieferdächern, teils war das Mauerwerk aus Natursteinen, teils zierte die Fassaden graubrauner Putz. Das zweistöckige Polizeigebäude stach weiß getüncht hervor. Es waren vertraute Straßen und vertraute Gebäude.

Sie erinnerte sich, wie sie in ihrer Jugend eines Morgens in einer der Zellen der Polizeistation aufgewacht war. Sie hatte sich mit Grace fürchterlich betrunken, und in ihrem Übermut waren sie lärmend und laut singend durch die Straßen gezogen. Die Polizisten, von denen sie in den frühen Morgenstunden in der Ruine der Old St Peter's Church aufgegabelt worden waren, hatten sie beide zu Lernzwecken in den Zellen übernachten lassen.

Alison hatte es nichts ausgemacht. Ihre Eltern interessierte es nicht, wenn die sechzehnjährige Tochter nachts nicht nach Hause kam. Grace hingegen hatte mächtig Ärger bekommen.

Alison musste nicht lange warten, bis ihre Freundin aus dem Eingang des Polizeigebäudes trat. Grace hasste Unpünktlichkeit, und so war auf sie stets Verlass.

»Gehen wir zum Strand?«, schlug Alison vor. Sie hatte Sandwiches eingepackt, und Jeana hatte ihr eine Thermoskanne Tee mitgegeben.

Grace nickte. Von der Polizeidienststelle war es nur ein kurzer Fußmarsch. Das schöne Wetter hatte ein paar Einheimische und Touristen an den Strand gelockt. Sie spazierten ein Stück die Promenade entlang und fanden eine freie Bank, auf der sie sich niederließen. Alison goss Tee in zwei Becher und verteilte die Sandwiches.

»Ich habe heute Vormittag mit Conor gesprochen«, begann Grace, nachdem sie das erste Sandwich hungrig verspeist hatte. Alison hatte sie am Abend zuvor noch über Marleys Hinweis auf den Pick-up informiert. »Er sagt, Marley muss sich geirrt haben. Er hätte sich mit niemandem bei Thybster Rock getroffen.«

»Marley hat gesagt, Conor hätte ihn auch gesehen.«

»Vielleicht hat er sich vertan.«

Alison schüttelte den Kopf. »Marley kennt Conor und sein Auto, und er hätte nicht gesagt, dass es Conor gewesen ist, wenn er ihn nicht erkannt hätte.«

»Aber warum sollte Conor lügen?«

»Weil er was zu verbergen hat. Der Fremde hat ihm einen Umschlag gegeben – da kann doch nur Geld drin gewesen sein. Der Lohn für einen Auftrag, den er erledigt hat.«

»Du denkst doch nicht ...« Grace nahm ein zweites Sandwich. »Conor und Dad kennen sich seit ihrer Kindheit. Conor arbeitet für ihn, seit ich denken kann. Ich kann mir nicht vorstellen, dass er irgendetwas mit Dads toten Schafen zu tun hat.«

»Jeana hat mir erzählt, dass er Liwa noch immer schlägt«, führte Alison einen weiteren Punkt gegen Conor ins Feld.

»Liwa sagt, sie sei gestürzt.«

»Weil Conor es von ihr verlangt.«

Grace warf ihr einen ärgerlichen Blick zu. »Das weiß ich auch, aber was sollen wir denn machen? Sie in Beugehaft nehmen, bis sie die Wahrheit sagt?«

Alison spürte die Frustration ihrer Freundin. Es war oft schwer, häuslicher Gewalt beizukommen. »Ich könnte mal mit ihr reden.«

»Kannst es gern versuchen«, erwiderte Grace wenig optimistisch. Sie nippte grübelnd an ihrem Tee. »Dieses Treffen bei Thybster Rock muss nichts mit den Schafen zu tun haben. Conor macht gern mal illegale Geschäfte. Vielleicht war es ein Hehler, der ihm Geld oder was auch immer gegeben hat, und er will sich und den anderen nicht in Schwierigkeiten bringen.«

»Wir sollten es dennoch nicht ignorieren. Marley hat denselben Pick-up auch gestern früh gesehen, und wenig später hat er die toten Schafe entdeckt.« Alisons Blick schweifte in die Ferne. Vom Strand aus hatten sie Sicht über die Thurso Bay auf den gegenüberliegenden Hafen von Scrabster. Die Fähre von Stromness fuhr gerade ein.

»Ich werde mich mal ein bisschen in der Gegend umhören«, erklärte sie. »Vielleicht ist auch anderen Leuten der Wagen aufgefallen.«

»Das tun wir zwar auch, aber dir erzählen sie vielleicht eher etwas als der Polizei.«

»Oh ja, einer Alison Dexter kann keiner widerstehen.« Sie zwinkerte ihrer Freundin aufmunternd zu. »Mach nicht so ein Gesicht. Wir finden heraus, wer die Tiere getötet hat.«

»Dad verheimlicht etwas vor mir.« Grace strich sich durch die kurzen dunklen Haare. Tiefe Sorgenfalten lagen auf ihrer Stirn. »Ich kann nur hoffen, dass er sich nicht mit irgendwelchen zwielichtigen Leuten eingelassen hat.«

»Douglas doch nicht.«

»Tu das nicht so einfach ab. Die Farm läuft schlecht. Für das Fleisch bekommt er kaum Geld. Die Verhandlungen mit den Abnehmern werden von Mal zu Mal schwerer. Wolle geht gar nicht mehr. Die Konkurrenz aus dem Ausland ist zu groß und zu billig.«

»Aber deswegen lässt Douglas sich doch nicht mit irgendwelchen dubiosen Leuten ein«, versuchte Alison, die Befürchtung ihrer Freundin zu verscheuchen.

»Er hätte Marley damals gestatten sollen, seine Werkstatt auf dem Hof aufzubauen. Es war ein großer Fehler, dass er sich so dagegen gesträubt hat. Es wäre ein zweites Standbein gewesen. Jetzt krebsen sie beide rum und müssen schauen, wie sie über die Runden kommen.«

»Ist Marley knapp bei Kasse?«

»Ich weiß es nicht. Zu mir sagt er immer, er kommt klar.«

»Ich kann mit Jeana reden. Wir können seine Pacht sicher eine Zeit lang aussetzen.«

»Das wird er nie im Leben annehmen.« Grace seufzte resigniert. »Dazu ist er viel zu stolz.«

Thybster

Marley war dabei, Daisy zu füttern, als die deutsche Touristin auf seinem Hof erschien. Sie trug Jeans und ein langärmeliges, weites Shirt. Unschlüssig blieb sie zwischen Haus und Werkstattscheune stehen.

»Ich bin hier«, rief er ihr aus dem Gehege neben der Scheune zu. Er saß auf einem Schemel hinter dem hohen Zaun, sodass sie ihn nicht sehen konnte.

Sie kam herüber und blickte über das Gatter. »Oh, stör ich bei der Raubtierfütterung?«

»Du störst nicht. Komm rein, kannst übernehmen.« Er deutete mit dem Kopf auf die Pforte zu ihrer Rechten.

Daisy zuckte kurz zusammen, als Kimberly hereinschlüpfte, nuckelte dann aber gierig weiter an dem Fläschchen, das kleine Schwänzchen wedelte unaufhörlich.

»Komm ruhig näher. Das kleine Biest ist so verfressen, die lässt sich von dir nicht stören.«

»Okay«, flüsterte Kimberly ehrfürchtig.

Er schmunzelte, als sie auf Zehenspitzen vorsichtig näher kam.

»Lämmer sollen stehend trinken. Und du solltest den Kopf ein Stück anheben, siehst du, wie ich das mache?« Er hielt die Flasche mit Daumen, Zeige- und Mittelfinger, die anderen zwei Finger lagen unter dem Kiefer des Lammes und hoben die Schnauze sanft an. Im Nacken des Tieres lag schützend seine zweite Hand.

»Eigentlich muss ich sie gar nicht mehr stützen. Bei jungen Lämmern muss man aufpassen. Aber Daisy ist schon zwei Monate alt. Kräftig und gefräßig. Ein paar Wochen, dann kann sie zu ihrer Herde auf die Weide.«

»Und so lange ist sie hier ganz allein?«

Marley hob bedauernd die Schultern. »Leider. Das ist nicht gut, aber ich habe keine Schafe. Du darfst gern jeden Tag kommen und mit ihr spielen.«

»Muss ich sie an die Leine nehmen, wenn ich mit ihr spazieren gehe?«

»Lass dich dabei nicht von meinem Vater erwischen. Dann hält er dir einen Vortrag darüber, dass ein Schaf ein Nutztier ist und keine Schmusekatze.«

»Wenn's nur das ist. Heute Morgen wollte er mich mit einer Schrotflinte erschießen.«

Sie hatte es leichthin gesagt, dennoch schnellte Marleys Blick alarmiert zu ihr auf. »Das war ein Scherz, oder?«

Sie lächelte ausweichend. »Nur ein Missverständnis.«

»Er hat allen Ernstes … Heute früh auf deiner Joggingrunde?«

»Ja, aber es war nichts –«

»Wann und wo hat er dich mit einer Schrotflinte bedroht?« War sein Vater denn von allen guten Geistern verlassen?

Kimberly erzählte ihm von der Begegnung.

»Das tut mir so leid. Er muss dich zu Tode erschreckt haben.«

Sie zuckte die Achseln. »Er will seine Schafe beschützen.«

»Es war trotzdem nicht in Ordnung.« Marley stand auf und strich sich ein paar Strohhalme von der Kleidung, nachdem Daisy die Flasche geleert hatte. »Wie kann ich das wiedergutmachen?«

»Du wolltest mir zeigen, wie man ein Fass baut.«

Er hob erstaunt die Augenbrauen. »Das interessiert dich wirklich?«

»Sonst wäre ich ja nicht hier.«

»Ich dachte, du wolltest Daisy wiedersehen.« Oder mich, ergänzte er im Stillen. Ihm wurde bewusst, dass seine Kleidung verschwitzt und schmutzig war und er nach der Fütterung nach Schaf roch. »Ich mach mich kurz frisch, dann zeige ich dir die Werkstatt. Willst du so lange bei ihr bleiben?«

Sie betrachtete das Lamm, das schwanzwedelnd vor ihr stand und ins Stroh pinkelte. »Klar, ich bring ihr ein paar Kartentricks bei, vielleicht kann sie's mal brauchen.«

Sie sagte es so ernst, dass er einen Augenblick stutzte.

»Wir sind zu dritt, wir könnten 'ne Runde Skat spielen«, setzte sie nach, als wäre das tatsächlich eine Option. Sie ließ sich auf seinem Schemel nieder und strich Daisy über das Fell.
»Du spielst Skat?«, fragte er verwundert. Auf seiner Wanderschaft hatten ihm die deutschen Kollegen das Spiel beigebracht.
Sie grinste. »So gut, wie du Deutsch sprichst.«
»Also perfekt«, erwiderte er mit ebenso breitem Grinsen. Er ging zum Gatter, wandte sich noch einmal zu ihr um. »Kimberly ...« Er zögerte. »Wem hast du von dem Vorfall mit Douglas erzählt?«
»Nur dir.«
Ihr Blick war arglos. Tat sie die Sache wirklich so leicht ab? Er seufzte unschlüssig. »Denkst du ... Könntest du die Sache für dich behalten?«
»Klar«, erwiderte sie gleichmütig, als wäre es eine ganz gewöhnliche Bitte.
»Douglas ist normalerweise nicht so«, ergänzte er. »Ich werde mit ihm reden. So etwas kommt nie wieder vor.«
Er stahl sich aus dem Gehege. Diese Frau brachte ihn ganz durcheinander. Ihr Gesicht schien ihm so vertraut. Und ihr freches Grinsen weckte Gefühle in ihm, die weit über einen flüchtigen Flirt hinausgingen.
Er ging ins Bad, wusch sich und tauschte das verschwitzte T-Shirt gegen ein frisches. Kimberlys Erzählung über die Begegnung mit Douglas ging ihm nicht aus dem Kopf. Er würde seinen Vater zur Rede stellen, und er war gespannt auf die Erklärung, die Douglas ihm geben würde.

John o'Groats

Alison saß in ihrem Wagen auf dem Parkplatz des Fährterminals von John o'Groats. Die Fähre, die in den Sommermonaten täglich nach Burwick auf den Orkneyinseln fuhr, hatte ihre Arbeit für den Tag beendet, und der Parkplatz war fast leer. Mit knapp dreihundert Einwohnern war John o'Groats ebenso klein wie Thybster. Die Touristen, die von ihrem Inselausflug zurückkehrten, hielt meist nicht viel im Ort. Ein paar wenige vertraten sich die Füße und waren vom Fähranleger zum Leuchtturm Duncansby Head gewandert.

Alison war die gesamte Küste von Thurso Richtung Osten abgefahren. Sie hatte sämtliche Cottages und Farmen an der A 836 abgeklappert auf der Suche nach einem grauen Pick-up. Auf zwei Höfen hatte sie ein passendes Gefährt entdeckt, aber nachdem sie mit den Besitzern gesprochen hatte, war sie überzeugt, dass sie nichts mit Douglas' toten Schafen zu tun hatten. Die Namen Felton und Rickman hatte sie sich dennoch notiert. Sie würde Grace bitten, die beiden Familien zu überprüfen.

Die Tötung der Schafe hatte sich unter den Farmern herumgesprochen, aber niemand konnte sich erklären, wer zu so etwas fähig wäre, und niemand hatte in den letzten Tagen etwas Außergewöhnliches bemerkt. Die Touristensaison hatte begonnen, da fuhren immer wieder fremde Pkws auf den schmalen Straßen.

Alison legte den Kopf in den Nacken. Was war mit Conor? Warum hatte er geleugnet, sich bei Thybster Rock mit jemandem getroffen zu haben? Wahrscheinlich lag Grace mit ihrer Vermutung richtig, dass er mit einem Hehler verabredet gewesen war.

Und Douglas? Hatte er mit jemandem aus der Region Ärger? Auch ihr gegenüber hatte der Farmer gemauert. Er hatte sich am Abend zuvor zwar gefreut, sie wiederzusehen, aber als sie auf die toten Schafe zu sprechen kam, war er abweisend geworden. Er wisse nicht, wer das getan hatte, und wenn er es je erfahren würde, bekäme derjenige die entsprechende Rechnung. Sie konnte nur hoffen, dass Grace' Vater keine Dummheiten machte.

»Denk nach, Alison«, spornte sie sich selbst an. »Niemand tötet sieben Schafe, nur um einem Farmer einen Denkzettel zu verpassen.«

Sie warf einen Blick auf die Uhr, es war halb acht. Sie beschloss, zurück nach Thybster zu fahren und bei Jeana und Joyce zu essen. Der Pub war noch immer das Zentrum des Dorfes, Treffpunkt für Freunde und Gerüchte.

Sie war gerade vom Parkplatz gefahren, als ihr Smartphone einen Anruf verkündete. Sie nahm ihn über die Freisprechanlage entgegen.

»Hallo, Hamish«, grüßte sie ihn in bemüht neutralem Ton.

»Wo steckst du?«

»Ich bin in Thybster.«

»Na toll. Ich stehe vor deiner Haustür.«

»Du hättest vorher anrufen sollen.«

»Ich wollte dich überraschen.«

Er klang tatsächlich niedergeschlagen. Kurz bedauerte sie, dass sie nicht zu Hause war. Aber sollte er ruhig leiden. Oft genug war sie diejenige, die am Ende des Tages allein dasaß.

»Hast du mir Blumen mitgebracht?«

»Natürlich. Jetzt steh ich hier wie der letzte Depp.«

Sie grinste bei der Vorstellung, wie er mit Blumenstrauß wie ein begossener Pudel vor ihrer Haustür stand.

»Was machst du in Thybster?«

»Ich unterstütze die Polizei bei der Ermittlung in mehreren Mordfällen.«

»Wie bitte?«, stieß er entsetzt aus.

»Hier gab es ein Massaker«, setzte sie noch eins drauf.

»Ali!«

»Schafe, Hamish. Es geht um Schafe«, beruhigte sie ihn. »Einem Schäfer wurden mehrere Schafe abgestochen.«

»Warum das denn?«

»Das versuche ich herauszufinden. Hast du eine Idee?«

»Da kenne ich mich nicht aus.« Sie hörte ihn unentschlossen seufzen. »Rufst du mich an, wenn du wieder in Inverness bist?«

»Warum? Hast du Sehnsucht?« Bei der Frage schlich sich doch leichter Zynismus in ihre Stimme.

»Es tut mir leid, dass ich dich letztes Wochenende so kurzfristig versetzt habe.«
»Muss ja was Wichtiges gewesen sein.«
»Das war es. Ruf mich bitte an, wenn du wieder zurück bist.«
»Kann ein paar Tage dauern.«
»Okay. Pass auf dich auf, Ali.« Er legte auf.

Alison starrte auf die Straße vor ihr. Sie hatte die Schnauze voll davon, immer darauf zu warten, dass er Zeit für sie hatte. Und gleichzeitig erfüllte allein der Klang seiner Stimme sie mit einer Sehnsucht, die jegliche Vernunft auf der Stelle vertrieb. Sie schlug frustriert auf das Lenkrad. »*Fuck!*«

Thybster

Douglas MacKeith saß missmutig an seinem Küchentisch. Trevor lag zu seinen Füßen und schnarchte leise. Der Hund war zufrieden. Er hatte seine Arbeit für den Tag getan, hatte gefressen, ein paar Streicheleinheiten abgesahnt und ruhte nun, nicht ahnend, welche Sorgen seinen Herrn plagten.

Douglas starrte auf das Blatt, das er aus einem braunen Umschlag genommen hatte. Der Brief war nicht mit der Post gekommen. Jemand musste ihn durch den Briefschlitz in der Haustür geworfen haben, als er auf den Weiden unterwegs gewesen war. Die Botschaft war kryptisch und doch eindeutig.

Ein Klopfen an der Haustür ließ Trevor aufhorchen. Er hob lauschend den Kopf. Die Tür wurde geöffnet.

»Douglas?« Schritte erklangen im Flur.

Der Junge hatte ihm gerade noch gefehlt. Eilig stopfte er das Blatt in die Schublade unter dem Küchentisch. »In der Küche«, murrte er.

Trevor sprang schwanzwedelnd auf, als Marley im Türrahmen erschien.

»Du schon wieder?«, begrüßte Douglas ihn weniger erfreut.

»Ja, ich schon wieder.« Marley kam herein und setzte sich unaufgefordert zu ihm an den Tisch. »Douglas, du warst heute Morgen mit der Schrotflinte auf der Weide und hast eine Touristin bedroht!«

Keine Frage, wie es ihm ging, kein Small Talk übers Wetter. So war Marley schon immer gewesen. Wenn ihm etwas auf der Seele brannte, kam er damit hereingepoltert.

Douglas hob die Augenbrauen, sodass sich auf seiner Stirn zahlreiche Falten bildeten. »Wer hat dir das erzählt?«

»Das spielt keine Rolle. Du kannst nicht einfach mit einer Schrotflinte durch die Gegend laufen und auf einen Menschen zielen!«

Marley war in Rage, die schwarzen Pupillen verschluckten fast den braunen Kranz. *Er hat deine Augen*, gingen Douglas Moiras Worte durch den Kopf, während er den aufgebrachten Blick seines Sohnes mit stoischem Gleichmut erwiderte. Aber das aufbrausende Temperament, wenn ihm etwas missfiel, hatte er von ihr.

»Jemand tötet meine Schafe. Und sie hat sich verdächtig verhalten«, rechtfertigte er sein Handeln.

»Du hättest sie umbringen können!«

»Unsinn.«

Marleys Blick wanderte zur Decke. Vermutlich hätte er ihm jetzt gern ins Gesicht gebrüllt. Stattdessen atmete er tief durch, bevor er sich ihm wieder zuwandte. »Wo ist dein Gewehr?«

»Da, wo es immer ist.«

»Ich werde es mitnehmen.«

Sein Sohn wollte aufstehen, aber Douglas' Hand schnellte vor und krallte sich um Marleys Unterarm, sodass er sitzen blieb. Marley mochte stärker sein als er, aber er war immer noch sein Vater.

»Das wirst du nicht.« Douglas' Stimme duldete keinen Widerspruch. Er spürte die Anspannung seines Jungen unter den Fingern. »Ich bin kein alter Tattergreis, den du mal eben entmündigen kannst.«

»Ich will dich nicht entmündigen. Ich will nur verhindern, dass du etwas tust, was du hinterher bereust!«

»Ich weiß noch sehr genau, was ich tue.« Er nahm die Hand vom Arm seines Sohnes. »Und jetzt verschwinde aus meinem Haus.«

»Douglas –«

»Raus aus meinem Haus! Oder willst du mir den Hof gleich mit wegnehmen?«

»Ich will dir gar nichts wegnehmen.« Marley erhob sich kopfschüttelnd. Statt zu gehen, blieb er vor ihm stehen. »Verflucht noch mal, Douglas, rede mit uns! Was ist los? Bedroht dich jemand?«

Er mochte es nicht, wenn sein Sohn auf ihn herabsah, und drehte ihm den Rücken zu. »Du weißt, wo die Tür ist.«

Marley schnaufte ratlos. »Ich werde Grace informieren.«

»Tu, was du nicht lassen kannst. Aber das Gewehr bleibt hier!«

Douglas blickte sich nicht um, als Marley die Küche verließ und durch den Flur zur Haustür ging. Trevor legte den Kopf auf seinen Schoß. Douglas kraulte ihn sanft hinter den Ohren. Sein Hund würde ihn nicht verraten, so wie es Moira und Marley getan hatten.

Er zog das Blatt wieder aus der Tischschublade hervor und starrte auf die Botschaft. Es war eine Drohung, aber von so ein bisschen Geschreibsel würde er sich nicht einschüchtern lassen. Er konnte sich wehren, und er würde sich wehren.

Er zerknüllte das Papier, legte es in eine Schale und zündete es an. Dann nahm er sein Smartphone und wählte Conors Nummer.

***

Kim hatte sich im Pub einen kleinen Tisch in einer Ecke des vorderen Schankraums gesucht. Sie saß mit dem Rücken zur Wand, sodass sie den Raum im Blick hatte. Die meisten Tische waren besetzt. Ein bunt gemischtes Publikum hatte sich an diesem Abend versammelt. Viele trugen Alltagskleidung – Jeans, T-Shirt oder Hemd, ein paar Frauen kurze Röcke und knappe Tops.

»Heute Abend ist Pub-Quiz«, hatte Joyce ihr erklärt. »Um neun geht's los. Willst du mitmachen?«

Kim hatte verneint. Sie wollte nur essen und dann in ihr Zimmer. Eigentlich nahm sie so spät keine deftigen Mahlzeiten mehr zu sich. Da sie jedoch seit dem Frühstück nur ein paar Shortbreads genascht hatte, war sie völlig ausgehungert von ihrem Besuch bei Marley und Daisy zurückgekehrt.

Sie bestellte Fish and Chips und ließ, während sie wartete, den Blick über die Gäste gleiten. Zwei Tische weiter wurde viel gelacht und reichlich getrunken. Eine Gruppe junger Frauen, die sichtlich gute Laune hatten.

Bei dem Anblick befiel Kim ein wenig Heimweh. Nicht dass sie Abende vergnügt in Kneipen verbracht oder einer Frauenclique angehört hätte, aber ihr fehlten vertraute Gesichter. Und es war anstrengend, die ganze Zeit nur schottisch sprechende Menschen um sich zu haben. Ihr Kopf war abends so erschöpft, als hätte sie den ganzen Tag für eine Prüfung gelernt.

Die paar deutschen Worte von Marley zu hören hatte ihr gutgetan, auch wenn sie bei seiner Aussprache schwierig zu verstehen gewesen waren. Das war wohl der Grund, warum sie am Nachmittag zu ihm gegangen war. Ein klitzekleines Stück Heimat.

Er hatte ihr seine Werkstatt gezeigt und geduldig alle Schritte erklärt, die es brauchte, um ein Fass zu bauen. Es war nicht zu übersehen gewesen, dass er die Arbeit mit Holz liebte.

Joyce brachte ihr Essen an den Tisch. Sie fiel hungrig über den frittierten Fisch und die knusprigen Pommes her. Wenn ihr Trainer sie jetzt sehen könnte, würde er garantiert die Hände über dem Kopf zusammenschlagen und ihr sofort einen Diätplan aufstellen. Sie grinste in sich hinein. Wie gut tat es, einfach mal nach Lust und Laune essen zu dürfen.

Zwei Männer kamen herein. Kim beobachtete, wie die vier

jungen Frauen zwei Tische weiter kurz zu ihnen sahen, grüßten und dann vorgaben, sich nicht weiter für die beiden zu interessieren. Einer der Männer ging zur Theke. Kim bemerkte, wie die Frau mit der langen dunklen Mähne ihm verstohlen hinterhersah.

Der Typ sah nicht schlecht aus. Er war groß und schlank, trug zur Anzughose ein helles Hemd, sein Kinn zierte ein gepflegter kurzer Bart. Er bestellte Getränke, wandte sich während des Wartens wieder um. Sein Kumpel war ihm gefolgt und deutete auf die vollen Tische.

Es gab kaum noch freie Plätze. Der suchende Blick des Mannes blieb an ihrem Tisch hängen. Er wandte sich an Joyce, die ihm zwei Pint auf die Theke stellte. Sie wechselten ein paar Worte, dann stellte sie ein drittes Pint dazu. Die Männer kamen zu ihr.

»Hi, können wir uns zu dir setzen? Wir bringen auch Geschenke.« Der Mann stellte das Pint vor ihr auf den Tisch.

»Ich trinke kein Bier, aber ihr könnt euch gern setzen.«

»Danke.« Er sah auf ihren Teller. »Ein Fisch muss schwimmen. Was möchtest du trinken? Cider? Prosecco?«

Sie zögerte. Welche Verbindlichkeit brachte es mit sich, wenn sie sich von den Männern einladen ließ? Sie schüttelte den Kopf. »Danke, ich möchte nichts. Ich wollte ohnehin gleich gehen.«

»Das ist aber schade.« Er setzte sich auf den freien Stuhl neben ihr und streckte ihr die Hand entgegen. »Ich heiße Arran.«

Sie putzte ihre Finger an der Serviette ab. »Kimberly.«

Er deutete auf seinen Begleiter. »Jacob.«

»Hey.« Sie nickte ihm zu.

Arrans blaue Augen musterten sie aufmerksam. »Ich glaube, du bist ein Cider-Typ.« Ohne ihre Antwort abzuwarten, ging er zur Theke.

Kurz darauf hatte sie ein Glas Cider vor sich stehen. Die Männer prosteten ihr zu. Kim wollte nicht unhöflich sein und trank einen Schluck. Ihr war nicht entgangen, dass die Frau mit der Löwenmähne sie die ganze Zeit mit finsterer Miene beobachtete.

»Was treibt dich in unseren schönen Ort, Kimberly?«, fragte Arran.

»Ich reise ein bisschen durchs Land«, wich sie einer konkreten Antwort aus.

»Hast du vor, länger in Thybster zu bleiben?«

Sie hob die Schultern. »Ich weiß noch nicht. Vielleicht ein paar Tage.«

»Du solltest nach Thurso fahren. Warst du schon dort?«
»Nein.«
»Da ist ein bisschen mehr los als hier.«
»Ich mag's gern so ruhig.«

Jacob feixte.

»Und was machst du so, wenn du nicht durch die Gegend reist und die Ruhe genießt, Kimberly?«, fragte Arran.

»Arbeiten«, erwiderte sie, ohne eine Miene zu verziehen.

Jacob lachte laut auf. »Keine Chance, Bro.«

»Halt die Klappe«, raunzte Arran seinen Kumpel an. Er wandte sich wieder ihr zu. »Hör nicht auf den Idioten.«

Kim legte die Serviette auf den Teller und schob ihren Stuhl zurück.

»Was hast du vor?«

»Ich gehe.«

»Das kannst du nicht machen. Wir hatten auf deine Unterstützung beim Pub-Quiz gehofft.«

Sie lächelte unverbindlich. »Ich glaube nicht, dass ich eine große Hilfe wäre.« Sie stand auf.

»Siehst du, Jack, jetzt hast du sie vergrault.« Arran stand ebenfalls auf und reichte ihr die Hand zum Abschied. »War nett, dich kennenzulernen, Kimberly. Ich hoffe, wir sehen uns noch mal wieder.«

Sie hob unbestimmt die Schultern. »Viel Glück beim Quiz.« Sie wandte sich ab und ging zwischen den Tischen zum Ausgang.

»*Bitch*«, zischte jemand, als sie an dem Tisch mit den vier Frauen vorbeikam.

Sie war sich sicher, dass die Stimme zu der Frau mit der Löwenmähne gehörte. Und die Beleidigung hatte ihr gegolten. Ihr Nacken verspannte sich.

Lass dich nicht provozieren, mahnte sie sich innerlich. Aber gefallen lassen musste sie sich diese Beleidigung auch nicht. Sie blieb stehen und wandte sich um. Die Dunkelhaarige sah provozierend zu ihr auf. Sie fühlte sich sicher mit ihren drei Freundinnen. Kim trat an den Tisch. Sie fokussierte die Frau mit grimmiger Miene. »Hast du gerade mich gemeint?«

»Und wenn?«

»Wüsste ich gern, warum.« Ihre Stimme war kalt.

Die Frau mühte sich, ihren Blick zu erwidern, aber Kim erkannte die Unsicherheit. Am Tisch wurde es still.

Während Kim auf eine Antwort wartete, erklang ein Gongschlag hinter ihrem Rücken. Der Quizabend wurde eingeläutet.

Kim wandte sich ab und verließ den Pub. Das Blut pulsierte heiß in ihren Adern. Sie sog die kühle Abendluft ein. Obwohl es bereits neun war, war es noch fast taghell. Wenige Wochen vor der Sonnenwende waren die Tage im Norden lang.

Sie raufte sich energisch die Haare. War sie von allen guten Geistern verlassen, sich in einem Pub allein in der Fremde mit diesem Frauenquartett anzulegen? Was hätte sie getan, wenn die Situation eskaliert wäre? Ein leichtes Zittern setzte ein, sie spürte es in ihren Knien und in den Fingern. Sie biss die Zähne zusammen.

»Was war los?«

Kim fuhr herum. Jeana kam aus dem Pub.

»Nichts.«

Die schöne Schottin trat neben sie. Der Duft ihres zarten Parfums bildete mit den Aromen des Frittierfetts ein eigentümliches Potpourri. »Es sah so aus, als hättest du Trouble mit Fiona.«

»Wer ist Fiona?«

»Die mit den langen dunklen Haaren. Arrans Ex.«
»Wie konntest du das von der Küche aus sehen?«
»Wir schließen die Küche um neun, und ich kam gerade zum Quiz in den Schankraum. Du sahst sehr wütend aus.« Jeana neigte fragend den Kopf zur Seite. »Du siehst immer noch wütend aus.«
»Es war nichts.«
Jeana blieb grübelnd neben ihr stehen. »Weißt du, was ich mache, wenn ich wütend bin? Ich tanze wie verrückt.« Sie breitete die Arme aus und begann tatsächlich, sich wie ein Derwisch rasant im Kreis zu drehen. Hüpfend und lachend sprang sie über den Hof. Das Kleid und ihre langen Haare wehten im Schwung der Bewegungen mit.

Kim beobachtete es befremdet und fasziniert zugleich. Trotz aller Wildheit lag in Jeanas ausgelassenen Bewegungen Anmut, als folge sie einer Melodie, die nur in ihrem Kopf war. Kim versuchte gar nicht erst, gegen das Lächeln anzukämpfen, das sich beim Anblick dieser wunderschönen tanzenden Frau auf ihre Lippen legte.

Jeana kam atemlos neben ihr zum Stehen. »Das tat gut.«
»Warst du wütend?«
»Nein.« Sie wandte sich Kim zu. Ihre grünen Augen leuchteten, ihre Wangen schimmerten rosig. »Das habe ich für dich getan.«
»Danke.« Kim war froh, dass Jeana sie nicht aufforderte, ebenfalls wild im Kreis zu tanzen. Nie im Leben wäre sie zu so einer Verrücktheit imstande.
»Ich muss wieder rein.« Sie strich ihr freundschaftlich über den Arm und eilte zurück in den Pub.

Donnerstag

Thybster

Marleys Laune war im Keller. Warum war alles, was er tat, in Douglas' Augen falsch? Sorgte er sich um seinen Vater, war es falsch. Sorgte er sich nicht, war es auch falsch. Er hatte versucht, Grace anzurufen, nachdem er am Abend zuvor von der Farm zurückgekommen war, aber er hatte seine Schwester nicht erreicht.

Eigentlich war er mit Ryan und Dave zum Pub-Quiz im JJ's verabredet gewesen, aber ihm hatte der Sinn nicht nach Gesellschaft gestanden. Er hatte Daisy und die Hühner versorgt und war früh zu Bett gegangen. Doch der Ärger hatte ihn bis in den Schlaf verfolgt.

Der Himmel war bewölkt, als er in aller Frühe vor das Haus trat. Er sah zur Straße. Am Tag zuvor war Kimberly um diese Zeit vorbeigejoggt. Ob sie auch an diesem Morgen wieder eine Runde drehte? Und lag Douglas wieder mit seiner Flinte auf der Lauer?

Es ließ ihm keine Ruhe. Er ging zurück ins Haus, zog seine Laufschuhe an und joggte zum Hof seines Vaters. Der Land Rover fehlte, auch von Trevor war nichts zu sehen.

Marley überquerte den Hof und lief über den schmalen Pfad zu den Weiden hinaus. Die Luft war kühl. Hier und da döste eine Gruppe Schafe. Brachvögel staksten durch das Gras. Er liebte diese friedlichen Stunden, wenn der Tag begann, doch heute konnte er die Zeit nicht genießen. Sein Blick glitt suchend durch die Landschaft. Wie schnell konnte man sich täuschen im Dunst des Morgengrauens? Er hätte die Schrotflinte nicht bei Douglas lassen sollen, selbst wenn sein Vater ihn dreimal verflucht hätte.

Er näherte sich Thybster Rock. In der Ferne entdeckte er

eine Gestalt, die auf der Stelle zu tanzen schien. Vor, zurück, sie ging in die Knie, sprang wieder auf.

Er blieb stehen, blinzelte, um besser sehen zu können. War das Kimberly?

Er lief ein Stück näher, Arme wirbelten durch die Luft. Im Kreis, nach vorn, zur Seite. Sie trippelte auf der Stelle, fiel abwechselnd in den Ausfallschritt, die Arme schwangen locker mit.

Das Gefühl, sie zu kennen, wurde mit jeder einzelnen ihrer Bewegungen stärker. Und dann kam die Erinnerung. Er hatte sie schon einmal gesehen. Mehr als ein Mal. »Das kann nicht sein«, wisperte er ungläubig.

Er wollte sie nicht stören, lief ein Stück zurück und verschwand hinter der Anhöhe zwischen Thybster Rock und der Straße. Er suchte die Umgebung weiter nach Douglas ab, aber seine Gedanken waren woanders. Es drängte ihn, nach Hause zu kommen und eine Internetsuche zu starten. Er konnte sich nicht mehr an den Namen erinnern. Hieß sie tatsächlich Kimberly?

Ein Bellen ließ ihn aufschrecken. Trevor kam auf ihn zugelaufen. Es überraschte Marley, nicht Douglas, sondern Conor bei ihm zu sehen. Er hätte den Mann gern ignoriert, aber dazu war es zu spät.

»Morgen, Marley«, nuschelte Conor. Er schien ebenso wenig begeistert, ihn zu treffen.

»Was machst du mit Trevor hier draußen?«

»Dein Vater hat mich gebeten, nach den Tieren zu schauen.«

»Und wo ist er?«

Conor stieß die Luft zwischen den Lippen hervor. »Hätte was in der Stadt zu erledigen.«

»Um diese Zeit?«

»Frag ihn doch selbst«, knurrte Conor. »Ich muss weiter.« Er gab Trevor ein Zeichen, ihm zu folgen.

Wenigstens trägt er keine Schrotflinte bei sich, dachte Marley erleichtert. Er sah zu Thybster Rock. »Die Touristin macht dahinten ein bisschen Sport. Vielleicht gehst du erst später dorthin, damit du sie nicht störst.«

Conor musterte ihn einen Moment lang stumm, dann nickte er. »Aye.«

Thurso

Alison hatte einen mordsmäßigen Kater. Statt zum JJ's war sie am Abend zuvor nach Hamishs Anruf zu Grace gefahren und hatte bei ihr übernachtet. Und definitiv zu viel Wein getrunken. Als sie nach einem komatösen Schlaf vom Sofa aufstand, war ihre Freundin bereits bei der Arbeit.

In der Küche hatte Grace ihr fürsorglich eine Flasche Wasser und einen Blister Kopfschmerztabletten auf den Tisch gelegt. Sie spülte zwei Tabletten runter, kochte Tee und machte sich einen Toast mit Butter. Mehr traute sie ihrem angegriffenen Magen nicht zu.

Sie stützte den Kopf auf die Hände und starrte vor sich hin, in der Hoffnung, dass Tabletten und Tee bald ihre Wirkung entfalten würden. Es war nach zehn. Sie überlegte, wann sie sich das letzte Mal dermaßen abgeschossen hatte. »Hamish Brannigan, das wirst du büßen«, murmelte sie.

»Du musst diese Beziehung beenden. Das führt zu nichts«, hatte Grace sie wiederholt ermahnt. Grace war ein gebranntes Kind. Ihre Mutter hatte die Familie wegen eines anderen Mannes verlassen, und sie verstand nicht, wie Alison sich mit einem Familienvater hatte einlassen können.

Um sich von ihrem pochenden Schädel abzulenken, nahm sie ihr Notizbuch aus der Handtasche. Sieben tote Schafe, ein dunkler Pick-up, und sie war noch keinen Schritt weiter. Heute würde sie Conor ins Gebet nehmen.

Douglas würde sie auch noch einmal auf den Zahn fühlen. Sie hätte am Abend zuvor zu ihm fahren und mit ihm zechen sollen. Dann hätte sie sich nicht Grace' moralische Bedenken anhören müssen, und vielleicht hätte der Alkohol Douglas' Zunge gelöst.

Marley hatte gesagt, der Pick-up sei an dem Morgen, als er die toten Schafe entdeckt hatte, Richtung Thybster gefahren. Vielleicht kam er aus einem der weiter westlich gelegenen Orte, überlegte Alison, von Strathy, Bettyhill, Tongue oder Durness. Sie sollte auch die Nordküste Richtung Westen abfahren.

Sie duschte und saß eine Stunde später in ihrem Wagen. Erst Conor, dann Douglas, und danach stand die Pick-up-Suche auf ihrer Liste. Sie hatte Thurso hinter sich gelassen, als Marley anrief.

»Hey, Sonnyboy, wie geht es dem heißesten Junggesellen von Thybster?«, meldete sie sich mit übertriebener Munterkeit.

Sie hörte Marley lachen. »Bist du erkältet, oder hast du gesoffen?«

Sie verzog das Gesicht. »Ich bin zumindest nicht in Polizeigewahrsam aufgewacht.« Na ja, irgendwie ja doch, ergänzte sie im Stillen, schließlich war Grace Polizistin.

»Was machst du?«, erkundigte sich Marley.

»Ich bin auf dem Weg zu Conor.«

»Kannst du dir sparen, der ist auf den Weiden unterwegs.«

Mist. »Und Douglas?«

»Keine Ahnung, wo der steckt.«

So war das mit Plänen, seufzte sie innerlich. Sie beschlich das Gefühl, dass heute kein guter Tag für ihre Recherchen war. Sie erreichte den Ortseingang von Thybster. Wenn sie schon hier war, könnte sie dennoch bei Conor vorbeifahren und schauen, ob Liwa zu Hause war. Von Frau zu Frau sprach es sich freier, wenn der Ehemann nicht nebenan saß.

»Sag mal«, setzte Marley an. »Wo hast du Kimberly eigentlich aufgegabelt?«

»Ich hab sie in einem Hotel kennengelernt.«

»Weißt du überhaupt, wen du da mitgenommen hast?«

Sie horchte alarmiert auf. Der Kater war vergessen. »Warum fragst du?«

»Na ja, sie kam mir so bekannt vor, als ich sie im JJ's zum ersten Mal gesehen habe, und heute ist mir wieder eingefallen, woher ich sie kenne.«

»Woher?«

»Aus den Medien.«

Alison fluchte stumm. »Hast du sie darauf angesprochen?«

»Bis jetzt noch nicht.«

»Marley, behalt dein Wissen bitte für dich. Ich habe ihr versprochen, dass ich niemandem erzähle, wer sie ist.«

»Warum das denn?«

»Weil sie es nicht will, Herrgott!«

»Ich hab die Schlagzeile letztes Jahr im ›Scotsman‹ gelesen. Da ging es um eine tote Frau«, erwiderte Marley. »Ist sie gefährlich?«

»Quatsch. Du hast sie ja anscheinend gegoogelt, dann weißt du doch, was los ist.«

»Die meisten Berichte waren auf Deutsch, und so gut ist mein Deutsch nicht.«

»Es gibt tolle Übersetzungsprogramme.«

»Ich schnüffle ihr nicht hinterher. Du bist die private Ermittlerin.«

»Und jetzt willst du eine Gratisauskunft?«

»Ich frage mich nur, ob ich mir Sorgen um Jeana und Joyce machen muss.«

»Dann hätte ich sie garantiert nicht im JJ's untergebracht. So viel Menschenverstand solltest du mir zutrauen.« Sie hatte das Cottage der Greenless erreicht und parkte den Wagen am Straßenrand. »Woher kanntest du sie eigentlich?«

»Aus meiner Zeit in Deutschland. In der WG, in der ich wohnte, war einer der Jungs ein Fan von ihr. Da sah sie allerdings etwas anders aus.«

Oh ja, dachte Alison in Erinnerung an die schaurigen Fotos im Internet. »Sei nett zu ihr, okay?«

»Dann verrate mir, was du über sie weißt. Sonst spreche ich sie darauf an.«

»Das darfst du nicht!«

»Wer will es mir verbieten?«

»Verflucht noch eins, Marley!«

»Warum liegt dir so viel an ihr?«

Sie hörte an seiner Stimme, dass er es genoss, die Oberhand zu haben. Sie musste ihn bremsen.

»Sie hat mir vertraut. Und wenn mir jemand vertraut, dann enttäusche ich ihn nicht.« Sie sah durch die Frontscheibe auf das kleine grau verputzte Haus. Hinter den Scheiben waren die Zimmer dunkel. »Ich denke, dass sie in den letzten Monaten eine Menge durchgemacht hat. Sie möchte einfach nur zur Ruhe kommen.«

»Du machst mich neugierig.«

Sie haderte mit sich, ob sie ihm mehr erzählen sollte. »Ich muss jetzt arbeiten, Marley. Wir reden später, okay?«

»Wann?«

»Wenn ich Zeit habe. Und du hältst dich zurück, verstanden?«

Sie drückte das Gespräch weg und stieg aus dem Wagen, während sie ein Stoßgebet zum Himmel schickte, dass Marley sich mit seiner Neugier geduldete.

Warum lag ihr so viel daran, dass sie Kimberly nicht enttäuschte? Sie kannte die Frau kaum und wusste nicht, was tatsächlich hinter der Geschichte steckte, die sie online recherchiert hatte. Eins nach dem anderen, mahnte sie sich innerlich.

Ein schmaler Weg aus brüchigen Platten führte zur Haustür. Sie klopfte laut und wartete.

Liwayway Greenless öffnete ihr. Sie hatte sich geschminkt und die kinnlangen dunklen Haare ins Gesicht frisiert. Das Veilchen unter dem Auge hatte sich auf eine grüngelbe Schwellung reduziert, war aber dennoch nicht zu übersehen. Auch die Lippe war noch nicht vollständig verheilt.

»Hi, Liwa, ich würde gern mit dir reden. Hast du einen Moment Zeit?«
Die Frau schüttelte den Kopf.
»Es dauert nicht lange.« Alison stellte den Fuß in die Tür, bevor die Philippinin sie schließen konnte. Sie zog mit dem Finger einen Kreis um ihr Gesicht. »Es geht nicht darum. Es geht um Douglas. Conor hat dir sicher von den getöteten Schafen erzählt.«
Der misstrauische Blick wurde bei der Erwähnung von Douglas' Namen etwas weicher.
»Darf ich bitte reinkommen?«
Es behagte Liwa nicht, aber sie öffnete dennoch die Tür. Sie gingen in die Küche. Kartoffeln und Möhren lagen auf der Arbeitsplatte, eine Suppe köchelte auf dem Herd. Der Geruch von Essen ließ Alisons übersäuerten Magen rebellieren.
»Hättest du bitte ein Glas Wasser für mich?«
Liwa nahm ein Glas aus dem Schrank und füllte es mit Leitungswasser. Sie stellte es auf den Küchentisch und deutete auf einen Stuhl. »Bitte.«
Alison setzte sich. »Danke.«
Liwa nahm ihr gegenüber Platz. Sie saß aufrecht, angespannt in Habachtstellung, ging es Alison durch den Kopf. Wie konnte sie anfangen? Small Talk übers Wetter? Nein, damit würde sie Liwas Intelligenz beleidigen. »Grace und Marley machen sich große Sorgen um Douglas. Ich versuche zu helfen. Wir müssen unbedingt herausfinden, wer die Schafe getötet hat.«
»Ich weiß nichts.«
»Hat Conor vielleicht eine Vermutung geäußert?«
Sie schüttelte den Kopf.
»Er hat das erste tote Schaf gefunden, nicht wahr?«
»Ja.«
»Warum war er so früh auf der Weide unterwegs?«
»Er früh unterwegs, oft.«
»Was macht er draußen auf den Weiden?«
Sie zuckte die Achseln. »Gucken, ist alles gut.«

»Trifft er manchmal Leute, wenn er auf den Weiden unterwegs ist?«

»Ich weiß nicht.«

»Aber er erzählt doch sicher, wenn er nach Hause kommt, was er erlebt hat.«

Liwa schüttelte wieder den Kopf. »Er sagt nichts. Und ich frage nicht.«

Wenn sie vielleicht auch nichts Konkretes wusste, sie ahnte etwas. Alison fixierte Liwas Augen. »Er hat vor ein paar Tagen frühmorgens jemanden bei Thybster Rock getroffen. Der andere hat ihm etwas gegeben.«

Die Philippinin wich ihrem Blick aus.

»Hatte das Treffen etwas mit den toten Schafen zu tun?«

Sie schüttelte ein weiteres Mal energisch den Kopf, hatte aber nicht den Mut, ihr ins Gesicht zu sehen.

»Liwa, wenn du etwas weißt, musst du uns das sagen. Wenn du es mir nicht sagen willst, akzeptiere ich das, aber bitte sag es der Polizei.«

»Conor kommt nach Hause gleich. Ich muss kochen.« Sie stand auf. »Du musst gehen.«

»Okay.« Alison erhob sich ebenfalls. Sie suchte in ihrer Handtasche nach ihren Visitenkarten, zog eine heraus und legte sie auf den Tisch. »Ruf mich an, wenn du reden willst. Und Liwa ...« Sie deutete auf das Gesicht ihres Gegenübers. »Wenn du dich von ihm trennen willst: Ich kann dir helfen. Eine Scheidung ist keine Schande. Ich bin auch geschieden, und ich bin froh, dass ich mich getrennt habe.«

Allerdings hatte Samuel Dexter sie nicht misshandelt. »Liwa, niemand hat das Recht, dir wehzutun.«

Liwa wandte sich ab und begann, Kartoffeln zu schälen. Für den Moment gab Alison sich geschlagen. Sie war sich sicher, dass die zierliche Frau etwas vor ihr verbarg.

Als Alison das Haus verließ, stand Conor Greenless vor ihrem Wagen.

»Hab mich schon gefragt, wem das Auto gehört.« Er musterte sie mit zusammengekniffenen Augen. »Was wolltest du von meiner Frau?«

»Nur mal Hallo sagen.«

Die Ausrede war lahm, und er schluckte sie nicht, das sah sie seinem Gesicht an. Aber er fragte nicht weiter nach. Er nickte nur und marschierte auf sein Haus zu.

»Conor«, bremste sie ihn, als sie sich auf gleicher Höhe trafen. »Was weißt du über die toten Schafe?«

Seine Miene verfinsterte sich noch mehr. »Was interessiert dich das?«

»Ich versuche zu helfen.«

»Verzieh dich wieder nach Inverness. Wir brauchen keine Privatschnüfflerin, die ihre Nase in Angelegenheiten steckt, die sie nichts angehen.«

Thybster

Kim saß auf einer Bank vor ihrem B&B. Der Himmel war bewölkt, aber im Hinterhof war es windgeschützt, und die Mauern strahlten die gespeicherte Wärme der vergangenen Tage ab. Die kleine Rasenfläche war umrahmt von blühenden Rosensträuchern und Lavendel, zwischendrin bildeten wild durcheinanderwachsende Petunien, Begonien und andere Frühlingsblumen eine bunte Farbenpracht.

Die abfällige Bemerkung der Frau am Abend zuvor im Pub hatte sie getroffen. Dabei war sie von klein auf gewohnt, mit Ablehnung umzugehen, und hatte gelernt, Gemeinheiten mit einem kalten Lächeln an sich abperlen zu lassen. Doch die letzten Monate hatten sie dünnhäutig gemacht, anders konnte sie sich nicht erklären, warum sie sich so leicht von einer dummen Bemerkung provozieren ließ.

Was wollte sie in diesem Dorf am Ende der Welt? Das hier war eine eingeschworene Gemeinschaft, und sie war ein Eindringling. Für die Kerle vielleicht eine nette Abwechslung. Damit war sie den Frauen ein Dorn im Auge. Vielleicht nicht allen. Jeana und Joyce waren zauberhaft. Aber sie waren Gastgeberinnen – ihre Freundlichkeit war beruflich bedingt.

Sie war noch keine Woche unterwegs und fühlte sich verflucht allein. Vielleicht war es doch keine gute Idee gewesen, einfach zu gehen. Sie war nicht der Typ, der vor einem Problem davonlief.

Weder vor schlechten Träumen noch vor seiner Vergangenheit konnte man fliehen. Vielleicht war es besser, wieder nach Hause zurückzukehren. Es gab Mentalcoaches und Psychologen, die konnten ihr helfen, ihr Problem in den Griff zu bekommen. Sie nahm ihr Smartphone und studierte die Flugpläne.

Jeana kam aus dem Haus und sah zum Himmel. »Ich denke, es wird bald regnen.«

Kim hob den Blick. Die Wolkendecke hatte sich verdichtet. Graue und dunkelgraue Wolken schoben sich übereinander.

Jeana setzte sich zu ihr. »Du wirkst betrübt.«

Kim sah zu ihrer hübschen Gastgeberin. Sie duftete wieder nach Rosen und schien mit sich und der Welt im Einklang zu sein. »Ich hätte gern ein bisschen was von deiner Leichtigkeit.«

»Man kann nicht sein wie jemand anderes. Man ist, wie man ist.«

»Mhm«, seufzte Kim. »Darf ich dich etwas Persönliches fragen?«

»Klar.«

»Hatten die Leute im Dorf kein Problem damit, dass du mit einer Frau zusammenlebst und den Pub führst?«

Jeana zuckte die Achseln. »Was heißt *hatten*? Es gibt immer noch ein paar, denen das nicht gefällt. Aber es macht mir nichts aus, wenn ich schräg angesehen werde. Ich mach manchmal Dinge, die die Leute verrückt finden, so wie gestern Abend.« Sie zwinkerte ihr zu. »Und meine Eltern sind Hippies, wie sie im Buche stehen, da kommt auch nicht jeder mit klar.«

Kim waren bisher keine Hippies in dem kleinen Ort aufgefallen. »Wo wohnen deine Eltern?«
»Die tingeln durch die Welt. Nachdem ich volljährig war, haben sie Alison und mir Francis Cottage überschrieben und sind in die Welt gezogen.«
»Vermisst du deine Eltern?«
»Manchmal. Dann telefonieren wir, und ich bin wieder froh, dass sie meilenweit weg sind. Versteh mich nicht falsch, ich hab sie lieb. Aber sie sind mir einfach zu durchgeknallt. Wenn es nach ihnen gegangen wäre, hätten Alison und ich nicht zur Schule gehen müssen, sondern wären den ganzen Tag blümchenpflückend über die Weiden gesprungen. Zum Glück waren die MacKeiths unsere Nachbarn. Douglas hatte immer ein wachsames Auge auf uns.« Jeana sah mitfühlend zu ihr. »Vermisst *du* deine Eltern?«
»Nein … Vielleicht … Ich weiß es nicht.«
»Du solltest zu Francis Cottage gehen und Daisy besuchen. Schafe zählen ist gut zum Einschlafen, und verwaiste Lämmer füttern«, sie klopfte sich leicht auf die Brust, »ist gut für die Seele.« Jeana stand auf. »Ich muss in die Küche. Die Gäste haben Hunger.«
»Wie kannst du gerade noch voller Liebe von einem Waisenlamm sprechen und dann in die Küche gehen und Haggis zubereiten?«
Jeana grinste. »Da bekommt die Mahnung ›Spiel nicht mit dem Essen‹ gleich eine ganz neue Bedeutung, nicht wahr?«
Kim sah der Frau mit den rotgoldenen Locken kopfschüttelnd hinterher. Vielleicht sollte sie ihren Rat befolgen. Immerhin hatte Jeana nicht von ihr verlangt, wild durch den Garten zu tanzen.
Sie ging ins Haus und holte ihre Jacke.
Die Wolken hatten sich zu einer bedrohlichen Wand zusammengezogen, und der Wind frischte auf, während Kim entlang der Main Street zum Ortsausgang lief. Es herrschte wenig Verkehr – die berufstätige Bevölkerung war noch bei der Arbeit.

Sie marschierte zügig, damit der kommende Regen sie nicht einhole, bevor sie einen sicheren Unterstand fand.

Als sie von der Hauptstraße zu Francis Cottage abbog, sah sie einen Pick-up aus Douglas MacKeiths Hofeinfahrt kommen. Er bog in die ihr entgegengesetzte Richtung ab und beschleunigte beim Anfahren so stark, dass die Räder durchdrehten und Schotter in alle Richtungen stob. »Idiot!«, schickte sie dem Fahrer hinterher.

Sie betrat den Hof, fand Marley in seiner Werkstatt. Er stand mit Hörschutz, Schutzbrille und Handschuhen ausgestattet mit dem Rücken zu ihr an der Säge. Holzspäne klebten auf seinen Unterarmen und hingen in seinen Haaren.

»Hey«, rief sie grüßend vom Tor zu ihm hinein, als er das durchgesägte Holz zur Seite legte. Als er nicht reagierte, pfiff sie laut auf den Fingern.

Er fuhr herum. »*Damn!*«

Sie deutete auf ihre Ohren. Er nahm den Hörschutz ab und schob die Schutzbrille in die Haare. »Du hast mich zu Tode erschreckt.«

»Dafür stehst du aber noch ziemlich aufrecht.«

Er schmunzelte. »Der Schein trügt.«

»Hast du Daisy schon gefüttert?«

»Oh, verflucht, wie spät ist es?«

»Gleich vier.«

Er sah zu seiner Säge, dann wieder zu Kim. »Kannst du das übernehmen? Wenn du ins Haus gehst, ist gleich links die Küche. Im Kühlschrank sind vorbereitete Flaschen. Du musst sie nur noch im Wasserbad erwärmen, aber nicht zu heiß.«

»Hast du keine Mikrowelle?«

»Wozu?«

Zum Milcherwärmen, dachte sie. »Wie komme ich rein?«

»Klinke drücken.«

Darauf fiel ihr kein passender Konter ein. Sie wandte sich um und ging über den Hof zur Haustür. Der Kerl war vertrauensselig, sie einfach in sein Haus zu lassen. Er wusste doch überhaupt nicht, wer sie war. Sie könnte ihm die Bude ausräumen.

Im Flur standen mehrere Paar Schuhe in einer Abtropfschale, Jacken hingen an der Garderobe, auf einem schmalen Schränkchen war eine Schale mit Schlüsseln, daneben lagen zwei Briefe, die nach offiziellen Schreiben aussahen.

Sie streifte die Schuhe von den Füßen und ging auf Socken in die Küche. Die Schränke waren alt, aber in gutem Zustand. Auf dem Küchentisch lag ein zugeklappter Laptop, daneben eine angebrochene Packung Shortbread und der Caithness Courier. Im Kühlschrank auf der anderen Seite des Raumes reihten sich mehrere Flaschen mit weißer Füllung im Türfach. Ein Topf mit Wasser stand auf dem Herd. Sie stellte eine Flasche hinein und schaltete den Herd an.

Während sie darauf wartete, dass die Milch warm wurde, studierte sie die Schlagzeilen des Wochenblattes. Anscheinend waren in der Woche zuvor Orcas in der Gegend gesichtet worden. Ein Foto prangte neben einer Überschrift. Zwischen Zeitungstitel und Schlagzeile waren handschriftliche Notizen gekritzelt. Neugierig versuchte sie, die Schrift zu entziffern. Der Name Julian war mehrfach eingekreist. Weiter unten auf der Seite hatte er einige Zahlen aufsummiert. Der Betrag unterm Strich war negativ.

»Na, hoffentlich ist das nicht deine Firmenbilanz«, murmelte sie. Flüchtig fragte sie sich, ob er diesem Julian Geld schuldete, während sie den Artikel über die Orcas in der Zeitung suchte. Die Wale waren während einer Fährfahrt im Pentland Firth gesichtet worden. Vielleicht sollte sie auch mit der Fähre zu den Orkneyinseln fahren. Sie blätterte weiter. Es gab Berichte aus der Region, sie fand eine kurze Pressemitteilung der Polizei über die toten Schafe, dazu reichlich Werbung.

Die Tür wurde geöffnet, und Marley kam herein. »Was macht die Milch?«

»Oh …« Sie eilte zum Herd.

»Finger weg«, hielt er sie davon ab, die Flasche aus dem

heißen Wasserbad zu heben. Er trat neben sie und nahm die Flasche mit einem zusammengewickelten Geschirrtuch heraus. »Die muss erst wieder ein bisschen abkühlen.«

»Tut mir leid, ich hätte –«

»Alles okay«, beruhigte er sie. »Ich wollte nur nicht, dass du dich verbrennst.«

Er roch nach Holz und Schweiß, bemerkte sie, als er so dicht neben ihr stand. Sie deutete auf die Zeitung. »Hast du schon mal Orcas gesehen?«

»Letzte Woche. Ich bin extra nach Dunnet Head rausgefahren, als ich gehört habe, dass sie in der Gegend sind.«

»Dunnet Head?«

»Eine Halbinsel hinter Castletown.«

»Wie weit ist das von hier?«

Er schürzte abwägend die Lippen. »Zehn, zwölf Meilen.«

Sie rechnete die Strecke in Kilometer um. Zu Fuß wäre sie lange unterwegs.

»Beim nächsten Mal nehm ich dich mit«, schien er ihre Gedanken gelesen zu haben.

Sie lächelte. »Das wäre nett.«

Er erwiderte ihr Lächeln und sah ihr dabei so intensiv in die Augen, dass sie irritiert blinzelte.

Er nahm die Flasche. »Dann bringen wir Daisy mal ihre Milch.«

Marley begleitete Kimberly in das Gehege. Er schüttelte beim Betreten eine kleine Box, in der etwas Hühnerfutter war. Daisy sprang ihnen freudig entgegen.

»Warum machst du das?«, fragte Kimberly verwundert.

»Ich konditioniere sie. Wenn sie das hier hört«, er schüttelte die Dose noch einmal, »weiß sie, dass es Futter gibt. Und Schafe sind verfressen. Jemand, der Futter bringt, ist ihr Freund.«

Er erklärte ihr noch einmal, worauf sie bei der Fütterung achten musste, und reichte ihr die Flasche.

Während sie auf dem Schemel neben dem Lamm saß, blieb er

gegen das Gatter gelehnt stehen. Durch die Fütterung des Tieres war sie abgelenkt, sodass er sie unbemerkt mustern konnte.

Sie war die Frau aus den Berichten im Internet, daran hegte er keine Zweifel mehr. Die Wangen waren etwas fülliger, aber die blauen Augen und die strengen Linien um ihre Mundwinkel, wenn ihre Miene ernst war, passten eindeutig zu den Bildern, die er gesehen hatte. Wenn sie lächelte, veränderten sich die harten Züge, wurden weich und rührten etwas in ihm, dem er lieber nicht nachgehen wollte. Ein ähnliches Gefühl hatte er schon einmal gehabt, und es hatte ihm nicht gutgetan.

Er hatte Mühe, die Schlagzeilen, die er am Morgen gelesen hatte, mit ihr in einen Zusammenhang zu bringen. Sie wirkte weder brutal noch aggressiv. Ihre ironischen Konter gefielen ihm, und er mochte es, wie vorsichtig und unbeholfen sie mit dem Lamm umging.

Daisys Schwänzchen wackelte unaufhörlich, während sie gierig an der Flasche sog. Es war nicht gut, dass das Lamm allein in diesem kleinen Gehege lebte. Er würde nicht umhinkommen, mit Douglas zu reden. Daisy brauchte die Gesellschaft ihrer Artgenossen.

Die ersten Regentropfen fielen aus den Wolken, als das Lamm seine Mahlzeit beendet hatte. Kimberly stand auf und strich sich Daisys Haare von der Hose.

»Darf ich dich auf eine Tasse Tee einladen?«

Sie verzog unentschlossen den Mund.

Er deutete mit den Augen zum Himmel. »Du schaffst es nie und nimmer trocken zurück zum JJ's.«

Das Argument zählte. Sie gingen gemeinsam zum Haus. Während sie sich im Bad die Hände wusch, schaltete er den Wasserkocher ein. Der verhangene Himmel verdunkelte die Küche. Er knipste das Licht an. Kimberly kehrte aus dem Bad zurück und setzte sich an den Tisch.

»Darf ich?« Sie deutete auf die angebrochene Packung Kekse.

»Bedien dich.«

Er goss den Tee auf und setzte sich zu ihr. »Hast du schon Pläne für die nächsten Tage?«

Die Unbeschwertheit, die gerade noch auf ihrem Gesicht gelegen hatte, verschwand. Sie seufzte unschlüssig. »Ich wollte mich morgen wieder auf den Heimweg machen.«

Die Eröffnung überraschte ihn. »Du bist doch gerade erst gekommen.«

»Ja, schon, aber …« Ihr Blick glitt ratlos zum Fenster. Dicke Regentropfen prasselten gegen die Scheiben.

»Ist es wegen Douglas? Kimberly, das war ein ganz blödes Missverständnis.« Marley zögerte. »Du hast es sicherlich im Pub gehört. Jemand hat ein paar seiner Schafe getötet.«

»Ich weiß, und nein, es ist nicht wegen Douglas. Ich –«

Die Haustür wurde aufgerissen. »Marley? Marley!« Im nächsten Augenblick wirbelte Grace herein. »Dad wurde verhaf–« Seine Schwester verstummte, als sie Kimberly entdeckte. »Oh … hey.«

»Kimberly, meine Schwester Grace«, stellte Marley sie einander vor. »Was ist passiert?«

»Ich … ähm … später.« Grace schüttelte den Kopf. Sie wollte vor der Fremden nicht reden.

»Kimberly wohnt im JJ's. Sie wird spätestens heute Abend im Pub erfahren, was Douglas angestellt hat.« Er stand auf. »Zieh erst mal deine Jacke aus.«

Sie trug ihre Uniform, die auf dem kurzen Stück vom Wagen zum Haus nass geworden war. Er half ihr aus den Ärmeln und hängte die Jacke in den Flur.

»Was ist mit Douglas?« Marley nahm eine Tasse aus dem Schrank, um einen Tee für Grace aufzugießen.

Sie sank auf den Stuhl, den er freigegeben hatte. »Er wurde in Inverness verhaftet. Er ist dort in ein Büro marschiert und hat dem Chef ein totes Schaf auf den Teppich gelegt.«

»Das ist nicht dein Ernst.«

Doch Grace' Sorgenfalten im Gesicht machten deutlich, dass ihr nicht zum Scherzen zumute war.

»Warum das denn?« Erst die Sache mit Kimberly und jetzt das. Was war mit seinem alten Herrn nur los?

»Ich weiß es nicht«, erwiderte Grace. »Ich bin aus allen Wolken gefallen, als ich es gehört habe. Ein Kollege aus Inverness hat mich angerufen.«

»Behalten sie ihn da?«, fragte Marley.

»Zum Glück nicht, aber er wird eine Anzeige bekommen.«

Kimberly räusperte sich. »Ich lasse euch lieber allein.«

Marley sah zum Fenster. »Es regnet Katzen und Hunde.«

Sie zuckte die Achseln. »Ich bin nicht aus Zucker.«

»Da lass ich dich nicht durchlaufen. Ich fahre dich.« Er stand auf, legte Grace kurz eine Hand auf die Schulter. »Bin gleich zurück.«

Sie sprinteten zu seinem Wagen. Marley lenkte den Land Rover vom Hof auf die Hauptstraße. »Du musst einen fürchterlichen Eindruck von uns haben.« Er warf ihr einen bedauernden Blick zu.

»Das ist ein bisschen wie Wilder Westen, nur dass es um Schafe geht und nicht um Rinder.« Sie sagte es ohne Pathos. »Du solltest deiner Schwester aber vielleicht besser von der Sache mit der Schrotflinte erzählen.«

»Aye.«

Die Fahrt auf die andere Seite des Dorfes zum JJ's war kurz. Marley fuhr am Pub vorbei in den Hinterhof, damit Kimberly nicht so weit zu ihrer Unterkunft laufen musste.

Er parkte den Wagen und schaltete den Motor aus. »Eigentlich ist Thybster ein ganz friedlicher Ort, und die Gegend ist wunderschön.«

»Hat Alison auch schon behauptet.«

Er linste durch die Frontscheibe zum Himmel. »Der Regen hat sich bis morgen verzogen. Wenn du noch ein paar Tage bleibst, könnten wir zu Dunnet Head fahren, da gibt es eine Puffinkolonie.«

»Was sind *puffins*?«

Er nahm sein Smartphone aus dem Seitenfach der Fahrertür

und zeigte ihr ein Foto der kleinen schwarz gefiederten Papageientaucher mit ihren weißen Bäuchen, runden Köpfchen und den großen orange-bunten Schnäbeln.

»Niedlich.«

»Du solltest sie in der freien Natur erleben. Und hast du unseren Whisky schon probiert? In Thurso haben wir eine tolle Brennerei. Die Wolfburn Distillery. Den Whisky musst du probieren, bevor du gehst.«

Sie grinste amüsiert. »Kriegst du eine Provision von Jeana und Joyce, wenn ich länger bleibe?«

Ihr Lächeln gefiel ihm viel zu gut. »Ich könnte dich beteiligen.«

Kurz schien sie tatsächlich über diese Option nachzudenken, dann griff sie zum Türöffner. »Danke fürs Taxi.«

»Kimberly, warte.« Er nahm seinen Mut zusammen. »Ich komme morgen Nachmittag um vier Uhr her. Wenn du dann noch da bist, fahren wir zu Dunnet Head, und hinterher koche ich für dich Marleys *Special Pie*, und du bekommst einen Dram.«

»Was ist Marleys *Special Pie*?«

»Verrate ich nicht. Aber wer es nicht gegessen hat, hat etwas verpasst.«

»Ich denk drüber nach.«

Er sah ihr durch die beschlagene Seitenscheibe nach, wie sie durch den Regen zum Eingang des B&B sprintete. Er mochte diese Frau. Das, was über sie in den Medien stand, konnte unmöglich stimmen.

***

Im Pub herrschte wenig Betrieb. Der Regen hielt die Leute zu Hause. Alison grüßte zwei Farmer, die vor ihrem Pint saßen, und ging zur Theke.

»Hey, Joyce, wie geht's?«

Die Wirtin nickte ihr zu. »Und dir?«

Alison hob unbestimmt die Schultern. Ihre Fahrt an der Nordküste entlang auf der Suche nach diesem ominösen dunklen Pick-up war erfolglos verlaufen. Sie hatte Tongue gerade hinter sich gelassen, als Grace' Anruf sie erreichte mit der Botschaft, dass Douglas in Inverness verhaftet worden war.

Grace hatte ihr den Namen des Mannes verraten, dem ihr Vater ein totes Schaf vor die Füße gelegt hatte: William Bright. Er war ein unbeschriebenes Blatt bei der Polizei.

»Hast du das von Douglas gehört?« Joyce hielt ein Glas unter den Zapfhahn. Ein Gast stand am Tresen und wartete auf seine Bestellung.

»Aye.« Alison wollte nicht über Douglas MacKeith reden, solange der Gast vor dem Tresen auf seine Getränke wartete. Es war John Russel. Er und seine Frau Becky betrieben den Dorfladen in Thybster – neben dem JJ's der zweite Dreh- und Angelpunkt für Klatsch und Tratsch.

»Das mit den Schafen ist eine Riesensauerei«, mischte sich John auch schon ein. »Die armen Viecher einfach abschlachten.«

Alison kannte den Mann seit Kindertagen. Er musste inzwischen über sechzig sein. Die Haare waren licht und der Rauschebart etwas dünner und ergraut. Das Hemd spannte in der Körpermitte.

»Hast du eine Idee, wer zu so etwas in der Lage sein könnte?«, fragte sie.

John zuckte die Achseln. »Ach, wird viel geredet. Weißt ja, wie es ist.« Er sah zu Joyce, die zustimmend nickte. »Aber es war ganz bestimmt keiner von uns«, war der Shopinhaber sich sicher.

»Gab es nicht neulich Ärger im Gemeinderat?«, überlegte Joyce.

»Oh ja, da ...« John winkte ab. »Da ging es in den letzten Wochen hoch her.«

»Ach ja?«, horchte Alison auf.

»Hast du das nicht mitbekommen, Mädchen?«

Sie lächelte nachsichtig. »John, ich wohne in Inverness.«

»Aye. Eine Abtrünnige.« Er sagte es mit einem Augenzwinkern. »In Thurso hat sich ein Investor gemeldet, der will an der schönen Küste von Caithness angeblich einen Golfplatz bauen, mit Golfhotel und allem.«

»Und was hat Thybster damit zu tun?«

»Man fragt sich natürlich, wo genau der Investor bauen will. Da gibt's ja verschiedene Möglichkeiten. In Thurso haben sie schon einen Golfplatz, und da wäre es doch gut, wenn der neue in Thybster gebaut würde. Das bringt Arbeitsplätze und Gäste in den Ort. Tourismus, das ist die Zukunft, sag ich euch.« Er sah zu Joyce. »Für euren Pub wäre das sicher auch lukrativ.«

»Zumindest besser als ein neuer Windpark«, erwiderte diese. In den letzten Jahren waren Windräder an der Nordküste emporgeschossen wie Unkraut im Garten.

»Und warum ging es im Gemeinderat hoch her?«, hakte Alison nach.

»Weil es Leute gibt, die das gut finden, und Leute, die das nicht gut finden.«

»Und wie findet Douglas die Idee?«

John hob die Schultern. »Was weiß denn ich? Ich sitz ja nicht dabei. Aber die Schafzucht bringt doch nichts mehr ein. Käme ihm vielleicht gerade recht, wenn er verkaufen könnte.«

Alison konnte sich nicht vorstellen, dass Douglas seinen Hof und das Land verkaufen würde. Andererseits lebte er, seit Moira weg war, allein. Grace und Marley würden die Farm nicht weiterführen. Welche Zukunft hatte er?

»Aber warum sollte jemand aus dem Gemeinderat Douglas' Schafe umbringen?«, fragte Alison.

»Das hab ich nicht gesagt. Aber die ganze Situation sorgt für Unmut im Dorf.« John zahlte die Getränke, nahm die Gläser und gesellte sich zu den zwei Farmern.

»Hast du davon was mitbekommen?«, wandte sich Alison an Joyce.

»Nein, obwohl …« Die Wirtin zog grübelnd die Stirn in Falten. »Matthew Fletcher hat vor ein paar Wochen mal was angedeutet. Er hat gemeint, wir sollten unser B&B aufstocken. Ich hab herzlich gelacht. Wir sind ja froh, wenn wir die zwei Zimmer belegt kriegen.«

Das B&B war ein Nebenerwerb. Die meisten Touristen kamen mit einem Caravan über die North Coast 500 in den Norden, die anderen suchten sich im nahen Thurso eine Unterkunft. Dort gab es Restaurants, Pubs und Shops, sogar ein kleines Museum war mit der Touristeninformation im alten Rathaus eingerichtet worden, dazu gab es die Thurso Bay. Da kam Thybster nicht gegen an, auch wenn die Klippen nicht weit entfernt waren. Die Gäste wollten Zimmer mit Meerblick und abends ein Unterhaltungsprogramm.

»Ist Jeana hinten?«

Joyce nickte. »Sie hat *Cock-a-leekie soup* gekocht.«

»Oh fein, die kann ich nach diesem Tag gebrauchen.« Alison liebte die Hühnersuppe ihrer Schwester.

»Da bist du nicht die Einzige.«

»Wer denn noch?«

»Unser Gast. Jeana hat heute Nachmittag kurz mit ihr gesprochen. Das Mädchen ist schlecht drauf. Hat sie Liebeskummer?«

Das war typisch Joyce. Eine allein reisende Frau, die nicht in Partylaune war – das konnte nur Liebeskummer sein.

»Keine Ahnung«, wich Alison aus. Sie befiel das schlechte Gewissen, weil sie die junge Deutsche nach Thybster gelockt und sich dann nicht mehr um sie gekümmert hatte. »Vielleicht schau ich nachher kurz bei ihr vorbei.«

»Vermutlich schläft sie schon. Sie steht mit den Hühnern auf und rennt bis Thybster Rock – vor dem Frühstück! Auf die Idee käme ich im Leben nicht.« Joyce schüttelte verständnislos den Kopf.

»Du arbeitest ja auch bis Mitternacht.«

»Nächste Woche habe ich ein paar Tage frei. Ryan hat versprochen auszuhelfen. Ich fahre nach Stromness. Meine Schwägerin hat ihr drittes Baby bekommen.«

»Glückwunsch.« Es gab Alison einen Stich, erinnerte es sie doch daran, dass ihr der richtige Partner für eine Familie fehlte.

Kim saß an einem kleinen Tisch im hinteren Teil der schmalen Pubküche. Eigentlich hatte sie sich das Essen mit auf ihr Zimmer nehmen wollen, aber Jeana hatte sie überredet, bei ihr zu bleiben und ihr Gesellschaft zu leisten. Fasziniert beobachtete sie, mit welchem Geschick die Frau die Gerichte zubereitete. Jeder Handgriff saß.

»Wolltest du schon immer einen Pub führen?«

Jeana lachte auf. »Nein, eigentlich wollte ich Königin von Schottland werden.«

»Was ist schiefgelaufen?«

»Ich bin auf die Orkneyinseln gefahren und habe mich in eine Wikingerfrau verliebt.«

»Joyce kommt von den Orkneys?«

»Aye.« Jeana lächelte ihr neckisch zu. »Du bist nicht nur hübsch, du hast auch noch Köpfchen.«

»Du findest mich hübsch?«, fragte Kim, verdutzt über das unerwartete Kompliment.

»Ja klar.« Jeana legte das Messer zur Seite, mit dem sie Gemüse gehackt hatte, und wandte sich ihr zu. »Darling, du hast so einen geilen durchtrainierten Body, und du strahlst Selbstbewusstsein und Sensibilität gleichermaßen aus. Das ist nicht nur hübsch, das ist heiß. Joyce kann froh sein, dass du hetero bist.«

»Woher willst du wissen, dass ich hetero bin?«

»Bist du bi?«

Die Frage hatte Kim sich noch nie gestellt. Sie dachte darüber nach, während sie ihren Teller leerte. In ihrem Leben hatte es ein paar kurze Beziehungen mit Männern gegeben, nichts Ernstes. Der Sport war ihr immer wichtiger gewesen als alles andere.

»Ich glaub, nicht«, antwortete sie schließlich.

Jeana musterte sie einen Moment lang nachdenklich. »Gibt es jemanden, der auf dich wartet?«

Kim lachte bitter auf. »Ja, aber kein –«

Die Tür schwang auf. »Jeana-Darling, ich brauche einen Teller Suppe. Nein, gib mir gleich den ganzen Topf.« Alison rauschte herein. »Hey, Kimberly! Es tut mir so leid, ich war die letzten zwei Tage nur unterwegs. Ich wollte dir eigentlich noch ein paar schöne Ecken in der Gegend zeigen. Aber ich muss morgen wahrscheinlich schon zurück nach Inverness.«

»Luft holen nicht vergessen«, bremste Jeana den Redefluss ihrer Schwester. »Setz dich.«

Kim haderte mit sich. Sollte sie Alison fragen, ob sie wieder mitfahren könnte? Aber es erschien ihr unhöflich in Jeanas Gegenwart, die so freundlich zu ihr war und noch nichts von ihren Reiseplänen wusste. Und da war auch noch das Angebot von Marley. Der Gedanke an den Mann entfachte ein wohliges Gefühl in ihrer Brust, was ihr gefiel und sie gleichzeitig verunsicherte.

Sie wandte sich Alison zu. »Bist du bei der Suche nach diesem Schafskiller weitergekommen?«

»Leider nicht. Wir suchen einen dunklen Pick-up. Aber hier fährt jeder zweite Farmer einen Pick-up, und von denen würde keiner Douglas' Schafe töten.« Sie sah zu ihrer Schwester. »Ich brauche noch einen zweiten Teller Suppe.«

»Bekommst du, Darling.«

»Ein Pick-up, das ist ein großes Fahrzeug mit Ladefläche, oder?«, fragte Kim grübelnd.

»Aye.«

»So einen habe ich heute gesehen.«

Alison ließ den Löffel sinken. »Wann? Wo?«

»Heute Nachmittag. Er kam aus der Einfahrt von Douglas MacKeiths Farm. Ich war kurz vor vier bei Marley, und auf dem Weg zu ihm habe ich den Wagen gesehen. Ist losgefahren wie ein Irrer.«

»Wie sah der Wagen aus? Hast du den Fahrer erkannt?«

»Nein, er fuhr in die entgegengesetzte Richtung, daher konnte ich den Fahrer leider nicht sehen. Der Wagen war dunkelgrau und ziemlich dreckig. Frag mich nicht nach dem Nummernschild.«

Alison nahm ihr Handy. »Grace? Wo bist du?« Sie berichtete ihrer Freundin, was sie von Kim erfahren hatte. »Es muss nichts zu bedeuten haben, aber schaut euch bitte auf Douglas' Hof um.«

***

Douglas MacKeith lenkte den Land Rover in seine Hofeinfahrt. Er war erschöpft von der langen Autofahrt. Es war fast Mitternacht. Die Hoflampe brannte. Trevor lag vor der Haustür und sprang auf, als er den Wagen erkannte. Der Hund kam ihm schwanzwedelnd entgegengelaufen. Douglas stieg aus und reckte die steifen Glieder.

Trevor sprang um ihn herum, als sei er Ewigkeiten fort gewesen. Das treue Tier. Er beugte sich herunter und strich ihm über den Kopf. »Na, alter Junge.« Seine Hände wurden abgeschleckt.

»Dad! Oh Gott, Dad!«, schallte die besorgte Stimme seiner Tochter über den Hof.

Douglas stöhnte innerlich auf. Er liebte Grace, aber alles, was er nach diesem Tag noch wollte, waren eine Tasse Tee und seine Ruhe und nicht auch noch ein Verhör durch seine Tochter. Sein Bedarf war gedeckt. Er hatte sich von seiner Wut hinreißen lassen und sich damit nur jede Menge Ärger eingehandelt.

Er richtete sich auf. Seine Laune verschlechterte sich, als er Marley neben Grace entdeckte. »Was wollt ihr hier?«, knurrte er ihnen entgegen.

»Dad, wir müssen reden.« Grace eilte auf ihn zu.

»Aber nicht jetzt.«

Grace wollte ihn umarmen, doch er wehrte sie ab. »Ich bin müde und will schlafen.«

Als er den verletzten Blick seiner Tochter sah, bereute er

seine Grantigkeit. Aber er konnte seinen Kindern jetzt nicht Rede und Antwort stehen. »Morgen, Grace«, setzte er etwas milder nach.

»Dad, ich mache mir Sorgen.«

»Unsinn. Müsst ihr morgen nicht arbeiten? Geht nach Hause.« Er wedelte mit der Hand, um sie fortzuscheuchen.

Grace schnaufte frustriert. »Meine Kollegen aus Inverness haben mich heute Nachmittag angerufen. Wenn ich nicht ein gutes Wort für dich eingelegt hätte, hättest du die Nacht dort in Polizeigewahrsam verbracht!«

Douglas verschränkte die Arme vor der Brust und flüchtete sich in bockiges Schweigen. Die Verhaftung hatte er nicht eingeplant. Er war überrascht gewesen, wie schnell die Polizei da gewesen war.

»Dad, das Schaf war Beweismaterial.«

»Da sind noch fünf andere im Kühlhaus. Reicht das nicht?«

»Ich will wissen, was hier los ist, verflucht!«

Grace konnte sehr beharrlich sein. Er starrte sie schweigend an. Wenn sie so aufgebracht war, erinnerte sie ihn an Moira. Seine Kinder hatten viel von ihrer Mutter geerbt.

»Schuldest du jemandem Geld?«

Er schwieg.

»Hast du Trouble mit jemandem aus dem Ort?«

»Unsinn.«

»Wer ist dieser William Bright? Warum –«

»Grace, ich habe gesagt, wir reden morgen«, herrschte er sie ungehalten an. »Ich will jetzt schlafen. Verschwindet!«

»Dad –«

»Lass ihn«, bremste Marley seine Schwester und fügte mit finsterem Blick auf ihn hinzu: »Du rennst gegen eine Wand.«

Bade du nur in deiner Selbstgerechtigkeit, dachte Douglas grimmig.

»Jemand war heute Nachmittag auf deinem Hof«, erklärte Marley. »Soweit wir das überblicken, wurde nichts zerstört. Sei bitte trotzdem vorsichtig.«

»Befürchtest du, dass mir jemand mit einem Messer hinter der Tür auflauert?«

»Dad!«, fuhr Grace entsetzt auf.

»Ich komme morgen Vormittag noch mal rüber. Ich will mir die Scheune bei Tageslicht anschauen.« Marley legte den Arm um die Schultern seiner Schwester und zog sie mit sich. »Gute Nacht, Douglas.«

Er sah seinen Kindern hinterher, die über die Einfahrt zur Straße gingen. Als sie aus seinem Sichtfeld verschwanden, wandte er sich missmutig ab und stampfte zu seinem Haus. Trevor trottete ihm hinterher. Es war ein Fehler gewesen, nach Inverness zu fahren. Wenn Bright hinter den Drohbriefen stecken würde, hätte er nicht die Polizei gerufen.

Freitag

Thybster

Kim erwachte mit der Morgendämmerung. Die schlechten Träume waren fortgeblieben, dennoch fühlte sie sich nicht ausgeruht. Sie war eine Frühaufsteherin, aber sechs Uhr wäre zeitig genug gewesen. Es war gerade mal halb fünf. Vielleicht lag es an den fehlenden Rollläden, dass sie immer so früh erwachte, überlegte sie. Die Vorhänge ließen zu viel Licht herein. In ihrem Zimmer zu Hause hatte sie Jalousien, die den Raum auch bei strahlendem Sonnenschein verdunkelten.

Sie drehte sich auf den Rücken und lauschte in die Stille des Hauses. Keine Tropfen klopften mehr gegen die Scheiben. Der Regen vom Vortag hatte sich verzogen. Um nicht wieder in sinnlose Grübeleien zu verfallen, zog sie sich an und startete zu ihrer morgendlichen Joggingrunde.

Die Straße glänzte feucht, die Luft war klar und frisch. Sie schlug die gewohnte Runde ein, um sich keine Gedanken über die Strecke machen zu müssen. Der Weg war ihr schon fast vertraut. Sie passierte Francis Cottage und Douglas MacKeiths Hof, bog links auf den Feldweg ein, der an den Weiden entlangführte.

Die Schafe grasten friedlich, einige lagen dösend auf der Weide. Sie schienen sich schon an sie gewöhnt zu haben. An den Tagen zuvor waren sie davongesprungen, wenn Kim den Weg zu den Klippen entlanggelaufen war.

Sie dachte an Daisy und das gute Gefühl, das sie wie eine warme Welle durchströmte, als sie das Lamm gefüttert hatte. Jeana hatte mit ihrem Ratschlag recht gehabt, dass Lämmer zu füttern gut für die Seele war.

Bei Thybster Rock blieb sie stehen und blickte auf das silbergraue Meer tief unter ihr. Die Klippen wurden von schaumigen

Wellen überspült. Vögel fegten dicht über die Wasseroberfläche. Sie verfolgte den Flug einer Möwe, bis sie das Tier am Horizont aus den Augen verlor. Der Wind zauste durch ihre Haare. Sie schloss einen Moment die Augen und atmete tief durch. In der Ferne blökte ein Schaf.

Es musste hart für den Farmer gewesen sein, die leblosen Körper auf seiner Weide zu finden. Sie konnte verstehen, dass er sich mit einer Schrotflinte auf die Lauer legte, um seine Herde zu schützen, auch wenn ihr bei der Erinnerung an die Begegnung ein kalter Schauer über den Rücken lief.

Aber anscheinend wusste er, wem er das zu verdanken hatte, sonst wäre er sicher nicht den weiten Weg nach Inverness gefahren und hätte demjenigen ein totes Tier vor die Füße gelegt. Sie stellte sich ein schickes, sauberes Büro vor, die Sekretärin im adretten Kostüm, der Firmenboss im teuren Anzug und dazu der Farmer mit Gummistiefeln und einem stinkenden Kadaver. In einem Film hätte man über die Szene lachen können.

Sie verbannte die grotesken Bilder aus ihrem Kopf, hüpfte ein paarmal auf der Stelle, um die Muskeln zu lockern. Sie wollte gerade mit ihrem Work-out beginnen, als sie einen Hund bellen hörte. Kurz darauf kam Trevor auf sie zugelaufen. Einige Meter entfernt folgte Douglas.

Er kam näher, die Schrotflinte geschultert. »Trevor!«

»Ist okay.« Kim kniete nieder, um den Hund zu kraulen. Er schleckte über ihre verschwitzten Arme. Als Kind hatte sie immer einen Hund haben wollen, aber ihr Vater war dagegen gewesen. Dafür hast du keine Zeit, hatte er gesagt und damit recht gehabt.

Douglas MacKeith blieb bei ihr stehen.

»Ich mag Ihren Hund.«

»Du solltest nicht allein auf den Weiden herumlaufen.«

Sie zuckte die Achseln. »Hier ist doch niemand.«

Er blickte eine Weile schweigend aufs Meer. »Es wird ein schöner Tag.«

Kim erhob sich aus der Hocke. »Ich hab das von Ihren Schafen gehört. Das tut mir leid.«

Er wandte sich um und deutete mit dem Arm Richtung Osten auf eine Anhöhe. Der Horizont darüber hatte sich rosa verfärbt. »Dahinter lagen sie.« Douglas sah zu ihr. »Du musst auf dich aufpassen, Mädchen.«

»Machen Sie sich um mich keine Sorgen.«

Der Farmer zog skeptisch die Augenbrauen hoch. »Mein Sohn ist ein guter Läufer. Du kennst Marley, oder?«

»Ja.«

»Er könnte dich begleiten.«

»Ich bin ganz gern allein hier draußen.«

»Aye.« Sein Blick glitt wieder über die Weiden. »Ich liebe dieses Land.«

Sie hörte am Klang seiner Stimme, wie ernst ihm diese Worte waren. »Haben Sie schon immer hier gelebt?«

»Den MacKeiths gehört dieses Land seit Generationen. Schon mein Urgroßvater hat hier Schafe gezüchtet.«

Kim dachte daran, dass Marley Küfer war und Grace Polizistin in Thurso. Wer würde die Farm weiterführen, wenn Douglas MacKeith es nicht mehr konnte? Es musste ihn betrüben, zu wissen, dass es keinen Nachfolger gab. »Was macht man so als Schäfer?«, fragte sie.

»Ich sorge dafür, dass es den Tieren gut geht, dass sie ausreichend Nahrung und Wasser haben. Ich kümmere mich um sie, wenn sie krank sind. Manchmal muss ich beim Lammen helfen. Im Sommer müssen sie geschoren werden, die Klauen müssen gepflegt werden. Weidezäune und Mauern müssen instand gehalten, Heu und Silage gemacht werden. Ein Schäfer hat immer zu tun.«

»Wer kümmert sich um die Tiere, wenn Sie mal krank sind oder Urlaub machen?«

»Du stellst viele Fragen.«

»Ich hab noch nie mit einem Schäfer gesprochen.«

»Ich war noch nie krank.«

»Das macht sicher die Arbeit an der frischen Luft.«
»Aye, ich bin hier draußen – jeden Tag, bei jedem Wetter.«
»Im Winter stelle ich es mir sehr hart vor.«

Sein Blick verdüsterte sich. »Es ist gute Arbeit, aber es ist auch schwere Arbeit für wenig Geld. Das will heute keiner mehr machen. Alle wollen billiges Fleisch und billige Wolle, und keiner sieht mehr, dass das alles von lebendigen Tieren kommt. Meinen Schafen hier geht es gut.«

Kim nickte betroffen. Sie hatte sich in der Vergangenheit selten Gedanken darüber gemacht, woher das Fleisch auf ihrem Teller kam.

Er klopfte an sein Hosenbein. »Komm, Trevor, wir müssen weiter.«

»Mr MacKeith, ich hoffe, es klärt sich alles auf.«

»Ich heiße Douglas.« Der Blick des Mannes wurde mild. »Pass auf dich auf, Mädchen.«

Sie sah ihm nach, bis er hinter einer Anhöhe verschwand. Sie stellte sich vor, wie dieser knurrige Schäfer darauf achtete, dass eine wild tanzende Jeana zur Schule ging. Das Bild ließ sie lächeln.

**

Sein Vater war nicht zu Hause, als Marley den Hof betrat. Trevor war ebenfalls fort. Die Haustür war entgegen Douglas' Gewohnheiten abgeschlossen. Er hätte sich mit einem Schlüssel selbst hineinlassen können. Aber wenn der Alte die Tür verschloss, wollte er nicht, dass jemand hineinging, und das respektierte er.

Douglas' Quad stand neben dem Land Rover im Carport. Anscheinend hatte er sich zu Fuß auf seine morgendliche Runde gemacht. Marley wusste, dass sein Vater die frühen Stunden auf den Weiden liebte. Als Junge hatte er ihn in den Ferien oft begleitet. Es waren die Momente, in denen er sich mit seinem Vater eng verbunden gefühlt hatte.

Die Scheunen waren nicht verschlossen. Marley schob das hohe Tor auf. Traktor, Schlepper, Pflüge und Erntemaschinen standen an ihrem Platz. Er warf einen Blick unter den Traktor, um zu sehen, ob Öl oder Bremsflüssigkeit Flecken hinterlassen hatten. Aber da war nichts. Er schaute sich dennoch zur Sicherheit auch den Motorblock an und inspizierte die Kabel und Verbindungen der landwirtschaftlichen Maschinen.

Grace hatte ihn in der Nacht ganz kirre gemacht, nachdem sie erfahren hatte, dass Kimberly einen Pick-up vom Hof hatte fahren sehen. Er hatte die halbe Nacht beruhigend auf seine Schwester einreden müssen und gleichzeitig versucht, sich nicht von Grace' düsteren Befürchtungen mitreißen zu lassen. Er konnte sich die Tötung der Schafe nicht erklären und noch weniger die absurde Aktion seines Vaters. Wilder Westen, hatte Kimberly gesagt. Das traf es ganz gut.

Kimberly Hart. Er hatte noch keine Gelegenheit gehabt, mit Alison über sie zu sprechen. Wer war diese Frau? Er brachte sie einfach nicht mit den Artikeln und Bildern, die er im Internet gesehen hatte, zusammen. Was hatte sie nach Thybster gebracht, in den Norden, vielleicht nicht ganz ans Ende der Welt, aber doch kurz davor? Er fragte sich, ob sie am Nachmittag noch da sein würde, um mit ihm nach Dunnet Head zu fahren.

Marley ging durch die Scheune, schaute in Kisten, prüfte Leitern und Bretter, ob alles noch fest und an seinem Platz war. Hier und da justierte er eine Schraube nach, schlug einen Nagel fest, der sich gelockert hatte. Aber das waren Verschleiß- und Alterserscheinungen. Nichts davon deutete auf bewusste Sabotage hin.

Er nahm sich auch die angrenzende Scheune vor. Auf der einen Seite lagerten Reste von Streu und Silage vom vergangenen Winter. Die Sommerernte stand noch aus. Auf der anderen Seite waren Stallungen mit Verschlägen für die Schafe. Die wenigsten Tiere brauchten den Unterstand, sie waren robust und an das raue Klima an der Küste und in den Highlands gewöhnt, sodass sie die meiste Zeit des Jahres draußen auf den Weiden waren. Hin und wieder logierte ein fremder Bock mit einigen Zuchtschafen im Stall, um frisches Blut in die Herde zu bringen. Und die Tiere, die die Reise zum Schlachthof antreten sollten, verbrachten hier ihre letzte Nacht.

Marley prüfte die Trennwände. Bei einigen sollten ein paar Bretter ausgetauscht werden, stellte er fest. Die Farm machte viel Arbeit, und es ärgerte ihn, dass sein Vater jegliche Hilfe von ihm ablehnte. Er hatte als Zimmerer gearbeitet, er war Küfer, er war ein guter Handwerker. Es wäre ein Leichtes für ihn, alles in Ordnung zu bringen.

Ein Wagen fuhr auf den Hof und hielt. »Douglas?«, ertönte kurz darauf Conors Stimme.

Marley ging zum Scheunentor. »Er ist unterwegs.«

Die Anwesenheit von Douglas' Sohn überraschte Conor, das konnte er nicht verbergen. Er kratzte sich am Hinterkopf. »Dann geh ich ihn mal suchen.«

»Was willst du von ihm?«

Conor sah ihn missmutig an. »Das geht dich nichts an.« Er wandte sich ab, um zu seinem Wagen zurückzugehen.

»Conor!«, bremste Marley den Mann scharf. »Warum hast du Grace belogen?«

»Was?«

»Ich hab dich draußen bei Thybster Rock gesehen. Du warst mit deinem Auto da.«

Conor hatte sich wieder zu ihm umgedreht, ging jedoch langsam rückwärts weiter. »Du hast dich geirrt.«

»Du hast mich auch gesehen.«

»Du irrst dich, Junge.«

»Ich habe gute Augen. Ich weiß, dass du da draußen warst.« Marley ging auf den Mann zu. »Mit wem hast du dich getroffen?«

»Ich habe mich mit niemandem getroffen, und außerdem bin ich dir keine Rechenschaft schuldig!«

Er stand vor Conor, roch den süßlichen Atem des alkoholkranken Mannes. »Wenn du irgendwas mit den toten Schafen zu tun hast, ich schwör dir, ich …«

Der Mann reckte das Kinn vor und sah zu ihm auf. »Sieh du lieber zu, dass du deinen eigenen Kram auf die Reihe kriegst. Du spekulierst doch nur darauf, dass Douglas die Farm verkauft und dich auszahlt.«

»Verschwinde«, zischte Marley durch die zusammengebissenen Zähne. In ihm brodelte es bereits wieder. Er ballte die Hand zur Faust.

Conor stiefelte zu seinem Wagen und riss die Tür auf. »Spiel dich bloß nicht so auf!«, knurrte er. »Ich weiß, dass du Geld brauchst. Und ich frage mich, ob die toten Schafe nicht auf dein Konto gehen.«

***

Alison hatte bei Jeana und Joyce übernachtet und saß mit den beiden beim Frühstück, als Kimberly in den Raum kam. Ihre Haare waren feucht vom Duschen, und die Wangen glänzten rosig.

»Guten Morgen, Kimberly, setz dich zu uns.« Alison deutete einladend auf den freien Platz am Tisch.

»Guten Morgen.« Kimberly gesellte sich zu den Frauen.

Jeana wandte sich ihr zu und berührte flüchtig Kimberlys Haar. »Du solltest dir die Haare föhnen, sonst erkältest du dich noch, Darling. Frühstück wie immer?«

»Ja, gern.«

Jeana stand auf und verschwand im Nebenraum.

»Bewundernswert, wie du so früh schon joggen gehen kannst«, stellte Alison fest.

»Es ist schön morgens an den Klippen.«

»So flott, wie du rennst, solltest du bei einem Hill Race mitlaufen«, schlug Joyce vor. »Du hättest gute Chancen.«

»Ich hab's nicht so mit Wettkämpfen.«

Alison versteckte eilig ihr Gesicht hinter einer Serviette.

»Marley hat mal einen gewonnen«, rief Jeana, die das Gespräch aus der Küche verfolgte.
»Hab schon gehört, dass er ein guter Läufer wäre.«
»Hat er dir davon erzählt?«
»Nein, ich hab seinen Vater heute Morgen auf den Weiden getroffen.«
»Und er hat mit dir über Marley gesprochen?«, fragte Alison verdutzt.
»Kurz, ja.«
Mit einer ungeduldigen Handbewegung forderte Alison mehr Information.
»Er meinte, dass Marley mich beim Laufen begleiten könnte. Wegen der Vorfälle. Mehr nicht.«
Sie starrte Kimberly verblüfft an. »Im Ernst?«
»Nein, ich denke mir solche Sachen gern aus«, erwiderte Kimberly ironisch.
»Sorry, es ist nur … Ich kann mich nicht erinnern, wann Douglas das letzte Mal etwas Gutes über Marley gesagt hätte.« Alison wurde bewusst, dass sie einer Fremden etwas sehr Persönliches über eine Familienfehde erzählte. »Ähm …«
»Ich hab schon mitbekommen, dass die beiden sich nicht besonders grün sind.«
»Ja, so könnte man sagen.«
Jeana brachte Kimberly einen Teller mit Rührei, Baked Beans, gegrillten Tomaten, Champignons, Würstchen und Toast. »Du wolltest keinen Speck, oder?«
»Alles bestens, danke.«
»Was für einen Eindruck hattest du von Douglas?«, fragte Alison.
Kimberly zuckte die Achseln. »Er macht sich Sorgen um seine Schafe.« Sie bestrich eine Scheibe Toast mit Butter. »Es muss hart für ihn sein, dass seine Kinder nicht in seine Fußstapfen treten wollen.«
»Das ist kompliziert«, erwiderte Jeana.
Joyce schüttelte den Kopf. »Es ist ganz einfach: Eltern müs-

sen akzeptieren, dass Kinder nicht dazu da sind, den eigenen Lebenstraum zu verwirklichen. Douglas' Hof ist groß genug, er hätte alle Möglichkeiten, Marley zu unterstützen. Es ist eine Schande, dass er nicht über seinen Schatten springen kann. Und ein zweites Standbein würde für beide mehr finanzielle Sicherheit bedeuten.« Es war deutlich, auf wessen Seite Joyce stand.

»Das müssen die zwei unter sich ausmachen.« Alison trank ihren Tee. »Ich fahre gleich zurück nach Inverness. Wie sind deine Pläne, Kimberly? Bleibst du noch, oder soll ich dich mitnehmen?«

Kim hatte Alisons Angebot ausgeschlagen. Es gab zwei Gründe dafür. Der erste war pure Sturheit. Lothar hatte sie unter Zugzwang gesetzt. Mit der neuesten Kurznachricht hatte er ihr ihre Flugzeiten mitgeteilt. Er hatte für Sonntag den Rückflug für sie gebucht. Es gab keinen Direktflug von Edinburgh nach Hamburg, daher würde sie abends in Frankfurt landen. Er würde sie dort abholen.

Sie hatte gerätselt, woher er wusste, dass sie in Schottland war. Sie konnte sich nicht vorstellen, dass er tatsächlich ihr Smartphone hatte orten lassen. Dann fiel ihr ein, dass Lothar Zugriff auf ihr Bankkonto hatte. Auf der Kreditkartenabrechnung waren die Abbuchungen der Fluggesellschaft und des Hotels in Aberdeen.

Über den zweiten Grund, Alisons Angebot auszuschlagen, wollte sie nicht nachdenken. Marley MacKeith gefiel ihr. Aber romantische Gefühle waren das Letzte, was sie jetzt gebrauchen konnte. Dennoch wollte sie nicht auf den Ausflug mit ihm verzichten.

Sie lief die Main Street entlang, als ein dunkelblauer SUV am Straßenrand bremste. Das Beifahrerfenster wurde heruntergelassen, und eine männliche Stimme riss sie aus ihren Gedanken. »Wohin des Weges, schöne Frau?«

Sie erkannte in dem Fahrer den Mann aus dem Pub wieder. Arran. »Nur ein Spaziergang.«

Es ärgerte sie, dass ausgerechnet er sie gesehen hatte. Sie hatte Jeana extra um die Telefonnummer von Marley gebeten, um ihm mitzuteilen, dass er sie nicht abholen sollte. Die Beschimpfung als »*bitch*« im Pub hatte ihr gereicht. Sie wollte nicht für Gerüchte sorgen, wenn die Dorfbewohner sahen, dass sie mit Marley einen Ausflug machte.

»Ich kann dir ein bisschen die Gegend zeigen«, bot Arran an. »Ich kenne mich hier bestens aus.«

Sie bemühte sich um ein unverbindliches Lächeln. »Das ist nett, aber danke, ich bin ganz gern allein unterwegs.«

»Schade.« Er deutete mit einer Hand in Fahrtrichtung. »Drei Meilen weiter ist die Farm meines Vaters, Matthew Fletcher. Ich bin gerade auf dem Weg zu ihm. Falls du da vorbeikommst, klopf an.«

»Mal schauen.«

»Letzte Chance.« Er klopfte einladend auf den Beifahrersitz. Sie schüttelte den Kopf.

Er hob die Hand zum Abschied. »*Have a nice day.*«

Sie sah dem Wagen hinterher. Vermutlich wollte er nur nett sein, aber sie hatte keinen Bedarf an Männerbekanntschaften.

Dass das so nicht stimmte, spürte sie deutlich, als sie den Hof zu Francis Cottage betrat und sich in ihrer Magengegend ein erwartungsfrohes Kribbeln regte.

Marley stand am Gatter zu Daisys Gehege. Statt der Arbeitskleidung trug er Jeans, Wanderschuhe und ein T-Shirt. Er stieß sich vom Zaun ab und kam auf sie zu. »Pünktlich auf die Minute. So sind die Deutschen.«

»Das ist Höflichkeit.«

»Aye. Hast du keine Jacke dabei?«

»Es ist warm.«

»Das muss aber nicht so bleiben. Ich schau mal, ob ich noch was für dich habe.« Er verschwand im Haus und kam kurz darauf mit einer Strickjacke zurück. »Nur für den Fall der Fälle.«

»Wieso besitzt du Frauenkleidung?«

»Ein Fetisch«, erklärte er todernst.

»Meine Klamotten kriegst du nicht, dass das klar ist«, erwiderte sie rigoros.

Sein Blick wanderte über ihren Körper. »Schade.«

Zu ihrem Verdruss spürte sie, wie das Blut ihr in die Wangen schoss.

»Die gehört Grace.« Er lächelte entwaffnend und öffnete ihr galant die Beifahrertür. »Oder möchtest du fahren?«

»Nein.«

»Linksverkehr ist gar nicht so kompliziert.«

»Ich habe keinen Führerschein.«

Er hob überrascht die Augenbrauen. »Das macht's dann doch etwas komplizierter.«

Sie stieg ein, während er um das Auto herum auf die Fahrerseite wechselte.

Marley hatte sich auf den Ausflug mit Kimberly gefreut. Er konnte Ablenkung gebrauchen. Conors haltlose Verdächtigung hatte ihn mächtig geärgert. Natürlich stand es um seine Finanzen nicht zum Besten, aber er spekulierte ganz sicher nicht auf das Geld seines Vaters. Eher würde er mit Ryan und Dave im Hafen arbeiten als Douglas um Geld anpumpen.

Sie fuhren durch Castletown, und er erklärte Kimberly die einstige Bedeutung des Ortes als Steinlieferant für ganz Schottland. Ein Heritage Centre erinnerte an die ruhmreichen Zeiten. Sie ließen das Dorf hinter sich, fuhren hinauf zum Parkplatz beim Dunnet Head Lighthouse. Von dort war es nur ein kleiner Fußmarsch zum nördlichsten Zipfel des schottischen Festlandes. Ein weiterer Wagen parkte dort. Vogelkundler, vermutete Marley.

Sie liefen über den schmalen Pfad auf den Leuchtturm zu, der sich glänzend weiß vom blauen Himmel abhob. Es war ein perfekter Tag für diesen Ausflug. Möwen kreisten über ihnen. Auch in den Wiesen um sie herum zwitscherte es munter.

»Was sind das für Blöcke?« Kimberly deutete auf ein paar weiße Betonklötze in der Wiese.

»Überreste aus Kriegszeiten. Hier gab es mal eine Radarstation.«

Sie umrundeten das Gebäude und gelangten an den Rand der Steilküste. Unter ihnen rauschte das Meer, der Wind blies ihnen kräftig ins Gesicht. Die Sicht war phantastisch.

»Dahinten siehst du die Orkneyinseln. Der Brandungspfeiler ist der Old Man of Hoy.«

Sie beschattete ihre Augen mit der Hand und folgte seinem Fingerzeig. »Und wo sind die Orcas?«

»Ich habe ihnen ausrichten lassen, dass wir hier sind, aber ich befürchte, sie waren heute schon woanders gebucht.«

»Schade.«

»Es gibt ein tolles Alternativprogramm.«

Sie spazierten am Rande der Klippen entlang. Niedrige Trockensteinmauern und Zäune sollten verhindern, dass sich übermütige Schafe oder Touristen zu nah an die bis zu neunzig Meter hohe, steile Küste wagten. Er zeigte Kimberly Klippenmöwen, Lummen und Kormorane und kam schließlich zu der Stelle, von der er wusste, dass sie eine kleine Kolonie Papageientaucher in der Felswand beherbergte.

Wie kleine Kamikazeflieger trudelten die Vögel mit den großen orangenen Füßen und Schnäbeln an die Felslöcher, in denen sich ihre Bruthöhlen befanden. Manche standen vor ihren Höhlen wie auf einem Balkon und genossen die Aussicht.

Marley breitete eine Decke in einer windgeschützten Mulde aus. Sie hockten sich nebeneinander und beobachteten das Treiben. *Wem beim Anblick von Papageientauchern nicht das Herz aufgeht, dem ist nicht zu helfen*, hatte Jeana einst behauptet, als er mit ihr hier gewesen war. Verstohlen schielte er zur Seite, sah Kimberlys strahlendes Lächeln. Sein Herz fühlte sich leicht und schwer zugleich an.

***

Es war spät, als sie zu Francis Cottage zurückkehrten. Kim war beschwingt von dem magischen Moment an der Küste. Nie hätte sie gedacht, dass der Anblick von ein paar kleinen Vögeln sie dermaßen verzaubern könnte. Sie hatte sich gar nicht von dem Ort losreißen können. Und sie hatte Marleys Gegenwart genossen, die zufälligen Berührungen hatten ihr wohlige Schauer beschert und ihr Herz schneller schlagen lassen.

Marley hatte den Pie vorbereitet und musste ihn nur noch im Ofen aufwärmen. Sie betrachtete den Auflauf neugierig, als sie wenig später zusammen am Tisch saßen. Er füllte die Teller.

»Was ist das jetzt genau?«, fragte sie skeptisch.

»Probier es.«

»Was ist dadrin? Vielleicht bin ich ja allergisch.«

»Bist du gegen irgendwas allergisch?«

»Ich mag keine Ananas.«

»Da besteht keine Gefahr.« Er nickte aufmunternd.

Sie nahm eine Gabel voll, betrachtete sie von allen Seiten. »Die obere Schicht ist Kartoffelbrei, oder? Und darunter – Bohnen? Möhren?«

»Iss.«

Sie probierte den ersten Bissen. »Mhm, lecker«, stellte sie fest.

Es schmeckte so gut, dass sie noch eine zweite Portion einforderte.

»Du hast Qualitäten«, lobte sie ihn und lehnte sich zufrieden zurück. »Und was habe ich jetzt gegessen?«

»Verrate ich nicht.«

Sie schnappte empört nach Luft.

»Marleys *Special Pie* ist ein Geheimrezept.« Er zwinkerte ihr vergnügt zu und räumte das Geschirr ab. »Bist du bereit für einen Dram?«

»Wenn der genauso gut ist wie dein Pie, immer her damit.«

Er füllte den Whisky in zwei Gläser. »Aber langsam«, mahnte er sie. »Erst einmal das Aroma riechen, dann einen kleinen Schluck trinken.«

Er machte es ihr vor.

Sie schnupperte eine leicht fruchtige Note. Als der erste Schluck brennend ihre Kehle hinunterglitt, verzog sie das Gesicht. »Das ist scharf.«

»Das ist der Alkohol. Beim zweiten Schluck wird's besser. Dann hat sich der Gaumen dran gewöhnt.«

Sie studierte das Flaschenetikett. »Der hat über vierzig Prozent! Du füllst mich ab, und nachher torkle ich laut singend durchs Dorf.«

Die Vorstellung amüsierte ihn. »Du kannst auch gern bei mir übernachten, falls du in dem Zustand nicht gesehen werden willst.«

»Ich soll bei einem wildfremden Mann übernachten?« Sie riss mit gespielter Prüderie die Augen auf. Es war genau das, was sie wollte.

»Ich meinte natürlich im Gästezimmer.«

Daran hatte sie eigentlich nicht gedacht. »Ich hoffe, das Zimmer ist abschließbar?«

»Natürlich, aber vielleicht sollte eher ich mir Sorgen machen. Ich glaube, du weißt ganz gut, wie man sich wehrt«, flachste er.

Die Gesichtszüge entgleisten ihr. »Was soll das heißen?«, presste sie mühsam hervor.

»Nichts ... *Fuck* ... Ich ...«

»Alison hat es dir verraten, ja?«

»Nein.«

Sie schnaufte ungläubig. »Wer denn sonst?«

»Niemand ... Ich hab dich erkannt. Ich hab in Deutschland in einer WG gewohnt, und Julian, mein Mitbewohner, war ein Fan von dir.«

Wenn er gehofft hatte, die Erwähnung eines Fans würde sie besänftigen, hatte er sich getäuscht. Sie kochte vor Wut. »Wer weiß es noch?«

»Keine Ahnung. Was ist denn los?«

Sie stand auf. »Danke für das Essen. Ich möchte jetzt gehen.«

»Kimberly.«

Sie schüttelte den Kopf und wandte sich ab.
Er erhob sich. »Ich bring dich zum Pub.«
»Nein!«, bremste sie ihn hart und entschieden.
Marley blieb, wo er war.
Die Sonne war verschwunden. Es war kühl geworden. Doch Kim spürte die Kälte nicht. In ihr brodelte es. Sie stampfte die Zufahrt zur Straße entlang. Die ganze Zeit hatte er so getan, als wüsste er nicht, wer sie war. Und dann so ein blöder Spruch! Sie stieß wutschnaubend die Luft aus den Lungen.
Das Schlimmste war, dass sie ihn mochte. Sie hatte ernsthaft darüber nachgedacht, ob sie die Nacht mit ihm verbringen sollte. Wie naiv war sie eigentlich? Natürlich hatte er sie erkannt. Sie war eine »Person des öffentlichen Lebens«, und Annas Tod war durch die Presse gegangen. Mit Sicherheit hatten sie auch hier am Ende der Welt darüber berichtet. Sie spürte, wie Wut und Enttäuschung ihr Tränen in die Augen treiben wollten. Sie hob den Blick zum Himmel.
»Scheiße!«
Schon besser. Sie atmete tief durch, um den Druck abzubauen.
»Kimberly!« Hinter ihr erklangen schnelle Schritte auf dem Schotterweg.
Sie ballte entschlossen die Hände zu Fäusten. Sie würde nicht vor ihm weglaufen. Die Blöße würde sie sich nicht geben. Sie hielt inne und wandte sich um. »Was?«, fauchte sie Marley entgegen.
Er blieb vor ihr stehen. »Mein Spruch gerade war dumm. Es tut mir leid, wenn ich dich verletzt habe.«
Sein Blick war so aufrichtig, dass sie nicht wusste, wie sie darauf reagieren sollte. Sie suchte nach einem passenden Konter. Ein gemeiner Spruch, der ihm zeigte, wie sehr er sie getroffen hatte. Während sie noch überlegte, schallte ein lautes, dumpfes Geräusch zu ihnen herüber. Es war eine Art Knall oder ein Rumsen. Sie konnte es nicht einordnen.
»Was war das?«

Marley schien ebenso verwirrt. »Keine Ahnung.«

Sie hörten einen Motor aufheulen, kurz darauf raste ein Wagen über die Straße nach Thybster.

»Die Farm!« Marley sprintete los.

Sie rannte hinter ihm her. Die Panik in seiner Stimme war nicht zu überhören gewesen. Als sie in die Einfahrt zur Farm lief, roch sie es: Rauch.

Im schwachen Zwielicht sahen sie eine Person reglos auf dem Hof liegen.

Douglas MacKeith lag auf dem Bauch, an seinem Hinterkopf klaffte eine Wunde. Marley beugte sich zu ihm hinunter. »Oh Gott, Dad!« Er suchte nach einem Lebenszeichen.

»Ruf einen Notarzt und die Feuerwehr!«, schrie Kim ihn an. Sie kniete neben Douglas nieder, drehte ihn in die Seitenlage. Sie hielt die Hand vor seinen Mund, um zu spüren, ob er noch atmete. Sie schlug leicht gegen seine Wange. »Douglas? Hörst du mich? Douglas!«

Sie spürte eine minimale Regung. Der Mann bewegte die Lippen. Sie beugte sich zu ihm. »Was? Sag es noch mal.«

»Tvor.«

»Tvor?« Einen Moment sah sie ratlos auf den Mann vor sich. Dann raste ihr Blick umher. »Wo ist Trevor?«

Marley telefonierte, während er gleichzeitig einen Schlauch von einer Rolle am Carport zog.

Die Scheune!

»Oh Gott!« Sie sprang auf, raste über den Hof. Der Rauch kratzte in ihrem Rachen. Sie riss den Holzriegel zur Seite.

»Kimberly, nein!«

Sie schob das Tor ein Stück auf. »Trevor!«

Rauch schlug ihr entgegen. Das Stroh brannte lichterloh. Der Qualm nahm ihr die Sicht, brannte in den Augen. Sie hielt sich die Armbeuge vor Nase und Mund, wollte in die Scheune laufen. Eine Hand riss sie zurück. In dem Augenblick entdeckte sie den Hund reglos am Boden. »Trevor!«

Marley stieß sie von der Scheune fort. Er schnappte den

Hund, rannte mit ihm über den Hof, legte das Tier neben seinen Vater.

»Er ist überhitzt.« Marley löste einen Strick von Trevors Schnauze.

Sie sah zu der Nachbarscheune. Die Flammen würden übergreifen, wenn sie nichts unternahmen. »Ist da noch mehr Stroh drin?«

»Maschinen.«

»Ich kümmere mich um die beiden. Hol du die Maschinen raus.«

»Aber –«

»Ich komm klar!«

Er stürmte zur Scheune. Sie trug den Hund vor die Haustür, rannte zurück zu Douglas.

Sie schlug ihm auf die Wangen. »Douglas! Kannst du aufstehen?«

Er regte sich nicht. Die Augen waren geschlossen. Er hatte das Bewusstsein verloren. Sie musste ihn aus dem Weg schaffen, damit die Feuerwehr Platz hatte. Sie hoffte, dass er nur eine leichte Kopfverletzung hatte, griff ihm entschlossen unter die Achseln und schleifte ihn im Rettungsgriff über den Hof. Der Rauch stach ihr in die Lungen.

Ein Wagen schoss in die Einfahrt. Zwei Männer sprangen heraus. Sie löste eine Hand, stützte Douglas' Rücken mit dem Knie ab und deutete auf die zweite Scheune. »Marley! Helft ihm.«

Ein Traktormotor heulte auf. Während einer der Männer zur Scheune eilte, kam der zweite zu ihr und half ihr, Douglas ins Haus zu tragen. Sie legten ihn im Wohnzimmer auf den Boden. Kim schickte ihn zu Marley und holte den Hund herein. Sie suchte Tücher, tränkte sie mit Wasser und legte sie über Trevor. Sie hoffte, dass es dem Tier half. Von draußen hörte sie weitere Wagen auf den Hof kommen, Männer riefen. Sie roch den Qualm, der durch Fenster- und Türritzen ins Haus drang.

Immer wieder prüfte sie Douglas' Atmung. »Halt durch, alter Mann.«

Die Tür wurde aufgerissen. Jeana stürmte herein. »Douglas!«
Kim atmete auf. »Notarzt ist unterwegs.«
Jeana kniete neben ihr nieder.
»Kannst du bei ihnen bleiben?«
»Ja.« Jeana strich besorgt über Douglas' Stirn.
Trevor winselte gequält. »Wenn die Sanitäter da sind: Der Hund braucht Sauerstoff«, erklärte Kim.
»Okay.«
»Ich helfe draußen.«
»Warte.« Jeana riss ihr Tuch vom Hals. »Mach das nass und binde es dir vor den Mund.«
Kim befolgte den Rat. Dann rannte sie aus dem Haus.

Samstag

Thybster

Sie arbeiteten bis zum Morgengrauen, um zu retten, was zu retten war. Der Geruch von verbranntem Holz, Stroh und Gummi hing in der Luft und in ihrer Kleidung. Die Feuerwehr zog Bretter und verkohlte Balken auseinander, um die letzten Glutnester zu löschen.

Die Scheune mit der Stallung war komplett heruntergebrannt, die andere war an einer Seite angekohlt. Ein paar Männer versuchten, das Gebäude notdürftig abzustützen, damit das Dach nicht einstürzte. Die landwirtschaftlichen Geräte standen kreuz und quer über den verschlammten Hof verteilt.

Douglas MacKeith war nach Thurso ins Dunbar Hospital gebracht worden. Ein Sanitäter hatte auch Trevor versorgt. Das Tier war verstört, aber es hatte überlebt.

Kim saß auf der Bank vor dem Haus, die Unterarme auf die Oberschenkel gestützt, um den Rücken zu entlasten. Kleidung und Haare waren voll Ruß und Staub. Ihr Körper schmerzte von den Anstrengungen. Die Augen brannten, und in ihrem Hals kratzte es von dem Rauch, den sie eingeatmet hatte. Jeanas Tuch war ein Segen gewesen, aber nun völlig ruiniert.

Marley kam über den Hof auf sie zu. Seine Kleidung hatte Risse, Arme und Gesicht waren rußverschmiert und zerkratzt. Er blieb vor ihr stehen. »Bist du okay?«

Sie nickte.

»Du solltest raus aus den Klamotten, duschen und dich ausruhen.«

»Du auch.«

Er strich sich durch die dunklen Haare, presste die Lippen zusammen. Sein Blick wanderte zu den Überresten der abgebrannten Scheune. Auf dem Hof hatten sich durch die Löscharbeiten Schlammseen gebildet. Ein bedauerndes Lächeln legte sich auf seine Lippen. »Unsere erste gemeinsame Nacht hatte ich mir anders vorgestellt.«

Sie hob einen Mundwinkel. »Sie war zumindest heiß.«

Er lachte trocken. »Du bist ... Ich weiß gar nicht.« Sein Gesicht wurde ernst. »Danke für deine Hilfe.«

Sie entdeckte einen verdächtigen Glanz in seinen Augen. Der Mann war mental erschöpft und auch körperlich am Ende seiner Kräfte. Er schluckte, blinzelte ein paarmal. Sie sah auf das Schlachtfeld vor sich. »Warum tut jemand so etwas?«

»Wenn ich das wüsste.« Marley rieb sich energisch über den Nacken. Sie bemerkte, dass er angestrengt um seine Fassung rang.

»Geh rein und trink einen Tee.«

»Nein, ich ...« Er verstummte.

»Dann setz dich hierhin, und ich hol dir was zu trinken und ein paar Sandwiches.«

Sie stand auf, und er nahm widerspruchslos ihren Platz ein. Sie ging ins Haus. Jeana stand in der Küche. Sie hatte die Verpflegung der Hilfskräfte übernommen. Trevor lag zusammengekringelt auf seiner Decke. Kim beugte sich zu ihm und streichelte ihm über den Kopf. »Hast du was von Douglas gehört?«, erkundigte sie sich bei Jeana.

»Nein. Grace ist ins Krankenhaus gefahren, aber sie hat sich noch nicht wieder gemeldet.«

Kim hoffte, dass er nur eine Platzwunde hatte und keinen Schädelbruch. Douglas hatte immer wieder das Bewusstsein verloren, während sie auf den Rettungsdienst gewartet hatten. Unweigerlich stiegen Bilder vor ihrem inneren Auge auf, die sie energisch zurückdrängte.

Sie erhob sich aus der Hocke, wusch sich die Hände über der Spüle und legte ein paar Sandwiches auf eine Serviette. »Trinkt Marley seinen Tee mit Zucker?«

»Und Milch.« Jeana sah zu ihr rüber. »Sind die Sandwiches für ihn?«

»Ja.«

»Die kannst du nicht nehmen.« Sie reichte ihr einen Teller, den sie an die Seite gestellt hatte. Als sie Kims fragenden Blick bemerkte, erklärte sie: »Auf den anderen ist Schinken. Marley ist Vegetarier.«

Marley ließ den Kopf in den Nacken fallen und schloss die Augen. Er war nicht nur körperlich völlig erschöpft. Auch der Schock hing ihm in den Gliedern. Er hatte gedacht, sein Vater wäre tot, als er ihn leblos am Boden liegen sah. Sein Verstand hatte komplett ausgesetzt. Dann hatte Kimberly ihn angeschrien. Das hatte ihn zurück in die Realität geholt.

Kimberly. Sie war tough. Sie hatte die ganze Nacht mit angepackt. Egal, wo gerade eine Hand gebraucht wurde, war sie zur Stelle gewesen.

Er schüttelte innerlich den Kopf, als er daran dachte, wie sie auf die brennende Scheune zugerannt war. Allein die Erinnerung reichte, um seinen Puls wieder in die Höhe schnellen zu lassen. Mit dieser kopflosen Aktion hatte sie dem Hund vermutlich das Leben gerettet. Aber es hätte ganz anders ausgehen können.

Hilfe war schnell gekommen. Jemand aus dem Dorf musste mitbekommen haben, dass die Scheune brannte. Wer konnte, war rausgefahren, um zu helfen. Ryan und Dave waren die Ersten gewesen.

»Marley?«, erklang eine männliche Stimme über ihm.

Er öffnete die Augen. Chief Inspector Kenneth Campbell stand vor ihm. Der Mann war etwas kleiner als Marley, untersetzt, das Kinn glatt rasiert, die kurzen rotblonden Haare durchzogen vereinzelt graue Strähnen. Sein Gesicht war rund, die graublauen Augen musterten ihn aufmerksam.

»Können wir kurz reden?«

»Aye.« Marleys Beine waren bleischwer. Auch wenn es ihm nicht gefiel, dass Campbell auf ihn herabsah, blieb er sitzen.

»Soweit ich informiert bin, hast du den Notruf abgesetzt. Weißt du, was hier geschehen ist?«

»Jemand hat meinen Vater niedergeschlagen und die Scheune in Brand gesetzt.«
»Könnte es ein Unfall gewesen sein?«
»Mein Vater wurde niedergeschlagen«, beharrte Marley.
»Woher weißt du das?«, fragte Campbell. »Warst du dabei?«
Misstrauen regte sich in Marley. »Douglas lag mitten auf dem Hof, als ich herkam. Die Scheune hat gebrannt. Der Hund war darin eingesperrt.«
»Es könnte eine Verpuffung gegeben haben, und dein Vater wurde von irgendetwas getroffen, das ihn zu Boden gerissen hat.«
»Das war kein Unfall.«
»Was macht dich so sicher?«
»Du kennst Douglas. Er ist kein Idiot. Und er würde Trevor weder in eine Scheune sperren noch ihm die Schnauze zubinden!«
»Das hast du gerade nicht erwähnt.«
»Es fiel mir jetzt erst wieder ein.«
»Mhm.«
Marley meinte, Skepsis in Campbells Blick zu erkennen. »Kenny, es war eine harte Nacht. Ich bin müde.«
»Wo warst du, als es passiert ist?«
»Francis Cottage. Ich stand im Hof.« Er versuchte sich an die letzten Momente zu erinnern, bevor er zur Farm gerannt war. »Es muss gegen halb elf gewesen sein. Wir haben was gehört, eine Art Knall, ich konnte das Geräusch nicht einordnen.«
»Wir?«
»Ich hatte Besuch.«
»Von wem?«
Campbells Art, ihn zu befragen, irritierte Marley zunehmend. »Von einer Freundin.«
»Ich brauche ihren Namen.«
»Wozu?«
»Weil wir feststellen müssen, was hier geschehen ist.«
Weil sie deine Aussage bestätigen soll, übersetzte Marley

still für sich. »Sie ist eine Touristin. Sie hat nichts mit alldem zu tun.«

»Ihr Name«, beharrte der Chief Inspector.

»Kimberly.«

»Und wie weiter?«

»Hart.«

Campbell notierte den Namen und rieb sich grübelnd über das Kinn. »Wo wohnt sie?«

»Sie hat ein Zimmer im JJ's.«

Auch das wurde notiert. »Du hast also ein Geräusch gehört. Und dann?«

»Wir sind zum Hof gerannt.«

»Aber du hast gerade gesagt, dass du das Geräusch nicht einordnen konntest.«

»Es kam von der Farm. Und dann war da auch wieder dieser Pick-up.«

»Welcher Pick-up?«

»Ein dunkler. Da war dieses Geräusch, und kurz danach fuhr der Wagen an Francis Cottage vorbei.«

»Was für ein Pick-up war das?«

»Keine Ahnung. Ich vermute, es war derselbe, den ich vor ein paar Tagen auf den Weiden gesehen habe.«

»Den du aber nicht weiter beschreiben kannst.«

Wieder meinte Marley, ein skeptisches Stirnrunzeln wahrzunehmen.

»Gibt es sonst irgendetwas, das wir wissen sollten?«

»Irgendjemand versucht, meinen Vater zu ruinieren. Das war ein Anschlag, Kenny. Douglas hätte draufgehen können!«

»Warten wir ab, was die Experten sagen. Die Spurensicherung ist unterwegs. Das gesamte Gelände bleibt gesperrt, bis unsere Untersuchungen abgeschlossen sind. Ist das klar?«

»Auch das Haus? Da sind zig Leute die ganze Nacht über rein- und rausgelaufen.«

Campbell blickte grübelnd auf das Gebäude. »Auch da werden wir uns umsehen müssen.«

»Ich dachte, du hältst das alles für einen Unfall.«

»Marley, misch dich nicht in unsere Arbeit ein.« Er klappte sein Notizbuch zu. »Wenn du dich ausgeruht hast, komm bitte nach Thurso. Wir müssen deine Aussage zu Protokoll nehmen. Wo ist deine Freundin? Im JJ's?«

»Nein.« Er wandte den Kopf zur Seite, als sich die Haustür öffnete. »Da kommt sie gerade.«

Campbell sah zu der jungen Frau, die in der einen Hand zwei Tassen und in der anderen einen Teller Sandwiches balancierte. »Ms Hart?«

Marley bemerkte, wie sie zusammenzuckte, als der Polizist ihren Namen rief.

»Ich muss mit Ihnen reden.«

»Darf ich Marley vorher die Sandwiches geben?«, bat sie.

Campbell ging zu ihr, nahm ihr Essen und eine Tasse ab und brachte sie ihm. Dann wandte er sich wieder zu Kimberly um. »Suchen wir uns einen Platz, an dem wir ungestört reden können, Ms Hart.«

Marley sah den beiden besorgt hinterher. Ihm war ihr unsicherer Blick nicht entgangen, als Campbell sie bat, mit ihm zu kommen.

Er trank seinen Tee und verspeiste ein Sandwich. Ryan gesellte sich zu ihm. Er wischte die Hände an der schmutzigen Hose ab und stibitzte ein Sandwich von Marleys Teller. »Was für eine verfluchte Scheiße.«

»Das Sandwich?«

Ryan warf ihm einen Seitenblick zu. »Dass du noch Humor hast.«

»Ihr wart schnell hier«, stellte Marley fest.

»Der alte Riddel hat im Pub angerufen. Er hatte was gehört. Seit der Sache mit den Schafen sind alle in Habachtstellung.«

»Zum Glück.«

»Ist dein Vater versichert?«

Marley hob die Schultern. »Ich hoffe.«

Ein blauer Nissan kam über die Einfahrt auf sie zugefahren.

Conor Greenless stieg aus, Entsetzen im Blick. »Douglas?« Er stolperte über den Hof. »Douglas!«

Ungläubig drehte er sich im Kreis, entdeckte Marley und kam auf ihn zu. »Wo ist dein Vater?«

»Dunbar Hospital«, erwiderte Marley mit finsterer Miene.

»Oh nein!« Conor starrte auf das Chaos um ihn herum. »Das kann doch alles nicht … Das kann doch nicht …«

Ryan runzelte die Stirn. »Wie viel hat der schon wieder intus?«

Marley zuckte die Achseln. Es war ihm egal.

Conor wandte sich ihnen wieder zu. Seine Stimme wurde lauter. »Das ist deine Schuld! Das alles ist deine verfluchte Schuld!«

Köpfe drehten sich zu ihnen herum. Marley spürte eine heiße Welle in sich aufsteigen. Dieser versoffene Mistkerl. Er stand auf, stampfte auf Conor zu. »Was redest du für einen Scheiß?«

»Das weißt du genau. Dir geht es doch nur um das verfluchte Geld!«

Ehe Marley nachdenken konnte, was er tat, hatte seine Faust Conor erwischt. Der Mann fiel rücklings in den Schlamm. Ryan sprang herbei, zerrte Marley zurück.

»Dieses Arschloch soll verschwinden.«

»Beruhig dich, Mann!« Ryan stand vor ihm. Er hatte ihn an den Schultern gepackt und stemmte sich ihm entgegen.

»Verpiss dich!«, schrie Marley über Ryans Schulter Conor zu.

Dave und ein weiterer Helfer stellten Conor wieder auf die Füße.

»Was ist hier los?«, dröhnte Chief Inspector Campbells Stimme über den Platz.

»Dieses versoffene –«

»Marley!« Ryan rüttelte ihn heftig. »Jetzt komm mal wieder zu dir!«

»Er hat mich geschlagen!«, rief Conor. »Ihr habt es alle gesehen! Er hat mich geschlagen!«

»Du kriegst gleich noch eins auf die Fresse!« Marleys Hände

ballten sich wieder zu Fäusten. Jede Faser seines Körpers stand unter Strom.

»Beruhige dich, Mann«, wiederholte Ryan.

»Du solltest dich schämen!«, wetterte Conor weiter. »Du ruinierst –«

Ryan rutschte im Schlamm aus, als Marley sich von ihm losriss.

»Stopp!« Aus dem Nichts stand Kimberly plötzlich vor ihm, hielt ihm die Hände bremsend entgegengestreckt. Im ersten Reflex hätte er sie fast zur Seite gestoßen.

»Schau mich an.« Sie senkte die Stimme, sodass die Umstehenden sie nicht verstehen konnten, sah ihm beschwörend in die Augen. »Tief durchatmen, Marley. Einatmen. Und tief ausatmen.«

Er sah sie und sah sie doch nicht. Er stieß die Luft aus den Lungen.

Conor krakeelte weiter.

»Jetzt halt endlich 's Maul, Greenless«, wies Dave den Mann zurecht.

»Marley, geh ins Haus!«, befahl Campbell.

Ryan packte seinen Arm. »Komm, Kumpel.« Er zog ihn mit sich.

»Die Show ist vorbei, Leute.« Campbell scheuchte die Umstehenden mit einer Armbewegung auseinander. »Conor, auf ein Wort.«

Inverness

Alison hatte sich tief in ihre Kissen gewühlt und brauchte einen Moment, bis sie registrierte, dass die Melodie ihres Smartphones ihren Schlaf störte. Sie tastete nach dem Apparat auf dem Nachttisch. »Grace« zeigte das Display an. Es war fünf Uhr morgens.

»Hey«, murmelte Alison verschlafen.

»Ali, Dad liegt im Krankenhaus. Jemand hat seine Scheune abgebrannt.«

»Was? Warte.« Sie richtete sich auf, rieb sich mit der freien Hand über das Gesicht. »Langsam, Grace. Wo bist du?«

»Im Krankenhaus.«

»Bist du verletzt?«

»Nein, aber Dad. Er wurde überfallen.«

Alison lauschte mit zunehmendem Entsetzen. »Wie geht es ihm?«, fragte sie, nachdem Grace geendet hatte.

»Die Kopfverletzung musste genäht werden. Aber er hat Glück gehabt, es ist nur ein leichtes Schädel-Hirn-Trauma. Der Schädelknochen wurde nicht verletzt.«

»Da hat Douglas' Dickschädel ja mal was Gutes«, versuchte Alison ihre Freundin aufzumuntern.

»Sie wollen ihn einen Tag zur Beobachtung dabehalten. Vermutlich müssen sie ihn dazu ans Bett ketten.«

»Konntest du schon mit ihm reden?«

»Nur kurz. Die Schwestern sagen, er braucht Ruhe. Ich durfte ihn nicht zu sehr bedrängen. Er war völlig benommen und hat immer wieder nach Trevor gefragt.«

»Was ist mit ihm?«

»Der Täter hat ihn in die Scheune gesperrt und dann alles angezündet.«

»Oh mein Gott.«

»Er lebt. Kimberly hat ihn rechtzeitig gefunden.«

Wie soll das Mädel je zur Ruhe kommen, ging es Alison besorgt durch den Kopf. »Und der Täter?«

»Auf und davon.« Grace seufzte ratlos. »Ich verstehe nicht, was hier passiert, Ali.«

Alison fühlte sich ebenso ratlos. Die Tötung der Schafe war schlimm genug, dieser Überfall katapultierte den Fall jedoch auf eine weitaus bedrohlichere Ebene.

»Wir werden herausfinden, was da los ist, Grace. Ich versuche, mehr über diesen Mann zu erfahren, dem Douglas das tote Schaf gebracht hat. Es muss eine Verbindung geben.«

»Ob Dad Schulden hat? Vielleicht hat er sich bei einem Wucherer Geld geliehen und kann es nicht zurückzahlen«, überlegte Grace. »Ich meine, warum sonst will er mit mir nicht darüber reden?«

»Steht es denn so schlecht um die Farm?«

»Ich weiß es nicht. Er sagt nie etwas, aber dass die Schafzucht nicht mehr viel abwirft, ist ja kein Geheimnis.«

»Bleib bei deinem Vater. Vielleicht fällt ihm etwas ein, wenn er aufwacht, und ich schalte jetzt meinen Computer ein und schaue, was ich über diesen Bright herausfinden kann.«

Sie schwang die Füße aus dem Bett und saß kurz darauf mit einem frisch gebrühten Breakfast Tea vor ihrem Laptop.

»William Bright. Wer bist du, und was verbindet dich mit Douglas MacKeith?«

Drei Stunden später war der Tisch mit Notizzetteln übersät. William Bright war Immobilienmakler mit einem Büro in Inverness. Den Angaben auf der Website zufolge hatte er über die nordöstlichen Highlands verteilt zahlreiche Häuser und Grundstücke im Angebot. Ihr kam das Gespräch mit John Russel im Pub in den Sinn, der von einem Investor berichtet hatte, der in Caithness einen Golfplatz errichten wollte. Hatte Bright mit diesem Vorhaben zu tun?

Online fand sie dazu nichts. Weder ein Wort über einen geplanten Golfplatz noch einen Hinweis darauf, dass die »Bright Estate Agents« auf der Suche nach einem entsprechenden Grundstück für einen Kunden wäre. Aber warum war Douglas zu ihm gefahren?

»Nichts geht über die gute alte Vor-Ort-Recherche«, murmelte sie, als es an ihrer Wohnungstür klopfte. Sie zog einen Morgenmantel über ihren Pyjama und öffnete.

»Hamish«, rief sie überrascht, als sie den Mann im dunkelbraunen Anzug mit Blumenstrauß in der Hand vor sich sah. Er überragte sie fast um einen Kopf. Der Kinnbart war sauber gestutzt, die dunklen Haare ordentlich gescheitelt.

»Hast du jemand anderen erwartet?«

»Ich habe niemanden erwartet. Sind die für mich?« Sie deutete auf den Strauß Rosen.
»Für wen sonst? Darf ich reinkommen?«
Sie wich überrumpelt einen Schritt zur Seite.
Er trat ein, reichte ihr die Blumen und hielt eine Tüte hoch. »Ich habe Croissants mitgebracht.«
Sie gingen in die Küche. Sein Blick wanderte mit gerunzelter Stirn über den belegten Küchentisch. »Störe ich bei der Arbeit?«
»Ich kann eine Pause gebrauchen.« Sie schaltete den Wasserkocher ein. »Woher wusstest du, dass ich wieder hier bin?«
»Ich habe dein Auto in der Straße gesehen. Du wolltest mich anrufen, wenn du aus Thybster zurück bist.«
Sie stutzte. »Beobachtest du mich?«
»Nein, ich war nur ...« Er geriet ins Straucheln. »Alison, ich muss mit dir reden.«
Sie suchte in ihrem Küchenschrank nach einer Blumenvase. »Es ist gerade kein guter Zeitpunkt, Hamish.«
»Ist etwas passiert?« Er schob die Papiere auf dem Küchentisch zur Seite, um Platz für Tassen und Teller zu schaffen.
»Der Vater meiner Freundin wurde letzte Nacht überfallen. Er liegt im Krankenhaus.« Sie fand ein passendes Gefäß, füllte es mit Wasser und stellte die Rosen hinein. Das war bereits der zweite unangekündigte Besuch von ihm. Es verwirrte sie. Sonst trafen sie sich nie ohne konkrete Verabredung.
Sie wandte sich ihm wieder zu, bemühte sich um ein Lächeln. »Für ein kurzes Frühstück habe ich Zeit, aber dann muss ich wieder an die Arbeit.«
»Schade.« Auf seinem Gesicht zeichnete sich Enttäuschung ab.
Hatte seine Frau an diesem Wochenende andere Pläne? Sie war es so leid, immer nur Lückenbüßer zu sein. Grace hatte recht. Sie sollte diese unselige Beziehung endlich beenden. »Worüber wolltest du mit mir reden?«
Er beugte sich zu ihrem Gesicht und küsste ihre Nasenspitze. »Nicht jetzt. Du bist ja völlig angespannt. Wir verschieben das

Gespräch.« Er setzte sich an den Tisch. »Erzähl mir, was du in Thybster gemacht hast.«

Thybster

Kim war mit Jeana zurück ins B&B gefahren. Sie hatte geduscht und war zu ihrer eigenen Überraschung in einen komatösen Schlaf gefallen, kaum dass ihr Kopf das Kissen berührt hatte. Sie erwachte nach wenigen Stunden von einem unangenehmen Stechen hinter der Stirn. Sie setzte sich auf die Bettkante, massierte sich mit den Fingern die Schläfen.

Jeder Muskel in ihrem Körper schmerzte. In ihrem Rachen kratzte noch immer der Rauch, und der Geruch von verbranntem Holz hing ihr in der Nase. Sie war froh, dass Jeana sie gebeten hatte, ihr ihre Kleidung direkt zu geben, damit sie sie waschen konnte. Nicht auszudenken, wie das Zimmer ansonsten gestunken hätte. Sie stieg erneut unter die Dusche, wusch sich mehrfach die Haare, bis der Duft des Shampoos die Rauchmoleküle endlich überdeckte.

Als sie aus der Haustür trat, strahlte die Sonne von einem azurblauen Himmel. Alles wirkte so friedlich, dass die vergangene Nacht wie ein unwirklicher Alptraum erschien. Sie ging über den Hof und nahm den Hintereingang zum Pub, der direkt in die Küche führte. Jeana stand bereits am Herd.

»Hey, da ist ja unsere Heldin.« Obwohl auch sie sich die Nacht um die Ohren geschlagen hatte, um die Verpflegung der Helfer sicherzustellen, war ihr keine Müdigkeit anzumerken.

Kim winkte ab. Sie war keine Heldin. Jeder hatte geholfen, so gut er konnte.

»Konntest du etwas schlafen?«

»Ja, aber mein Schädel bringt mich um.«

»Das kommt vom Rauch. Du solltest an die frische Luft gehen und ganz viel Sauerstoff tanken.«

»Meinst du, ich könnte vorher einen Espresso bekommen?«
Jeana lächelte sie liebevoll an. »Aber natürlich, Darling. Und einen Teller Suppe oder lieber einen Toast?«
»Toast und Suppe wären perfekt.«
»Kommt sofort. Setz dich dahin.«
Kim nahm den Platz an dem kleinen Tisch am Fenster ein, an dem sie schon an den Abenden zuvor gesessen hatte. Kurz darauf servierte Jeana ihr Essen und Getränk und setzte sich zu ihr.
»Du hast die Jungs heute Nacht schwer beeindruckt.«
Kim hob die Schultern. »Ich hab geholfen wie alle anderen auch.«
»Sei mal nicht so bescheiden. Du hast ganz schön mit angepackt! Und als du dich zwischen Marley und Conor gestellt hast, haben alle die Luft angehalten.«
»Die meisten Männer haben eine Hemmschwelle, eine Frau zu schlagen.«
»Es war trotzdem riskant.«
War es nicht, wusste Kim. Selbst wenn Marley im Affekt nach ihr geschlagen hätte, hätte sie ausweichen und parieren können. Er war wütend und auf Conor fokussiert gewesen, während sie jede seiner Bewegungen registriert hatte. Sie wusste, wie man einem Angriff auswich, und sie war schnell. »Ist doch nix passiert.«
Jeana lachte auf. »Du bist so cool.« Sie strich ihr freundschaftlich über den Unterarm. »Ryan hat mich nach der Nummer mit Marley über dich ausgefragt.«
»Wer ist Ryan?«
»Marleys Kumpel. Er hatte versucht, ihn zurückzuhalten. Ich konnte ihm nur sagen, dass du aus Deutschland kommst.«
»Mehr muss er ja auch nicht wissen.« Kim rang sich ein Lächeln ab, von dem sie hoffte, dass es unbekümmert wirkte. Sie fragte sich, ob Marley seinem Kumpel etwas von ihr erzählt hatte. Vermutlich wusste er ja nicht erst seit gestern, wer sie war. Sie erinnerte sich an die Notizen auf dem Wochenblatt.

Julian war niemand, bei dem Marley Schulden hatte, sondern ein Freund aus Deutschland. Hatte Marley ihn angerufen und nach ihr ausgefragt? Der Gedanke ließ die Enttäuschung vom Abend zuvor wieder aufkeimen.

Inverness

Das Immobilienbüro von William Bright befand sich am Rande der Altstadt. Ein alter Bau aus viktorianischer Zeit, weiß getüncht, mit verschnörkelten Türen, Holzrahmenfenstern und hohen Decken. Im Erdgeschoss war die Geschäftsstelle, in der oberen Etage die Privatwohnung des Maklers. Er war geschieden und lebte allein, hatte Alison herausgefunden.

Eine junge Frau saß im Vorzimmer an einem Schreibtisch. »Anne Clark« wies ein Schild ihren Namen aus. Von dem Raum gingen mehrere Türen ab.

Alison hatte sich herausgeputzt: Sie trug ein figurbetontes Kostüm, die dunklen Haare verbarg eine Blondhaarperücke, ihr Gesicht war kräftig geschminkt, und sie hatte ein aufdringliches Parfum aufgelegt. Eine Dame mit Geld auf der Suche nach einer Immobilie. Die Jahre, die sie mit dem Multimillionär Samuel Dexter verheiratet gewesen war, waren gute Lehrjahre gewesen.

Die Aussicht auf eine zahlungskräftige Kundin sorgte dafür, dass William Bright ihr kurzfristig an diesem Vormittag ein Viertelstündchen seiner knappen Zeit einräumte.

Bright war ein Mann Anfang sechzig. Kräftiger Bauchansatz, lichtes graues Haar, rundes Gesicht. Der Blick war freundlich, seine Sprache geschäftstüchtig. Er zeigte ihr ein paar Exposés von wunderschönen alten Cottages an der Küste zwischen Inverness und Wick. Für einen Moment bedauerte sie, dass sie nicht wirklich eine wohlhabende Frau auf der Suche nach einer Immobilie war. Sie merkte sich die Schublade, aus der Bright die Exposés zog.

»Ich habe gehört, dass die Gegend um Thurso sehr reizvoll sein soll. Haben Sie da vielleicht auch etwas Hübsches für mich im Angebot?«

»Thurso? Nun ja ...« Bright runzelte grübelnd die Stirn. »Die Gegend scheint gerade im Kommen zu sein, das stimmt. Obwohl es da außer Weideland und Windparks nicht viel gibt.« Er lachte künstlich.

»Vergessen Sie nicht Dunnet Head oder das Castle of Mey«, zwitscherte Alison. Das Schloss aus dem 16. Jahrhundert war im Besitz der Königsfamilie und wurde auch heute noch hin und wieder von einem Mitglied besucht.

»Ja, da haben Sie natürlich recht.« Er tippte auf seiner Computertastatur herum. »Ich hatte bis vor Kurzem ein paar Meilen östlich von Thurso ein sehr schönes Anwesen im Angebot. Aber das ist leider schon so gut wie verkauft.«

»Dass ich auch immer zu spät komme«, säuselte sie und verzog betrübt das Gesicht. »Würden Sie mir dennoch ein Bild von diesem Cottage zeigen bitte? Dann kann ich Ihnen sagen, ob es so etwas ist, was mir gefallen würde, und Sie könnten gezielter für mich suchen. Man hat mir gesagt, dass Sie der Beste sind, wenn es um die nördlichen Highlands geht.«

»Ach ja?« Er konnte nicht verbergen, dass ihre Schmeichelei ihm gefiel. »Wer hat mich Ihnen empfohlen?«

Autsch. Sie tarnte ihren Fauxpas mit einem unverbindlichen Lächeln. »Es ist schon etwas länger her. Ich war bei einer Wohltätigkeitsveranstaltung. Ich glaub, Smith hieß der Mann, der zu meiner Rechten saß.«

Der Name Smith war in Schottland so geläufig wie Muscheln im Meer. Sie hoffte, dass Bright irgendeinen Kunden dieses Namens in seiner Kartei hatte. Er zog nachdenklich die Augenbrauen zusammen, schüttelte schließlich den Kopf. »Kam der Herr aus Inverness?«

»Oh, das habe ich ihn nicht gefragt.« Sie rang sich erneut ein Lächeln ab. »Und? Wären Sie so lieb und würden mir das Cottage zeigen, das ich nun leider nicht mehr kaufen kann?«

»Aber natürlich.« Er wandte sich seinem Computer zu und drehte den Monitor zu ihr herum.

Sie hatte Mühe, ihre Überraschung zu verbergen, und wedelte eilig mit der Hand vor ihrem Gesicht. »Es ist heute warm, nicht wahr? Würde es Ihnen etwas ausmachen, einen Moment das Fenster zu öffnen?«

Bright stand auf. Sie zog eilig ihr Smartphone hervor und fotografierte den Monitor. Der Makler kehrte zu ihr zurück.

»Das ist ganz nett«, erklärte Alison. »Aber das ist ja eher eine Farm und kein Cottage.«

»Ja, in der Gegend sind einige Farmer ansässig. Die Struktur ist dort jedoch gerade im Wandel. Wenn Sie ein kleineres Objekt suchen, könnte ich mich direkt in Thurso für Sie umschauen.«

»Nein, nein, kein kleineres Objekt. Aber ein kleinerer Ort wäre mir lieb. Trubel habe ich hier genug. Ich könnte doch eine Farm kaufen und dort einfach ein hübsches Cottage bauen lassen, was meinen Sie? Vielleicht ein Häuschen mit Blick aufs Meer. Das wäre schön.«

»Ich schaue mich gern einmal für Sie in der Gegend um.«

»Das wäre wundervoll. Rufen Sie mich an, wenn Sie etwas gefunden haben. Geld spielt keine Rolle, ich bin glücklich geschieden.« Sie lächelte vielsagend und diktierte ihm die Nummer eines Prepaidhandys, das sie mit gefälschtem Pass unter dem Namen Agatha Simpson gekauft hatte.

»Sie hören von mir, Ms Simpson. So schnell wie möglich.«

»Wunderbar. Hach, ich bin ganz aufgeregt!« Sie tupfte sich vorsichtig mit einem Taschentuch über die Stirn. »Dürfte ich bitte kurz Ihre Toilettenräume aufsuchen?«

»Natürlich, Ms Simpson.« Er stand auf und geleitete sie zu seiner Bürotür. »Hier vorn gleich links. Anne, holst du für Ms Simpson bitte noch unsere kleine Aufmerksamkeit für neue Kundinnen?«, bat er seine Mitarbeiterin am Empfangstisch. Die Angestellte sprang eilends auf.

Bright reichte Alison die Hand. »Ich habe jetzt leider gleich schon den nächsten Termin. Es hat mich sehr gefreut, Ms Simpson.«

»Ganz meinerseits.«

Alison ging zur Toilette, während Bright in seinem Büro verschwand. Der Toilettenraum verfügte über ein schmales Fenster, Zweifachverglasung, ohne besondere Sicherheitsmechanismen, registrierte sie. Sie manipulierte die Verriegelung, sodass sie das Fenster leicht von außen würde aufheben können.

Thybster

Leute in Schutzanzügen wuselten auf dem Gelände der abgebrannten Scheune umher, als Marley am Nachmittag zur Farm seines Vaters kam. Er hatte Trevor am Morgen mit zu sich genommen und spürte die Anspannung des Tieres, als ihm der kalte Rauch in die Nase stieg. Das Holz dampfte stellenweise noch immer. Der Hund drängte sich dicht an ihn.

»Alles gut, mein Freund.« Er klopfte Trevor beruhigend auf die Schulter. Chief Inspector Campbell war nicht zu sehen, dafür entdeckte Marley zwei Constables, eine davon kannte er über Grace.

»Hey, Megan, gibt's schon was Neues?«, sprach er sie an.

»Tut mir leid, ich darf dir nichts sagen.«

Er hoffte, dass die Experten in den Trümmern einen Hinweis auf den Täter fanden. »Was ist mit dem Haus? Ist das wieder freigegeben?«

»Ja.«

»Sinnlos, dich zu fragen, ob sie etwas gefunden haben, was weiterhelfen könnte, oder?«

Megan nickte.

Er ging zum Haus und trat in den Flur. Der Boden war völlig verdreckt. Jeana hatte am Morgen, als die letzten freiwilligen

Helfer abgezogen waren, angeboten zu wischen, aber Campbell hatte es verboten. In Douglas' Küche waren Schubladen geöffnet worden, Schranktüren standen offen. Auch in den anderen Räumen war deutlich sichtbar, dass alles gründlich durchsucht worden war. Er hätte von Grace' Kollegen etwas mehr Feingefühl erwartet.

In der Küche lagen Papiere auf dem Tisch, die am Morgen noch nicht dort gelegen hatten. Marley warf einen Blick darauf: Versicherungspolicen und Bankauszüge. Er überflog die Unterlagen mit größer werdendem Entsetzen. Er sank auf den Stuhl, als ihm bewusst wurde, dass die Scheunen nicht versichert waren. »Douglas, verflucht«, hauchte er fassungslos.

Die Scheunen aufzubauen und herzurichten würde einiges kosten. Marley konnte zimmern, Dave und Ryan würden sicher helfen, aber das Holz musste gekauft werden. Den Bankauszügen nach zu urteilen, hatte Douglas dafür jedoch kein Geld. Es gab keinerlei Ersparnisse. Ohne Scheune konnte er weder Stroh noch Futter lagern. Wie sollte Douglas so die Tiere durch den Winter bekommen?

Marley stützte die Ellbogen auf den Tisch, vergrub das Gesicht in den Händen. Zumindest würde die fehlende Versicherung Campbell davon abbringen, seinen Vater zu verdächtigen, dass er die Scheune selbst in Brand gesetzt hatte.

Douglas würde Kredite aufnehmen müssen. Das Land und das Haus waren einiges wert und konnten als Sicherheit dienen, überlegte er. Sofern Douglas nicht noch andere Kredite zu bedienen hatte. Finanziell konnte Marley ihn nicht unterstützen, dazu hatte er selbst zu hohe Schulden. Vielleicht konnten Grace und ihr Lebensgefährte helfen. Randall verdiente als Erster Offizier gut.

Er hob seufzend den Kopf. Erst einmal musste hier Ordnung geschaffen werden. Er stand auf, schloss Schubladen und Schranktüren, dann füllte er einen Eimer mit heißem Wasser und begann den Boden zu wischen. Kurz überlegte er, Liwayway Greenless anzurufen und um Hilfe zu bitten. Aber sie war

Conors Frau, und das Risiko, ihn an die Strippe zu bekommen, wollte er nicht eingehen.

Conors Anschuldigungen gingen ihm nicht aus dem Kopf. Die Wut, die sogleich wieder in ihm aufflammte, ließ ihn energisch über den Boden schrubben. Wie kam der Kerl darauf, dass der Scheunenbrand seine Schuld sei?

Er war im Flur angelangt, als es an der Tür klopfte und kurz darauf Arran Fletcher vor ihm stand. Einen Moment erstarrte Arran, als er Marley erblickte. Er war offensichtlich immer noch verärgert über den Flirt mit Fiona. Dann besann er sich.

»Ich war gestern Abend in Wick, daher habe ich es erst heute erfahren.«

Marley stützte sich auf den Stiel des Wischers. »Es waren schnell viele Helfer zur Stelle. Die Maschinen konnten wir retten.«

»Das ist gut.« Sein Blick glitt unbestimmt an Marley vorbei in den Flur hinein. »Douglas ist noch im Krankenhaus?«

»Aye.«

»Wie geht's ihm?«

»Er hat Glück gehabt. Leichtes Schädel-Hirn-Trauma. Ich denke, er kommt heute wieder nach Hause.«

»Gut.« Arran rieb sich über den Nacken. »Auf dem Hof sieht es aus wie auf einem Schlachtfeld.«

Es war auch eine Schlacht gewesen. Noch immer kratzte es von dem vielen Rauch in Marleys Hals.

»Hör zu … Ich soll Douglas von meinem Dad ausrichten, dass er unser Futter für die Tiere bekommen kann.«

Marley hob überrascht die Augenbrauen. »Habt ihr so viel, dass ihr was abgeben könnt?«

»Wir brauchen es nicht mehr. Meine Eltern verkaufen die Farm. Sie sind dabei, die Tiere bei den Auktionen loszuwerden.«

Marley horchte auf. »Und der Käufer will die Farm nicht weiterführen?«

»Anscheinend nicht.« Arrans Gesichtsausdruck war gleichgültig. »Mir ist's recht. Ich will die Farm nicht übernehmen, und meine Eltern werden langsam zu alt für die harte Arbeit. Schafe züchten will heute sowieso kein Mensch mehr.«

»Aye.«

»Erzähl es bitte nicht groß rum. Es ist noch nichts final unterschrieben.« Arran sah auf seine Uhr. »Ich muss weiter. Kannst du es deinem Dad ausrichten?«

»Ja, aber ich glaube, er hat kein Geld, um das Futter zu bezahlen.« Es hatte keinen Sinn, um den heißen Brei zu reden. Douglas war Kunde bei der Bank, für die Arran arbeitete. Er musste um die Situation wissen.

»Dafür werden wir schon eine Regelung finden. Wie gesagt, wir brauchen es nicht mehr.« Arran hob grüßend die Hand und ging.

Das Haus war geputzt, und die Spurensicherer waren abgezogen, als Grace' Auto auf den Hof fuhr. Douglas war bei ihr. Seinen Kopf zierte ein Verband. Sie lief eilig um den Wagen herum, um ihm beim Aussteigen zu helfen.

»Ich bin kein alter Mann«, wehrte Douglas ihre Hand ab.

»Du sollst dich schonen, haben die Ärzte gesagt.«

»Dann mach du mich nicht wahnsinnig mit deinem Geglucke.«

Grace warf Marley über den Hof einen frustrierten Blick zu. Er grinste mitleidig zurück. Der Alte war anscheinend wieder gut beieinander.

Trevor eilte auf seinen Herrn zu und sprang winselnd an ihm hoch. Das entlockte dem Schäfer dann doch ein Lächeln. »Guter Junge.« Er tätschelte den Kopf des Hundes.

Das Lächeln verschwand, als er Marley im Hauseingang entdeckte. Er wandte sich ab, sodass sein Blick auf die abgebrannte Scheune fiel.

»Dad, lass uns ins Haus gehen. Du musst dich wieder hinlegen.« Grace schob ihn mit sanfter Gewalt von dem Anblick der Trümmer weg.

Marley begleitete die beiden ins Haus. Douglas steuerte die

Küche an, setzte sich an den Tisch. Er musterte argwöhnisch die Unterlagen, die Marley zu einem Stapel zusammengeschoben hatte.

»Kenny hat nach Hinweisen auf den Brandstifter gesucht«, erklärte Grace.

»In meinen Bankunterlagen?«, knurrte Douglas.

»Du warst nicht ansprechbar. Es war nicht klar, ob das Feuer Brandstiftung oder ein Unfall war.«

»Und was hat das mit meinem Geld zu tun?«, fuhr er auf. »Die Polizei gehen meine Finanzen nichts an!«

»Dad, du sollst dich nicht aufregen.«

»Macht ihr so die Leute mundtot, ja?«

»Douglas, Grace und ihre Kollegen machen nur ihre Arbeit«, sprang Marley seiner Schwester bei. »Und wenn du nicht so ein Geheimnis aus allem machen würdest, dann –«

»Halt den Mund.«

»Die Scheunen waren nicht versichert, Douglas.«

»Hast du etwa auch hier rumgeschnüffelt?« Sein Vater funkelte ihn zornig an. »Verschwindet. Alle beide.«

»Das kannst du vergessen, Dad.« So langsam verlor Grace die Geduld. »Ich bleibe bei dir, bis die Sache geklärt ist.«

Der Alte sah grimmig schnaufend zu Marley. »Und du? Willst du auch wieder hier einziehen?«

»Danke, kein Bedarf.«

»Dann sieh zu, dass du verschwindest.«

»Dad! Wenn Marley nicht gewesen wäre –«

»Lass gut sein, Grace«, unterbrach Marley sie. Er erwartete keine Dankbarkeit von seinem Vater.

Grace begleitete Marley vor die Haustür.

»Bist du sicher, dass du bei dem alten Griesgram bleiben willst?«, fragte er.

»Nach dem, was passiert ist, lasse ich ihn nicht allein.«

»Soll ich bleiben?«

Grace lachte auf. »Ihr zwei unter einem Dach? Da hätte ich keine ruhige Minute.«

Marley fand das weniger lustig. Er wollte seinem Vater helfen, aber dass Douglas alles ablehnte und ignorierte, was er für ihn tat, verletzte ihn.

»Randall ist ohnehin noch auf See. Da ist es egal, ob ich zu Hause bin oder hier«, erklärte Grace achselzuckend. »Ich habe Dad gesagt, dass du Trevor gerettet hast.«

»Kimberly hat ihn gefunden.«

»Toughes Mädel, hm?«

Er wich dem prüfenden Blick seiner Schwester aus und deutete mit dem Kopf zu der abgebrannten Scheune. »Weißt du, was bei den Untersuchungen herausgekommen ist?«

»Es war definitiv Brandstiftung. Jemand hat einen Molotowcocktail in die Scheune geworfen. Aber«, sie legte den Finger an die Lippen, »ich weiß von nichts. Kenny hat mich von den Ermittlungen ausgeschlossen.«

»War ja zu erwarten.« Erneut fiel sein Blick auf das Schlachtfeld im Hof. »Die Fletchers verkaufen.« Er berichtete ihr von Arrans Besuch.

»Ich sage es Dad.« Grace lächelte aufmunternd. »Du siehst ziemlich erledigt aus. Geh nach Hause und ruh dich aus.«

»Kommst du klar?«

»Natürlich, Kleiner.«

»Pass gut auf dich auf. Und wenn irgendetwas ist, ruf mich sofort an.« Er gab Grace einen Kuss auf die Stirn und machte sich auf den Heimweg. Ihm war nicht wohl bei dem Gedanken, sie und Douglas allein auf dem Hof zu lassen.

Sonntag

Inverness

Es war halb drei in der Nacht, als Alison sich durch das schmale Toilettenfenster Zutritt zu Brights Büro verschaffte. Sie war froh, dass sich die Räume im Erdgeschoss des Gebäudes befanden und sie sich nicht an einer Fassade hochhangeln musste. Zur Not wäre sie aber auch dazu imstande gewesen.

Sie verharrte einen Moment, bis sich ihre Augen an die Dunkelheit gewöhnt hatten, dann schlich sie von der Toilette in Brights Büro. Die Tür war nicht verschlossen, dafür jedoch die Aktenschränke.

Sie wandte sich zunächst dem Computer zu und schaltete ihn ein. Die Passwortabfrage erschien. Sie knipste ihre Stirnlampe an und suchte unter Tastatur, Mousepad und Schreibtischunterlage nach einem Spickzettel, aber Bright hatte sein Passwort offensichtlich im Kopf.

Sie schaltete den Rechner wieder aus, schlich zurück in den Empfangsraum und durchsuchte den Schreibtisch seiner Mitarbeiterin. Bingo. In der Ablage fand sie eine ganze Liste mit Passwörtern. Sie startete den Computer der Assistentin, loggte sich ein und schloss die externe Festplatte an, die sie mitgebracht hatte. Als Erstes kopierte sie das E-Mail-Adressbuch, dann klickte sie sich durch die Ordnerstruktur und begann Daten runterzuziehen. Sie würde sich die Dokumente zu Hause in Ruhe anschauen. Noch wusste sie nicht genau, wonach sie eigentlich suchte.

Während der Kopiervorgang lief, fotografierte sie die Passwortliste der Assistentin. Sie kehrte in Brights Büro zurück und nahm ihren Dietrich zur Hand. Das Schloss am Aktenschrank leistete kaum Widerstand. Bright hatte die Unterlagen zunächst nach Orten, dann alphabetisch nach Namen sortiert. Schnell

179

wurde sie fündig: Thybster – Brown, Fletcher – und was war das? MacKeith! Die drei großen Farmen zwischen Thurso und Castletown.

»Da schau her«, wisperte sie. Sie zog die Akten heraus und begann, die Inhalte zu fotografieren. Ein Geräusch ließ sie zusammenzucken. Sie lauschte angestrengt. Da war jemand im Treppenhaus. Verflucht! Hatte Bright sie gehört?

Eilig steckte sie die Akten zurück in den Schrank. Sie sprintete aus dem Büro, zog die Festplatte von dem Computer und flüchtete zu den Toilettenräumen. Sie hatte die Tür gerade geschlossen, als sie hörte, wie die Bürotür geöffnet wurde. Ihr Herz schlug ihr bis in die Kehle. Jemand betrat den Empfangsraum.

Sie atmete so flach wie möglich, pirschte zum Fenster. Es klackte, als sie die Verriegelung öffnete. Sie ließ sich nicht die Zeit zu lauschen, ob wer auch immer gerade gekommen war, sie gehört hatte. In Windeseile schlängelte sie sich durch das Fenster. Sie presste sich an der Hauswand entlang zum Ende des Gebäudes, linste um die Ecke. Die nächtlichen Straßen waren menschenleer. Zahlreiche Autos parkten am Bordstein. Kein Polizeiwagen weit und breit.

Sie hob den Blick zu den Fenstern des Maklerbüros. Hinter den Scheiben war alles dunkel. Hatte sie eine Alarmanlage übersehen, und Bright war ins Büro gekommen? Aber wenn er einen Einbrecher vermutet hätte, warum hatte er dann nicht die Polizei gerufen? Er würde auf jeden Fall bemerken, dass jemand in seinem Büro gewesen war. Sie hatte keine Zeit gehabt, den Aktenschrank wieder zu verriegeln oder den Computer der Angestellten herunterzufahren.

Sie warf einen zweiten Blick auf die Straße. Noch immer war alles ruhig. Ihr Auto stand ein paar Ecken weiter. Sie zog die Kapuze ihrer dunklen Jacke tiefer ins Gesicht und rannte los.

Thybster

Kim saß auf der Bettkante in ihrem Zimmer im JJ's. Die Sonne schien. Keine Wolke zeigte sich am Himmel. Sie war am Morgen ihre gewohnte Runde gelaufen, etwas später als an den Tagen zuvor. Und etwas langsamer. Noch immer hing der Rauch ihr in den Lungen. Weder Douglas noch Marley waren ihr begegnet.

Jeana hatte ihr beim Frühstück Gesellschaft geleistet und gefragt, ob sie Pläne für den Tag habe. Hatte sie nicht. Weder für den Tag noch für die nächsten fünf Minuten. Es machte sie ganz kirre.

Sie hatte immer ein Ziel vor Augen gehabt, auf das sie hingearbeitet hatte. War das Ziel erreicht, kam das nächste. Sie war eine Arbeiterin, emsig, ehrgeizig und diszipliniert. Tatenlosigkeit hielt sie schlecht aus.

Mit ihrer überstürzten Reise hatte sie sich aus ihrem minutiös durchgetakteten Leben herausgeschossen. Die ersten Tage hatten sich gut angefühlt. Kein Druck mehr, grenzenlose Freiheit. Doch je mehr Zeit verstrich, desto ratloser wurde sie. Was wollte sie aus ihrem Leben machen? Sie brauchte eine Aufgabe. Ein Ziel. Noch nie war ihr bewusst geworden, wie sehr die tägliche Routine ihr Halt gegeben hatte.

Sie starrte auf das Smartphone auf ihrem Nachttisch. Das blinkende Licht zeigte mehrere verpasste Anrufe. Sie scrollte durch die Anruferliste, es war immer dieselbe Nummer. Ihre Frist war abgelaufen. Sie wurde erwartet. Sie hatte die Entscheidung so lange vor sich hergeschoben, dass es nun zu spät war, um noch rechtzeitig zum Abflug in Edinburgh zu sein. Sie musste sich bei Lothar melden, damit er nicht vergebens nach Frankfurt fuhr.

Vor drei Tagen noch war sie entschlossen gewesen, wieder nach Hause zu fliegen. Aber dann war so viel passiert. Sollte sie versuchen, den Flug auf den nächsten Tag zu buchen? Der Gedanke, sich wieder voll und ganz in Lothars Obhut zu begeben, war verlockend. Sie müsste sich um nichts mehr sorgen, nichts planen. Aber wollte sie tatsächlich wieder zurück in ihr altes Leben? Und die drängendere Frage: Konnte sie es überhaupt?

Sie spürte das unruhige Flattern ihres Herzens, das Zittern ihrer Finger. Sie presste die Augen fest zusammen. Bilder tauchten in ihrem Inneren auf, ihr Puls begann zu rasen. Atmen. Sie musste atmen. Sie zwang sich, die Augen wieder zu öffnen, hob den Blick zur Decke, sog die Luft tief ein.

»Du bist eine Kämpferin«, presste sie zwischen den zusammengebissenen Zähnen hervor. »Also stell dich diesem Kampf!«

Sie nahm ihr Smartphone und wählte seine Nummer.

Inverness

Ein lautes Klopfen weckte sie aus dem Tiefschlaf. Alison lugte auf ihr Handy. Halb elf. Wer zur Hölle machte an einem Sonntagvormittag so einen Radau vor ihrer Tür? Die Polizei, gab sie sich selbst die Antwort. Ihr wurde heiß. Sie hatte in der Nacht ihre Sachen auf dem Küchentisch ausgebreitet, um sicherzugehen, dass sie bei ihrer Flucht aus Brights Büro nichts liegen lassen oder verloren hatte.

Es klopfte erneut. »Ali?«

Okay, das klang nicht nach Polizei. Sie atmete auf, strich sich die Haare aus der Stirn und schlurfte zur Tür. Ein Blick durch den Türspion verriet ihr, dass sie die Stimme richtig erkannt hatte. Sie öffnete Hamish.

»Geht's auch leiser?«

Er wartete nicht, dass sie ihn hereinließ, sondern schob sie zur Seite und trat ein.

»Immer herein, mein Schatz«, murmelte sie und schloss die Tür.

Er trug wie gewohnt einen gut sitzenden Anzug – an diesem

Morgen hatte er sich für Schiefergrau entschieden – samt gebügeltem Hemd. Nur auf die Krawatte hatte er verzichtet, und sein Gesichtsausdruck versprühte keine Fröhlichkeit.

»Wo warst du letzte Nacht?«

»Bitte?«

»Wo du warst, habe ich gefragt.«

»Ich habe gearbeitet.«

»Nicht zu Hause.«

»Das ist korrekt.« Sie hatte den Abend damit verbracht, die Umgebung von Brights Büro zu erkunden, und dann auf den richtigen Zeitpunkt gewartet, um ungesehen bei ihm einzusteigen. Aber das ging Hamish nichts an, außerdem gefiel ihr sein fordernder Ton nicht. Sie verschränkte die Arme vor der Brust. »Klär mich mal auf: Seit wann bin ich dir Rechenschaft schuldig, wo ich meine Nächte verbringe?«

»Bist du nicht. Aber ich habe die halbe Nacht auf dich gewartet. Ich wollte –«

»Stopp!«, unterbrach sie ihn verärgert. »Wird das jetzt zur Gewohnheit, dass du ständig unangemeldet vor meiner Tür stehst?«

»Ich dachte, du freust dich.«

»Hä?«

»Offensichtlich nicht.« Auf Hamishs Gesicht legte sich ein bitterer Zug, den sie an ihm nicht kannte.

Was passierte zwischen ihnen? Bis vor vierzehn Tagen hatte ihre Beziehung daraus bestanden, sich hin und wieder heimlich in irgendwelchen Hotels zu treffen und zwischen den Laken zu wälzen. Lieben, lachen, Leidenschaft, das war die Definition ihrer Beziehung. Und jetzt überfiel er sie an der Tür mit Fragen wie ein gehörnter Ehemann.

»Lass uns einen Tee trinken. Ich bin noch nicht richtig wach«, schlug sie einen versöhnlicheren Ton an. Sie deutete einladend zur Küche.

Er ging ihr voran und blieb vor dem Küchentisch stehen. »Was ist das?«

Verdammt, sie hätte die Sachen wegräumen sollen, bevor sie ihm die Tür aufgemacht hatte. Sie zuckte die Achseln, als lägen auf dem Tisch ganz normale Arbeitsutensilien. »Mein Laptop, eine externe Festplatte, eine Kamera, eine Stirnlampe, ein Dietrich, ein –«

»Das sehe ich selbst. Aber – was ist das?«

»Mein Laptop, ein –«

»Ali!« Er hob den Bund mit ihren Dietrichen hoch. »Wozu brauchst du so etwas?«

»Du solltest das nicht anfassen. Jetzt sind deine Fingerabdrücke drauf.«

»Ali … Ali …« Er suchte nach Worten, verstummte ratlos.

»Ich bin private Ermittlerin. Was denkst du denn, wie ich an Informationen komme?«

»Nicht mit Einbrüchen!«

Nur, wenn es schnell gehen muss. Sie sprach den Gedanken nicht aus. »Tee?«

Er ließ sich auf den Stuhl sinken, nahm die Mappe, die vom Vortag ebenfalls noch auf dem Tisch lag. Sie gehörte zu dem »Willkommenspaket«, das die Assistentin des Immobilienmaklers ihr mitgegeben hatte.

»Bright Estate Agents«, las Hamish laut. »Ist das dein Auftraggeber?«

»Nein.«

»Suchst du eine Immobilie?«

»Nein.«

»Was ist das dann?« Er wedelte mit der Hand über den Tisch. In seinem Blick lag Ratlosigkeit. »Oh Gott, Ali, ich weiß gar nichts über dich.«

»Meine Arbeit geht dich auch nichts an. Frag ich dich nach deiner Arbeit?«

»Ich breche auch nirgendwo ein!«

Sie setzte sich ihm schräg gegenüber. »Hamish, der Vater meiner Freundin wurde überfallen. Die haben seine Schafe getötet, seine Scheune abgefackelt und ihn niedergeschlagen.«

»Wer sind ›die‹? Die Bright Estate Agents?«

»Das weiß ich nicht. Aber ich werde es herausfinden.«

»Geh zur Polizei. Lass die das machen, das ist deren Job.«

»Ich kann nicht zur Polizei gehen, wenn ich nicht weiß, wer dahintersteckt. Was soll ich denen denn erzählen? Es ist ja nicht einmal sicher, dass Bright tatsächlich etwas mit der Sache zu tun hat.«

»Aber –«

Sie hob die Hand. Sie wollte kein Aber hören. »Douglas ist wie ein Vater für mich. Er war in meiner Kindheit immer für mich da, wenn ich jemanden brauchte. Ich lasse ihn jetzt nicht im Stich.«

»Und dazu brichst du bei irgendwelchen Immobilienmaklern ein?«

»Wenn es sein muss, ja.«

Er starrte eine Weile stumm vor sich hin, schließlich schüttelte er den Kopf. »Es ist illegal, was du tust. Man kann Unrecht nicht mit Unrecht vergelten.«

»Ich beschaffe lediglich Informationen.«

»Es ist die Wahl der Mittel! Wo kommen wir denn hin, wenn jeder das Gesetz nach seinem eigenen Gutdünken außer Kraft setzt?«

»Es geht um das Leben eines Freundes!«

»Es geht um dein Leben, Ali. Um unser Leben.«

»Welches *unser* denn?«, fuhr sie ihn an.

Er stand auf.

Da war etwas in seinen Augen, das sie erschreckte. »Hamish?«

»Tut mir leid, Ali, aber das ist kriminell. Das kann ich nicht akzeptieren, und ich will dich nicht irgendwann im Knast oder im Leichenschauhaus wiedersehen.« Er zögerte einen Moment, dann wandte er sich ab und ging.

Thybster

Douglas MacKeith hatte Kopfschmerzen. Grace behauptete, die kämen von dem Schlag, den er auf den Schädel bekommen hatte. Er war der Meinung, dass es Grace' besorgtes Um-ihn-herum-Geglucke war, das ihm die Schmerzen bereitete. Er hatte seine Weiden inspizieren wollen, wie er es jeden Tag machte.

»Marley übernimmt das heute«, hatte Grace in einem Ton erklärt, der keinen Widerspruch duldete. »Wenn es dir morgen besser geht, können wir zusammen rausfahren, aber allein gehst du vorläufig nirgendshin. Die Ärzte haben gesagt, du brauchst Ruhe. So eine Kopfverletzung ist gefährlich.«

Widerwillig fügte er sich in das eiserne Regiment seiner Tochter. Er saß im Wohnzimmer in seinem Sessel. Grace hatte ihm eine Decke über die Beine gelegt, als wäre er ein alter Greis. Aber sie hatte ihm auch Tee und frisch gebackene Scones gebracht. Das versöhnte ihn ein wenig.

Durch das Fenster sah er einen Wagen auf den Hof fahren. Kenneth Campbell stieg aus. Grace eilte zur Tür. Sie unterhielt sich mit gedämpfter Stimme mit dem Chief Inspector, sodass er nicht verstehen konnte, worüber sie sprachen, dann kamen die beiden zu ihm ins Wohnzimmer.

»Dad, Kenny muss dir leider ein paar Fragen stellen.«

»Das werde ich überleben«, brummte er. Er deutete auf das freie Sofa. »Setz dich, Kenny. Grace, bringst du deinem Boss bitte einen Tee?«

»Danke, nicht nötig«, lehnte Campbell ab. »Grace, wenn du uns bitte allein lassen würdest.«

Sie ging nicht gern, das sah Douglas seiner Tochter an.

»Douglas, fühlst du dich in der Lage, mir ein paar Fragen zu beantworten?«

»Jetzt fang du auch noch an, mich zu behandeln, als wäre ich ein seniler alter Mann.«

Campbell lächelte flüchtig. »Wir müssen wissen, was am

Freitagabend auf deinem Hof geschehen ist. Kannst du dich an irgendetwas erinnern?«

Er hätte es gern vermieden, über die Geschehnisse zu sprechen. Zu schmerzhaft waren die Erniedrigung, die er erfahren, und die Ohnmacht und Hilflosigkeit, die er empfunden hatte. Er senkte den Blick auf die rauen Hände in seinem Schoß. Kenny ließ ihm Zeit.

»Ich war im Haus«, begann er schließlich zögernd. »Ein Wagen fuhr auf den Hof. Trevor war draußen. Als ich rauskam, hatte einer den Hund geschnappt. Er warf ihn in die Scheune. Ich bekam einen Schlag auf den Kopf.«

»Das heißt, es waren mehrere Personen?«

Douglas schürzte die Lippen. »Wenn's kein Geist war, der mir eins über den Schädel gezogen hat.«

»Konntest du sie erkennen?«

»Nein. Der, den ich gesehen habe, trug eine dunkle Sturmhaube. Ich glaube, er war kleiner als ich. Und kräftig.«

»Und was war mit der Person, die dich niedergeschlagen hat?«

Douglas hob die Schultern. »Die habe ich nicht gesehen. Der Kerl muss mir von hinten aufgelauert haben.«

Campbell notierte sich alles. »Was ist mit dem Wagen? Was für ein Auto war das?«

»Ein Pick-up, vielleicht ein Ford. Ein dunkler Wagen, grau oder schwarz.«

»Hast du eine Idee, wer die Leute waren?«

»Ich vermute, dieselben, die meine Schafe getötet haben.«

»Und wer könnte das sein?«

»Wenn ich das wüsste, Kenny, wärst du der Zweite, der es erfährt.«

Campbell verstand seine versteckte Botschaft. Er zog missbilligend die Stirn in Falten. Seine Stimme wurde streng. »Wir kümmern uns um den Fall, Douglas. Wir werden herausfinden, wer dich überfallen und deine Schafe getötet hat. Ich will keinen Alleingang von dir, hast du das verstanden?«

»Aye«, knurrte Douglas mit finsterer Miene.

»Was passierte, nachdem du niedergeschlagen wurdest?«

»Woher soll ich das wissen? Ich verlor das Bewusstsein. Als ich wieder zu mir kam, war dieses Mädchen da. Die Deutsche.«

»Kimberly Hart.«

»Aye. Die Scheune brannte. Die hatten den Hund in die Scheune gesperrt. Ich …« Die Erinnerung ließ seinen Atem unruhig flattern. Er trank eilig einen Schluck Tee.

»Aber du hast die Frau nicht kommen sehen?«

»Wie denn?« Douglas schnaufte verständnislos.

»Und Marley?«

»Grace sagt, er hat den Hund aus der Scheune geholt.«

Campbell starrte eine Weile grübelnd auf seine Notizen. »Und du hast wirklich keine Ahnung, wer die Leute waren, die dich überfallen haben?«

»Nein.«

»Die toten Schafe hat Marley gefunden, oder?«

»Beim ersten Mal hat Conor mich informiert.«

Campbell klappte seinen Notizblock zu, machte jedoch keine Anstalten aufzustehen. »Douglas, was war das für eine Geschichte in Inverness?«

Douglas verschanzte sich hinter einem stoischen Schweigen.

»Der Makler, William Bright, hat Anzeige gegen dich erstattet, weil du ihm ein totes Schaf in sein Büro gelegt hast.« Campbell musterte ihn eingehend. »Was hast du mit dem Mann zu schaffen?«

»Das geht dich nichts an.«

»Ich denke schon, dass mich das etwas angeht. Willst du die Farm verkaufen?«

Douglas verzog grimmig das Gesicht. »Wenn es mich mal nicht mehr gibt, können meine Kinder entscheiden, was sie mit der Farm machen wollen. Aber solange ich lebe, bleibt die Farm im Besitz der MacKeiths.«

Inverness

Alison hatte eine ganze Weile in ihrer Küche gesessen. Hamishs Abgang hatte sie erschüttert. Der Tee war längst erkaltet, als sie sich aus ihrer Starre löste. Dann hatte sie sich in Wut geflüchtet. Was fiel dem Kerl ein, sich in ihr Leben einzumischen und ihr moralische Vorhaltungen zu machen? Sollte er zu seiner Frau und seinen Kindern gehen und sein konservatives, angepasstes Leben führen. Sie würde sich von ihm nicht vorschreiben lassen, wie sie ihre Arbeit zu machen hatte.

Sie hatte den kalten Tee weggekippt, einen frischen Scottish Blend gekocht, die externe Festplatte an ihren Laptop angeschlossen und damit begonnen, Brights Daten zu durchforsten. Ein Wust an Notizzetteln überflutete mittlerweile den Küchentisch.

Als sie am Tag zuvor bei Bright gewesen war, hatte der Makler ihr Fletchers Farmhaus gezeigt. In den Unterlagen, die sie in der Nacht abfotografiert hatte, fand sie auch ein Angebot, das Bright an Douglas geschickt hatte. Der gebotene Preis für seine Farm war allerdings jenseits des guten Geschmacks. Sie war mindestens das Doppelte wert.

In den Dateien, die sie vom Rechner der Assistentin gezogen hatte, entdeckte sie einen eingescannten Vertrag mit Fletcher. Es war ein Vertrag über das Vorkaufsrecht für dessen Farm. Auch hier lag der genannte Kaufpreis weit unter dem Marktwert. Bright war als Vermittler eingesetzt, aber es fehlten noch Name und Unterschrift des Käufers. Die Fletchers hatten den Vertrag bereits abgesegnet. Aber warum? Ihr Sohn Arran arbeitete bei einer Bank. Zumindest er müsste doch bemerkt haben, dass seine Eltern über den Tisch gezogen wurden.

Sie studierte den Kaufvertrag auf der Suche nach einer Erklärung, aber sie verstand zu wenig von dem juristischen Geschwafel mit zig Klauseln und Querverweisen.

Sie ging ihre Freunde und Bekannten gedanklich durch. Wer könnte ihr helfen? Für einen winzigen Augenblick spielte sie mit dem Gedanken, Hamish anzurufen. Er hatte beruflich viel mit geschäftlichen Dokumenten, Verordnungen und Verträgen zu tun und würde sicher schnell verstehen, was Bright mit Fletchers verhandelt hatte. Aber abgesehen davon, dass Hamish eine Mithilfe aus moralischen Gründen ablehnen würde, verbot ihr Stolz es ihr, sich bei ihm zu melden.

Blieb nur noch Sam. Ihr Ex. Er war ein Geschäftsmann von besonderem Kaliber, hatte Betriebswirtschaft studiert und sich mit riskanten Börsenspekulationen und reichlich Insiderwissen sein Konto vergoldet. Seine moralischen Ansprüche waren bei Weitem nicht so hoch wie die von Hamish Brannigan. Wenn er wüsste, wie sie an die Unterlagen gekommen war, hätte es ihn allerhöchstens amüsiert. Sie wählte seine Nummer.

»Ms Johnson, was verschafft mir die Ehre Ihres Anrufes?«, meldete er sich enthusiastisch nach dem zweiten Klingeln.

»Ms Dexter, wenn ich bitten darf.«

»Oh ja, Verzeihung, auf meinen angesehenen Namen wolltest du ja nicht verzichten.«

Sie bereute bereits, ihn angerufen zu haben.

»Brauchst du Geld?«, fragte er ohne Umschweife.

Sie hatte bei der Scheidung auf jegliche Alimente verzichtet. Seinen Namen hatte sie lediglich behalten, weil er in manchen Kreisen tatsächlich ein Türöffner war.

»Ich will kein Geld von dir. Ich brauche einen Rat.«

»Von mir?« Nun klang er doch verwundert.

»Es geht um einen Kaufvertrag.«

»Willst du Francis Cottage verkaufen? Ali-Schatz, ich sage es noch einmal: Wenn du Geld brauchst, ich gebe dir gern von meinem Reichtum.« Bei aller Arroganz – er war ihr gegenüber immer großzügig gewesen, wenn es um finanzielle Belange ging, und er wusste, wie sehr sie an dem alten Hof hing.

»Nein, Francis Cottage wird nicht verkauft.« Sie seufzte unschlüssig. Wie sollte sie ihm die Situation erklären, ohne ihm zu viel zu sagen? »Warum verkauft jemand eine gut geführte Farm zu einem Spottpreis?«

»Wo liegt die Farm?« Häme und Arroganz in seiner Stimme wichen einem geschäftlichen Interesse.
»In Caithness.«
»Da hast du's.«
»Das kann nicht der Grund sein. Das Angebot liegt weit unter dem Marktwert.«
»Dann brauche ich mehr Informationen.«
»Es handelt sich um einen Farmer in Thybster.«
Sie hörte ihren Ex-Mann laut auflachen. »Kein Mensch, der halbwegs bei Verstand ist, kauft eine Farm in Thybster!«
»Und wenn doch?«
»Dann weiß er vermutlich nicht mehr, wohin mit seinem Geld. Ali-Schatz, da oben gibt es nichts außer Wind und Schafe.«
»Das stimmt nicht. Der Norden ist sehr schön.«
»Darum lebst du auch in Inverness.«
»Können wir bitte beim Thema bleiben? Die Menschen dort lieben ihr Land. Niemand verscherbelt einfach seinen Grund und Boden.«
»Vielleicht ist der arme Verkäufer in arger Geldnot. Wer ist es? Soll ich ihm helfen?«
»Nein.« Geldnot. Und wieder war sie bei Arran Fletcher. Er kannte sich mit Finanzangelegenheiten aus. Mit Sicherheit wäre es ein Leichtes für ihn, seinen Eltern einen Kredit zu verschaffen, wenn sie Geld brauchten. »Was für einen Grund könnte es noch geben?«
»Frag doch den Käufer.«
»Das kann ich nicht.«
»Warum nicht?«
»Weil ich ihn nicht kenne.«
»Ach, Ali-Schatz, womit verdienst du noch gleich deine Brötchen?« Die Süffisanz war in seine Stimme zurückgekehrt. »Ich werde dir lieber doch einen Scheck zukommen lassen, sonst verhungerst du mir noch.«
»Ich will dein Scheißgeld nicht«, erwiderte sie grimmig.
»Und nenn mich nicht immer Ali-Schatz.«

»Ich sehe dich gerade schmollend vor mir sitzen. Zum Anbeißen.«

Sie sollte auflegen. »Verflucht noch mal, du kennst dich mit krummen Geschäften aus. Wie bringt man jemanden dazu, etwas unter Wert zu verkaufen?«

»Das habe ich jetzt aber überhört, meine Süße. Ich habe mein Geld ehrlich an der Börse verdient.«

»Ehrlich und Börse, das ist ja schon ... ach, vergiss es.« Es brachte sie nicht weiter, wenn sie sich gegenseitig provozierten.

»Ali-Schatz, ich gebe dir mal einen Tipp, okay?«, wurde Sam versöhnlicher. »Es ist eine Sache, welcher Betrag in einem Kaufvertrag steht, und eine andere, welcher Betrag tatsächlich den Besitzer wechselt.«

Sein Einlenken stimmte sie milder. Sie dachte über die Option nach. »Das wäre dann Steuerbetrug, oder?«

»Könnte darauf hinauslaufen. Nun raus mit der Sprache: Wer ist der idiotische Käufer?«

»Wie gesagt, ich weiß es noch nicht.«

»Soll ich dir helfen?«

»Nein danke.«

»Wann sehen wir uns mal wieder?«

»Macht man so etwas über einen Immobilienmakler?«, ignorierte sie seine Frage. »Eine Farm erwerben und dabei einen Teil des Kaufpreises unter der Hand zahlen.«

»Warum nicht? Vermutlich bekommt der Makler eine kleine Extraprovision. Jeder Mensch hat seinen Preis, Ali. Wer ist der Makler? Vielleicht kenn ich ihn.«

»Seit wann machst du in Immobilien?«

»Ali-Schatz, meine Geschäftsfelder sind breit gefächert. Es ist mittlerweile teuer, sein Geld auf einem Bankkonto zu parken, und ausschließlich an der Börse zu spekulieren kann auch mal schiefgehen.«

»Bright Estate Agents in Inverness.«

»Bright? Nein, sagt mir nichts. Ich werde ihn mal anrufen, vielleicht hat er ein hübsches Häuschen für uns im Angebot.«

»Sam!«

»Wir könnten es doch noch einmal miteinander versuchen. Wir hatten so viel Spaß zusammen.« Seine Stimme wurde schmeichelnd. »Ali-Schatz, ich vermisse dich.«

»Du und ich, das funktioniert nicht. Das haben wir doch schon probiert. Ich passe nicht in deine Welt.«

»Ach, und du meinst, in Brannigans Welt passt du besser?«

Thybster

Marley hatte den Nachmittag in der Werkstatt verbracht. Er war mit seiner Arbeit gut vorangekommen. Die Wut hatte ihn angetrieben. Es war nicht nur der Ärger über seinen Vater. Kenneth Campbell hatte auf ihn gewartet, als er mittags von seiner Runde über die Weiden zurückgekehrt war, und das Gespräch war nicht gut verlaufen.

Campbell hatte ihn noch einmal zu den Geschehnissen von Freitagnacht ins Gebet genommen. Immer wieder war er auf Conor Greenless' Anschuldigungen herumgeritten. Conor war überzeugt, dass Marley den Verkauf der Farm von seinem Vater gefordert hatte. Das hatte er Campbell gegenüber ausgesagt.

Marley hatte ihn darauf hingewiesen, dass er sein eigenes Einkommen habe und kein Geld von seinem Vater wolle. Aber er hatte das Gefühl, dass Campbell ihm nicht glaubte. Die Tatsache, dass er Conor zu Boden geschlagen hatte, sprach nicht für ihn. Das hatte der Chief Inspector ihm bei der Befragung deutlich zu verstehen gegeben.

Er räumte die Werkstatt auf, duschte und briet sich ein paar Eier. In der Stille seines Hauses fiel ihm die Decke auf den Kopf. Aber ins JJ's wollte er auch nicht. Er wollte weder mitleidvolle Anteilnahme noch irgendwelche Fragen beantworten. Er verstand ja selbst nicht, was gerade bei seinem Vater los war.

Er nahm eine Flasche Whisky und ein Glas und ging nach

draußen zu Daisy. Das Lamm freute sich über seine Gesellschaft. Er würde am nächsten Tag ein paar Schafe mit ihren Lämmern von der Weide holen, nahm er sich vor. Daisy brauchte dringend Kontakt zu ihren Artgenossen.

Er hatte eine ganze Weile bei dem Tier gesessen und sich seine Sorgen von der Seele geredet, als er Schritte auf dem Schotter hörte. Kurz darauf erschien Kimberly auf der anderen Seite des Zaunes. Er war erstaunt, sie zu sehen, und gleichzeitig freute er sich.

»Ist sie dafür nicht ein bisschen zu jung?« Kimberly deutete auf die Whiskyflasche.

»Das sage ich ihr schon den ganzen Abend.«

»Du solltest es ihr nicht vormachen.«

»Aye. Ich bin ein schlechtes Vorbild.« Er hielt die Flasche hoch. »Wie sieht's aus? Lust auf einen Dram?«

Sie überlegte kurz. »Ja. Warum nicht?«

»Daisy, du gehst jetzt ab ins Heu. Schlaf gut, meine Kleine.« Er spürte die Wirkung des Alkohols, als er sich von dem Schemel erhob. Wenn er sich vor seinem Besuch nicht blamieren wollte, sollte er die nächsten Whiskys langsamer trinken.

Kimberly öffnete ihm das Gatter und folgte ihm ins Haus. Statt in die Küche, in der sie zwei Abende zuvor gesessen hatten, dirigierte er sie in sein Wohnzimmer.

»Bin gleich bei dir.«

Er ging ins Bad, schüttete sich kaltes Wasser ins Gesicht, um wieder etwas klarer zu werden, und zog ein frisches Hemd an. Als er zurückkam, stand sie vor dem Sideboard und sah sich die gerahmten Bilder an. Geschenke von Grace und Jeana.

»Ist das deine Mutter?« Sie deutete auf ein Foto, auf dem Grace in Uniform mit Douglas und Moira abgebildet war. Grace hatte damals gerade als Polizistin in Thurso angefangen. Er selbst musste zu der Zeit sechzehn oder siebzehn Jahre alt gewesen sein.

»Aye.«

»Grace sieht ihr sehr ähnlich.«

Marley nickte. »Ihren Dickschädel hat sie aber von Douglas.«
Sie wandte ihm ihr Gesicht zu, zögerte. »Ist deine Mutter tot?«
»Bitte?«, fragte er verdutzt. »Nein, meine Eltern sind geschieden. Sie hat wieder geheiratet, lebt jetzt in Oxford. Ein Professor, der damals hier Urlaub gemacht hat, hat ihr den Kopf verdreht.« Er konnte nicht verhindern, dass die Bitterkeit darüber in seiner Stimme mitschwang.
»Tut mir leid.«
Er winkte ab. »Solange sie glücklich ist, ist es okay.«
Ihr Blick wanderte wieder über die Bilder, sie deutete auf ein Foto, auf dem er mit zwei anderen jungen Männern abgebildet war. Es war sein achtzehnter Geburtstag. »Der da rechts bist du, oder?«
»Aye.«
»Wer sind die anderen beiden?«
»Links ist Ryan, der Kleine in der Mitte ist Dave.«
»Die angesagten Jungs aus Thybster«, frotzelte sie.
»Nein, wir waren drei Rüpel aus Arbeiterfamilien.«
Sie grinste ihn zweifelnd an. »Das glaube ich nicht.«
»Der angesagteste Junge war Arran Fletcher.«
»Der kommt doch auch von einer Farm.«
»Du kennst ihn?«
»Thybster ist ein Dorf.«
»Aye.« Aus irgendeinem Grund störte es ihn, dass sie Arran kennengelernt hatte. Er wandte sich von den Bildern ab. Der Whisky stand neben seinem Tumbler auf dem Couchtisch. »Ich hol dir ein Glas. Hast du schon gegessen?«
»Ja.«
»Aber nicht nur ein Salatblättchen?«
»Nein, Lammbraten.« Sie grinste, als sie sein angewidertes Gesicht sah. »Fish and Chips, falls das besser ist.«
»Na ja.« Es hätte ihn gefreut, wenn sie Vegetarierin gewesen wäre. Aber wozu sollte ihm das wichtig sein? Sie war eine Touristin und in naher Zukunft wieder fort. »Es ist zumindest eine gute Grundlage für einen Dram.«

Er ging in die Küche und holte ein Glas. Als er zurückkehrte, hatte sie es sich in dem Sessel gemütlich gemacht. Ein wuchtiges Ding, das Jeanas Eltern auf irgendeinem Trödelmarkt gekauft hatten. Die Polster waren abgewetzt und durchgesessen.

Er setzte sich auf das Sofa und goss den Whisky in die Gläser. »Slàinte.«

»Was heißt das?«

»Das ist Gälisch, bedeutet so viel wie: Auf die Gesundheit. In Deutschland sagt ihr: Auf dein Wohl«, gab er seine Deutschkenntnisse zum Besten.

»Oder einfach nur: Prost.«

»Prost.« Während er einen kräftigen Schluck trank, beobachtete er, wie sie vorsichtig an dem Glas nippte und versuchte, das Gesicht nicht zu verziehen. Offensichtlich war sie starken Alkohol nicht gewöhnt.

Er stand noch einmal auf, holte eine Packung Shortbread aus der Küche und legte das Gebäck für sie in greifbarer Nähe auf den Tisch. »Bedien dich.«

Sie nahm die Einladung dankbar an. »Warum bist du Vegetarier?«

Er lehnte sich mit dem Glas in der Hand zurück und musterte sie abwägend. »Das ist eine traurige Geschichte.«

»Erzähl.«

Kurz überlegte er, wie viel Whisky er ihr einschenken müsste, damit sie ihm ihre Geschichte erzählte. Als »Killer-Kim« hatte man sie in den Artikeln, die er im Internet gefunden hatte, betitelt. Ein Ausdruck, den er auch ohne seine rudimentären Deutschkenntnisse verstand.

Nichts an dieser Frau, die vor ihm in dem Sessel saß, erinnerte auch nur entfernt an eine Killerin. Ihr Gesicht war ernst. So locker ihre Sprüche immer waren, sie war nicht oberflächlich. Und irgendetwas belastete sie. Er hätte ihr gern geholfen, aber sie wich jeder persönlichen Frage aus, und er wollte nicht, dass sie wieder wutentbrannt davonlief, weil er die falsche Frage stellte.

»Und?«, fragte sie in seine Grübeleien hinein. »Erzählst du mir jetzt deine traurige Geschichte?«

Er stand auf, ging zum Sideboard, nahm eine Packung Taschentücher aus der Schublade und legte sie neben die Kekse. Sie quittierte es mit einem amüsierten Stirnrunzeln. Er setzte sich wieder.

»Es war einmal ein kleiner Junge, der lebte auf einer Farm«, begann er.

Sein märchenhafter Anfang entlockte ihr ein Lächeln, das er gern eingefangen hätte.

»Auf der Farm lebten sehr viele Schafe. Der Junge half seinem Vater bei der Arbeit auf den Weiden. Sie besserten gemeinsam die Zäune aus, trieben die Schafe zur Schur zusammen, versorgten sie im Winter mit Stroh und Kraftfutter.« Bei der Erinnerung an die Zeit wurde ihm wehmütig ums Herz. Er hatte seinem Vater einmal sehr nahegestanden.

»Eines Tages«, fuhr er fort, »es war Frühjahr, der Junge war neun Jahre alt, da wurde ein Lamm geboren, aber das Muttertier starb kurz nach der Geburt. Der Vater gab das Lamm in die Obhut des Jungen. Es war ein kleiner, stämmiger Bock, und er taufte ihn auf den Namen Rambo.«

»Rambo?« Sie grinste.

»Aye, Rambo. Rambo war ein sehr vorwitziger Kerl. Der Junge zog das Lamm mit der Flasche auf. Er lernte, was es bedeutet, für ein Lebewesen Verantwortung zu übernehmen. Er fütterte das Lamm gewissenhaft, und es wuchs und wurde kräftiger, und bald schon folgte Rambo dem Jungen, sobald er ihn erblickte. Schafe können nämlich Freundschaften schließen.«

»Auch mit Menschen?«

»Wenn sie von ihnen Futter bekommen, auf jeden Fall«, wägte er ab. »Doch eines Tages kam der Junge aus der Schule, und das Lamm war fort.«

Er verstummte.

»Und?«, fragte Kimberly, als ihr die Pause zu lang wurde. »Was war mit Rambo?«

Marley schluckte bei der Erinnerung. »Der Vater hatte das Lamm mit den anderen Lämmern zum Schlachthof gebracht.«
»Oh nein!« Sie hielt sich betroffen die Hand vor den Mund.
»So ist das auf einer Farm.« Er presste kurz die Lippen zusammen. »Gib einem Lamm niemals einen Namen.«
»Aber es war dein Lamm!«
»Es war ein Bock, und er war nicht gut genug, um als Zuchttier durchzugehen.«
»Es war trotzdem nicht fair. Hat dein Vater nicht mit dir darüber geredet?«
»Er ist davon ausgegangen, dass mir klar war, dass Rambo geschlachtet werden würde.«
»Und darum bist du Vegetarier geworden?«
»Aye.« Er hatte wochenlang nicht mit seinem Vater gesprochen, und es hatte Douglas hart getroffen, als er feststellte, dass sein Sohn kein Fleisch mehr aß und diese Verweigerung nicht nur eine kindliche Trotzphase war. Während Moira und Grace versucht hatten, zwischen ihnen zu vermitteln, hatte Conor Greenless keine Gelegenheit verstreichen lassen, mit seinen Sticheleien gegen Marley die Kluft zwischen Vater und Sohn zu vergrößern.

»Und deswegen bist du Küfer geworden und nicht Schäfer?«, fragte Kimberly.

»Nein, ich hatte damals überlegt, Schäfer zu werden, um irgendwann die Farm von meinem Vater zu übernehmen. Aber ich wollte keine Fleischschafe züchten. Ich habe nach Alternativen gesucht und versucht, Douglas zu überzeugen, auf Wollschafe umzustellen. Aber er sagt, dass man damit keine Familie ernähren kann. Und er hat recht.«

Er sah in ihre blauen Augen, meinte, darin Anteilnahme zu erkennen. Aber er wollte weder Anteilnahme noch Mitleid. In ihm regten sich ganz andere Wünsche.

»Ich hadere nicht mit meinem Leben. Ich bin sehr gern Küfer. Die Arbeit mit Holz macht mir Spaß. Und meine Arbeit ist wichtig, damit es weiterhin diesen guten Tropfen gibt. Fässer

sind das A und O bei der Whiskyproduktion.« Er hob sein Glas. »Schmeckt dir der Whisky?«
»Er ist stark.«
»Sechsundvierzig Prozent.«
»Sind die alle so stark?«
»Ein Whisky braucht mindestens vierzig Prozent, sonst darf er sich nicht Whisky nennen.«
Sie sah stirnrunzelnd auf ihr Glas. Er spürte den Drang in sich, sie zu berühren, über ihre Wangen zu streichen, die Linien ihrer sanft geschwungenen Lippen nachzuziehen, sie an sich zu ziehen. Es war lange her, dass eine Frau ein so großes Verlangen in ihm entfacht hatte. Vielleicht lag es am Alkohol. Er stellte sein Glas zurück auf den Tisch. Er musste wenigstens einen halbwegs klaren Kopf bewahren.
»Und du?«, fragte er. »Was ist deine Geschichte?«
Seine Frage brachte die Anspannung zurück auf ihr Gesicht. Er konnte sehen, wie es hinter ihrer Stirn arbeitete. Doch zu seiner Enttäuschung schüttelte sie schließlich den Kopf. »Nicht heute.«
Er nickte akzeptierend. »Aber irgendwann?«
Sie erwiderte seinen Blick. »Okay, irgendwann.«

Kim war sich nicht sicher, ob das warme Gefühl in ihrer Brust vom Alkohol rührte oder ob es sein zärtlicher Blick war, der ihr direkt ins Herz ging. Sie hatte mit sich gehadert, ob sie ihm erzählen sollte, warum sie nach Thybster gekommen war. Seine Frage hatte aufrichtig interessiert geklungen, und es hätte ihr vermutlich gutgetan, jemandem ihr Herz auszuschütten. Ihre Situation war einfach zu verfahren.
Das Telefonat mit Lothar war ein Fiasko gewesen. Erst hatte er ihren Flug direkt auf den nächsten Tag umbuchen wollen, als sie das ablehnte, hatte er sie an ihre Verpflichtungen erinnert. Es ging nicht nur um sie. Aber ohne sie ging gar nichts. Ob ihr bewusst wäre, in welche Schwierigkeiten sie alle brachte mit ihrem egoistischen Verhalten. Sich einfach davonzustehlen sei

feige. Womit er recht hatte. Und das tat besonders weh. Sie war nie feige gewesen.

Um in ihrem Zimmer nicht verrückt zu werden, hatte sie sich eine Portion Fish and Chips bei Jeana geholt und war an die Küste gelaufen. Auf dem Rückweg war sie bei Francis Cottage gelandet. Der Anblick von Daisy würde ihre Laune heben, hatte sie gehofft, und dann saß Marley bei dem Lamm.

Seine Geschichte hatte sie getroffen, obwohl sie eigentlich nicht zu Sentimentalität neigte. Doch bei der Vorstellung, eines Tages zu Francis Cottage zu kommen und zu erfahren, dass Daisy auf dem Weg zur Schlachtbank war, bekam sie einen Kloß im Hals.

Sie leerte ihr Glas in einem Zug und schüttelte sich.

»Trink langsam«, ermahnte er sie, füllte ihr aber dennoch gleich wieder nach.

»Das sagt der Richtige«, zog sie ihn auf. »Du kippst dir ein Glas nach dem anderen rein.«

»Ich bin das Zeug ja auch gewohnt.«

»Ach so, ein Gewohnheitstrinker?«

»Du verstehst mich absichtlich falsch, he?«

Sie grinste. Das Geplänkel vertrieb ihre Befangenheit. »Hast du eigentlich einen Kilt?«

»Nein.«

»Ich dachte, alle Schotten haben einen Kilt. Für die Festtage und so.«

»Nicht alle. Und falls das deine nächste Frage ist: Ich kann auch nicht Dudelsack spielen.«

»Du enttäuschst mich.«

»Ich kann mal in meine Playlist schauen, da finde ich bestimmt was Passendes.«

Er nahm sein Smartphone, und wenig später erklang tatsächlich die Melodie von »Highland Cathedral« in Zimmerlautstärke aus einem Bluetooth-Lautsprecher. Sie lehnte sich zurück und schloss die Augen.

»Schläfst du?«, fragte er nach einer Weile.

»Nein, ich genieße den Moment.« Sie seufzte zufrieden und öffnete die Augen wieder. »Ich würde gern mal so eine Gruppe Dudelsackspieler live erleben.«

»Dann müssen wir mal schauen, wo gerade Highland Games stattfinden, und dann fahren wir dahin.«

Es gefiel ihr, dass er ›wir‹ sagte.

»Ich mag dein Lächeln. Das solltest du viel öfter tun.«

Ihre Wangen wurden heiß. Sie hatte nicht bemerkt, dass sie lächelte. »Gibt nicht immer so viel Grund zum Fröhlichsein.«

»Wem sagst du das?«

»Weiß man schon, wer hinter dem Überfall auf deinen Vater steckt?«

»Nein.«

»Warum hat dieser Conor dir die Schuld an allem gegeben?« Sie bereute ihre Frage, als sie bemerkte, wie sich sein Blick umgehend verfinsterte.

»Weil er ein versoffener Arsch ist.« Er räusperte sich. »'tschuldige.«

»Schon okay.« Sie drehte das Glas grübelnd zwischen den Händen. »Trevor ist doch ein Hütehund, oder?«

»Aye.«

»Dann bewacht er also sicher nicht nur die Schafe, sondern auch den Hof.«

»Na ja, er bellt, wenn ein Fremder kommt, aber er ist kein Wachhund in dem Sinne, dass er zähnefletschend auf die Leute losgeht.«

»Hm.«

»Was beschäftigt dich?«

»Die haben ihm die Schnauze zugebunden, bevor sie ihn in die Scheune gesperrt haben.«

»Vermutlich, damit er nicht hecheln kann und schneller überhitzt.«

Das war grausam. »Aber das lässt sich ein Hund doch nicht einfach so gefallen. Schon gar nicht von einem Fremden.«

»Jemand, der sich mit Tieren auskennt, kriegt das hin.«

»Ich hoffe, sie kriegen das Schwein.«

»Das hoffe ich auch.« Er sah sie weiter unverwandt an.

Sie versuchte, ihm standzuhalten. Sie war es gewohnt, ihrem Gegner in die Augen zu sehen. Aber Marley war kein Gegner, und sein Blick war alles andere als angriffslustig. Sie wich ihm aus und nippte an ihrem Glas.

»Kimberly, du musst mir was versprechen.«

»Öfter lächeln?«

»Das wäre wundervoll, ja, aber ...« Er kratzte sich an der Stirn, schien nach den richtigen Worten zu suchen. »Renn bitte nie wieder auf eine brennende Scheune zu. Mir ist das Herz in die Hose gerutscht.«

Sie wusste nicht, wie sie mit seiner Sorge um sie umgehen sollte. »Wie gut, dass du keinen Kilt getragen hast, da wäre es durchgefallen.«

Er ging nicht auf ihre Neckerei ein. »Das war furchtbar gefährlich.«

»Aber der Hund war in der Scheune.«

»Du hättest dabei umkommen können. Die Scheune hat lichterloh gebrannt. Es hätte weitere Explosionen geben können. Ein Holzbalken hätte herabstürzen können.«

Er hatte sicher recht. Ihre Aktion war kopflos gewesen. Aber wie hätte sie anders entscheiden können? »Es ist doch alles gut gegangen.«

Marley nickte. »Es muss aber nicht immer gut gehen.«

Montag

Thybster

Marley war froh, dass Kimberly am Abend auf Francis Cottage aufgetaucht war. Er hatte Gesellschaft gebraucht, und ihre Anwesenheit hatte verhindert, dass er zu viel Whisky trank. Sie schien ebenfalls nicht besonders guter Stimmung zu sein, als sie kam. Doch im Laufe des Abends hatte er sie mit ein paar Geschichten aus seinen Wanderjahren sogar zum Lachen gebracht. Sie verstanden einander, weil sie wussten, wie schwer es war, in einem fremden Land allein zurechtzukommen.

Als sie schließlich beschloss, den Abend zu beenden, bestand er darauf, sie zum JJ's zu begleiten. Das Dorf schlief, während sie die einsame Main Street entlanggingen. Die Straßenlaternen waren ausgeschaltet. Lediglich Mond und Sterne ließen die Häuser Schatten werfen. Eine Katze schlich durch die Vorgärten. Die Kirchturmuhr schlug halb drei. Außer ihnen war zu dieser Stunde niemand unterwegs.

»Was machen deine Reisepläne?«, erkundigte er sich in Erinnerung daran, dass sie vor ein paar Tagen gesagt hatte, sie wolle wieder abreisen.

»Sind ungewiss.«

»Ich wüsste gern, ob ich dich noch mal wiedersehe.«

Sie lief neben ihm, die Hände in den Jackentaschen versteckt. Sie schwankte leicht, und er hätte gern den Arm um ihre Schultern gelegt, um ihr Halt zu geben.

»Ich werde nicht abfahren, ohne mich von dir und Daisy zu verabschieden, versprochen.«

»Das wird Daisy freuen.«

»Dich nicht?«

Er zögerte mit einer Antwort. »Ich würde mich freuen, wenn du noch eine Weile bleiben würdest.«

Sie sagte nichts darauf.

Sie passierten die Kreuzung zur Hill View, die zu Conor Greenless' Haus führte. Automatisch wanderten seine Gedanken zu dem Scheunenbrand vor zwei Tagen. »Ich muss mich noch bei dir bedanken.«

»Wofür?«

»Dass du dich zwischen Conor und mich gestellt hast.«

Sie zuckte die Achseln. »War eine harte Nacht.«

»Aye.« Er seufzte. Wenn er nur wüsste, in welchen Schwierigkeiten sein Vater steckte.

»Wut ist ein schlechter Ratgeber«, fuhr sie leise fort. »Du musst die Kontrolle behalten. Bei dir bleiben.«

Er warf ihr einen Seitenblick zu. Sprach sie zu ihm oder zu sich selbst?

Sie hatte seinen Blick bemerkt und lächelte flüchtig. »Atmen hilft.«

Er sah sie wieder auf dem Hof seines Vaters vor sich stehen: Durchatmen, Marley. Bei der Erinnerung schüttelte er den Kopf. Er war froh, dass er sie nicht im Affekt zur Seite gestoßen hatte.

Sie missverstand seine Geste und erklärte: »Wenn man erregt ist, wird die Atmung schneller und flacher, das versetzt den Körper in Alarmzustand. Ausatmen ist wichtig, lang und tief ausatmen, das beruhigt den Organismus.«

»Ist nicht leicht, immer die Beherrschung zu behalten.«

»Jep.«

Sie verfiel wieder in Schweigen, und er fragte sich, wohin ihre Gedanken wanderten. Viel zu schnell kamen sie beim JJ's an.

»Danke für den schönen Abend.« Er beugte sich zu ihr und küsste ihre Wange. Sie sog die Luft ein. Er trat eilig einen Schritt zurück, damit sie sich nicht bedrängt fühlte. »Schlaf gut.«

»Du auch. Gute Nacht.« Sie verschwand im Haus.

»Idiot«, murmelte er still zu sich. Er hätte sie nicht küssen sollen, damit hatte er sie überrumpelt. Vermutlich ging es ihr ähnlich wie ihm. Eine Beziehung hätte keine Zukunft. Sie lebten in verschiedenen Welten. Mit sich hadernd, trat er den Heimweg an.

Ryan würde ihm den Kopf zurechtstutzen. Er wusste, was sein Kumpel ihm raten würde: »Mach dir eine gute Zeit mit der Frau, dann hast du in einsamen Nächten was, wovon du träumen kannst.«

Doch er war nicht wie Ryan. Wie hatte sein Vater ihn genannt? Einen sensiblen Schwachkopf. Das Quietschen von bremsenden Reifen katapultierte ihn zurück in die Gegenwart.

»Bist du besoffen, MacKeith?«, fuhr Jacob Stauntan ihn an. Er streckte keinen halben Meter von ihm entfernt den Kopf aus dem Fenster seines Wagens. »Scheiße, Mann! Ich hätte dich fast über den Haufen gefahren!«

Marley stand mitten auf der Kreuzung. Er hatte den herannahenden Wagen nicht bemerkt. Jacob wedelte mit der Hand vor dem Gesicht und fuhr davon, ohne eine Antwort abzuwarten.

Marley sah ihm nach. Er war zu aufgewühlt, um jetzt schlafen zu können. Sein Blick wanderte die Hill View hinauf. Er beschloss, einen Umweg zurück zu Francis Cottage zu machen.

Inverness

Samuel Dexter hatte ein Gespür dafür, mit welchen Spitzen er Alison treffen konnte. Woher auch immer er von ihrer Affäre mit Hamish Brannigan wusste, mit seiner Bemerkung hatte er ins Schwarze getroffen. Sie hatte das Telefonat kommentarlos beendet und Trost im Rotwein gesucht. Die zwei Flaschen, die am nächsten Morgen auf ihrem Wohnzimmertisch standen, ließen keinen Zweifel daran, woher ihr Brummschädel kam.

Es war jetzt das zweite Mal innerhalb einer Woche, dass sie sich aus Kummer betrunken hatte. Sie sollte ihr Privatleben endlich in den Griff kriegen. Sie schluckte eine Kopfschmerztablette, kochte Tee und versuchte, Grace zu erreichen, um ihr von ihren neuesten Erkenntnissen über die Bright Estate Agents zu berichten, wurde aber umgehend auf die Mobilbox umgeleitet. Das gleiche Spiel bei Jeana. Sie versuchte es bei Joyce. Auch sie ging nicht dran.

»Habt ihr euch gegen mich verschworen?« Ratlos starrte sie auf ihr Telefon. Sie wählte Marleys Nummer.

»*G'morning*«, kam es ungewohnt verschlafen vom anderen Ende.

»Du klingst so, wie ich mich fühle«, grüßte Alison ihn.

»Dann sprich bitte leise.«

»Hab ich dich geweckt? Du stehst doch sonst immer mit den Hühnern auf.«

»Ich bin mit ihnen ins Bett gegangen.«

»Was hat dich wach gehalten, *Sweetheart*?« Sie hörte im Hintergrund Wasser plätschern. »Du bist doch wohl hoffentlich nicht gerade auf dem Klo?«

»Ich habe Wasser in einen Topf gefüllt. Ich muss die Milch für Daisy warm machen. Was gibt's?«

»Weißt du, wie ich Grace oder Jeana erreichen kann? Die gehen nicht ans Telefon.«

»Grace wird bei der Arbeit sein. Und Jeana – keine Ahnung – schlafen? Du weißt, dass sie immer lange arbeitet.«

»Aber sie haben doch Gäste, also zumindest einen Gast.«

»Die wird heute vermutlich auch ausschlafen.«

»Aha?«, horchte Alison auf. »Hat Kimberly dich wach gehalten?«

»Du wolltest mir noch erzählen, was du über sie weißt«, erinnerte er sie an das Versprechen, das sie ihm gegeben hatte.

»Ja, aber nicht jetzt.«

»Wann dann? Verrate mir einfach, was dran ist an ›Killer-Kim‹ und der Story über diese Anna Dingsda.«

»Gar nichts.«

»Glaub ich dir nicht. Sie wurde ziemlich sauer, als sie gemerkt hat, dass ich weiß, wer sie ist.«

»Du hast es ihr gesagt?« Alison erinnerte sich an ihre Begegnung am Strand von Portgordon und Kimberlys aggressive Reaktion, als sie bemerkt hatte, dass Alison über sie Bescheid wusste.

»Los, erzähl schon.«

Sie gab ihm eine knappe Zusammenfassung der Informationen, die sie recherchiert hatte.

Es blieb still in der Leitung, als sie geendet hatte. »Bist du noch da?«, fragte sie.

»Aye.«

»Und?«

»Nichts und.«

»Du magst sie, oder?«

»Sie ist eine Touristin, die in ein paar Tagen wieder fort ist. Es ist scheißegal, ob ich sie mag oder nicht.«

Das war eindeutig ein Ja, so gut kannte sie den kleinen Bruder ihrer besten Freundin.

»Ich muss jetzt das Lamm füttern.«

»Warte, ich bin da auf was gestoßen, das könnte eine interessante Spur sein. Ich habe herausgefunden, dass Matthew Fletcher und seine Frau die Farm verkaufen.«

»Ich weiß.«

»Wieso weißt du das?«

»Arran hat es mir erzählt.«

»Wäre schön gewesen, wenn du mir das auch mitgeteilt hättest«, beschwerte sie sich.

»Ich dachte, Grace würde es dir sagen. Woher weißt du davon?«

»Ich habe recherchiert«, erwiderte sie bewusst schwammig. »Dann weißt du auch, dass Douglas ebenfalls eine Kaufanfrage von Bright bekommen hat?«

»Nein«, erwiderte Marley überrascht. »Du meinst diesen Bright, dem er das tote Schaf ins Büro geschleppt hat?«

»Aye, Bright Estate Agents. Das Angebot ist allerdings weit unter dem Marktwert.«

»Die Info solltest du Kenny weitergeben.«

»Offiziell habe ich diese Info nicht.«

»Oh.« Marley hantierte im Hintergrund erneut mit Wasser. »Und wer ist der Käufer?«

»Das habe ich noch nicht herausgefunden. Aber ich habe noch nicht alle Dateien gesichtet.«

»Was für Dateien?«

»Willst du nicht wissen.«

»Ali, du bringst uns alle in Schwierigkeiten.«

Jetzt fing er auch noch an. Er konnte mit Hamish einen Club der Anständigen und Gerechten gründen. Ein Klopfen in der Leitung kündigte einen eingehenden Anruf an. Sie sah auf das Display. »Das ist Grace.«

»Sag ihr 'nen Gruß.«

Sie drückte das Gespräch weg. »Grace? Wo –«

»Ali«, unterbrach die Freundin sie mit bebender Stimme, »es gab schon wieder einen Überfall.«

Thybster

Es war nach neun, als Kim erwachte. Das späte Zubettgehen brachte ihren Biorhythmus durcheinander. Um drei Uhr morgens hatte sie sich hingelegt und gehofft, dass das Schwanken nachlassen würde. Sie hatte definitiv zu viel Alkohol getrunken. Auf dem Heimweg hatte sie das Gefühl gehabt, sie balanciere über eine Seilbrücke im Wind. Es war der erste Alkoholrausch ihres Lebens. Das Gefühl hatte ihr nicht gefallen.

Sie richtete sich vorsichtig auf und war erleichtert, dass der Boden sich nicht mehr bewegte. Sie rieb sich den Sand aus den Augen. Ein starker Kaffee, eine entspannte Joggingrunde an der frischen Luft und eine kalte Dusche würden sie munter machen.

Als sie wenig später den Frühstücksraum betrat, stand das gebrauchte Geschirr des Rentnerpärchens, das am Tag zuvor angereist war, noch auf dem Tisch. Von ihren beiden Vermieterinnen fehlte jede Spur. An den anderen Tagen war Jeana sofort erschienen, sobald Kim hereingekommen war. Allerdings hatte sie da immer um sieben gefrühstückt und nicht um halb zehn. Sie stand eine Weile unschlüssig im Raum. Schließlich ging sie in den Flur.

»Jeana? Joyce?«

Sie lauschte in die Stille.

»Hallo?«

Vielleicht waren die beiden schon im Pub. Der öffnete zwar erst um elf, aber da gab es sicher immer etwas vorzubereiten. Sie wollte gerade die Treppe hinuntergehen, als die Haustür geöffnet wurde.

»Jeana?«

»Nein, Joyce«, erklang eine Frauenstimme von unten, kurz darauf stand die Wirtin vor ihr. Ihre Wangen waren gerötet, das lange dunkle Haar zerzaust. Sie wirkte, ganz entgegen ihrer sonst so entspannten Art, aufgewühlt. »Tut mir leid, wartest du schon lange?«

»Nein, bin gerade erst gekommen. Ist etwas passiert?«

Joyce nickte. »Ich koche uns mal einen Tee.«

»Ein Kaffee wäre mir lieber.«

»Okay.« Sie zögerte kurz. »Magst du mit in die Küche kommen?«

Kim folgte ihr in den angrenzenden Raum. Es war ein schmales Zimmer. Eine Wand war bis unter die niedrige Decke von einer Küchenzeile ausgefüllt. Vor dem Fenster stand ein kleiner Tisch, der kaum Platz für zwei Personen bot. Joyce brühte Tee und Kaffee auf.

»Was möchtest du frühstücken?«

»Mir reicht ein Toast«, erklärte Kim. »Was ist denn los? Du bist ja völlig durch den Wind.«

Joyce stellte Marmelade, Honig und Butter auf den Tisch und setzte sich zu ihr. »Du siehst aber auch nicht ausgeschlafen aus.«

»Zu viel Whisky.«

Joyce schmunzelte. »Aber nicht bei uns.«

»Marley hat mich verführt.« Kim hob den Blick noch rechtzeitig von ihrem Teller, um Joyce' überraschtes Gesicht zu sehen. »Zum Trinken. Wir haben ein paar Whiskys getrunken. Ich trinke normalerweise keinen Alkohol.«

»Aus Prinzip?«

Kim zuckte die Achseln. »Ich behalte gern die Kontrolle.«

Die hatte sie in der Nacht zuvor fast verloren. Es war nicht nur der Alkohol, der die Welt zum Drehen gebracht hatte. Marleys Kuss hatte ihr den Boden unter den Füßen weggezogen. Ein harmloser Abschiedskuss. Sie sollte nicht zu viel in diese Geste hineininterpretieren. Aber es hatte auf beunruhigende Weise ein Verlangen nach mehr in ihr ausgelöst.

»Ist Jeana einkaufen?«, fragte Kim, um sich auf andere Gedanken zu bringen.

»Nein.« Joyce trank einen Schluck Tee, sah zum Fenster und wandte sich dann seufzend wieder ihr zu. »Du wirst es so oder so erfahren: Es gab noch einen Überfall.«

»Auf Jeana?«

»Um Gottes willen, nein! Ihr geht es gut.« Sie zögerte. »Auf Conor. Ich glaube, du hast ihn mal kurz kennengelernt.«

»Ja.«

»Er wurde in seinem Haus niedergestochen. Liwa, seine Frau, hat ihn heute früh in der Küche gefunden. Er ist schwer verletzt. Jeana begleitet Liwa zur Befragung bei der Polizei und fährt sie dann zu Conor in die Klinik.«

Kim blieb der Toast im Hals stecken.

Inverness

Grace' Anruf hatte nicht dazu beigetragen, dass Alison klarer sah. Conor Greenless war in der vergangenen Nacht in seinem

Haus niedergestochen worden. Die Verletzungen waren schwer, er hatte viel Blut verloren. Die Ärzte waren sich nicht sicher, ob er es schaffen würde.

Liwa hatte ausgesagt, dass sie am Abend zuvor früh zu Bett gegangen war. Sie hatte ein Schlafmittel eingenommen. Sie sagte, sie habe irgendwann in der Nacht Stimmen gehört. Männliche Stimmen. Aber das wäre nicht ungewöhnlich gewesen. Manchmal bekam Conor Besuch. Die Männer tranken oft zu viel, dann wurde es laut, manchmal gab es Streit.

Gegen vier Uhr morgens war Liwa aufgewacht. Als sie hinunter in die Küche ging, hatte sie ihren Mann reglos auf dem Boden in einer Blutlache liegend entdeckt und den Notruf abgesetzt.

Die Tatwaffe konnte sichergestellt werden. Es war ein Küchenmesser, das den Greenless gehörte. Campbell hatte angeordnet, dass man Liwa Fingerabdrücke abnahm, hatte Grace berichtet. Er vermutete, dass ein Familienstreit aus dem Ruder gelaufen war. Es war allseits bekannt, dass Conor seine Frau schlug. Vielleicht hatte sie sich gewehrt. Eine Verzweiflungstat nach jahrelangen Misshandlungen. So etwas kam immer wieder vor, wusste Alison. Häusliche Gewalt, die eskalierte – vonseiten des Täters oder vonseiten des Opfers.

Aber war Liwa zu so einer Tat fähig? Und mehr noch: Wäre sie so abgebrüht, hinterher eine Story von einem nächtlichen Besucher zu erfinden?

Alison versuchte sich an das Gespräch zu erinnern, das sie erst vor wenigen Tagen mit der Philippinin geführt hatte. Sie hatte das Gefühl gehabt, dass Liwa Angst hatte und etwas zu verheimlichen versuchte. Im Nachhinein war Alison überzeugt, dass diese Angst nichts mit Conors Schlägen zu tun hatte.

War der Täter einer von Conors zwielichtigen Freunden? Marley hatte gesagt, er hätte ihn auf den Weiden mit einem Fremden gesehen. Conor bestritt das. Mit wem konnte er sich getroffen haben? Wer war der geheimnisvolle Fremde, der mit seinem dunklen Pick-up immer wieder auftauchte? Hing der

Angriff auf Conor in irgendeiner Weise mit den Überfällen auf Douglas zusammen?

Alison zog die Notizen ihrer Recherchefahrten an der Küste in der vergangenen Woche hervor. Am Mittwoch war sie Richtung John o'Groats gefahren, am Tag darauf in die entgegengesetzte Richtung.

Kimberly hatte gesagt, dass sie einen Tag vor dem Überfall auf Douglas einen Pick-up von seinem Hof hatte kommen sehen. Er war nicht nach Thybster gefahren, sondern Richtung Osten. Wen gab es da? Wenige Meilen hinter Douglas' Hof kam die Farm von Fletchers, kurz danach folgte Brown.

Sie sah auf ihren Block. Die Namen Felton und Rickman hatte sie eingekreist. Beide besaßen einen Pick-up. Philipp Rickman lebte bei seinen Eltern in Castletown, er arbeitete am Fischereihafen in Scrabster. Damian Felton wohnte mit Frau und Kind in der Nähe von Gills Bay und arbeitete dort auf der Orkney-Fähre, die täglich nach St. Margaret's Hope fuhr. Sie hatte Grace die Namen zur Überprüfung gegeben. Hätte sich ein Verdachtsmoment gegen einen der beiden ergeben, hätte Grace es ihr mitgeteilt.

Ratlos starrte sie auf die vielen Zettel auf ihrem Küchentisch. Gerade noch hatte sie gedacht, mit Brights Kaufangeboten der Lösung einen Schritt näher gekommen zu sein. Aber wie passte Conor da mit rein? Sie fand den verbindenden Punkt nicht.

Ihr Smartphone verkündete den Eingang einer Kurznachricht: »Ich muss mit dir reden. Treffen morgen 11 a. m., CP?«

Thybster

Es war ein Alptraum. Marley saß in dem schmucklosen Vernehmungszimmer der Thurso Police Station. Ein Tisch, vier Stühle, kein Fenster, die Wände viel zu nah. Er strich ein paar Holzspäne von seinem Hemdsärmel. Sie hatten ihn aus der

Werkstatt geholt und ihm gerade noch erlaubt, sich Hände und Gesicht zu waschen, bevor sie ihn hierhergebracht hatten.

Ewigkeiten schien er mittlerweile in dem Raum zu sitzen, dabei waren es vermutlich erst ein paar Minuten. Endlich ging die Tür auf, Chief Inspector Kenneth Campbell kam mit einem jüngeren Kollegen herein und setzte sich ihm gegenüber.

»Marley MacKeith, Sie wissen, warum Sie hier sind?«, begann der Jüngere, der sich als Inspector Lionel Jenkins vorgestellt hatte.

»Nein, nicht wirklich.« Befragung in der Sache Conor Greenless, hatte die Polizistin ihm erklärt, die mit einem Kollegen zu ihm gekommen war.

»Es geht um den Überfall auf Conor Greenless.«

»Überfall?« Marley sah verstört zu Campbell. »Das war kein Überfall. Ich hab ihm eine geballert, mehr nicht. Du warst doch dabei.«

Die beiden Polizisten wechselten einen Blick miteinander, und Campbell übernahm. »Willst du behaupten, du weißt nichts von dem Überfall vergangene Nacht?«

Marley zwickte es unangenehm im Magen. Er bemühte sich um eine neutrale Miene. »Klär mich auf.«

»Conor Greenless wurde vergangene Nacht in seinem Haus niedergestochen.«

Auf Jahrmärkten gab es den »Freefall Tower«. Er hatte noch nie darin gesessen, aber so ähnlich musste es sich anfühlen, wenn der Sitz in die Tiefe stürzte. Er räusperte sich. »Von wem?«

Weder Campbell noch Jenkins antworteten ihm. Ihr Blick ließ Marley schwindelig werden.

»Warum bin ich hier?« Er hatte Mühe, seine Stimme unter Kontrolle zu halten.

»Es ist hinlänglich bekannt, dass du mit Conor in den letzten Tagen mehrfach aneinandergeraten bist. Du hast es gerade selbst eingeräumt.«

»Aber –«

Campbell hob bremsend die Hand. »Du wurdest vergangene

Nacht zur mutmaßlichen Tatzeit in der Nähe von Greenless' Haus gesehen.«

»Ich ... was?«

»Wo warst du gestern zwischen Mitternacht und vier Uhr morgens?«

Er schüttelte ungläubig den Kopf. Dachte Campbell tatsächlich, er hätte Conor Greenless abgestochen?

»Wo warst du?«

»Zu Hause.«

»Die ganze Zeit?«

Er schwieg, unfähig, einen klaren Gedanken zu fassen. Das konnte nicht wirklich passieren.

»Marley?«, forderte Campbell eine Antwort.

»Ich habe nichts mit der Sache zu tun.« Er dachte an Kimberly und das, was Alison ihm vor wenigen Stunden über sie erzählt hatte. Er wollte sie nicht in diese Geschichte mit reinziehen. Verflucht, er hatte nichts getan. Sie konnten ihm gar nichts.

»Gibt es Zeugen dafür, dass du zu Hause warst?«

»Eine Flasche Whisky und ein Lamm.«

Campbell schnaufte ungehalten. »Marley, das ist kein Spaß.«

»Was soll ich dir denn sagen, verflucht?«

»Wir werden deine Angaben überprüfen. So lange bleibst du in Gewahrsam.«

»Seid ihr bescheuert?«, fuhr Marley auf. »Ich habe nichts getan.«

»Wir brauchen deine Fingerabdrücke zum Abgleich.«

»Du kannst mich mal!«

»Marley, reiß dich zusammen!«

»Ich stech doch niemanden ab, Kenny!«

»Das hoffe ich um Grace' willen.« Campbell stand auf und überließ ihn Jenkins' Obhut.

***

Kim hatte sich ein Lunchpaket zubereitet und mit einem Rucksack zu einer Wanderung aufgemacht. Um nicht an Francis Cottage vorbeizukommen und eine zufällige Begegnung mit Marley zu riskieren, hatte sie einen Umweg zur Küste eingeschlagen.

Sie war aufgewühlt. Die letzten Tage waren wie eine Achterbahnfahrt. Sie hatte das Glücksgefühl erlebt, ein Lamm zu füttern, und hatte vom Tod des Mutterschafes erfahren. Sie hatte Jeana ausgelassen tanzen sehen und einen Hund in einer brennenden Scheune entdeckt. Sie hatte einen Mann kennengelernt, der wunderbare Gefühle in ihr weckte, die sie jedoch zutiefst verunsicherten. Sie war seinem Vater begegnet, der mit einer Schrotflinte auf sie gezielt und sich dann um ihre Sicherheit gesorgt hatte. Und nun war auch noch ein Mann in seinem eigenen Haus niedergestochen worden.

Was ging in diesem Dorf vor? Der schönste Ort Schottlands, dachte sie zynisch, in dem ein Verbrechen nach dem anderen geschah. Sie hätte in Portgordon bleiben und den Seehunden beim Sonnenbaden zusehen sollen.

Es stand ihr frei, wieder zurückzufahren, erklärte sie sich selbst. Niemand hielt sie in Thybster fest.

Gedankenverloren marschierte sie über den Trampelpfad, der sich an der Küste entlangzog. Die Sonne schien von einem wolkenlosen Himmel. Der Wind wehte vom Meer ins Land, blies ihr kühlend ins Gesicht. Sie hörte das Rauschen der Wellen, die immerwährend über die grauen Felsen schwappten. Hin und wieder erschallte der Ruf einer Möwe oder das Pfeifen der Austernfischer.

Sie blieb stehen, beschattete die Augen mit der Hand und suchte das Wasser nach Meeressäugern ab. Aber weder Seehunde noch Delphine oder Wale ließen sich blicken.

Die Küste machte einen Bogen. Sie entdeckte in der Tiefe den kleinen Sandstrand von Murkle Bay und suchte einen Pfad hinunter. An einer geschützten Stelle ließ sie sich nieder und verspeiste ihre Sandwiches.

Sie genoss die Einsamkeit in der kleinen Bucht und den milden Wind, der über ihre Haut und durch ihre Haare strich. Die leichte Dünung ließ das Wasser in flachen Wellen ans Ufer plätschern. In der Ferne sah sie die Klippen von Dunnet Head. Sie erinnerte sich an den Ausflug mit Marley. Er lag erst drei Tage zurück, aber es fühlte sich an, als wäre es Ewigkeiten her.

Sie mochte Marley MacKeith mehr, als ihr lieb war. Es war nicht nur sein Äußeres, obwohl ihr sein Körper durchaus gut gefiel. Er war groß, hatte von der Arbeit muskulöse Arme und breite Schultern. Dennoch war er anders als die durchtrainierten Sportler, mit denen sie sich sonst getroffen hatte. Er definierte sich weder über seinen Körper noch über irgendeinen Sport.

Es gefiel ihr, wie liebevoll er mit dem Lamm umging und wie sorgsam er mit dem Holz arbeitete. Es gefiel ihr sogar, dass er Vegetarier war. Es passte zu ihm.

»Kim, hör auf. Das führt zu nichts«, ermahnte sie sich. Aber sie wollte nicht aufhören, an ihn zu denken. Sie lehnte sich zurück, verschränkte die Arme hinter dem Kopf, schloss die Augen und träumte davon, von seinen Händen zärtlich berührt zu werden.

Sie war eingeschlafen und schreckte mit klopfendem Herzen hoch. In ihren Fingern kribbelte das Blut. Sie setzte sich aufrecht hin, schüttelte die Arme kräftig aus. Sand klebte auf ihrer verschwitzten Haut.

Sie hatte nicht von Marley geträumt. Sie hatte im Nichts gestanden. Allein. Leere um sie herum. Ein Hieb traf sie am Kopf. Sie strauchelte zurück. Sie fiel. Und fiel. Und fiel. Bis sie atemlos erwachte. War das der Traum, der sich immer wiederholte und an den sie sich nach dem Aufwachen nie erinnern konnte? Sie wünschte sich, sie könnte sich auch jetzt nicht erinnern. Zu real war das Gefühl des Fallens.

Sie starrte aufs Wasser, versuchte, ihren Atem mit den Wellen in Gleichklang zu bringen. Nachdem sich ihr Herzschlag wieder beruhigt hatte, nahm sie ihr Smartphone und schaltete es ein. Sogleich zeigte es mehrere verpasste Anrufe an. Nicht nur Lothar, auch Sergej hatte versucht, sie zu erreichen. Er hatte ihr eine Nachricht geschrieben: »Lothar dreht durch! Ruf mich bitte an.«

***

Douglas MacKeith nutzte die Gunst der Stunde, um sich aus der von seiner Tochter verordneten und streng überwachten Ruhepause zu stehlen. Grace war nach Thurso zur Polizeidienststelle gefahren. Der Grund war alles andere als erfreulich, aber er gab Douglas einen Moment der Freiheit.

Er zog seine Arbeitskleidung an und machte sich mit Trevor auf den Weg zu Francis Cottage. Schon von Weitem hörte er das Lamm blöken. Ein paar Hühner staksten über den Hof. Das Tor zur Werkstatt stand offen. Er blieb am Eingang stehen und sah sich um. Er war lange nicht hier gewesen. Wenn möglich, mied er Begegnungen mit seinem Sohn. Sie endeten doch meist nur im Streit.

Die Maschinen waren ausgeschaltet, aber nichts war aufgeräumt. Es hatte den Anschein, als hätten sie Marley direkt von der Arbeit weggeholt. Douglas schloss das Tor und ging zu dem Verschlag, in dem das Lamm untergebracht war.

Marley hatte für alles gesorgt, Wetterschutz, Auslauf, und sicherlich hatte er es regelmäßig gefüttert. Aber es war dennoch nicht artgerecht, das Tier allein zu halten. Er schüttelte die kleine Dose, in der Trevors Leckerlis waren, und nahm den Strick, den er mitgebracht hatte, zur Hand. Das Tier beäugte ihn misstrauisch, als er den Verschlag betrat.

»Na, komm her, du. Wir machen einen kleinen Ausflug.« Er schüttelte erneut die Dose. Neugierig trat das Lamm einen Schritt näher. Douglas brummte zufrieden, Marley hatte nichts verlernt, das Tier war konditioniert. Nur leider konnte er ihm jetzt nicht die Milch anbieten, die es erwartete.

»Komm her.« Er spürte einen leichten Druck hinter der Stirn, als er sich zu dem Lamm beugte, um ihm den Strick um den Hals zu legen. Er stützte sich einen Moment auf den Zaun und wartete, dass der Druck wieder nachließ. Wenn Marley am Abend noch in Gewahrsam war, würde er Grace bitten, sich um die Hühner zu kümmern. Er öffnete das Gatter. »Komm, meine Kleine.«

Das Lamm sträubte sich.

»Verzogen hat er dich also auch schon«, murrte Douglas. »Trevor, *walk in*.«

Der Hund eilte ihm zu Hilfe, und das Lamm setzte sich bockend in Bewegung. Er behielt den Strick in der Hand und schloss mit der anderen das Gatter.

»Was machst du da?«, erschallte eine erregte Frauenstimme hinter ihm.

Er drehte sich um, sah die deutsche Touristin die Einfahrt entlangkommen. Das Lamm drängte ihr entgegen.

Sie blieb vor ihm stehen. »Was willst du mit dem Lamm?«

»Ich denke, das geht dich nichts an, Mädchen.«

Sie wandte sich suchend um. »Wo ist Marley?«

Anscheinend hatte sich die Neuigkeit noch nicht zu ihr herumgesprochen. Sie trug einen kleinen Rucksack. Ihr Shirt war verschwitzt, ihre Haut gerötet. Sie hatte zu viel Sonne abbekommen, das passierte schnell, wenn man an der Küste wanderte. Man unterschätzte wegen des kühlenden Windes die Kraft der Frühlingssonne.

Ihr Blick wanderte von dem Lamm wieder zurück zu ihm. »Daisy bleibt hier!«, erklärte sie mit fester Stimme, die Hände in die Hüften gestemmt.

»Daisy?«

»Das Lamm.«

Er hatte dem Tier also wieder einen Namen gegeben. Würde der Junge denn nie zu Verstand kommen? »Nicht dass es dich etwas angeht, Mädchen, aber es ist mein Lamm, und ich nehme es mit.«

»Das kannst du nicht machen!«

»Natürlich kann ich das«, knurrte er und setzte sich in Bewegung.

Sie stellte sich ihm in den Weg. »Ich kaufe das Lamm. Was kostet so ein Tier? Fünfhundert Pfund?«

»Fünfhundert Pfund?«, wiederholte er ungläubig.

»Ist das zu wenig? Ich –«

»Was willst du mit einem Lamm?«

»Ich will nicht, dass es geschlachtet wird. Wie viel muss ich zahlen? Fünfhundert? Tausend?«

Schon fünfhundert Pfund wäre ein viel zu hoher Preis. Er wog tatsächlich einen Moment lang ab, das Angebot anzunehmen. »Wie kommst du darauf, dass ich es schlachten will?«

»Du hast das schon einmal getan.«

»Ein Lamm geschlachtet?«

»Marleys Lamm.«

War das zu fassen? Was hatte Marley dieser fremden Frau erzählt? Die Story konnte sie ja nur von ihm haben. »Schafe hält man nicht allein in einem Verschlag. Das Lamm braucht Gesellschaft. Sie muss zurück zu ihrer Herde.«

Fünfhundert Pfund. Das Geld hätte er gut gebrauchen können.

»Du schlachtest Daisy also nicht?«

»Hatte ich nicht vor, Mädchen.« Jedenfalls jetzt noch nicht, ergänzte er still für sich.

»Wo ist Marley?«

»Nicht hier.«

Ein Wagen bog in die Einfahrt ein. Auf Francis Cottage ging es zu wie in einem Taubenschlag, dachte er genervt.

Ryan Tylor streckte den Kopf aus dem Fenster. »Douglas, wie geht es dir? Hallo, Kimberly.«

»Die junge Dame will mir gerade ein Lamm abkaufen.«

Ryan sah auf Daisy. »Ich bin gekommen, um es zu füttern.«

»Ich kümmere mich um das Tier«, erklärte Douglas.

Die Deutsche sah verwirrt zwischen ihnen hin und her. »Was ist mit Marley? Wo ist er?«

»Bei der Polizei«, antwortete Douglas.

»Wie bitte?« Sie starrte ihn entgeistert an. »Warum?«

Das geht dich nichts an, wollte Douglas erwidern, als Ryan erklärte: »Conor Greenless wurde heute Nacht überfallen.«

»Und was hat Marley damit zu tun?«

»Er wurde in der Nähe des Hauses gesehen.«

»Wann?«, fragte Kimberly ungläubig.

Douglas sah zu Ryan. »Wann wurde Conor überfallen? Gegen Mitternacht?«

»Die genaue Uhrzeit wissen sie noch nicht. Vielleicht war es auch etwas später.«

»Marley kann es nicht gewesen sein.«

»Warum nicht?«, fragte Douglas verwundert.

»Weil ich letzte Nacht mit ihm zusammen war. Wir waren hier.« Sie zeigte auf das Haus.

Ihre Antwort überraschte Douglas. Marleys Freundinnen waren für gewöhnlich große, schlanke Frauen mit langen Haaren. Diese hier war ein kompaktes, kurzhaariges Kraftpaket, dessen Direktheit ihm ungewollt imponierte. »Dann solltest du das der Polizei sagen.«

Ryan hatte angeboten, Kim nach Thurso zur Polizeidienststelle zu bringen. Sie war angespannt, als sie zu ihm ins Auto stieg. Sie hatte keine guten Erfahrungen mit der Polizei gemacht. Aber hier ging es nicht um sie, und sie konnte Marley unmöglich hängen lassen.

»Jeana hat mir verraten, dass du aus Deutschland kommst«, versuchte Ryan ein Gespräch in Gang zu bringen, während er den Wagen über die Main Street durch Thybster lenkte.

»Ja.«

»Was hat dich nach Thybster verschlagen?«

»Alison hat mich mitgenommen.«

»Jeanas Schwester? Woher kennst du sie?«

Sie musterte ihren Fahrer. Er war groß und kräftig, wie Marley. Die kurzen blonden Haare waren ordentlich frisiert. Er trug Jeans und ein kurzärmliges T-Shirt. Unter dem Ärmel blitzte ein Teil einer Tätowierung hervor.

»Ich kenne sie nicht näher. Sie hat mich nur mitgenommen und gemeint, Thybster wäre ein toller Ort.«

Ryan lachte auf. Auf seinen Wangen bildeten sich tiefe Grübchen. »Thybster ist ganz nett, aber mal ehrlich, es ist ein verschlafenes Nest. Bisschen langweilig für eine Frau wie dich, oder?«

»Im Moment ist hier einiges los«, widersprach sie.

»Das stimmt allerdings. Wolltest du Douglas ernsthaft das Lamm abkaufen?«

»Ja.«

»Warum?«

»War eine spontane Idee.« Sie hatte nicht gewollt, dass Marley noch einmal erleben musste, dass ein Tier hinterrücks seiner Obhut entzogen und geschlachtet wurde. Aber das ging Ryan nichts an. Sie wusste nicht, ob er die Geschichte kannte, und wollte Marleys Vertrauen nicht dadurch enttäuschen, dass sie tratschte. Sie hoffte, dass Douglas Wort hielt und Daisy wirklich nur auf die Weide zu ihren Artgenossen brachte.

»Aber Schäferin bist du nicht, oder?«

»Nein.« Gleich würde er fragen, was sie beruflich machte. Sie musste das Gespräch ganz schnell in eine andere Richtung lenken. »Kennst du Marley schon lange?«

»Seit Kindertagen. Er ist mein bester Freund.« Er warf ihr einen kurzen Seitenblick zu. »Und du?«

»Noch nicht so lange.«

»Läuft da was zwischen euch beiden?«

Das war eine ziemlich indiskrete Frage, stellte Kim fest. »Solltest du das nicht wissen, als sein bester Freund?«

»Ich habe ihn seit dem Brand auf Douglas' Hof noch nicht wieder gesehen. Aber so vertraut, wie ihr da miteinander umgegangen seid, und wenn du die letzte Nacht bei ihm warst ...«

Na toll, erst wurde sie im Pub von dieser Frau als »*bitch*« beschimpft, nur weil sie sich mit einem Mann unterhalten hatte, und nun unterstellte Marleys Freund ihr die nächste Affäre. »Wir haben uns unterhalten.«

»Aye.«

Sie wandte den Blick verärgert zum Seitenfenster.

»Kimberly ...« In seiner Stimme schwang Unsicherheit mit. »Magst du Marley?«

»Er ist okay.« Ihre Gefühle gingen niemanden etwas an.

Er räusperte sich. »Versteh mich nicht falsch ... Ich will mich nicht einmischen.« Er zögerte. »Aber halt dich lieber von ihm fern.«

Sie fuhr überrascht zu ihm herum. Die Grübchen in seinen Wangen waren verschwunden. »Bitte?«

»Es ist vielleicht gerade kein guter Zeitpunkt.«

»Für was?«

»Marley ist manchmal ... Ich will nur ...« Er stöhnte unschlüssig auf. »Vergiss es. Es ist gut, wenn du Marley ein Alibi für die Nacht verschaffst.« Er lächelte angespannt.

Sie verschaffte Marley kein Alibi, sie war bei ihm gewesen. Das war eine Tatsache, die sie der Polizei mitteilen würde. Hielt Ryan seinen besten Freund etwa für fähig, mit einem Messer auf einen Mann loszugehen? Gab es etwas, das sie bei ihm bisher übersehen hatte? War er ein Psychopath im Schafsfell?

»Wo wohnt dieser Conor eigentlich?«, fragte sie.

»Hill View. Weißt du, wo das ist?« Ryan reduzierte das Tempo am Ortseingang von Thurso.

»Ja.« Die Straße lag auf halber Strecke zwischen dem Pub und Francis Cottage. Konnte es sein, dass Marley auf dem Rückweg zu Conor gegangen war? Aber warum hätte er das tun sollen? Auch wenn sie betrunken war, sie hätte es doch gemerkt, wenn er in einer aggressiven Stimmung gewesen wäre. Und nach allem, an das sie sich erinnerte, war er eher in einer sehr romantischen Stimmung gewesen. Hatte es ihn frustriert, dass auf seinen Abschiedskuss nicht mehr gefolgt war?

Sie fuhren über eine Brücke, der Verkehr wurde dichter. Routiniert lenkte Ryan den Wagen durch die Straßen und hielt kurz darauf vor einem weiß getünchten Gebäude. »Police Thurso«, verkündete ein Schild.

»Soll ich mit reinkommen?«, bot er an.

»Danke, aber ich denke, ich komme klar.«

»Kimberly, ich rede manchmal zu viel. Tut mir leid, wenn ich dich verwirrt habe. Ich mache mir nur Sorgen um Marley. Es passiert gerade einfach zu viel.«

Sie meinte, in seinen blauen Augen aufrichtiges Bedauern zu lesen. Vermutlich hätte er das Gespräch gern rückgängig gemacht. »Ist okay«, akzeptierte sie seine Entschuldigung.

Erleichterung zeichnete sich auf seinem Gesicht ab. »Ich habe noch in der Stadt zu tun. Du kannst mich anrufen, wenn du hier fertig bist, dann kann ich dich wieder mit zurücknehmen.«

»Ich denke, ich nehme den Bus. Wer weiß, wie lange das hier dauert, und vielleicht bleibe ich noch etwas länger, wenn ich schon mal hier bin. Ein bisschen Stadtluft schnuppern.« Sie setzte das Wort ›Stadtluft‹ ironisch mit den Fingern in Anführungszeichen.

Er nahm seine Brieftasche, zog einen Kassenzettel heraus und notierte eine Nummer darauf. »Falls du doch eine Mitfahrgelegenheit brauchst, melde dich. Vielleicht kann ich euch ja beide nachher mit zurück nach Thybster nehmen.«

Inverness

Alison rieb sich über die brennenden Augen. Grace hatte am Nachmittag noch einmal angerufen. Sie war völlig aufgelöst, weil Campbell Marley in Polizeigewahrsam genommen hatte. Es gab einen Zeugen, der ihren Bruder in der vergangenen Nacht in der Nähe von Greenless' Haus gesehen hatte. Wer der Zeuge war, wusste Grace nicht.

Alison hatte eine Liste der Geschehnisse erstellt: Begonnen hatte alles mit einem toten Schaf. Kurze Zeit später hatte es weitere tote Schafe gegeben. Es folgte der Überfall auf Douglas. Und jetzt auf Conor. Wie passte Conor da rein? Er half Douglas auf der Farm. Dreh- und Angelpunkt war Douglas' Farm.

Und damit war sie bei William Bright. Der Makler hatte Douglas ein Kaufangebot unterbreitet. Douglas' Antwort war ein totes Schaf, das er in Brights Büro geschleppt hatte. Dachte er, dass der Makler für die Vorfälle verantwortlich war? Aber Bright würde sicher nicht nach Thybster fahren und Schafe abstechen. Warum auch? Um Douglas einzuschüchtern, gab Alison sich selbst die Antwort, damit er das Angebot annahm.

Bright könnte sich für die Drecksarbeit jemanden vor Ort gesucht haben, überlegte sie. Wer käme dafür in Frage? Conor? Aber er arbeitete für Douglas, die beiden waren befreundet. Jeder Mensch hat seinen Preis, hatte Sam gesagt. Mit der These mochte ihr Ex-Mann gar nicht so falschliegen.

Aber warum war Conor niedergestochen worden? Und vor allem, von wem?

Das Klingeln ihres Smartphones riss sie aus ihren Grübeleien. Das Display zeigte eine unbekannte Nummer an. Kurz erwog sie, den Anruf zu ignorieren, aber sie kannte die Vorwahl, das machte sie neugierig.

»Kenny hier«, meldete sich eine dunkle Männerstimme.

Chief Inspector Kenneth Campbell von der Thurso Police.

»So spät noch bei der Arbeit?«, fragte sie. Es war nach neun.

»Du kannst dir denken, warum.«

»Ehrlich gesagt: nein. Wie man hört, hast du ja deinen Verdächtigen.« Sie konnte den Hohn in ihrer Stimme nicht unterdrücken.

»Wir ermitteln in mehrere Richtungen. Und wie ich deinen Worten entnehme, bist du bereits auf dem Laufenden.«

»Du denkst doch nicht ernsthaft, dass Marley mit einem Messer auf Conor losgegangen ist?«

»Die beiden hatten schon öfter Probleme miteinander, und du weißt auch, dass Marley manchmal etwas unbeherrscht sein kann.«

»Kenny, das ist totaler Schwachsinn. Marley sticht niemanden ab.«

»Wir werden sehen, was die Ermittlungen zutage bringen.«

»Hast du irgendwelche handfesten Beweise gegen ihn?«

»Alison, ich darf mit dir nicht über laufende Ermittlungen sprechen«, erwiderte Campbell in einem Ton, als spräche er mit einem unverständigen Kleinkind.

»Und warum rufst du mich an?«, fragte sie schnippisch.

»Du hast Unruhe ins Dorf gebracht.«

»Wie das? Ich bin in Inverness.«

»Kimberly Hart.«

Alison sog die Luft ein.

»Du hast sie nach Thybster gebracht.«

»Sie ist eine Touristin. Ich habe ihr eine Mitfahrgelegenheit gegeben. Warum? Was ist mit ihr?« Bitte nicht noch ein Überfall, schickte sie ein Stoßgebet zum Himmel.

»Seit wann kennen Marley und diese Kimberly sich?«

»Sie haben sich letzte Woche im JJ's kennengelernt.«

»Bist du sicher?«

»Ja.«

»Wo hast du sie aufgegabelt?«

»In Aberdeen. Wir haben uns zufällig in einem Hotel kennengelernt.«

»Zufällig?«

»Ja.« Alison schnaubte ungeduldig. »Kenny, worauf willst du hinaus?«

»Könnte es nicht so sein, dass Marley dich gebeten hat, sie dort abzuholen und nach Thybster zu bringen?«

»Nein, könnte es nicht. Wie kommst du darauf?«

»Die beiden könnten sich bereits gekannt haben. Aus der Zeit, als Marley in Deutschland war.«

»Sie kannten sich nicht.«

»Bist du sicher?«

»Herrgott, Kenny, ja! Was sollen denn diese Fragen?«

»Gibt es tatsächlich etwas, das du noch nicht gehört hast?«, klang ihr Campbells spöttische Stimme ins Ohr.

»Kimberly hatte noch nie etwas von Thybster gehört. Wie hätte sie da Marley kennen können?«

»Vielleicht hat sie dir etwas vorgespielt.«
»Blödsinn!«
Campbell seufzte unentschlossen. »Was soll's? Du wirst Grace ohnehin anrufen, sobald ich aufgelegt habe: Kimberly Hart war heute Nachmittag bei mir und hat ausgesagt, sie wäre in der vergangenen Nacht bis drei Uhr morgens mit Marley zusammen gewesen.«

Sie hatte doch gleich gespürt, dass die beiden sich sympathisch waren, als sie die zwei vor dem Pub hatte sitzen sehen. Marley war ein hübscher Kerl, sie konnte Kimberly verstehen.
»Ja, und?«
»Sie hat ihm damit ein Alibi für die mutmaßliche Tatzeit verschafft.«

Alison atmete auf. »Das ist doch wunderbar. Das heißt, du hast ihn wieder entlassen?«
»Nein.«
»Warum nicht?«
Campbell zögerte. »Kimberly Hart ist Marleys Alibi sowohl für den Überfall auf Douglas als auch für den auf Conor. Soll ich da tatsächlich an einen Zufall glauben? Ich halte sie als Zeugin nicht für besonders glaubwürdig.«
»Warum sollte sie lügen?«
»Die beiden könnten gemeinsame Sache machen.«

Alison lachte ungläubig auf. »Kenny, darf ich dir einen Rat geben? Geh nach Hause und schlaf dich mal richtig aus.«
»Ich habe ein bisschen recherchiert. Die Presse nennt sie ›Killer-Kim‹.«
»Bravo, Herr Inspector. Das ist Boulevardpresse!«
»Chief Inspector«, korrigierte er. »Es gab Untersuchungen.«
»Ich hoffe, du hast auch das Ergebnis dieser Untersuchungen gefunden.«
»Du hast also auch über sie recherchiert«, stellte Campbell mit Genugtuung fest. »Erzählst du mir am Telefon, was du über Kimberly Hart weißt, oder muss ich dich vorladen?«

Dienstag

Thybster

Marley saß an seinem Küchentisch. Der Tee in der Tasse war kalt geworden. Die Nacht in der Zelle steckte ihm in den Knochen, er hatte kaum ein Auge zugetan. Wie unendlich froh war er gewesen, als die Tür am Morgen geöffnet wurde und Campbell ihn hatte gehen lassen.

»Aber halt dich zu unserer Verfügung«, hatte der Chief Inspector ihn ermahnt.

Grace hatte ihn nach Hause gebracht. Da saß er nun und grübelte. Es konnte nur Jacob Stauntan gewesen sein, der bei der Polizei ausgesagt hatte, ihn nachts in der Nähe von Conors Haus gesehen zu haben. Niemand sonst war ihm auf dem Weg vom JJ's zurück begegnet. Dass sowohl Jacob als auch Campbell ihm zutrauten, Conor in seinem Haus abgestochen zu haben, schockierte ihn.

Vielleicht erschien ihnen diese Erklärung plausibler als die andere Variante – dass Liwa mit dem Messer auf ihren Mann losgegangen war. Könnte man es ihr verübeln? Seit Jahren erduldete sie Conors Launen und Misshandlungen. Aber eigentlich traute er ihr so eine Gewalttat nicht zu.

Er fuhr sich müde durch die Haare. Er hätte gern mit jemandem geredet, aber er war nicht fähig, aus dem Haus zu gehen. Alle im Dorf würden von seiner Verhaftung wissen. Am Abend zuvor war er sicher Gesprächsthema Nummer eins im JJ's gewesen.

Nicht einmal die Pflicht, sich um das Lamm zu kümmern, zwang ihn vor die Tür. Grace hatte ihm gesagt, dass Douglas es geholt hatte. Sie hatte versucht, ihn mit der Anekdote aufzumuntern, dass Kimberly Douglas eine Menge Geld für das Lamm geboten hatte. Er fragte sich, wie er Kimberly je wieder unter die Augen treten sollte.

Es klopfte. Die Haustür wurde geöffnet, leichtfüßiges Tapsen erklang aus dem Flur, einen Augenblick später huschte Trevor schwanzwedelnd herein, gefolgt von Douglas. Marley konnte sich nicht erinnern, wann sein Vater ihn je unaufgefordert in diesem Haus besucht hatte.

»Darf ich reinkommen?« Douglas wirkte ungewohnt befangen.

»Klar.«

Trevor legte den Kopf auf Marleys Oberschenkel und forderte seine Streicheleinheiten. Marley kraulte sanft seinen Nacken.

Douglas setzte sich zu ihm an den Tisch. »Wie geht es dir?«

»Beschissen«, erwiderte er ehrlich. Wem sollte er etwas vormachen?

»Aye.«

Sie saßen eine Weile schweigend da.

»Warum bist du gekommen?«, durchbrach Marley schließlich die Stille.

»Du bist mein Sohn.«

Er sah seinen Vater stirnrunzelnd an. Es hatte Douglas Mac-Keith all die Jahre nicht geschert, dass sein Sohn kaum eine halbe Meile entfernt von ihm wohnte. Und jetzt auf einmal kam er, um ihm beizustehen?

»Ich will dich etwas fragen.« Douglas sah ihm fest in die Augen. »Und ich will, dass du mir ehrlich antwortest.«

»Nur zu.«

»Hast du etwas mit der Sache zu tun?«

»Bitte?«, fuhr Marley auf.

»Ich will nur eine Antwort.«

»Du fragst mich allen Ernstes, ob ich Conor niedergestochen habe?«

Douglas fixierte ihn mit seinen braunen Augen. Marley kannte diesen Blick aus seiner Kindheit. Es war lange her, dass sein Vater ihn so intensiv gemustert hatte. Er hatte es damals schon nicht leiden können.

»Deswegen bist du hergekommen?« Die Fassungslosigkeit über die Frage seines Vaters trieb ihm das Blut ins Gesicht. Von wegen Beistand!

Nachdem Douglas nichts erwiderte, stieß er wütend die Luft aus. »Dass du dich nicht schämst!« Seine Stimme war kalt. »Raus aus meinem Haus.«

Dass er diese Worte zu seinem Vater sagte, schockierte ihn fast noch mehr als die unterschwellige Unterstellung in Douglas' Frage.

Douglas stand auf. »Du bist mein Sohn. Ich habe ein Recht auf eine Antwort.«

»Du hast mich vor langer Zeit aus deinem Leben ausgeschlossen«, presste er mühsam beherrscht hervor. »Du hast dein Recht lange verspielt.«

Er wandte den Blick ab und wartete wutbebend, dass die Haustür sich wieder schloss.

Fortrose

Alison saß auf einer Bank am Chanonry Point, einem Aussichtspunkt am Ende der kleinen Landzunge zwischen Fortrose und Rosemarkie auf der Black Isle. Es war die Engstelle, an der die Nordsee in den Moray Firth überging. Auf der schmalen Landzunge, über die sie zu Fuß gekommen war, befand sich ein Golfplatz, auf dem an diesem Vormittag ein paar Frauen ihre Bälle abschlugen. An der gegenüberliegenden Uferseite erhoben sich die Mauern von Fort George. Die alte Festung aus dem 18. Jahrhundert diente noch heute als Kaserne und war gleichzeitig Museum.

Regelmäßig strömten Besucher mit den Gezeiten zum Chanonry Point, um die Tümmler zu beobachten, die die Gezeitenphase zum Jagen und Spielen in der Meeresenge nutzten. Sie schwammen manchmal so dicht am Ufer vorbei, dass sie zum

Greifen nahe schienen. Der Gezeitenwechsel war vorbei, und damit war auch die Zahl der Touristen abgeebbt.

Alison lehnte sich zurück und streckte ihr Gesicht mit geschlossenen Augen der Sonne entgegen, während sie auf ihre Verabredung wartete. Sie war früh am Morgen aufgebrochen und lange vor der vereinbarten Zeit angekommen.

Das Gespräch mit Kenneth Campbell ließ ihr keine Ruhe. Sie war sich nicht sicher, ob sie den Chief Inspector von Kimberlys Unschuld überzeugt hatte. Der Gedanke, dass Marley und Kimberly unter einer Decke steckten und die Überfälle von langer Hand geplant hatten, war absurd. Kenny musste ziemlich im Dunkeln tappen, wenn er auf solche Ideen kam.

Das schlechte Gewissen nagte an ihr. Kimberly war nach Schottland gekommen, um Abstand von dem zu bekommen, was sie in den letzten Monaten durchgemacht hatte. Nun war sie schon wieder in den Fokus einer polizeilichen Ermittlung geraten. Und sie, Alison, war schuld daran. Sie musste unbedingt herausfinden, wer hinter den Gewalttaten in Thybster steckte. Das war sie Kimberly und auch Douglas und Marley schuldig.

Schritte näherten sich. Sie öffnete die Augen, sah Hamish Brannigan auf sich zukommen. Statt Anzug trug er eine grau gemusterte Stoffhose und ein legeres Hemd, dazu sportliche Sneaker. Er machte nicht den Eindruck, als hätte er gut geschlafen.

»Hey.«

»Hey.« Er setzte sich neben sie auf die Bank. »Wie geht es dir?«

Sie zuckte die Achseln. »Warum wolltest du mich ausgerechnet hier treffen?«

»Sentimentalität.«

»Da, wo alles begann, soll es auch enden, oder was?«, erwiderte sie schroff.

Er warf ihr einen irritierten Seitenblick zu. »Hier hat mein Leben eine Wende genommen. Als ich dich hier das erste Mal sah –«

Ihr war nicht nach rührseligen Rückblicken. Wütend sprang

sie auf. »Jetzt zieh es nicht unnötig in die Länge, Hamish! Die Zeit war schön, aber das war's jetzt. Ende der Geschichte.«

Sie wollte sich abwenden, aber er packte entschlossen ihr Handgelenk. »Ali!«

»Was?«, fauchte sie ihn an. Es war ihr egal, dass wenige Meter entfernt zwei junge Frauen am Leuchtturm standen und neugierig zu ihnen herübersahen.

»Was ist denn mit dir los? Ich erkenn dich überhaupt nicht wieder.« Hamish machte keine Anstalten, sie loszulassen. Er suchte ihren Augenkontakt. »Bitte setz dich wieder zu mir.«

Unschlüssig starrte sie auf ihn herab. Sein fester Griff um ihr Handgelenk gefiel ihr nicht.

»Lass uns bitte miteinander reden.« Seine Stimme war ruhig, aber er fragte nicht wie ein Bittsteller.

»Wozu?«

»Ich will wissen, wer du bist.«

»Das weißt du doch.«

Er zog zweifelnd die Stirn in Falten. »Außer dass du eine Granate im Bett bist, weiß ich anscheinend nichts über dich, Ali.«

An anderen Tagen hätte sie sein Kompliment mit einem koketten Grinsen kommentiert, jetzt hob sie lediglich spöttisch die Augenbrauen. »Reicht das nicht?«

»Nein. Das reicht mir nicht.«

Was lag ihm mit einem Mal daran, zu wissen, wer sie war und womit sie ihre Brötchen verdiente? Sie setzte sich widerwillig wieder neben ihn. »Hamish, ich habe dafür jetzt echt keinen Kopf. Die Lage in Thybster hat sich zugespitzt. Ich muss meinen Freunden helfen.«

»Mit Einbrüchen und womit noch? Diebstahl, Erpressung, Nötigung?«, fragte er provozierend. »Was hast du noch drauf, Alison Dexter? Hast du das alles von deinem Ex gelernt?«

In welche Kerbe schlug er denn jetzt? Sie sah ihn konsterniert an. »Es geht nicht um Geld, Hamish. Es geht um das Leben meiner Freunde!«

»Nicht jeder Zweck heiligt die Mittel.«

»Komm mir jetzt nicht mit Vorträgen über Anstand und Moral! Das hat dich in den vergangenen drei Jahren auch nicht interessiert.«

»Oh doch, das hat es.«

Seine Worte stachen ihr schmerzhaft ins Herz. Alison Dexter, du bist unmoralisch und kriminell, bezichtigte sie sich selbst zynisch. Ihr Ex hatte recht, sie passte nicht in die Welt eines gut bezahlten, konservativen Ingenieurs mit Haus und Familie in der Edinburgher Vorstadt.

Nun gut, wenn er sich moralisch über sie erheben wollte, hatte sie sich mächtig in ihm getäuscht. Sie strich die Haare aus der Stirn und atmete tief durch. »Du hast geschrieben, dass du mit mir reden willst. Also, leg los.«

Er schüttelte den Kopf. »Es ist jetzt nicht der richtige Zeitpunkt.«

»Es ist der einzige, der dir bleibt«, erwiderte sie schroff.

Er brauchte einen Moment, hielt die Augen starr auf das Wasser gerichtet. »Shona weiß von uns.«

Sie blinzelte irritiert. »Du hast mit ihr geredet?«

»Jemand hat ihr Bilder von uns geschickt. Deswegen musste ich vor zehn Tagen so kurzfristig absagen. Wir hatten Streit, und sie hat mich vor die Tür gesetzt.«

»Fotos?« Unwillkürlich wanderte Alisons Blick über die Umgebung. »Wer hat die gemacht?«

Hamish hob die Schultern. »Sag du es mir.«

»Was soll das denn heißen?« Alisons Blut geriet erneut in Wallung.

»Ich ... Ich weiß nicht, was ich denken soll.«

Sie stieß fassungslos die Luft aus. »Was du mir zutraust.«

»Ali, ich hab dich wirklich sehr gern, aber ...« Er seufzte hilflos. »Jetzt stelle ich fest, dass ich dich überhaupt nicht kenne. Ich weiß nicht, was ich davon halten soll, dass du die Nerven hast, einfach so in ein fremdes Haus einzusteigen. Ich weiß nicht, wie ich damit umgehen soll.«

»Kannst mich ja anzeigen.«
»Darüber habe ich tatsächlich nachgedacht.«
Sie schloss die Augen und biss die Zähne zusammen.
»Hey.« Er strich sanft über ihre Hand.
Sie zog die Hand weg. »Lass das.«
»Ali, ich möchte mit dir zusammen sein. Aber dazu muss ich wissen, wer du bist. Im Übrigen dürfen Beweise, die auf illegalem Weg beschafft wurden, vor Gericht nicht verwertet werden. Das kann nicht im Interesse deiner Klienten sein.«

Sie öffnete die Augen wieder. »Ich will jetzt nicht mit dir über meine Arbeit reden. Deine Unterstellung ist ungeheuerlich! Ich schicke deiner Frau doch keine Fotos von uns. Wie schlecht denkst du eigentlich von mir?«

Er schluckte trocken. »Entschuldige.«

Sie schnaufte grimmig. »Du kennst mich wirklich nicht.«

Zwischen ihnen entstand ein unsicheres Schweigen. Alison starrte ratlos in die Ferne. In ihrem Inneren herrschte ein heilloses Chaos. Sie liebte Hamish, aber gab es für sie überhaupt eine gemeinsame Zukunft?

Schließlich wandte Hamish sich zu dem Golfplatz hinter ihnen um. »Spielst du Golf?«

»Was?«

»Wenn man in einer Sackgasse steckt, muss man die Blickrichtung ändern. Und ich glaube, wir zwei stecken gerade irgendwie fest. Wir könnten versuchen, bei einer Runde Golf die Situation zu entspannen.«

»Erspar mir deine Weisheiten aus irgendeinem schwachsinnigen Führungskräfteseminar.«

»Konfliktmanagement.« Er lächelte entschuldigend.

Sie mochte dieses Lächeln so gern.

»Ich will jetzt nicht Golf spielen.« Sie wandte sich dennoch dem Grün zu. Die Erinnerung an ein Gespräch poppte unwillkürlich auf. »Rein hypothetisch, wenn du Geld hättest, würdest du in einen Golfplatz in Thurso investieren?«

»Wie kommst du denn jetzt darauf?«

»Würdest du?«

»Sucht euer Golfclub Geldgeber?«

»Nein, ich meinte, in einen neuen Golfplatz mit Hotel und so.«

Hamish schürzte grübelnd die Lippen. »Thurso hat eine einigermaßen gute Verkehrsanbindung. Die Region ist allerdings nicht besonders dicht besiedelt und touristisch wenig erschlossen, oder?«

Alison nickte. »Aber wir haben Dunnet Head, Castle of Mey, wunderschöne Küstenlandschaften …«

»Aber auch einige Windparks.« Er nahm sein Smartphone und suchte den Ort auf einer Karte. »Wusste ich's doch. Das ist ein Reaktor, oder?« Er hielt ihr das Display hin und deutete auf einen Punkt an der Küste, gut zehn Meilen westlich von Thurso. Dounreay.

»Der ist aber schon Ewigkeiten stillgelegt.«

»Hier steht was von Kernfusionsforschung.«

»Die haben sich da um irgend so ein Forschungsprojekt beworben. Und Kernfusion ist doch saubere Energie.«

»Schon, aber so ein Reaktor ist touristisch wenig attraktiv.« Hamish zuckte die Achseln. »Ganz ehrlich: Ich kann mir nicht vorstellen, dass die Investition in einen Golfplatz besonders lukrativ wäre. Wieso fragst du?«

»In Thurso gab es anscheinend eine Anfrage.« Wenn die Story nicht ein leeres Gerücht war.

»Weißt du, von wem?«

»Nein.«

»Das kann nur jemand sein, der zu viel Geld hat.«

Eine ähnliche Vermutung hatte Sam geäußert. »Warum?«

»Um Steuern zu sparen.«

Sie hob fragend die Augenbrauen.

»Eine nicht gewinnbringende Investition ist ein ausgezeichnetes Abschreibungsobjekt. Damit spart man Steuern.«

Alison dachte über Hamishs Theorie nach. »Wer käme denn für so etwas in Frage?«

»Trump«, erwiderte er spontan.
»Welcher Trump?«
»Donald Trump.«
Alison lachte auf. »Klar.«
»Trump International Golf Links in Aberdeen. Schon mal von gehört?«
»Nein.«
»Ein beispielhaftes Abschreibungsprojekt mit einer sehr zwielichtigen Vorgeschichte.« Er nahm sein Smartphone, suchte einen Zeitungsbericht und zeigte ihn ihr.

Sie überflog den Artikel. Im »großartigsten Golfplatz der Welt« war eine Menge Geld versenkt worden, und die erhofften Gewinne ließen auf sich warten. Sie gab Hamish das Handy zurück. »Woher weißt du so was?«

»Ich lese den Wirtschaftsteil der Zeitung.« Er steckte den Apparat zurück in seine Jackentasche. »Es muss nicht Trump sein. Es gibt genug andere reiche Leute, die nach Steuersparmodellen suchen.«

»Und um herauszufinden, wer da in Frage kommen könnte, muss ich auch den Wirtschaftsteil der Zeitung studieren, oder?« Sie zog eine Grimasse.

»Könnte helfen.« Er musterte sie grübelnd. »Was ist mit Samuel Dexter?«

»Was soll mit ihm sein?«

»Er hat Geld, er kennt die Gegebenheiten in Caithness, und er ist einer der skrupellosesten Geschäftsmänner, die es in diesem Land gibt.«

Thybster

Douglas MacKeith stand an der Klippe von Thybster Rock und blickte aufs Meer. Die Sonne reflektierte auf dem Wasser, sodass er die Augen zusammenkneifen musste. Es war sommerlich warm, aber in den nächsten Tagen sollte ein Tiefdruckgebiet für einen Wetterumschwung sorgen. Trevor saß zu seinen Füßen, drängte den Kopf gegen sein Knie. Er tätschelte ihm sanft die Schulter.

»Das habe ich wohl gründlich vermasselt, was?«

Der Hund blickte mit seinen hellen Augen zu ihm auf. Grace hatte ihm gesagt, dass Marley das Tier aus der brennenden Scheune gerettet hatte. Und nicht nur das. Wäre Marley nicht so schnell bei ihm gewesen und hätte die Feuerwehr alarmiert, wäre sicher auch die zweite Scheune mitsamt den Maschinen in Flammen aufgegangen. Und er hatte sich nicht einmal bei ihm bedankt.

Die Kluft zwischen ihnen schien unüberbrückbar. Er wollte seinem Sohn beistehen, aber er musste Gewissheit haben, dass Marley tatsächlich nichts mit dem Angriff auf Conor zu tun hatte. Es war eine simple Frage gewesen. Was war so schwer daran, sie zu beantworten?

Er spielte mit dem Gedanken, Moira anzurufen. Ob sie wusste, was in Thybster vor sich ging? Interessierte es sie noch? Er wusste nicht, ob seine Kinder Kontakt zu ihrer Mutter hatten. Er sprach mit ihnen nicht über Moira. Er vermisste sie. Nicht das Genörgel über die viele Arbeit, den Dreck, den Gestank und das wenige Geld. Aber ihre direkte Art, Dinge auszusprechen und Entscheidungen zu treffen, fehlte ihm.

Trevor spitzte die Ohren und drehte aufmerksam den Kopf zurück. Douglas wandte sich um. Grace kam den Pfad entlang auf ihn zu.

»Was machst du hier?«, schimpfte sie, kaum dass sie in Hörweite war.

Er wandte sich wortlos wieder dem Meer zu. Grace schloss zu ihm auf und stellte sich neben ihn. Sie war ein wenig kleiner als er, ein bisschen mollig und ihrer Mutter wie aus dem Gesicht geschnitten.

»Denkst du, wir sollten Moira anrufen?«, fragte er.

»Ich denke, du solltest dich bei Marley entschuldigen!« Ihre

Wangen waren gerötet, und ihre Augen funkelten zornig. »Wie kannst du ihm unterstellen, dass er zu so einer Tat fähig wäre!«

»Es war eine einfache Frage. Er hätte nur ›Nein‹ sagen müssen.«

»Er ist dein Sohn! Kennst du ihn so schlecht?« Grace schnaufte ungehalten.

»Er ist schon öfter auf Conor losgegangen.«

»Daran ist Conor ja nicht ganz unschuldig. Marley hat es ertragen, dass er ihn in seiner Jugend ständig gefoppt hat, nur weil er kein Fleisch isst. Conor hat damit einen Keil zwischen euch beide getrieben! Ist dir das eigentlich bewusst?«

Es hatte Douglas wütend gemacht, wenn Conor seinen Sohn als »Mädchen« bezeichnet hatte, jedoch hatte sich seine Wut gegen Marley gerichtet. Marleys Entscheidung, vegetarisch zu leben, hatte er als Verrat an sich und seiner Arbeit empfunden.

»Und dass Conor seit Jahren im Suff seine Frau verprügelt, die sich in einer Abhängigkeit von ihm befindet, das ist in Ordnung für dich, ja?«, fuhr Grace aufgebracht fort. »Wie oft hat Marley dich gebeten, mit ihm zu reden? Du hättest ihn schon vor Jahren rausschmeißen müssen!«

»Und dann wäre es Liwa besser ergangen? Wenn er den ganzen Tag zu Hause sitzt und sich wertlos vorkommt, ja?«

Damit nahm er ihr den Wind aus den Segeln. Er hatte mit Conor gesprochen, mehr als ein Mal, und Conor hatte ihm jedes Mal zugesichert, dass es nicht wieder vorkommen würde. Das war ein Grund, warum er Liwa noch immer bei sich putzen ließ, obwohl er es sich finanziell nicht leisten konnte. Aber so konnte er ein Auge auf sie haben. Und Conor wusste das.

Grace vergrub die Hände in den Taschen ihrer Jacke und senkte den Kopf. »Fakt ist, dass wir ausschließlich Liwas Fingerabdrücke auf der Tatwaffe gefunden haben.«

Er hörte die Frustration in ihrer Stimme. Dennoch war es nicht seine Schuld, was geschehen war. »Ich hätte Conor gar nicht entlassen können, weil ich Hilfe auf dem Hof brauche und meine Kinder kein Interesse an der Schäferei haben.«

»Das stimmt nicht. Marley –«

»Hat Hirngespinste!«, fuhr er ihr über den Mund. »Ein Hof muss wirtschaftlich sein.«

»Und du bist nicht offen für neue Ideen! Hättest du Marley damals erlaubt, seine Werkstatt auf deinem Hof aufzubauen, dann hättet ihr jetzt zwei Standbeine.«

»Mit Wolle verdient man kein Geld. Ich bin kein Hobbyschäfer, verflucht.«

Das war Marleys Bedingung gewesen, als er vor zwei Jahren von der Walz zurückgekommen war und in Thybster seine Küferei aufbauen wollte: keine Fleischschafe mehr. Er sollte seine Herde auf Wollschafe umstellen. Aber die robusten Schafe, die unter den Bedingungen der Nordküste leben konnten, lieferten keine Wolle, mit der Geld zu machen war. Die Leute wollten feine Merinowolle und keinen groben Tweed.

»Wenn du nicht so starrsinnig wärst, hättet ihr gemeinsam einen Weg finden können!«

Im ersten Impuls wollte Douglas seine Tochter in die Schranken weisen, aber er war dieser Diskussionen überdrüssig. Er seufzte schwer. »So wie es aussieht, hat sich die Schäferei sowieso bald erledigt. Ich habe kein Geld, um die Scheune wieder aufzubauen, und weiß nicht, wie ich die Tiere über den Winter bringen soll.«

»Was ist mit Fletchers Angebot?«

»Ich will keine Almosen, und bezahlen kann ich ihm das Futter nicht.«

»Das heißt, du musst die Herde verkleinern.«

»Darauf läuft es wohl hinaus.« Allerdings konnte er dann gleich alle Tiere verkaufen. Eine kleinere Herde war nicht rentabel genug, um die Farm zu halten.

»Und wenn Randall und ich dir finanziell ein wenig unter die Arme greifen?«

»Du und Randall, ihr solltet endlich heiraten und Kinder kriegen«, erwiderte er schroff.

»Das wird eine tolle Hochzeit, bei der sich Bruder und Vater der Braut mit dem Arsch nicht anschauen und die Mutter sich mit ihrem Lover im Süden vergnügt.«

Douglas sah seine Tochter betroffen an. Seit Jahren versuchte Grace, zwischen ihm und Marley zu vermitteln. Er hatte sich nie Gedanken darüber gemacht, dass sie unter der Situation leiden könnte. Mit seiner Bemerkung hatte er lediglich von seinen Sorgen ablenken wollen, und damit hatte er sie achtlos verletzt.

»Grace ...« Er strich ihr hilflos über die Wange. Was war mit ihnen passiert? Sie waren doch einmal eine glückliche Familie gewesen.

»Warum gibt Conor Marley die Schuld an den Überfällen auf dich? Warum denkst du, dass Marley, dein eigener Sohn, fähig wäre, mit einem Messer auf Conor loszugehen? Warum tötet jemand deine Schafe? Und warum, verflucht noch eins, erzählst du uns nicht, dass irgendjemand über diesen Makler aus Inverness deine Farm zu einem Spottpreis kaufen will?«

»Woher –«

»Ich brauche Antworten, Dad!«

***

Kim saß auf dem Bett und scrollte auf ihrem Smartphone durch die Zeitungsberichte aus der Heimat. Die Presse verlor kein Wort über sie. Das war beruhigend. Ihr Untertauchen war entweder keine Schlagzeile wert, oder Lothar und Sergej hatten alles versucht, damit niemand von ihrem Verschwinden Wind bekam.

Sie war nur halbherzig bei der Sache. Ihre Gedanken glitten immer wieder zu dem Gespräch mit Chief Inspector Campbell am Tag zuvor. Sie hatte nicht einfach eine Aussage machen können, es war eine elend lange Befragung gewesen: Wann war sie in Thybster angekommen? Wie lange wollte sie bleiben? Wie lange kannte sie Marley? Woher? Warum war sie bei ihm gewesen? Was hatten sie gemacht? Waren sie die ganze Zeit zusammen gewesen? In welcher Beziehung stand sie zu ihm?

Sie hatte das Gefühl gehabt, auf der Anklagebank zu sitzen, und war froh gewesen, als sie das Polizeigebäude wieder verlassen konnte.

Ihr Blick wanderte zum Fenster. Blauer Himmel, Sonnenschein. Sollte noch mal einer behaupten, dass es in Schottland ständig regnete. Das Wetter war hervorragend: warm, aber nicht so heiß, dass man schon vom Herumsitzen ins Schwitzen kam. Sie hatte den Tag dennoch tatenlos vertrödelt.

Sie fragte sich, wie es Marley ging. Ob er wieder auf freiem Fuß war? Er konnte doch unmöglich etwas mit dem Überfall auf diesen Conor zu tun haben. Oder doch? Da war immerhin dieses seltsame Gespräch mit seinem Freund Ryan, und sie hatte das Feuer in Marleys Augen gesehen, als er auf Douglas' Farm auf Conor losgegangen war.

Ihr Smartphone verkündete den Eingang einer Nachricht. Sie kam von Sergej: »Lebst du noch, verflucht? Lothar fliegt morgen nach Schottland. Du musst uns sagen, wo du bist. Wir können dir nicht helfen, wenn du davonläufst.«

Sie sah Sergej und Lothar zusammen in dem kleinen Büro sitzen. Alte, knatschende Stühle, ein Schreibtisch mit angeschlagenen Ecken, überladen mit Papieren, der Geruch von Schweiß und Aftershave in der Luft. Gemeinsam waren sie mit ihr durch alle Höhen und Tiefen gegangen.

Sergej war der Erste, der nach den Geschehnissen im September bei ihr gewesen war, der sie aus der Schusslinie gebracht hatte, während Lothar Schadensbegrenzung betrieb. Sie hatten zu ihr gehalten, sie geschont, sie gepusht, versucht, sie wieder in die Spur zu bringen.

Ihr Verhalten war nicht fair. Sie musste sich endlich wieder ihrem Leben stellen. Sie suchte nach Bahnverbindungen von Thurso nach Edinburgh, schrieb Sergej eine Antwort: »Ich komme am Donnerstag nach Edinburgh. Ich melde mich bei ihm.«

Sie schaltete das Smartphone aus. Sie wollte die Antwort nicht lesen. Allein der Gedanke, wieder in ihr Leben zurückzukehren, ließ ihren Puls schneller schlagen. Um sich nicht selbst verrückt zu machen, ging sie hinüber in den Pub. Es war noch früh am Abend, nur wenige Tische waren besetzt. Sie bestellte bei Joyce am Tresen ihr Abendessen und setzte sich mit einem Glas Wasser an einen der Tische draußen vor dem Pub. Sie musste nicht lange warten, bis Joyce mit dem Essen zu ihr herauskam.

»Ein herrlicher Tag.« Die Wirtin strahlte sie an. »Darf ich mich kurz zu dir setzen?«

»Gern.« Jede Ablenkung war willkommen.

Joyce nahm auf der Bank ihr gegenüber Platz. »Ich fahre morgen früh nach Stromness, meine Familie besuchen«, erzählte sie.

»Wo ist Stromness?«

»Auf den Orkneys. Die Fähre von Scrabster fährt direkt dorthin.« Sie deutete auf das Tortilla-Wrap. »Iss ruhig, sonst wird es kalt.«

Kim befolgte den Rat.

»Ich werde bis Freitag dort bleiben. Bist du dann noch hier?«

»Ich muss am Donnerstag nach Edinburgh.«

»Oh.«

Kim sah zu den Fenstern des Pubs. Zu kochen und gleichzeitig hinter der Theke zu stehen musste schwierig sein. »Braucht Jeana Hilfe im Pub, wenn du nicht da bist? Kochen kann ich zwar nicht, aber Bier zapfen kriege ich sicher hin, und morgen bin ich ja noch hier.«

Joyce tätschelte lächelnd ihre Hand. »Danke, aber das ist alles organisiert. Tagsüber schafft Jeana es allein, an den Abenden hilft Ryan, und Freitag bin ich ja wieder zurück.«

Warum Ryan? Sie war überzeugt, dass auch Marley im Pub helfen würde. Gab es einen Grund, warum Jeana und Joyce ihn nicht gefragt hatten?

»Weißt du, ob Marley wieder aus der Haft entlassen wurde?«

»Grace hat ihn heute Vormittag nach Hause gebracht.«

Ein Wagen hielt am Straßenrand, ein Mann stieg aus. Kim

erkannte Arran Fletcher. Sein Blick glitt zu ihnen herüber. Er hob grüßend die Hand.

»Wir haben einen Parkplatz«, rief Joyce ihm zu.

»Ich weiß.« Er ließ seinen Wagen, wo er war, und kam an ihren Tisch.

»Hey, schöne fremde Frau, wie ich sehe, bist du wohlbehalten von deiner Erkundungstour zurückgekehrt.« Er setzte sich unaufgefordert an den Tisch. »Joyce, machst du mir ein Pint bitte? Und was darf ich dir bestellen?«

Sie deutete auf ihr Wasserglas. »Danke, ich bin versorgt.«

»Joyce, ein Cider bitte, für meine neue Freundin. Dry?«

»Nein, kein Cider«, erwiderte Kim scharf. Meine neue Freundin. Seit wann das denn? Und sie würde sich ganz bestimmt nicht vorschreiben lassen, was sie zu trinken hatte.

Arran sog bei dieser Abfuhr geräuschvoll die Luft durch die Zähne. »Du bist doch im Urlaub.«

»Ich trinke trotzdem nichts.«

»Da sind mir aber andere Gerüchte zu Ohren gekommen.« Er grinste anzüglich.

Kims Blick verfinsterte sich. »Gerüchte sind genau das: Gerüchte!«

»Wow«, kam es bissig von Arran. »Warum seid ihr Deutschen immer so unentspannt?«

»Arran!« Joyce schüttelte missbilligend den Kopf.

»Ich wollte nur nett sein.«

»Du beleidigst unsere Gäste!«

»Ich habe niemanden beleidigt.« Sein Ärger richtete sich jetzt gegen Joyce. »Wenn der liebe Marley hier die Ladys abschleppt, ist das okay, aber ich beleidige die Frau, nur weil ich ihr einen Drink spendieren will?«

»Klar, nur einen Drink, mehr nicht«, entgegnete Joyce sarkastisch.

»Bist du eifersüchtig?«

»Manchmal kann ich Fiona verstehen, dass sie dir den Laufpass gegeben hat!«

Arran grinste spöttisch. »Die kommt auch wieder angekrochen, wenn sie kapiert, dass ich die einzige gute Partie hier im Dorf bin.«

»So? Bist du das?«

»Tja, Joyce, gib lieber gut auf deine süße Jeana acht, sonst kommt sie vielleicht auch dahinter und wechselt die Seiten. Ich wäre nicht abgeneigt. Und ich kann ihr sicher noch einiges beibringen.«

Kim stieß empört die Luft aus.

»Du trinkst dein Bier heute besser woanders«, presste Joyce zwischen den Zähnen hervor. »Hier bekommst du keins.«

Einen Moment lang starrten die beiden sich wutbebend an, dann stand Arran auf. »Weiber! Wird Zeit, dass hier mal wieder ein Mann das Ruder in die Hand nimmt.«

Er ging zu seinem Wagen und trat beim Anfahren das Gaspedal durch.

»Joyce, es tut mir so leid!« Kim sah betroffen zu ihrer Wirtin.

»Dir muss nichts leidtun. Wenn du nicht möchtest, dass er dir etwas ausgibt, hat er das zu akzeptieren. Ein Nein ist ein Nein. Das gilt auch für Arran Fletcher.«

Inverness

Alison hatte sich durch endlos viele Wirtschaftsseiten im Internet gearbeitet und nach potenziellen Unternehmen gesucht, die über ausreichend Kapital verfügten, sodass ein Golfplatz ein gutes Steuersparmodell für sie sein konnte. Hamish hatte von Abschreibungsobjekten gesprochen, Sam von Steuerbetrug. Beides konnten sich nur Leute mit Geld leisten. Aber die Firmenbosse mussten auch skrupellos genug sein, um Verträge zu Dumpingpreisen abzuschließen, und sie mussten – wenn die Vorfälle in Thybster auf ihr Konto gingen – bereit sein, zu gewalttätigen Mitteln zu greifen. Alison starrte auf die Firmennamen, die sie notiert hatte. Sie brauchte mehr Informationen.

Am Vormittag hatte sie eine ganze Weile mit Hamish am Chanonry Point gesessen und über die Vorfälle in Thybster gesprochen. Hamish hatte gesagt, dass die Farm von Douglas MacKeith die interessanteste Lage für den Bau eines Golfplatzes habe, da sie direkt an der Küste lag. Gemeinsam mit Fletchers Farm ließe sich daraus etwas Großes machen. Mike Browns Grundstück lag im Hinterland und war daher weniger interessant.

Auf sachlicher Ebene hatten sie und Hamish gut miteinander reden können, aber wie es mit ihrer Beziehung weitergehen sollte, stand in den Sternen.

Ihr Magen knurrte. Sie sollte sich etwas zu essen kaufen. Sie nahm ihre Handtasche und ging in den Flur, als sie einen Anruf bekam.

»Hey, Ali.« Grace hörte sich an, als könnte sie Aufmunterung gebrauchen.

»Hey, wo steckst du?«

»Bei Dad.«

»Wie geht es ihm?«

»Gesundheitlich wieder besser.«

»Aber?«

Grace senkte ihre Stimme. »Ich versuche seit Stunden, mit ihm zu reden. Seine finanzielle Lage ist ein Desaster. Von Randall und mir will er sich nicht helfen lassen und von Marley schon gar nicht.«

Alison kehrte in die Küche zurück. Dieses Gespräch würde länger dauern. »Ist Marley wieder zu Hause?«

»Ja, aber Kenny hat ihn noch nicht von seiner Liste gestrichen. Im Moment hat er allerdings Liwa ins Visier genommen.«

»Wieso das?«

»Es spricht eine Menge gegen sie: Auf der Tatwaffe sind nur ihre Fingerabdrücke. Es gibt keine Hinweise auf weitere Personen, die nachts in Conors Haus gewesen wären. Wenn jemand da war, muss es jemand gewesen sein, den Conor kannte. Es gibt keine Einbruchspuren.«

»Niemand schließt in Thybster seine Türen ab. Da hätte jeder reinspazieren können.«

»Aber wer denn?« Grace zögerte. »Es ist schon ein bisschen seltsam, dass Liwa behauptet, sie hätte nichts mitbekommen. Ein Stuhl war umgekippt, ein Glas lag zersplittert am Boden, das macht doch Lärm. Und Conor hat mehrere Stichverletzungen, das deutet darauf hin, dass der Täter impulsiv gehandelt hat. Zu allem Übel hat Liwa frische Verletzungen im Gesicht. Er muss sie am Abend davor wieder geschlagen haben.«

»Ja, aber – Liwa?«

»Wir erleben so etwas immer wieder. Ein Opfer erträgt und erträgt und erträgt, und irgendwann ist es zu viel, und dann kommt es zu solchen Kurzschlussreaktionen.«

»Aber Conor ist doch um einiges größer und stärker als sie.«

»Er war ziemlich betrunken, das belegt die Blutuntersuchung.«

Alison malte grübelnd Kringel auf ihren Block. »Wenn der Angriff auf Conor tatsächlich von Liwa ausging, hat die Sache vermutlich nichts mit den Überfällen auf deinen Vater und seine Tiere zu tun.«

»Mhm.«

»Hast du Douglas mal nach dem Kaufangebot von Bright gefragt?«

»Ja. Er will nichts davon wissen. Hat gefragt, ob ich jetzt auch wollte, dass er die Farm verkauft.«

»Wieso *auch*?«

»Conor hat ihm den Floh ins Ohr gesetzt, dass Marley will, dass er verkauft, damit er uns auszahlen kann.«

»Marley wusste nichts von dem Angebot«, erinnerte sich Alison an das Gespräch mit Grace' Bruder. Ihr Blick fiel auf ihre Notizen. »Douglas ist im Gemeinderat, oder?«

»Aye.«

»Dann weiß er doch bestimmt etwas über diesen Investor,

der sich in Thurso gemeldet hat, weil er einen Golfplatz bauen will.«

»Vermutlich.«

»Frag ihn bitte mal, ob er weiß, wer der Investor ist.«

»Frag ihn selbst.«

Alison hörte, wie Grace das Zimmer wechselte und mit ihrem Vater sprach. Kurz darauf erklang Douglas' Stimme am Telefon. Alison wiederholte ihre Frage.

»Nein, der Name ist nicht bekannt. Soweit ich weiß, hat irgendein Anwalt die Anfrage in Thurso gestellt. Warum fragst du?«

»Nur so ein Gedanke«, wiegelte Alison ab. »Hat Fletcher dir verraten, an wen er seine Farm verkaufen will? Das lief anscheinend auch über die Bright Estate Agents.«

»Woher weißt du das?«

»Frag nicht.«

»Weißt du, was die für die Farm bekommen sollen?«

»Laut Kaufvertrag nicht genug.«

Douglas schnaufte unentschlossen ins Telefon. »Ihr solltet mit Matthew reden.«

Alison war sich nicht sicher, ob er zu ihr oder seiner Tochter sprach. »Worüber?«, fragte sie. »Ich kann schlecht zu ihm gehen und ihm sagen, dass ich seinen Kaufvertrag kenne.«

»Frag ihn, ob er Drohbriefe bekommen hat.«

»Drohbriefe?«, hörte sie Grace' entsetzten Aufschrei im Hintergrund. »Was für Drohbriefe zur Hölle?«

Thybster

Die Melodie seines Smartphones riss Marley aus dem Schlaf. Nach der durchwachten Nacht in Polizeigewahrsam war er abends nach dem Essen auf dem Sofa eingeschlafen. Er brauchte einen Moment, um sich zu orientieren. Der Anruf kam von

Grace. Seine Schwester bat ihn, sofort zu Douglas' Farm zu kommen.

Hätte sie nicht so aufgebracht geklungen, hätte er sich geweigert, auch nur einen Fuß auf den Hof seines Vaters zu setzen. So war er in aller Eile aufgesprungen und hinübergerannt. Nach den Ereignissen der vergangenen Wochen schossen ihm die fürchterlichsten Szenen durch den Kopf.

Doch das Bild, das sich ihm bot, verwirrte ihn: Douglas saß ungewohnt kleinlaut in seinem Sessel, Trevor hatte sich unter dem niedrigen Couchtisch verkrochen, und Grace hatte vor Wut rote Flecken im Gesicht.

»Was ist los?«, fragte er verwundert.

»Unser Vater, Douglas MacKeith«, damit kein Zweifel aufkam, wer gemeint war, deutete sie energisch mit dem Finger auf den Mann im Sessel, »erhält seit Wochen Drohbriefe!«

»Jetzt übertreib nicht«, knurrte Douglas.

»Was für Drohbriefe?«, fragte Marley.

»Geht dich nichts an.«

»Nach allem, was hier passiert ist, geht das nicht nur Marley und mich etwas an. Das geht vor allem die Polizei Thurso etwas an, verflucht noch eins!« Grace' Faust donnerte auf den Tisch.

Trevor sprang auf und tapste geduckt an der Schrankwand entlang, um Schutz hinter Douglas' Sessel zu suchen.

Wenn Grace bei der Polizei die Delinquenten auch so rigoros befragte, hatte er bei der Vernehmung durch Campbell und Jenkins noch richtig Glück gehabt, ging es Marley durch den Kopf. Er musterte seine Schwester irritiert. Eigentlich waren eher Douglas oder er für solche Wutausbrüche gut. »Du erschreckst den Hund, Grace.« Marley ging in die Hocke. »Trevor, komm her.«

Der Hund huschte zu ihm. Er kraulte ihn beruhigend hinter den Ohren.

»Vor fünf Wochen bekam Dad einen anonymen Brief«, erklärte Grace mühsam beherrscht.

»Und was stand dadrin?«

»Er hätte zwei Wochen Zeit, das Angebot anzunehmen, und man wolle ihm nahelegen, dies auch zu tun.« Sie sah zu Douglas. »Stimmt das so, Dad?«

»Irgendwie so etwas stand da, ja«, murrte Douglas widerwillig.

»Welches Angebot?«, fragte Marley.

»Ich denke, das Angebot der Bright Estate Agents für den Kauf meiner Farm. Andere Angebote habe ich nicht bekommen.«

»Und wo ist der Brief?«

»Den hat unser lieber Dad verbrannt.«

»Warum soll ich so einen Scheiß aufbewahren?«

Grace sog bereits wieder bebend die Luft ein. »So etwas verbrennt man nicht, damit geht man zur Polizei! Du hättest nicht einmal nach Thurso fahren müssen. Ich bin doch weiß Gott oft genug bei dir!«

Der Alte presste stur die Lippen zusammen.

Es gab Marley Oberwasser, dass dieses Mal er derjenige war, der die Ruhe bewahrte. »Okay, Douglas hat also einen Drohbrief erhalten und verbrannt. Was ist mit Brights Angebot?«

»Was denkst du wohl?« Grace' Stimme triefte vor Zynismus.

Anscheinend hatte sein Vater das Schreiben ebenfalls verbrannt. »Und weiter?«

»Eine Woche später folgte der nächste Drohbrief, den Dad auch wieder ins Feuer geworfen hat. Dann geschah eine Woche lang nichts, und vor zwölf Tagen findet er das erste tote Schaf auf der Weide. Wenige Tage später die nächsten toten Tiere. Am Morgen danach folgt ein weiterer anonymer Brief: ob die Botschaft angekommen wäre. Was Dad dann gemacht hat, weißt du ja.«

Er war zu diesem Makler gefahren. Marley ließ sich aus der Hocke in den Schneidersitz fallen. Trevor kroch ihm auf den Schoß, glücklich, einen ruhigen Hort gefunden zu haben.

»Warum hast du nichts gesagt, Douglas?«

Sein Vater zuckte die Achseln.

»Und du hast alle Briefe verbrannt?«, hakte er nach.

Die Antwort war ein stummes Nicken.

»Kamen die Briefe mit der Post?«

»Woher soll ich das wissen?«

»War es ein loser Zettel, oder waren die Briefe in einem Umschlag?«, fragte Grace harsch. »War eine Briefmarke auf dem Umschlag? Stand deine Adresse drauf? Womöglich sogar ein Absender?«

»Nein.«

»Nein, was?«

»Keine Briefmarke, keine Adresse, kein Absender.«

»Dann muss sie jemand direkt in deinen Briefkasten eingeworfen haben. Verflucht, die waren hier, Dad. Auf deinem Hof! Mehrfach!«

Marley sah die Besorgnis in den Augen seiner Schwester.

»Gleich morgen früh fährst du mit mir nach Thurso und wirst eine Aussage machen«, forderte Grace.

Douglas hob den Blick zu seiner Tochter. »Das werde ich nicht.«

»Dad!«

»Ich habe die Briefe verbrannt, Grace! Ich habe weder Brights Angebot noch einen Beweis, dass ich bedroht werde. Wenn ich Kenny jetzt damit komme, denkt der doch nur, ich will ihn von Marley und Liwa ablenken.«

Damit hatte Douglas nicht unrecht, stimmte Marley seinem Vater still zu. Ohne einen einzigen Brief gab es lediglich die Aussage seines Vaters. Und nach den Anschuldigungen, die Conor vor versammelter Mannschaft gegen Marley erhoben hatte, konnte Campbell auch auf die absurde Idee kommen, dass er Douglas die Drohbriefe geschickt hätte. Wie hatte sein Vater nur so kurzsichtig handeln können?

»Was ist mit Conor?«, fragte Marley. »Hat er auch Drohbriefe bekommen?«

»Nicht dass ich wüsste«, erwiderte Douglas.

»Wusste er, dass du bedroht wirst?«

»Aye.«

»Na toll! Deinem versoffenen Hilfsarbeiter vertraust du dich an, aber deine eigenen Kinder erfahren nichts von deinen Schwierigkeiten!« Grace kämpfte mit den Tränen. »Warum bin ich überhaupt hier, wenn du nicht einmal mir vertraust?«

»Ich wollte euch nicht belasten.«

»Erzähl doch keinen Scheiß!« Grace trat ans Fenster und starrte hinaus. Es war nach zehn, und die Dämmerung tauchte die Umgebung in dunkle Schatten.

»Conor hilft mir auf der Farm. Und ihr verkauft doch sowieso alles, wenn ich mal abtrete.«

»Sagt Conor das?«, fragte Marley bitter. »Das hier war auch mal unser Zuhause!«

Er schob den Hund sanft von seinem Schoß und ging zu seiner Schwester, die mit dem Rücken zu ihnen stand. Er legte eine Hand auf ihre Schulter, drückte sie leicht. Es half niemandem, wenn sie sich gegenseitig mit Vorwürfen zerfleischten. Er wandte sich an seinen Vater, bemühte sich um einen sachlichen Ton. »Warum denkst du, dass die Briefe von Bright kommen?«

»Das sagte ich doch schon: Ich habe keine anderen Angebote bekommen.«

»Und warum sollte er so ein großes Interesse daran haben, deine Farm zu kaufen?«

»Ich weiß es nicht. Und es interessiert mich auch nicht. Ich verkaufe nicht, basta!«

Grace wandte sich zu ihnen um. Sie hatte sich wieder gefasst. »Es sollte dich aber interessieren. Denn anscheinend sind Bright oder sein Kunde ja bereit, über Leichen zu gehen, um zu bekommen, was sie wollen.«

Inverness

Alison kratzte die letzten gebratenen Nudeln aus der Pappschachtel, die sie vom Chinesen geholt hatte. Douglas hatte

Drohbriefe bekommen. Es war ein Riesenschlamassel, dass er erst jetzt damit herausrückte. Und noch schlimmer war, dass er die Briefe verbrannt hatte. Mit dieser Scheuklappen-Methode hatte er vor Jahren seine Frau verloren und die Beziehung zu Marley ruiniert. Er hatte ein gutes Herz, aber wenn er etwas nicht einsehen wollte, schwieg er es einfach tot.

Jemand war an seiner Farm interessiert – so sehr, dass er ihm drohte und dann Ernst machte. Sie fragte sich, ob auch Matthew Fletcher unter Druck gesetzt worden war.

Die Melodie ihres Smartphones erklang. Kurz flammte die Hoffnung auf, es wäre Hamish. Beim Blick auf das Display verflüchtigten sich ihre sehnsüchtigen Gedanken: Samuel Dexter.

»Was willst du?«

Sam lachte. »Machen wir da weiter, wo wir am Sonntag unterbrochen wurden?«

Er tat so, als wäre ihr abruptes Auflegen eine technische Störung gewesen.

»Wir machen gar nicht weiter.«

»Ali-Schatz, habe ich dich verärgert? Das wollte ich nicht.«

»Spar dir dein Gesülze.«

»Ich muss dir sagen, dass unser letztes Gespräch mich sehr inspiriert hat. Ich habe meine Fühler ausgestreckt, mich hier und da ein bisschen umgehört ...« Er machte eine künstliche Pause.

Hamishs Worte hallten in ihrem Kopf wider. Sam hatte sicherlich seine Methoden, seinen Reichtum zu vermehren, aber würde er so weit gehen, jemanden für derartige Überfälle anzuheuern? »Mach's nicht so spannend. Es ist spät, ich bin müde«, murrte sie.

»Ich bin über etwas gestolpert, was für dich interessant sein könnte.«

»Aha«, erwiderte sie wenig beeindruckt. »Und was?«

»Ali, Ali, Ali, ich bin Geschäftsmann, das weißt du doch. Keine Leistung ohne Gegenleistung.«

»Vergiss es.«

»Ali-Schatz, leg nicht gleich wieder auf. Hör dir an, was ich zu sagen habe.«

Sie schnaufte genervt.

»Ah, sie ist noch in der Leitung«, freute sich ihr Ex. »Ich komme dir ein Stück entgegen. Morgen, zehn Uhr, Pitlochry, schaffst du das?«

Der kleine Ort war über die A 9 gut zu erreichen, allerdings mit seiner pittoresken Innenstadt, zwei Whiskybrennereien und dem Tay Forest vor den Toren auch ein Touristenmagnet. Von Inverness waren es mindestens anderthalb Stunden Autofahrt. Für Sam von Edinburgh aus allerdings ebenfalls. Dass er ihr tatsächlich so weit entgegenkommen wollte, überraschte sie.

»Frühestens um elf.«

»Husch ins Bettchen, dann schaffst du es auf zehn.«

»Ich habe morgen früh einen Kundentermin«, erinnerte sie ihn daran, dass sie einen Job hatte.

»Verschieb ihn. Ich zahl dir ein Ausfallhonorar, falls du das Geld so dringend brauchst.«

»Zehn ist zu früh«, ignorierte sie seine Spitze. »Halb elf, oder ich komme nicht.«

»Das solltest du aber.« Seine Stimme verlor den amüsierten Unterton. »Halb elf Hettie's Tearoom.«

Mittwoch

Thybster

Schlechte Träume hatten Kim wieder einmal um ihren Schlaf gebracht. Die Befragung durch Chief Inspector Campbell hing ihr noch immer nach. Nur trübe brach das Licht durch die Vorhänge. Anscheinend war es bewölkt. Sie beschloss, ihre morgendliche Joggingrunde ausfallen zu lassen und noch eine Weile im Bett zu bleiben. Sie könnte das Training später am Tag nachholen, beruhigte sie ihr schlechtes Gewissen.

Der Ehrgeiz, Tag für Tag zumindest ein Minimum ihres Trainingspensums zu absolvieren, ließ auch jetzt nicht nach, obwohl sie kein Ziel mehr vor Augen hatte und niemand sie antrieb.

Sie lag auf dem Rücken, lauschte auf die Geräusche. Trotz des rauen Klimas hier oben im Norden hatten die Häuser oft nur Fenster mit Ein- oder Zweifachverglasung. Auch die Isolierung der Häuser war ein anderer Standard als der, den sie kannte. Alles war hellhöriger, und der Wind zog durch die Ritzen.

Gegen sieben erwachte das Leben. Schritte erklangen im Flur und in der Küche unter ihr. Ein Wagen fuhr auf den geschotterten Hof. Sie hörte ein kurzes Gespräch und meinte, Marleys Stimme zu erkennen. Wenig später wurden Autotüren zugeschlagen, ein Motor startete, und das Auto fuhr davon.

Sie sollte im Laufe des Tages bei Marley vorbeischauen, um sich zu verabschieden. Das hatte sie ihm versprochen. Sie wünschte sich, sie wäre in der Sonntagnacht bei ihm geblieben. Aber ein One-Night-Stand hätte alles nur komplizierter gemacht.

Ihr graute vor dem Treffen mit Lothar. Sie hatte keinen Plan für ihre Zukunft, und das würde es ihm leicht machen, sie wieder zurückzuholen. Zurück zu vertrauten Menschen, in die vertraute Routine. Zurück in die Sicherheit ihres alten Lebens, das nicht mehr ihres war.

Sie schlug frustriert die Fäuste auf die Matratze. Sie hatte eine Vergangenheit, in die sie nicht zurückwollte, und eine Zukunft, die so ungewiss war, dass sie es nicht aushielt. Diese Leere in ihrem Leben machte sie wahnsinnig.

Sie zwang sich aufzustehen und saß wenig später vor einem gedeckten Frühstückstisch. Jeana gesellte sich zu ihr. Sie sah traurig aus.

»Ist Joyce schon weg?«, erkundigte sich Kim.

Jeana nickte. »Marley hat sie heute Morgen nach Scrabster gefahren.«

Hatte sie also tatsächlich seine Stimme gehört.

»Ich vermisse sie schon jetzt.« Sie lächelte betrübt.

»Seid ihr schon lange zusammen?«

»Sieben Jahre. Am Anfang haben wir es geheim gehalten. Außer Grace und Marley wusste niemand, dass wir ein Paar sind. Und Ali natürlich, aber sie war damals schon lange weg aus Thybster.«

»Es muss schwer gewesen sein, in so einem kleinen Dorf etwas geheim zu halten.«

»Oh ja.« Jeana zog eine Grimasse. »Es gab viele Gerüchte über uns. Die Jungs versuchten immer wieder, bei uns zu landen, also haben wir uns schließlich geoutet. Diese Geheimniskrämerei war auf Dauer anstrengend.«

Kim stimmte ihr stumm zu.

»Es gab ein bisschen Ärger, ein paar von den Jungs fühlten sich von uns verarscht.« Sie presste die Lippen zusammen und hob die Schultern. »Als wir den Pub übernommen haben, blieben einige Gäste aus Protest fort. Zwei Lesben, die einen Pub führen, wo kommen wir denn da hin? Aber das JJ's ist der einzige Pub im Ort, und hier gibt es gutes Essen und gutes Bier. Und so kamen die meisten nach und nach wieder zu uns.«

»Happy End.«

»Aye.« Ihr Blick wurde ernst. »Joyce hat mir von dem Zusammenstoß mit Arran erzählt. Eigentlich ist er ein netter Kerl. Er war mal in mich verknallt, und dass ich Joyce ihm vorgezogen habe, hat wohl sein Ego verletzt. Das kommt leider manchmal wieder durch.«

Vermutlich war jeder Mann in diesem Ort einmal in Jeana verliebt gewesen, sinnierte Kim. Jeana war eine Schönheit, aber sie kokettierte nicht damit. Sie war selbstbewusst und weckte gleichzeitig durch ihr sanftes Wesen Beschützerinstinkte.

»Genug von meinem Leben.« Jeana wedelte das Thema mit einer Handbewegung fort. »Joyce sagt, du reist morgen ab?«

»Ja.«

»Schade, ich hab mich schon so an deine Gesellschaft in der Küche gewöhnt.«

»Vielleicht komme ich irgendwann mal wieder.«

»Ich würde mich freuen.« Sie strich ihr über den Unterarm. »Und das sage ich jetzt nicht aus geschäftlichem Interesse.«

Eine freundschaftliche Geste, die Kim dennoch in Verlegenheit brachte. »Komme ich morgen früh mit dem Bus nach Thurso? Mein Zug geht relativ früh.«

»Darling, ich fahre dich zum Bahnhof. Die Millers reisen heute ab, es haben sich noch keine neuen Gäste angekündigt, da habe ich morgen früh Zeit.«

»Das ist nicht nötig.«

»Das ist meine einzige Chance, mal aus diesem Nest rauszukommen.« Jeana grinste verschmitzt. »Hast du Pläne für heute?«

Kim zuckte die Achseln. »Kann man hier irgendwo ein Fahrrad ausleihen? Ich würde gern noch ein bisschen was von der Gegend sehen, bevor ich abreise.«

»Auf Francis Cottage müssten noch die Räder von Alison und mir stehen. Ich rufe Marley an. Er kann dir bestimmt eines der Räder richten.«

»Danke, nein, ich will keine Umstände machen. Ich denke, er hat genug um die Ohren.«

»Ich bin sicher, dass er das gern für dich tut.« Sie nahm ihr Handy. Das Gespräch dauerte nicht lang. »Er kümmert sich um das Rad. Bei Dunnet Head warst du schon, oder?«

»Ja.«
»Castle of Mey?«
»Sagt mir nichts.«
»Das ist ein Stück weiter die Küste entlang Richtung John o'Groats. Das Schloss gehört der Königsfamilie und hat einen wunderschönen Garten.« Jeanas Augen strahlten vor Begeisterung. »Ja, das Castle of Mey solltest du unbedingt sehen, bevor du abreist! Vielleicht kannst du sogar eine Tour durch das Schloss machen. Es war ziemlich verfallen, als Queen Mum es gekauft hat, aber sie hat es wunderschön herrichten lassen. Sie hat jedes Jahr ihren Urlaub in Caithness verbracht. Bis zu ihrem Tod. Jetzt kommt Prince Charles manchmal für ein paar Tage. Aber ich glaube, im Moment ist er nicht da.«

»High Tea mit Charlie, das wäre noch das i-Tüpfelchen auf meiner Reise gewesen«, flachste Kim.

»Vielleicht triffst du die ›Green Lady‹.«
»Wer ist das?«
»Ein Geist. Sie war die Tochter des fünften Earl of Caithness. Man sagt, sie hatte sich in einen Landarbeiter verliebt. Das war natürlich ein Skandal. Ihr Vater hat sie auf dem Schlossboden eingesperrt, und da hat sie sich vor lauter Kummer von dort heruntergestürzt.«

Kim verzog das Gesicht. »Mein Bedarf an Verbrechen ist eigentlich gedeckt.«

»Oh, sorry.« Jeana lächelte entschuldigend. »Ich liebe Geschichten von Geistern und Feen und Kobolden.«

»Schon okay. Ist die Green Lady tatsächlich grün?«
»So wird es erzählt. Sie ist mir leider noch nicht begegnet.«
»Ich weiß nicht, ob ich einem Geist begegnen will.«
»Du solltest dich eher vor dem ›Each Uisge‹ in Acht nehmen.«
»Wer ist denn das schon wieder?«
»›Each Uisge‹ ist gälisch, *each* bedeutet Pferd und *uisge* Wasser. Wenn du ein wunderschönes Pferd am Strand stehen siehst, halte dich von ihm fern. Es verlockt dich nämlich dazu, aufzusitzen.«

»Reiten ist nicht so mein Ding.«

Jeana hob mahnend den Zeigefinger. »Dem Each Uisge kann man nur schwer widerstehen. Aber sitzt du einmal auf seinem Rücken, kannst du nicht mehr absteigen. Das Pferd stürzt sich mit dir ins Meer bis an die tiefste Stelle. Dort ertränkt es dich und frisst –«

»Hör auf!« Kim schüttelte sich.

»Nur die Leber, die isst es nicht«, fuhr Jeana dennoch mit diabolischem Grinsen fort. »Das ist alles, was von dir übrig bleibt.«

»Das ist fürchterlich! Habt ihr keine schönen Sagen?«

Jeana lächelte liebevoll. »Die erzähle ich dir heute Abend. Wenn ich den letzten Kunden aus dem Pub geschmissen habe, kommst du runter, ich koche uns einen Tee, und dann erzähle ich dir wundervolle Geschichten von Elfen und Feen.«

»Versprochen?«

»Versprochen.« Sie hob die Hand zum Schwur.

Ein Mädelsabend. Das wäre doch ein schöner Ausklang ihrer Reise.

Pitlochry

Samuel Dexter wartete bereits im Hettie's, als Alison das kleine Café in der Atholl Road in Pitlochry betrat. Er stand auf, als sie hereinkam. Sein teurer Anzug saß tadellos, betonte seine schlanke Figur und war hervorragend auf Hemd und Krawatte abgestimmt. Die rotblonden Haare waren kurz geschnitten, sein Kinn zierte ein gepflegter kurzer Bart. Den hatte er noch nicht, als sie ihn das letzte Mal gesehen hatte. Er verlieh seinem Gesicht tatsächlich einen seriösen Ausdruck, bemerkte sie überrascht.

Sie hatte eine Schwäche für gepflegte Männer in Anzügen. Vielleicht war es eine Art unterschwellige Rebellion gegen ihre Hippieeltern. Doch Samuel Dexter wusste sich nicht nur gut zu kleiden. Er hatte eine Ausstrahlung, die ihren Verstand schmelzen ließ wie Butter in der Sonne. Diese Wirkung hatte er allerdings nicht nur auf sie, wusste sie aus leidvoller Erfahrung.

Aber wer war sie, den ersten Stein zu werfen? Sie hatte mit ihrer Affäre mit Hamish Brannigan eine Ehe zerstört. »Neues Facelifting?«, grüßte sie ihn, um ihren inneren Aufruhr zu verbergen.

»Du siehst bezaubernd aus, Ali-Schatz.« Er hob einen Mundwinkel zu einem sexy Lächeln und drückte ihr zwei Küsse auf die Wangen. Tee und Scones für zwei Personen standen bereit auf dem Tisch. Er ließ ihr keine Wahl, selbst zu entscheiden, ob und was sie bestellen wollte.

»Greif zu.« Er goss Tee in ihre Tasse und deutete auf Gebäck und Marmelade.

Sie lehnte sich mit verschränkten Armen zurück. »Was hast du für mich?«

Sam schnalzte missbilligend mit der Zunge. »Nicht gleich so geschäftlich, meine Liebe. Iss einen Scone. Die sind köstlich.«

Sie hatte am Morgen nur in aller Eile einen Toast hinuntergeschlungen und folgte seiner Aufforderung. Er verschanzte sich hinter Small Talk und Komplimenten, während sie auch den zweiten Scone verspeiste.

»Wo hast du ein Zimmer gebucht? Atholl Palace oder Knockendarroch?«, bremste sie sein belangloses Geschwätz genervt.

Sie sah ihm an, dass er kurz erwog zu dementieren, dann lächelte er schmeichelnd. »Wo denkst du hin? Fonab Castle, meine Liebe.«

Natürlich, unter fünf Sternen machte es der Herr Multimillionär nicht. »Ich werde mit dir in kein Hotel der Welt gehen. Du verschwendest meine Zeit.«

»Ali-Schatz, du wirkst gestresst.« Er tupfte sich mit der Serviette über die Mundwinkel. »Was irgendwie verständlich ist.«

Sie horchte auf. »Warum?«

Er schaltete vom Flirtmodus in einen geschäftlichen Ton um. »Du hast gesagt, die Bright Estate Agents versuchen gerade, sich eine Farm in Thybster zu einem Dumpingpreis unter den Nagel zu reißen. Das ist nicht zufällig die Farm deines Ziehvaters?«

»Ist das eine Frage?«

Er lächelte kühl. »Ich habe von diesem Zwischenfall erfahren.«

»Douglas verkauft nicht.«

»Aber es gibt einen anderen Farmer, der verkauft.«

»Erzähl mir was Neues.«

»Ich kenne den Käufer.«

Er genoss ihren überraschten Blick.

»Wer ist es?«

»Ali-Schatz, nicht so ungeduldig.«

Er kniff ihr sanft in die Wange. Eine Geste, die sie hasste. Sie drehte energisch den Kopf zur Seite.

»Ich habe mich gefragt«, fuhr er fort, »warum investiert jemand aus dem Süden in eine Farm in Thybster – für mein Befinden ein langweiliges Niemandsland.«

»Ein Sassenach?«, verwendete sie absichtlich das Schimpfwort, mit dem im Norden gern Lowländer und Engländer bezeichnet wurden, in dem Wissen, dass auch Samuel Dexter dazugehörte.

Tatsächlich verschwand das Lächeln kurz aus seinem Gesicht. »Aus Edinburgh.«

»Wer ist es?«

Und sogleich hatte er wieder die Oberhand. Er stützte sein Kinn auf die Hand und sah ihr begehrend in die Augen. »Was ist dir die Information denn wert?«

»Sam, eines Tages wirst du meine Hilfe brauchen, und dann werde ich vor Gericht aussagen, dass sexuelle Nötigung ein gern genommenes Mittel deiner Wahl ist.«

Sein Blick verfinsterte sich. »Ich habe dich nie zu etwas genötigt.«

»Und was war das gerade für ein Versuch? Fonab Castle, ja?«

Er musterte sie schweigend mit versteinerter Miene. Es war

einer jener seltenen Momente, in denen sie seine Gefühlslage nicht durchschaute.

Verdammt, sie brauchte die Information von ihm. »Sam, lass uns bitte wie vernünftige Menschen miteinander umgehen.«

»Was ist aus dem verrückten, süßen Hippiemädchen geworden? Du bist viel zu ernst.«

»Douglas wurde bedroht und überfallen. Jemand hat seine Scheune niedergebrannt, ein Mann wurde niedergestochen. Die Situation ist ernst.«

Auf Sams Gesicht legte sich ein Zug, den Alison selten an ihm gesehen hatte: Besorgnis.

»Wenn ich mit meinen Vermutungen richtigliege, handelt es sich bei dem Käufer um niemand Geringeren als Richard Felton.«

»Richard Felton? Wer ist das?«

»Du liest noch immer keine Wirtschaftsmagazine, wie ich sehe. Felton macht in Aktien und anderen Spekulationsgeschäften, ähnlich wie ich, nur ist er wesentlich skrupelloser.«

»Geht das?«

Sams Miene war ungewohnt ernst. »Leg dich nicht mit ihm an, Ali. Der Mann ist gefährlich.«

Thybster

Douglas saß auf dem Beifahrersitz im Wagen seiner Tochter. Sie waren auf dem Weg zu Matthew Fletchers Farm. Ihm war nicht wohl in seiner Haut, aber Grace hatte darauf bestanden, dass er sie begleitete. Hätte er am Abend zuvor nur den Mund gehalten. Er hoffte, dass sie niemanden antreffen würden.

Doch seine Hoffnung wurde nicht erfüllt. Grace hatte die Mittagszeit für den Besuch gewählt, und der Farmer war zum Lunch nach Hause gekommen.

Matthew Fletcher war überrascht, schien aber dennoch erfreut über den unangekündigten Besuch. »Douglas, wie geht es dir? Kommt rein.«

Er führte sie in die Küche, wo seine Frau gerade das Mittagsgeschirr in die Spülmaschine stellte. »Claire, kochst du uns einen Tee bitte?«

Sie setzten sich an den Tisch.

»Schlimme Sache, das mit den Überfällen auf dich und deine Farm.« In Matthews Stimme schwang aufrichtige Anteilnahme mit. »Weiß man schon, wer es war?«

»Nein.«

»Wenn du Hilfe brauchst … Arran hat dir gesagt, dass du Futter und Streu von mir bekommen kannst?«

»Aye.«

»Ich brauche es nicht mehr. Wir verkaufen die Tiere.«

Das war ihr Stichwort. Grace stieß Douglas unterm Tisch mit dem Knie an. Er wusste nicht, was er sagen sollte. Er war nicht darin geübt, Leute auszufragen.

»Ich kann es dir überlassen«, fuhr Matthew fort. »Du müsstest es nur abholen. Vielleicht kannst du es bei deinem Sohn in der Scheune unterbringen.«

»Das ist großzügig von dir, Matthew. Aber ich kann es mir im Moment nicht leisten«, erwiderte Douglas.

»Da werden wir uns schon einig.«

»Ihr verkauft die Farm, hat Arran gesagt?« Grace verpackte die Information in eine Frage.

Matthew nickte und sah zu Douglas. »Weißt ja selbst, wie es ist. Zu viel Arbeit, zu wenig Geld, und unsere Kinder haben andere Pläne.«

»Wir werden uns ein kleines Haus in Thurso kaufen«, mischte Claire sich ein. Sie klang nicht enttäuscht über die Aufgabe der Farm. »Dann müssen wir nicht immer für jedes bisschen mit dem Auto in die Stadt fahren. Und wenn Arran hoffentlich bald mal eine Familie gründet, können wir uns um die Kinder kümmern. Und wir können endlich einmal verreisen.« Sie strahlte bei dem Gedanken.

Matthew wirkte weniger begeistert. »Nach Mallorca will sie und auf die Kanaren.«

»Wer ist der Käufer?«, fragte Grace.

»Der Käufer wollte bis zur endgültigen Vertragsunterzeichnung anonym bleiben.«

»Ist das normal?«

»Was weiß ich«, tat Matthew ihre Frage ab. »Warum fragst du?«

»Die Bright Estate Agents haben Dad angeschrieben. Sie haben Interesse an seiner Farm.«

»Das ist auch unser Makler.«

»Ist er seriös?«

Matthew zuckte die Achseln. »Denke schon.« Er sah zu Douglas. »Stimmt das, was man erzählt? Du hast ihm ein totes Schaf gebracht?«

»Das Angebot, das er Dad gemacht hat, war alles andere als seriös«, kam Grace der Antwort ihres Vaters zuvor.

Der Farmer zog die Stirn in Falten. »Niemand kauft heutzutage mehr eine Schaffarm. Man kann froh sein, wenn man überhaupt noch Geld dafür bekommt.«

»Hat er dir ein ordentliches Angebot gemacht?«

»Ich glaube, es geht dich nichts an, was ich für meine Farm bekomme, Grace.« Matthews Stimme hatte einen schärferen Ton angenommen.

Douglas warf seiner Tochter einen mahnenden Blick zu, aber sie ignorierte ihn.

»Matthew, hat Bright dir in irgendeiner Weise gedroht?«

»Wieso hätte er mir drohen sollen?«

»Weil du nicht verkaufen wolltest.«

Der Blick des Farmers verfinsterte sich. »Was sind denn das für Fragen, Grace? Denkst du, ich habe was zu verbergen?«

»Nein, natürlich nicht. Wir versuchen lediglich herauszufinden, wer hinter den Vorfällen auf Dads Farm steckt.«

»Und du denkst, ich habe etwas damit zu tun?«

»Nein.«

»Seid ihr deswegen hergekommen? Ich dachte, es geht um das Futter! Ich wollte helfen. Und jetzt beschuldigst du mich, an den Überfällen auf deinen Vater beteiligt zu sein?«

Douglas wäre am liebsten im Boden versunken. »Nein, Matthew, das tun wir nicht. Es ist nur so, dass Brights Angebot an mich wirklich unter aller Sau ist.«

»Dann musst du mit ihm verhandeln!«

»Ich will nicht verkaufen.«

»Douglas, was willst du denn noch mit der Farm? So viele Jahre schaffst du die Arbeit auch nicht mehr. Und wenn du dann verkaufen musst, dann kriegst du gar nichts mehr. Schau dich doch um. Hier gibt es nichts! Es ist ein Glücksfall, wenn jemand kommt und dir ein Angebot macht. Wir können nur hoffen, dass die in Thurso den Golfplatz genehmigen, dann kommen vielleicht mal ein paar mehr Touristen in die Region.«

»Niemand kommt zum Golfspielen nach Thybster.«

»Du hast im Gemeinderat dagegen gestimmt, hat Arran erzählt.« Matthew Fletchers Herzlichkeit war deutlich abgekühlt.

»Aye.« Nur ungern dachte Douglas an die Sitzung. Die jungen Leute waren dafür gewesen, die alte Garde dagegen.

»Douglas, unsere Zeit ist vorbei. Die Schafzucht hat keine Zukunft. Unsere Kinder gehen andere Wege.« Matthew deutete mit dem Kinn zu Grace. »Oder hast du vor, deine Polizeimütze an den Nagel zu hängen und Schäferin zu werden?«

»Wenn Dad nicht verkaufen will, ist das seine Entscheidung.«

Douglas sah prüfend zu seiner Tochter. War sie auch der Meinung, dass er verkaufen sollte? Für einen Spottpreis an irgendeinen Immobilienhai? Und was dachte sie, wo er zukünftig leben sollte? In einem kleinen Zimmer in irgendeinem Altenheim?

Er fühlte sich unangenehm an die Highland Clearances des 18. und 19. Jahrhunderts erinnert, als die Gutsherren das Volk von ihrem Land vertrieben, um die Flächen als Weideland für ihre Schafe zu nutzen. Nun wurden Schafe nicht mehr gebraucht, und man vertrieb die Farmer, um stattdessen Golfplätze anzulegen und Windparks zu errichten.

Aber ihn würden sie nicht vertreiben. Der Hof war seit Generationen im Besitz der MacKeiths. Er war dort geboren worden, und er würde dort sterben.

***

Die Fahrräder der Johnson-Schwestern standen in einem Verschlag neben der Scheune. Beim Anblick von Jeanas eingestaubtem rosa Rad mit dem Körbchen an der Lenkstange kamen in Marley Erinnerungen hoch: gemeinsame Ausflüge nach Thurso zum Bummeln oder auf ein Pint in einen Pub. Oder zum Baden nach Murkle Bay, der kleinen Sandbucht bei Castletown. Sie hatten Händchen gehalten. Er war im siebten Himmel gewesen, hatte sich Hoffnungen gemacht, dabei hatte Jeana in ihm immer nur einen guten Freund gesehen.

Marley nahm das andere Rad, ein graues Mountainbike. Es gehörte Alison und passte besser zu Kimberly als Jeanas Mädchenrad. Er wischte die Spinnweben ab, pumpte die Reifen auf, prüfte, ob sie die Luft hielten. Er war dabei, die Kette zu ölen, als Ryans Vauxhall auf den Hof rollte.

»Was machst du hier?«, begrüßte er seinen Kumpel verwundert. »Musst du nicht arbeiten?«

»Überstunden. Und nach dem, was in letzter Zeit los war, dachte ich mir, ich schau mal nach dir.« Ryan kam zu ihm. »Willst du 'ne Radtour machen?«

»Ist für Kimberly.«

»Ah, die kleine Deutsche.« Er grinste anzüglich. »Sie ist heiß.«

»Sie ist eine Touristin.«

»Das ist doch das Gute: ein paar schöne Nächte ohne Verpflichtungen.«

Für Ryan schien es so einfach. Marley konzentrierte sich auf das Rad. Er drehte die Pedale, damit die Kette sich bewegte, während er Öl daraufsprühte. Seit er Kimberly in der Sonntagnacht zum Abschied einen Kuss auf die Wange gegeben hatte,

hatte er sie nicht mehr gesehen. Er hätte längst zu ihr gehen und sich bei ihr bedanken sollen, dass sie bei der Polizei für ihn ausgesagt hatte.

Ryan lehnte sich mit dem Rücken gegen die Scheunenwand. »Sag mal, wie kommt Kenny eigentlich darauf, dass du etwas mit dem Überfall auf Conor zu tun hast?«

Marleys Nacken verspannte sich bei der Frage. Er drehte das Rad wieder herum, stellte es auf den Ständer und wandte sich seinem Kumpel zu. »Jacob hat mich in der Nacht in der Hill View gesehen.«

»Hat Arrans Lakai nichts Besseres zu tun, als dich bei den Bullen anzuschwärzen?«

Marley zuckte die Achseln. »Denkst du auch, ich hab was damit zu tun?«

Ryan hob abwehrend die Hände. »Wir sind Freunde, oder?«

Das war kein Nein.

»Wie geht's deinem Dad?«

»Er bekommt seit Wochen Drohbriefe.«

»Im Ernst? Warum das?«

»Jemand will die Farm kaufen, aber Douglas will nicht verkaufen. Wir vermuten, dass der Käufer dahintersteckt.« Marley wischte sich mit einem alten Lappen Öl von den Fingern.

Ryan zog die Augenbrauen zusammen. »Was sagt Kenny dazu?«

»Der weiß von nichts. Douglas hat die Briefe nämlich allesamt verbrannt.«

»Shit.«

»Wir nehmen an, dass dieser Bright etwas mit der Sache zu tun hat. Ali versucht herauszufinden, wer der Käufer ist.« Marleys Blick glitt an seinem Kumpel vorbei. Kimberly kam die Hofeinfahrt entlanggelaufen. Sie trug Jeans und ein Shirt mit Dreiviertelarm und hatte einen Rucksack auf dem Rücken. Ihr Gang hatte etwas Energisches, fast wie eine kleine Soldatin, ging es ihm durch den Kopf.

»Hey.« Sie blieb vor ihnen stehen.

»Hey.«

Sie hatte nicht die feminine Ausstrahlung wie Jeana, und doch hatte sie etwas an sich, das sein Verlangen entfachte, sie zu berühren. Er bemerkte, dass er sie anstarrte, wich einen Schritt zurück und deutete auf das Rad. »Ich habe das Fahrrad durchgesehen. Es läuft, aber es ist alt, die Reifen könnten porös sein.«

Sie nickte. Er spürte ihre Befangenheit und sah zu Ryan. »Kannst du uns kurz allein lassen?«

»Klar.« Er zwinkerte Marley verschwörerisch zu und verzog sich in die Werkstatt.

Marley wandte sich wieder an Kimberly. »Ich muss mich noch bei dir bedanken. Du warst bei der Polizei und hast für mich ausgesagt.«

»Schon okay.« Sie presste kurz die Lippen zusammen. »Geht es Daisy gut?«

»Ja.«

»Gut.«

Irgendetwas belastete sie. Er schickte ein Gebet zum Himmel, dass sie ihn nicht auch noch fragen möge, ob er Conor abgestochen hätte. »Du wolltest Daisy meinem Dad abkaufen«, versuchte er, einen lockeren Ton anzuschlagen.

»Ich wollte nicht, dass sie geschlachtet wird.«

»Hast du ihm allen Ernstes fünfhundert Pfund geboten?«

Sie hob fragend die Augenbrauen. »Habe ich ihn beleidigt? War das zu wenig?«

Er lachte verkrampft auf. »Viel zu viel. Daisy ist kein prämiertes Zuchtschaf. Und selbst dann ...« Er schüttelte den Kopf.

»Dann ist dein Vater ein sehr ehrlicher Mensch.«

»Ja, das ist er wohl.«

Sie stand zum Greifen nahe. Sie roch nach Sonne, nach Wind, nach Frau. Die Konturen ihrer trainierten Arme, der muskulöse Nacken und die kleinen Brüste zeichneten sich unter ihrem Shirt ab. Für einen winzigen Moment blitzte die Phantasie in ihm auf, sie an sich zu ziehen, sie zu küssen, die Haut unter ihrem Shirt zu berühren. Und nicht nur unter ihrem Shirt.

Er wandte sich wieder dem Rad zu und hoffte, dass seine Gedanken nicht zu deutlich in seinem Gesicht zu lesen waren. Es war zu lange her, dass er mit einer Frau zusammen gewesen war. »Ich hoffe, es hält durch. Ruf mich an, falls du liegen bleibst, dann sammle ich dich ein. Hast du meine Nummer?«

»Ja.«

Sie sah zu ihm auf. Ihr Gesichtsausdruck war viel zu ernst.

»Marley, ich reise morgen ab.«

Ihm war, als hätte sie ihm ihre Faust in den Magen gerammt.

»Ah«, stammelte er. »Nach Hause?«

Sie zuckte die Achseln. »Das weiß ich noch nicht.«

»Na ja, dann.« Er spürte, wie Wut und Enttäuschung in ihm aufstiegen. Er biss die Zähne zusammen und streckte ihr steif seine Hand entgegen. Ein Lächeln wollte ihm nicht gelingen.

»War schön, dich kennenzulernen.«

Statt seine Hand zu nehmen, umarmte sie ihn, kurz und fest.

»Mach's gut.«

Sie stieg aufs Rad, trat, ohne sich noch einmal umzusehen, in die Pedale und fuhr vom Hof.

»*Fuck!*« Er schlug hart gegen das Holz der Scheune.

Ryan kam aus der Werkstatt und musterte ihn besorgt.

Inverness

Alison fand keinen Parkplatz in ihrer Straße und musste ihr Auto ein Stück entfernt in einem Seitenweg parken. Ihre Gedanken kreisten um das Gespräch mit Sam, während sie zu ihrer Wohnung ging. Seine aufrichtige Sorge um sie hatte sie überrascht. Das war ein Zug an ihm, den sie nicht kannte. Für ihn war das Leben ein großer Spaß, und es gab kein Problem, das man nicht mit der richtigen Summe Geld aus dem Weg schaffen konnte. Sie stieg die Stufen zu ihrer Wohnung hinauf, stutzte, als sie die Tür aufschloss.

Sie hatte den Schlüssel nur zur Hälfte herumdrehen müssen. Normalerweise schloss sie immer zweimal ab. War sie am Morgen so gedankenlos gewesen, dass sie die Tür lediglich zugezogen hatte? Ihr Puls beschleunigte sich.

Sie schob vorsichtig die Tür einen Spaltbreit auf, lauerte in den Flur. Es sah aus wie immer. Ihre Jacken und Tücher hingen an der Garderobe. Die Schuhe standen an ihrem Platz. Sie stieß die Tür mit dem Fuß weiter auf, verharrte im Treppenhaus, lauschte auf Geräusche aus ihrer Wohnung.

Drinnen blieb alles still.

Wurde sie jetzt paranoid, nur weil Samuel Dexter sie vor irgendeinem dubiosen Geschäftsmann gewarnt hatte? Woher sollte der von ihr wissen? Bei Bright war sie verkleidet und unter falschem Namen aufgetreten. Und auch wenn sie bei ihrem nächtlichen Ausflug in sein Büro nur knapp entwischen konnte, war sie sicher, dass Bright nicht wusste, dass sie dahintersteckte.

Sie trat auf Zehenspitzen in ihren Flur. Zur Sicherheit ließ sie die Wohnungstür weit geöffnet, so konnte sie leichter fliehen, wenn es notwendig sein würde.

Sie schlug die Tür zu ihrer Rechten, die ins Bad führte, bis zum Anschlag auf. Der Raum war leer. Sie atmete auf, schlich weiter zum offen stehenden Eingangsbereich der Küche.

»Hallo, Alison.«

Sie fuhr herum. Ihre Nachbarin Karen Hopkins stand vor ihrer Wohnung.

»Hey, Karen.« Sie legte die Hand auf ihr Herz. »Du hast mich erschreckt.«

»Warum steht deine Tür offen?«

»Ach, ich …« Alison winkte ab. »Ich bin gerade gekommen … Ich war ganz in Gedanken. Magst du auf eine Tasse Tee reinkommen?«

»Ich muss leider zur Arbeit.«

»Aye …« Sie zögerte. »Karen, weißt du, ob heute Vormittag jemand hier war?«

»In deiner Wohnung?«

»Ja.«
»Ich habe nichts gehört. Ist alles in Ordnung?«
»Ja, alles gut. Ich habe einen Freund erwartet und mich verspätet«, improvisierte sie.
»Ich habe nichts mitbekommen, aber ich hatte den Fernseher an. Vielleicht habe ich es überhört.« Karen verzog bedauernd das Gesicht. »Tut mir leid.«
»Kein Problem.«
Karen verabschiedete sich und zog die Wohnungstür zu. Alison spürte ihren Herzschlag viel zu deutlich in ihrer Brust, während sie allein im Flur stand. Im Bad und in der Küche war niemand. Blieben noch Wohn- und Schlafzimmer. Aber auch hier hatte sich kein Eindringling versteckt.

Sie kehrte in die Küche zurück. Eine Tasse Tee würde ihre Nerven beruhigen. Während sie darauf wartete, dass das Wasser kochte, fiel ihr Blick auf den Küchentisch. Sie hatte ihre Unterlagen am Morgen zusammengeschoben, um Platz für das Frühstücksbrett zu haben, dennoch überkam sie das Gefühl, dass der Stapel jetzt anders aussah. Hatte jemand ihre Notizen durchwühlt?

Sie goss den Tee auf, setzte sich an den Tisch. Die innere Unruhe blieb. Sie war einfach überspannt. Es war so viel geschehen in den letzten Tagen.

War Hamish hier gewesen? Aber er hatte keinen Schlüssel. Wie hätte er hereinkommen können? Und warum hätte er einfach in ihre Wohnung gehen sollen? Sie wusste, dass es nur ein Vorwand war, um seine beruhigende Stimme zu hören, dennoch griff sie zum Telefon und wählte seine Nummer.

»Ali, es ist gerade ganz schlecht.«
Im Hintergrund hörte sie Motorengeräusche. »Wo bist du?«
»Auf einer Windkraftanlage bei Aberdeen.«
»Das heißt, du warst heute Vormittag nicht bei mir?«
»Nein.« Die Motorengeräusche wurden leiser. Anscheinend hatte Hamish seinen Standort gewechselt. »Ali, was ist los?«
»Nichts, es ... Es ist alles okay.«

»Warum glaube ich dir nicht?«
»Es ist nichts. Tut mir leid, dass ich dich gestört habe.«
»Du störst nie, Ali. Wenn irgendetwas ist, ruf mich an, okay?«
»Okay.«
»Ich muss wieder an die Arbeit. Pass auf dich auf.«
Sie sah auf den Stapel Notizblätter. Wie wollte sie in dem Durcheinander erkennen, ob jemand in ihren Unterlagen geschnüffelt hatte? Sam hatte sie ganz verrückt gemacht mit seinem besorgten Getue. Dabei wollte er sie vermutlich nur wieder ins Bett kriegen.

Thybster

Marley flüchtete sich in seine Arbeit, nachdem Ryan gefahren war. Er war froh, dass sein Auftragsbuch voll war. Wenigstens darüber musste er sich vorläufig keine Sorgen machen. Er hatte Dauben in seiner Werkstatt ausgelegt und war dabei, ein Fass zusammenzustellen, als Grace auf den Hof kam. Sie trug noch ihre Uniform.
»Zeit für einen Tee?«, fragte sie.
»Lass mich das hier noch fertig machen.« Er deutete auf das Holz und die Metallringe vor ihm.
»Ich habe nicht viel Zeit.«
»Dann gehst du besser schon mal rein und kochst den Tee«, entgegnete er unwirsch. Auch wenn er sein eigener Herr war, konnte er nicht immer alles sofort stehen und liegen lassen, sobald jemand zu ihm kam.
»Schlechte Laune?«
»Ich habe zu tun, Grace.«
Sie wandte sich ab und ging ins Haus. Er schnaufte genervt. Es war nicht die Arbeit, die ihn stresste, obwohl ihn die Verhaftung in seinem Zeitplan zurückgeworfen hatte. Wütend schlug

er die Ringe um das Holz, um die Dauben zu fixieren. Wenn er wenigstens seine Gefühle für Kimberly in den Griff bekommen würde. Dieses körperliche Verlangen, das ihn immer wieder in ihrer Gegenwart überkam, war zermürbend.

Sie würde am nächsten Tag fahren. Dann war sie ohnehin Geschichte. In seinem Frust schlug er zu hart zu und traf die Daube statt den Metallring. Das Holz splitterte. Fluchend ließ er den Hammer fallen und ging ins Haus.

»Du bist ja richtig schlecht drauf«, stellte Grace fest, als er in die Küche kam. Sie reichte ihm eine Tasse. »Was ist los?«

»Ich hatte eine kurze Nacht«, erinnerte er seine Schwester an ihre späte Zusammenkunft bei Douglas.

»Tut mir leid, ich war einfach am Ende mit meinem Latein. Ich meine: Drohbriefe! Was sind denn das für Methoden? Ich finde das erschreckend.« Sie strich ihm über den Arm. »Danke, dass du gleich gekommen bist.«

Er setzte sich an den Tisch. »Wart ihr bei Fletcher?«

»Aye.« Grace gesellte sich zu ihm. »Er sagt, er hat keine Drohbriefe bekommen. Er hätte mit Bright verhandelt und sich dann entschlossen zu verkaufen. Alison hat mich vorhin angerufen. Sie hat einen Tipp bekommen, wer hinter den Angeboten stecken könnte. Ein gewisser Richard Felton.«

Marley hob den Blick. »Von wem kam der Tipp?«

»Sam.«

»Samuel Arschloch Dexter?«

»Marley!«

»Bevor du die Info deinem Boss steckst, wäre ich vorsichtig. Dexter macht sich doch nur wichtig, um wieder bei ihr zu landen.«

»Ali sagt, er klang besorgt.«

»Ts«, spuckte Marley aus. »Dass ihr Weiber immer auf solche Idioten reinfallt!«

»Sag mal, was ist denn mit dir los?« Grace sah ihn verständnislos an.

»Nichts.«

Grace neigte den Kopf zur Seite. »Hey, *little boy*.«
Das Große-Schwester-Getue konnte er jetzt überhaupt nicht gebrauchen. Er war ein erwachsener Mann. Er stand auf und trat ans Fenster. »Lass mich einfach in Ruhe. Ich kann heute keine Menschen um mich herum gebrauchen.«

***

Die Tour hatte Kim gutgetan. Es gab zwar keine Radwege, doch der Autoverkehr hielt sich in Grenzen, und mit Alisons Mountainbike konnte sie auch gut über Schotterwege und Grasnarben fahren. Im Zickzackkurs war sie die Küstenlinie entlanggeradelt, hatte sich in die Pedale gestellt, gegen den Wind gekämpft und die herrlichen Ausblicke auf das Meer genossen.

Die Begegnung mit Marley hatte sie verwirrt. Er hatte unerwartet kühl reagiert, als sie ihm gesagt hatte, dass sie abreisen würde. Er hatte nicht gefragt, ob sie wiederkäme. Ein kurzer, distanzierter Abschied. Sie hatte gedacht, dass mehr zwischen ihnen gewesen wäre. Sie durchschaute diesen Mann einfach nicht.

Sie war zum Castle of Mey gefahren, hatte sich das märchenhafte Schloss mit dem romantischen Garten jedoch nur von außen angesehen und war weiter bis nach John o'Groats gefahren. Sie genoss ihr pumpendes Herz, die brennenden Oberschenkel und den Schweiß auf ihrer Haut. Auch wenn sie fast täglich joggen ging und Work-out machte, reichte es bei Weitem nicht an ihr normales Trainingspensum heran. Vielleicht war sie deswegen so unausgeglichen. Sie brauchte eine körperliche Herausforderung.

Auf dem Rückweg zogen Wolken vom Meer heran, der Wind frischte auf, und sie befürchtete, in ein kräftiges Unwetter zu kommen. Doch der Himmel entlud sich nicht. Sie fuhr an Douglas' Farm und Francis Cottage vorbei zurück nach Thybster. Sie ließ das Fahrrad beim JJ's stehen und würde es Jeana oder Joyce überlassen, es wieder zurückzubringen. Marley hatte sich von ihr verabschiedet. Warum sollte sie noch einmal zu ihm fahren?

Sie duschte, legte sich aufs Bett und zappte durch die Fernsehprogramme. Die Augenlider wurden ihr schwer. Bis der Pub schloss, blieben ihr noch zwei Stunden. Sie stellte den Wecker auf ihrem Smartphone und rollte sich auf die Seite. Ihre letzte Nacht im rosa Prinzessinnenzimmer. Vielleicht sollte sie zu Hause die Wände ihres Schlafzimmers auch rosa streichen?

Kurz vor elf weckte sie das Piepen ihres Smartphones. Der Pub würde gleich schließen. Sie schlüpfte in Jogginghose und Sweatshirt und stieg die Stufen zum Frühstücksraum hinunter. Jeana war noch nicht da. Kim schaltete eine kleine Tischlampe ein und nahm ein paar Prospekte von der Anrichte. Sie blätterte durch die Seiten.

Um halb zwölf war Jeana noch immer nicht gekommen. Kim trat ans Fenster. Durch einen Regenschleier sah sie Licht im Pub. Vielleicht saßen dort ein paar hartnäckige Gäste, die die Sperrstunde ignorierten. Oder hatte Jeana gemeint, dass sie sich im Pub treffen sollten? Wahrscheinlich saß sie ebenso wartend am Tresen wie Kim hier im Frühstücksraum.

Eilig verließ sie das Haus. Der Wind blies ihr dicke Tropfen ins Gesicht. Sie sprintete zum Hintereingang des Pubs, der in die Küche führte. Die Tür war nicht verschlossen. Arbeitsplatte und Herd waren blitzsauber. Töpfe, Pfannen, Kochbesteck an ihrem Platz.

Sie hörte ein Geräusch aus dem Schankraum. Ein Schleifen oder Kratzen über den Boden, Rumpeln, Stöhnen. Ihr Puls schnellte in die Höhe. War Jeana gestürzt und hatte sich verletzt? Sie eilte durch den schmalen Raum. Die Durchreiche war verschlossen. Sie öffnete die Schwingtür und erstarrte. Adrenalin schoss durch ihre Adern.

Sie sah den Rücken des Mannes. Groß, breite Schultern, dunkle Kleidung, schwarze Sturmmaske. Er drückte Jeana bäuchlings auf den Tisch. Sie wimmerte unter seinem Griff. Er presste eine Hand in ihren Nacken, zerrte mit der anderen an ihrem Kleid.

»Nein!« Kim stürmte in den Raum.

Der Kerl drehte sich überrascht um. Ihre Faust schoss vor, traf sein Jochbein. Er taumelte zurück. Sie versetzte ihm einen Tritt in die Flanke, schlug einen Leberhaken in die andere Seite. Landete einen weiteren Treffer in seinem Gesicht. Ihre Hiebe hämmerten wie ein Trommelfeuer auf ihn ein. Er krümmte sich, ächzte, rang nach Luft.

Kim fasste Jeanas Arm und zog sie zu den Toilettenräumen. Sie schlug die Tür zu, schob den Riegel vor, stemmte sich mit dem Rücken dagegen.

Jeana sank auf die Knie, fingerte an dem Tuch, mit dem der Kerl sie geknebelt hatte.

Kim nahm ihr Smartphone, wählte den Notruf. »JJ's Pub. Thybster. Wir werden überfallen. Kommen Sie schnell.«

Von draußen hörte sie Poltern und das Splittern von Glas. Jeana hockte zusammengekauert vor ihr. Kim ließ sich mit dem Rücken gegen die Tür zu Boden sinken. Sie zog Jeana zu sich, hielt sie fest in ihren Armen.

»Keine Angst, ich bin bei dir«, wisperte sie ihr ins Ohr. Ihr Herz hämmerte hart in ihrer Brust. Angespannt lauschte sie auf die Geräusche aus dem Schankraum.

***

Polizisten bevölkerten den Pub. Ein Tisch und Stühle waren umgekippt. Ein Barhocker lag ramponiert hinter dem Tresen. Der Einbrecher musste ihn über die Theke in die Flaschenregale geworfen haben. Glassplitter verteilten sich über den Boden.

Kim hatte die Polizisten gebeten, Grace MacKeith zu informieren. Sie wusste nicht, was genau geschehen war, aber sie war sich sicher, dass Jeana nicht von einem Mann befragt werden wollte.

Während Grace und die Sanitäter sich um Jeana kümmerten, kam einer der Polizisten zu Kim. »Ms Hart, ich bin Sergeant Adam Wilson. Wir benötigen Ihre Aussage.«

Er leitete sie in den Nebenraum des Pubs. Hier hatte der Täter nicht gewütet. Er setzte sich ihr gegenüber an einen der Tische. »Erzählen Sie mir bitte, was passiert ist.«

»Da war ein maskierter Mann. Er hat Jeana auf den Tisch gedrückt. Ich hab irgendwas gerufen. Ich weiß nicht mehr, was. Er hat sich umgedreht, und ich habe zugeschlagen.« Sie rieb sich über das linke Handgelenk.

»Sie haben zugeschlagen?«

Ihr entging nicht, wie der Sergeant zweifelnd die Augenbrauen hob. »Ja, ich habe zugeschlagen«, erwiderte sie gereizt. »Dann bin ich mit Jeana geflohen. Wir haben uns in der Gästetoilette eingeschlossen, und ich habe den Notruf abgesetzt.«

Ein Mann im dunklen Anzug kam in den Nebenraum und blieb am Durchgang stehen. Sie erkannte Chief Inspector Kenneth Campbell.

»Ms Hart.« Er nickte ihr grüßend zu. »Adam, mach weiter.«

Der jüngere Kollege wandte sich ihr wieder zu. »Können Sie den Mann beschreiben, der Ms Johnson überfallen hat?«

»Er war größer als ich, mindestens eins achtzig. Mittelschlank, kräftig, breites Kreuz. Er trug dunkle Kleidung und hatte eine Sturmmaske über den Kopf gezogen, so eine, wie Motorradfahrer sie tragen.«

»Und Sie haben den Mann geschlagen? Einen eins achtzig großen, kräftigen Mann?« Die Skepsis schwang deutlich in Wilsons Stimme mit. »Und er hat sich nicht gewehrt?«

»Er war wohl etwas überrascht.«

»Ja, mit Sicherheit«, erwiderte der Polizist sarkastisch.

Campbell lehnte mit verschränkten Armen an der Wand und musterte sie aufmerksam. In seinem Blick lag weder Skepsis noch Amüsement.

»Also, Sturmmaske, dunkle Kleidung. Ist Ihnen sonst noch etwas aufgefallen, woran wir den Täter identifizieren könnten? Augenfarbe? Schuhe? Besondere körperliche Merkmale?«

»Er hat eine frische Verletzung am rechten Auge, ich habe sein Jochbein getroffen. Vermutlich hat er ein paar Prellungen am Oberkörper.« Der Fußtritt hatte ihn ungebremst erwischt, und auch ihre Hiebe hatte er nicht parieren können. »Es könnte sein, dass seine Lippe verletzt ist. Wie gesagt, er trug eine Sturmmaske, die hat ihn vielleicht etwas geschützt.«

Wilson hob ungläubig den Blick von seinem Block. »Bitte?« Er machte keine Anstalten, ihre Angaben zu notieren.

Campbell regte sich und trat einen Schritt näher an den Tisch. »Du hast richtig gehört, Adam. Ms Hart ist seit fünf Jahren amtierende WIBF-Boxweltmeisterin mit zahlreichen Titelverteidigungen. Außerdem zweifache Jugendeuropameisterin im Taekwondo. Ich denke, Ms Hart kann ihre Trefferquote sehr gut einschätzen.«

Wilson vergaß, seinen Mund zu schließen.

»Notiere bitte die Aussage von Ms Hart und gib die Beschreibung an unsere Leute weiter. Es sollten nicht so viele Männer mit frischem Veilchen unterm rechten Auge in der Gegend unterwegs sein.«

Der Chief Inspector wandte sich ihr zu. »Was ist mit Ihrem Handgelenk?«

Kim sah auf ihre rechte Hand, mit der sie unbewusst sanft massierend über das linke Handgelenk strich. »Vermutlich gestaucht.«

»Die Sanitäter sind noch draußen. Kommen Sie bitte mit.«

Sie folgte dem Chief Inspector durch den Pub ins Freie. Es hatte aufgehört zu regnen. Die Luft war kühl und feucht. Neben mehreren Polizeiautos stand ein Rettungswagen auf dem Parkplatz. Scheinwerfer erhellten die Umgebung, reflektierten im Wasser der Pfützen.

»Sie sind Rechtsausleger?«, fragte Campbell mit Blick auf ihre linke Hand.

»Ja.« Sie versuchte zu erkennen, ob Jeana in dem Krankenwagen lag, aber aus dem Winkel konnte sie nicht ins Innere der Ambulanz sehen. Sie blieb stehen. »Mr Campbell?«

»Ja?« Er wandte sich zu ihr um.

»Bin ich rechtzeitig gekommen?«

Er brauchte einen Moment, bis er den Hintergrund ihrer Frage verstand. »Ich denke, ja.«
Sie atmete auf.
Sein Blick schwankte zwischen Respekt und Unverständnis. »Es war sehr mutig von Ihnen, ihr zu helfen. Aber auch sehr gefährlich und unüberlegt.«
»Ich hatte keine Zeit zu überlegen.«
»Aye.«
»Ich hoffe, Sie finden den Kerl schnell.«
»Wir tun, was wir können. Es wäre hilfreich, zu wissen, wie er geflohen ist.«
Sie konnte es ihm nicht sagen. Sie hatte den Radau aus dem Schankraum gehört, während sie versucht hatte, Jeana zu beruhigen. Sie hatte nicht gewusst, ob der Täter gesehen hatte, dass sie sich in der Gästetoilette versteckten, und gehofft, dass der Mann nicht nach ihnen suchen würde. Dann war die Pubtür zugeschlagen. Außer Jeanas Schluchzen hatte sie nichts mehr gehört. Ob er zu Fuß, mit dem Rad oder einem Auto geflohen war, wusste sie nicht.
»Ist Ihnen in den letzten Tagen vielleicht etwas Ungewöhnliches aufgefallen?«
Kim sah den Chief Inspector stirnrunzelnd an. »Das kann ich nicht beurteilen. Ich weiß nicht, wie es hier ist, wenn nicht gerade Schafe getötet oder Scheunen in Brand gesetzt werden.«
Kurz huschte ein Hauch Anteilnahme über das Gesicht des Mannes. »Sie müssten morgen in die Dienststelle kommen und das Aussageprotokoll unterschreiben. Vielleicht fällt Ihnen auch noch etwas ein, das uns weiterhilft.«
»Mein Zug geht morgen früh.«
»Haben Sie wichtige Termine?«
Kims Blick wanderte wieder zu dem Krankenwagen. Nichts war wichtiger, als den Kerl zu finden, der Jeana das angetan hatte. »Ich denke, den Termin kann ich verschieben.«
»Danke. Wir können Sie heute Nacht in einem Hotel in Thurso unterbringen.«

»Nein, nicht nöt–« Sie unterbrach sich selbst, als sie Campbells Miene sah. Es war kein freundliches Angebot. Sie hatte keine Option. Ihre Vermieterin war Opfer eines Überfalls geworden. Sie konnte nicht hierbleiben. Kim grauste davor, lauter fremde Menschen um sich zu haben. »Ein B&B wäre mir lieber als ein Hotel. Aber das ist vermutlich utopisch um diese Zeit?«

»Wir schauen, was sich machen lässt. Ich überlasse Sie jetzt den Sanitätern. Einer meiner Kollegen wird sich dann um Sie kümmern.«

Der Chief Inspector wechselte ein paar Worte mit einem der Sanitäter. Sie schienen sich zu kennen. Es war sicher nicht der erste gemeinsame Einsatz, zu dem sie gerufen wurden, vermutete Kim. Ein Gedanke zuckte durch ihren Kopf.

»Mr Campbell?«

»Ja?«

»Es muss jemand von hier gewesen sein.«

»Wie kommen Sie darauf?«

»Jeana und Joyce gehört das JJ's. Sie sind ein Paar und immer gemeinsam bis zum Feierabend im Pub. Allein gegen zwei Frauen, das wäre auch für einen kräftigen Mann ziemlich riskant. Der Täter muss gewusst haben, dass Jeana heute Abend allein ist.«

Campbell nickte grübelnd. »Und Sie haben den Mann wirklich nicht erkannt?«

»Tut mir leid.« Der prüfende Blick des Chief Inspectors behagte ihr nicht.

»Behalten Sie diesen Gedanken bitte für sich und denken Sie noch einmal genau darüber nach, ob Ihnen an dem Täter nicht doch etwas bekannt vorkam. Wir sprechen uns morgen.«

Donnerstag

Thybster

Alisons Augen brannten vor Anstrengung, während sie durch die Nacht nach Thybster fuhr. Die Strecke zog sich endlos dahin. In ihrem Kopf kreisten die fürchterlichsten Bilder. In diesem Moment verfluchte sie es, so weit von ihrer Schwester entfernt zu leben.

Grace hatte sie um ein Uhr morgens aus dem Schlaf gerissen und ihr von dem Überfall auf Jeana berichtet. Alison war noch während des Telefonats in ihre Klamotten gesprungen. Sie hatte sich nicht die Zeit genommen, eine Tasche zu packen, und war losgerast.

Noch ein paar Meilen, dann hatte sie es geschafft. Ein Augenpaar funkelte im Licht ihrer Scheinwerfer am Straßenrand. Ein Fuchs? Ein Wildschwein? Wenn ihr nur kein Tier vor die Kühlerhaube lief. Sie mahnte sich zur Vorsicht, während ihr Fuß das Gaspedal durchtrat.

Am Horizont ließ sich hinter einem grauen Regenschleier die Morgendämmerung erahnen, als sie gegen halb vier das Ortsschild Thybster passierte. Der Parkplatz vor dem Pub war mit blau-weißem Band abgesperrt. Sie fuhr in den Hinterhof. Im Wohnzimmer schimmerte mattes Licht durch die Vorhänge.

Sie sprang aus dem Wagen. Die Haustür wurde geöffnet, noch bevor sie sie erreicht hatte. Grace erwartete sie.

»Wo –?«

Grace legte einen Finger an die Lippen. »Der Arzt hat ihr etwas zur Beruhigung gegeben«, flüsterte sie. »Sie schläft.«

Der Druck in ihrem Kopf wurde übermächtig. Alison konnte ihre Tränen nicht länger zurückhalten. »Wisst ihr schon, wer –?«

»Jetzt komm erst einmal rein.« Grace lotste sie in das Wohnzimmer.

279

Der Raum war ausgefüllt mit drei mächtigen Sofas, die um einen niedrigen Tisch herum vor dem Kamin arrangiert waren. Aufrecht sitzen konnte man in ihnen nicht, man versank in den weichen Polstern. Alison liebte diesen kuscheligen Raum. Im Winter war es noch schöner, wenn das Feuer im Kamin knisterte und der Wind ums Haus pfiff. Sie wünschte, Jeana würde hier sitzen, damit sie ihre kleine Schwester fest in die Arme schließen konnte.

Sie wischte sich die Tränen aus dem Gesicht. »Ich muss zu ihr.«

»Ich will dir erst erklären, was geschehen ist. So aufgewühlt, wie du bist, hilfst du ihr nicht.« Grace schob sie sanft, aber bestimmt zu einem Sofa.

Eine Porzellankanne stand auf einem Stövchen. Grace goss Tee in zwei Tassen und wartete, bis Alison einen Schluck getrunken hatte. Das warme Getränk und Grace' Professionalität wirkten beruhigend. Sie war froh, dass Campbell die Betreuung ihrer Schwester an Grace übergeben hatte und nicht an eine fremde Kollegin.

»Hat er sie ... Wurde sie ...«

Grace schüttelte den Kopf. »Das sagte ich dir doch schon am Telefon, sie wurde nicht vergewaltigt.«

Alison presste die Augen fest zusammen. Allein der Gedanke, dass die Gefahr bestanden hatte, war so fürchterlich, dass sie es kaum aushielt. Sie mahnte sich selbst zur Ruhe. Sie musste die Nerven behalten. »Was genau ist passiert?«

»Jeana hat im Pub aufgeräumt, nachdem die letzten Gäste gegangen waren. Das war kurz vor elf. Sie war im Schankraum, als jemand hereinkam. Sie hatte sich mit Kimberly für den Abend verabredet und dachte, sie wäre es. Daher hat sie sich nicht gleich umgedreht, um nachzusehen, wer hereingekommen war. Im nächsten Augenblick hatte der Kerl sie schon gepackt. Er hat sie geknebelt, sie auf einen Tisch gedrückt ...«

Alison verzog gepeinigt das Gesicht.

Auch in Grace' Augen brannten Tränen. »Kimberly kam

hinzu. Sie hat den Mann in die Flucht geschlagen und den Notruf abgesetzt.« Grace nahm Alisons Hand zwischen ihre. »Ali, Kimberly kam rechtzeitig. Jeana war nicht lange in seiner Gewalt.«

Jede Sekunde musste die Hölle gewesen sein. Ihre kleine Schwester hatte sicher Todesängste ausgestanden.

»Ist Kimberly oben?«

»Nein, Kenny fand es besser, sie woanders unterzubringen. Ich habe sie zu Dad gebracht.«

»Zu Douglas?«

»Kimberly wollte nicht in ein Hotel, und die Farm war die einfachste Lösung. Ich hatte es erst bei Marley versucht, aber ich habe ihn nicht erreicht. Außerdem ist er im Moment ohnehin übel drauf.«

»Wenn er von dem Überfall hört, dreht er durch.«

»Er wird genauso schockiert sein wie du und ich.«

»Also wird er durchdrehen. Verdammt, Grace, *ich* dreh durch!«

»Nicht so laut.« Sie deutete mahnend mit dem Kopf in Richtung Schlafzimmer. »Kenny hat alle verfügbaren Leute zusammengetrommelt. Sie arbeiten auf Hochtouren.«

Alison wusste, dass das keine leere Floskel war. »Weiß Joyce schon Bescheid?«

»Ja, sie kommt mit der ersten Fähre. Ich hole sie nachher in Scrabster ab.«

Sie saßen eine Weile schweigend nebeneinander. Die Stille in dem sonst so fröhlichen Haus war erdrückend.

»Jeana ist der liebste Mensch, den es gibt. Niemand, der sie kennt, würde ihr so etwas antun. Grace, was ist hier nur los?«

***

Ein Geräusch weckte Kim aus einem traumlosen Schlaf. Es war kurz vor sechs. Sie war überrascht, dass sie nach den aufwühlenden Ereignissen tatsächlich ein paar Stunden geschlafen hatte.

Die Sonne strahlte fröhlich durch das Fenster in der Dachkammer, in der Grace sie untergebracht hatte, als hätte es die dunklen Stunden nicht gegeben. Es war Marleys Jugendzimmer. Sie war Grace dankbar, dass sie nicht in ein anonymes Hotel hatte gehen müssen. Mit Douglas würde sie klarkommen.

Kim hob den linken Arm. Ihr Handgelenk war bandagiert. Sie bewegte vorsichtig die Hand, spürte einen leichten stechenden Schmerz. Auch die Fingerknöchel von Zeige- und Mittelfinger hatten unter dem harten Aufprall im Gesicht ihres Gegners gelitten, aber es war nichts gebrochen. Ein paar Tage Ruhe, dann würde es wieder gehen, redete sie sich Mut zu.

Lothar würde ausflippen, wenn er von der Verletzung erfuhr. Sie hatte ihm eine kurze Nachricht geschickt, dass sie erst am Freitag nach Edinburgh kommen könnte. Den Grund hatte sie ihm nicht verraten.

Sie ging den Kampf – wenn man den kurzen Zusammenprall denn überhaupt so nennen konnte – gedanklich noch einmal durch. Sie war es gewohnt, ihre Kämpfe zu analysieren, um Schwachpunkte aufzudecken, ihre Reaktion und Technik zu verbessern. Die intensive Auseinandersetzung damit hatte geholfen, die erfolgreiche Boxerin zu werden, die sie war.

Es hatte nur wenige Sekunden gedauert. Sie hatte das Überraschungsmoment für sich gehabt. Der Mann hatte keine Chance, zu reagieren oder wenigstens die Arme schützend vor das Gesicht zu reißen. Der erste Hieb hatte gesessen. Das war ihre Stärke: Ihre Schläge waren schnell, präzise und gnadenlos. So kannten ihre Gegnerinnen sie. Sie wartete nie auf einen Angriff, sondern ging offensiv in einen Fight. Eine Kampfmaschine. Eine Killerin, wie die Medien sie gern plakativ titulierten.

Was hatte sie an ihrem Gegner bemerkt? Wie hatte er sich bewegt? War da etwas Vertrautes? Er war zurückgestrauchelt, darum bemüht, auf den Beinen zu bleiben, sich zu schützen. Von Gegenwehr konnte keine Rede sein.

Sie hatte nicht gewartet, bis er den ersten Schock überwunden hatte. Sie hatte Jeana mit sich gezerrt. Wie ging es ihr? Sie erinnerte sich an das schluchzende Bündel in ihren Armen. Noch nie hatte sie jemanden so verzweifelt weinen sehen.

Unten im Haus bellte ein Hund. Trevor. Ein kurzes freudiges Bellen. Vermutlich begrüßte er seinen Herrn.

Ihr Blick glitt durch den Raum. Er war funktional eingerichtet: ein schmaler Kleiderschrank, ein Schreibtisch mit Stuhl, ein Bett, eine kleine Truhe. Der Teppich war abgenutzt. An einer Wand hingen Bilderrahmen mit Urkunden.

Sie stand auf, um sich die Urkunden genauer anzusehen. Zwei waren für Bergläufe, die Marley in seiner Jugend gewonnen hatte. Eine dritte hatte er für die Präsentation des besten Zuchtbocks bei einer Ausstellung erhalten. Sie las das Datum und rechnete nach. Er musste da gerade mal neun Jahre alt gewesen sein. Vermutlich, kurz bevor es zu dem Zerwürfnis mit seinem Vater gekommen war.

Auf dem Schreibtisch lag eine durchsichtige Unterlage, unter der Fotos arrangiert waren. Jugendbilder. Sie betrachtete die Aufnahmen. Viele zeigten Jeana, mal allein, mal mit Marley zusammen. Es war nicht zu übersehen, dass er sie anhimmelte. Auf einigen Fotos war er mit seinen Kumpeln, andere zeigten ihn mit seiner Schwester.

Sie strich nachdenklich über ihr gestauchtes Handgelenk und musterte noch einmal jedes einzelne Bild. War einer von ihnen ihr Gegner gewesen?

***

Marleys Schädel dröhnte. Nur mühsam konnte er die Augen öffnen. Jeder Muskel in seinem Körper schmerzte. Er blinzelte. Er lag nicht in seinem Bett, sondern auf dem Sofa. Auf dem Couchtisch stand eine Whiskyflasche, daneben leere Bierflaschen. Ihm war schwindelig und kotzübel.

Er wagte kaum, sich zu bewegen, brauchte Ewigkeiten, um sich ins Bad zu schleppen. Sein Magen rebellierte. Er übergab sich über der Toilette, ging zum Waschbecken und schüttete sich kaltes Wasser ins Gesicht. Was für eine verfluchte Nacht. Erinnerungen blitzten auf, kurz und gestochen scharf, und verursachten ihm noch mehr Schmerzen.

Erneut musste er sich übergeben. Sein Kreislauf war im roten Bereich. Er stützte sich auf den Rand des Waschbeckens, sah seinem Antlitz im Spiegel leidend entgegen. Der Anblick war zum Gotterbarmen.

Jemand hämmerte an die Haustür und öffnete sie im nächsten Augenblick. »Marley?«

Er verzog gepeinigt das Gesicht.

»Marley?« Schwere Stiefel stampften energisch durch den Flur. »Kenny hier. Bist du zu Hause?«

Marley schickte ein Stoßgebet zum Himmel, dass Campbell wieder verschwinden möge. Stattdessen dröhnte erneut die Stimme des Chief Inspectors durch das Haus. Er nahm all seine Kraft zusammen und öffnete die Badezimmertür einen Spalt. »Geht's etwas leiser?«

»Ich muss mit dir reden.«

»Nicht jetzt.«

»Jetzt!«

Marley stöhnte gequält. »Gleich.«

Er schloss die Tür wieder, lehnte sich mit dem Rücken dagegen. Sollte er sich im Bad einschließen? Aber er wusste, dass Campbell sich nicht einfach so abwimmeln lassen würde. Also putzte er sich die Zähne, fuhr sich mit den Fingern durch die Haare und schluckte eine Aspirin, die gleich wieder in der Kloschüssel landete.

Campbell stand in seiner Küche, als er aus dem Bad kam. Marley ging ins Schlafzimmer, um ein sauberes T-Shirt anzuziehen.

Sein Smartphone lag auf dem Nachttisch, ein Blinklicht zeigte verpasste Anrufe an. Er gab seine PIN-Nummer ein. Grace hatte in der Nacht mehrfach versucht, ihn zu erreichen. Er wollte die Nachrichten abhören, als Campbell im Türrahmen erschien.

»Du kannst dein Telefon später abhören, komm mit in die Küche. Wir müssen uns unterhalten.«

Marley fehlte die Kraft, dem Chief Inspector zu widersprechen. Er folgte ihm wie ein geprügelter Hund.

»Setz dich«, forderte Campbell, als wären sie in seinem Haus. Er stellte zwei Tassen Tee auf den Tisch und nahm schräg gegenüber Platz, den Blick auf Marleys Gesicht gerichtet. »Du siehst übel aus.«

»Hm.« Marley starrte auf die Tasse. »Was willst du?«

»Was hast du gestern Abend gemacht?«

»Du hast doch sicher mein Wohnzimmer gesehen.«

»Hast du allein gesoffen?«

»Ja … nein. Weiß nicht … Ryan war zwischendurch mal da, glaub ich.« Die Bilder in seinem Kopf waren zu verschwommen.

»Wann?«

Marley rieb sich grübelnd über die pochende Schläfe. Schließlich hob er ratlos die Schultern. »Weiß nicht genau …«

»Wo ist Ryan jetzt?«

»Keine Ahnung. Arbeiten?«

»Aye.« Noch immer war der Blick des Chief Inspectors prüfend auf ihn gerichtet.

Marley nippte an dem Tee. Der kleine Schluck reichte, um in seinem Magen umgehend wieder die Rebellion auszurufen. Er sprang auf, schaffte es gerade noch bis zum Spülbecken. Außer Galle kam nichts mehr aus ihm raus.

»Verfluchte Scheiße.« Er rieb sich stöhnend über die feuchte Stirn. Ein Schmerz durchzuckte ihn, als er zu fest über die Beule strich. Er ließ Wasser ins Becken laufen, um die stinkende Flüssigkeit wegzuspülen, und kämpfte gegen den nächsten Würgereiz.

»Ich rufe einen Krankenwagen.«

»Quatsch«, widersprach Marley erschöpft. Er klatschte sich erneut kaltes Wasser ins Gesicht, schleppte sich wieder zu dem Stuhl am Küchentisch. Er presste die Fingerspitzen gegen die Schläfen. Verflucht, er konnte nicht denken. »Mir geht's echt beschissen. Wenn du sonst keine Fragen hast, wäre es prima, wenn du jetzt gehst.«

Doch Campbell machte keine Anstalten, ihn in Ruhe zu lassen. »Ich bringe dich zum Arzt.«

»Ich geh zu keinem beschissenen Arzt.«

»Doch, das wirst du. Ich will nicht dafür verantwortlich sein, wenn du hier ohnmächtig wirst und in deiner Kotze erstickst.« Campbell stand auf. »Komm.«

Marley hob mühsam den Kopf. »Das ist doch nicht der Grund. Warum bist du hier, verflucht?« Es lag etwas im Blick des Chief Inspectors, das ihn zutiefst beunruhigte.

»Darüber sprechen wir später.«

**

Douglas hatte sein Frühstück beendet, als sein Gast in die Küche kam. Sie hatte dunkle Ränder unter den Augen, und ihre linke Hand war bandagiert.

»Kaffee?«, fragte er statt einer Begrüßung. Er wusste, dass die Deutschen lieber Kaffee statt Tee zum Frühstück tranken. Das dankbare Lächeln auf dem Gesicht der jungen Frau zeigte ihm, dass sie keine Ausnahme bildete.

»Danke, dass ich bei dir übernachten durfte.«

Grace hatte ihm keine Wahl gelassen, als sie ihn mitten in der Nacht weckte und erklärte, dass Kimberly bei ihm bleiben sollte. »Schlimme Sache, das mit Jeana«, murmelte er, während er den Kaffee in die Tasse füllte. »Toast?«

»Danke, gern.«

Sie stand noch immer unschlüssig mitten im Raum.

»Was ist mit deiner Hand?«

»Gestaucht.«

»Setz dich.« Er stellte Kaffee, Toast, Butter und Marmelade auf den Tisch und verließ die Küche. Wenig später kam er mit einer Dose zurück und stellte sie vor Kimberly auf den Tisch. »Das hilft vielleicht.«

Sie öffnete die Dose und schnupperte an der Kräutersalbe. »Danke.«

Er überlegte, sie allein zu lassen, aber es erschien ihm zu unhöflich. Die junge Frau hatte eine schlimme Nacht hinter sich. Er setzte sich zu ihr.

»Isst du nichts?«, fragte sie.

»Ich hatte schon.«

Zögernd griff sie nach dem Toast.

»Möchtest du Eier? Ich kann Rühreier machen.«

»Nein danke, Toast ist okay.«

Er stand trotzdem auf und schlug zwei Eier in die Pfanne, so hatte er etwas zu tun. »Magst du Bohnen?«

Sie nickte. Er holte Bohnen aus dem Kühlschrank und wärmte sie auf. Er schnitt eine Tomate auf, füllte Eier und Bohnen auf den Teller und stellte ihn ihr hin.

Sie verschlang alles mit gutem Appetit. Das gefiel ihm. Grace war auch immer eine gute Esserin gewesen. Was man ihr allerdings auch ansah. Die hier an seinem Küchentisch war auch kompakt, aber das waren Muskeln.

»Wie geht es Daisy?«, erkundigte sie sich.

Er hörte die Sorge aus ihrer Stimme heraus. »Denkst du, dass ich sie geschlachtet habe?«

»Dann wärst du dumm gewesen, mir das Lamm nicht zu verkaufen.«

Fünfhundert Pfund, erinnerte er sich an ihr Angebot. Anscheinend hatte ihr jemand verraten, dass er für ein geschlachtetes Lamm niemals so viel Geld bekommen hätte. »Dem Lamm geht es gut. Es ist auf der Weide. Ich muss gleich raus, es füttern.«

»Darf ich mitkommen?«

Er dachte über ihre Bitte nach. Er war es nicht gewohnt, dass ihn jemand bei seiner Runde über die Weiden begleitete. Aber er erinnerte sich daran, wie er es früher genossen hatte, als Marley noch mit ihm gegangen war. »Warum nicht?«

Er stand abermals auf, um die Milchflasche für das Lamm

vorzubereiten. Wenig später machte er sich mit ihr auf den Weg.

Er führte sie einen Pfad entlang, der hinter seinem Farmhaus begann. Sie gelangten zu einer Weide, die mit einer niedrigen Trockensteinmauer eingefasst war. Eine kleine Herde graste in der Morgensonne, einige Tiere lagen dösend im Gras.

Douglas blieb stehen. »Siehst du dein Lamm?«

Sie ließ ihren Blick über die Tiere gleiten. »Nein«, gestand sie.

»Dahinten liegen zwei Lämmer beieinander.« Er deutete mit dem Arm in die Richtung. »Das linke.«

»Sie hat eine Freundin.« Kimberly strahlte.

Er stöhnte innerlich auf. Diese Städter waren sentimental und verweichlicht. »Ruf sie.«

»Daisy ...«

Tatsächlich hob das Lamm den Kopf.

»Sie kennt ihren Namen«, freute sich Kimberly.

»Sie kennt deine Stimme«, korrigierte er sie. Er schüttelte die Dose mit Trevors Leckerlis. Das Lamm stand auf und kam auf sie zugetrabt.

»Darf ich sie füttern?«

»Wird es gehen mit deiner Hand?«

»Klar.«

Sie stieg über die Mauer und ging vor dem Lamm in die Hocke. »Na, du Rabauke, geht es dir gut?«

Douglas reichte Kimberly die Milchflasche. Das Tier sog gierig daran. Sie ging gut mit dem Lamm um, stellte er fest, sie verlor dabei ihre Befangenheit.

Nachdem das Tier die Flasche geleert hatte, trollte es sich wieder zu seiner Herde. Kimberly kletterte über die Mauer zurück auf den schmalen Trampelpfad. Eine Weile standen sie schweigend nebeneinander und beobachteten die Tiere.

»Wie friedlich das ist«, stellte Kimberly fest.

»Aye.«

»Es muss schön sein, mit den Tieren zu arbeiten.«

»Vertu dich nicht, Mädchen. Schafzucht ist wenig einträglich und harte Knochenarbeit. Du musst raus bei Wind und Wetter, und hier scheint nicht immer die Sonne.«
»Aber du liebst diese Arbeit, oder?«
»Aye.«
»Douglas, warum züchtest du Fleischschafe und keine Wollschafe?«
Die Information konnte sie nur von seinem Sohn haben. »Es sind wirtschaftliche Aspekte. Ich muss von meiner Arbeit leben können. Eine Umstellung ist teuer, und für Schafe, die gute, feine Wolle bringen, ist das Klima hier im Norden zu rau.«
Kimberlys Blick glitt über die Weide. »Ich glaube, ich würde gern mehr über die Arbeit eines Schäfers lernen.«
»Hast du schon mal mit Tieren gearbeitet?«
»Nein.«
Douglas hob skeptisch die Augenbrauen. »Eins kann ich dir sagen: Es ist mehr, als ein Lamm an der Milchflasche nuckeln zu lassen.«
»Wärst du bereit, mir ein bisschen was beizubringen?«
»Für so was habe ich keine Zeit.«
»Ich will keinen Vortrag von dir. Ich möchte mitarbeiten. Ich packe mit an.«
»Tut mir leid, Mädchen, aber ich kann mir keine Mitarbeiter leisten.«
Sie wandte sich wieder der Herde zu und nagte grübelnd an ihrer Unterlippe. Schließlich sah sie ihn entschlossen an. »Ich mache ein Praktikum. Meine Mitarbeit gegen Kost und Logis, und Daisy wird nicht geschlachtet.«
Er musterte die junge Frau von Kopf bis Fuß. Kräftig genug wäre sie. Und Conor würde noch eine ganze Weile ausfallen – wenn er überhaupt je wieder auf die Beine kam. Er könnte in den nächsten Wochen Hilfe brauchen. Im Juni stand die Schafschur an. »Deine Hand ist verletzt«, sagte er.
»In ein paar Tagen ist das wieder okay.«
»Frag mich dann noch mal, falls du es dir bis dahin nicht

anders überlegt hast. Wir müssen zurück. Grace hat gesagt, sie holt dich um elf Uhr ab.«

Thurso

Chief Inspector Kenneth Campbell war in einer kurzfristig einberufenen Pressekonferenz, als Kim mit Grace in der Polizeistation in Thurso eintraf. Grace führte sie in ein Großraumbüro, in dem Sergeant Wilson sie an seinem Schreibtisch bereits erwartete.

»Bitte, setzen Sie sich.« Er deutete auf einen Stuhl, suchte eine Mappe in seiner Ablage und legte ihr ein Schriftstück vor. »Das ist das Protokoll Ihrer Befragung von der vergangenen Nacht. Lesen Sie es sich bitte sorgfältig durch. Wenn etwas falsch ist oder Sie noch etwas ergänzen möchten, sagen Sie es mir bitte.«

Sie nahm das Papier entgegen, spürte die neugierigen Blicke der anderen Polizisten auf sich. »Vielleicht könnten Ihre Kollegen etwas weniger starren.«

»Leute, Ms Hart ist lediglich eine Zeugin.« Der Stolz, dass er sie befragen durfte, schwang in seiner Stimme mit.

Sie versuchte sich auf das Schriftstück zu konzentrieren. Fehlte etwas? Konnte sie noch irgendetwas zu dem Angreifer sagen?

Die Tür wurde aufgerissen. Campbell marschierte herein. Der Mann war unverkennbar in Rage. »Grace, in mein Büro!«, dröhnte seine Stimme durch den Raum. Sein Blick fiel auf Kim. »Und Sie kommen gleich mit!«

Kim folgte Grace in das Büro des Chief Inspectors.

»Ms Hart, setzen Sie sich.« Er deutete auf den Stuhl vor seinem Schreibtisch und drehte ohne ein weiteres Wort den Bildschirm seines Monitors zu ihr herum.

Das Blut schoss ihr in die Wangen, als sie die Headline und das Foto zu dem Bericht sah.

»Boxweltmeisterin rettet Pubinhaberin vor Vergewaltiger«, lautete die morgendliche Schlagzeile auf der Website des regionalen Zeitungsportals. Dazu war ein offizielles Pressefoto von ihr abgebildet.

Sie überflog die ersten Zeilen: »Unermessliches Glück hatte eine junge Pubbesitzerin in Thybster. Ein maskierter Mann drang in der vergangenen Nacht in den Pub ein und versuchte, die junge Frau zu vergewaltigen. Doch ein Übernachtungsgast kam ihr zu Hilfe und schlug den Mann in die Flucht. Das Pech für den Täter: Bei dem Gast handelte es sich um die mehrfache Boxweltmeisterin im Leichtgewicht Kimberly Hart. Der Täter ...«

»Ich hatte gerade eine sehr unerfreuliche Pressekonferenz, Ms Hart. Ich weiß ja nicht, wie Sie mit so etwas umgehen –«

»Ich habe mit niemandem von der Presse gesprochen!«, fuhr sie auf.

Campbell musterte sie eindringlich. »Weiß Ihr Management Bescheid? Wollen Sie den Vorfall für eine kleine Imagekampagne nutzen?«

Sie schnaufte fassungslos. »Sie waren es doch, der letzte Nacht laut rausposaunt hat, wer ich bin! Fragen Sie Ihre Kollegen, wer mit der Presse gesprochen hat, verflucht!«

Der Chief Inspector setzte zu einer Erwiderung an, blies dann aber nur die Backen auf und stieß die Luft aus. Er verschränkte die Hände vor seinem Bauch und starrte eine Weile grimmig vor sich hin. Schließlich wandte er sich ihr wieder zu. »Warum sind Sie hier, Ms Hart?«

»Weil Sie mich einbestellt haben.«

»Das meine ich nicht. Warum sind Sie in Thybster? Seit Sie da sind, haben wir hier einen Vorfall nach dem anderen, und jedes Mal sind Sie irgendwie involviert.«

»Ich habe mir das ganz bestimmt nicht ausgesucht! Alles, was ich wollte, waren ein paar Tage Ruhe.«

Wieder verstrich etwas Zeit, bevor Campbell das Wort ergriff. »Gerade eben erfahre ich von einem Journalisten, dass es im Pub vor ein paar Tagen eine Auseinandersetzung zwischen der Wirtin Joyce Sandison und einem Kunden gegeben hat.« Sein verärgerter Blick richtete sich nun auf Grace. »Wusstest du davon?«

»Nein.«

Campbell sah zu Kim. »Sie sind Gast im JJ's. Haben Sie davon etwas mitbekommen?«

Der Streit mit Arran Fletcher. Kim seufzte resigniert. Der Chief Inspector würde nicht erfreut darüber sein, was sie ihm zu sagen hatte.

Thybster

Im Pub sah es aus wie auf einem Schlachtfeld. Alisons Blick wanderte mit steigendem Entsetzen durch den Schankraum. Glas und Holz waren zersplittert, Möbel umgestürzt, an vielen Flächen waren Reste der Chemikalien zu erkennen, die die Polizeitechniker zur Spurensicherung verwendet hatten. Sie öffnete die Fenster, um frische Luft hereinzulassen.

Wie sollte Jeana jemals wieder hier arbeiten können, ohne an diese schreckliche Nacht erinnert zu werden? Sie müssten den Schankraum umbauen, alles verändern, neue Tische, Stühle, neuer Anstrich. Sie kämpfte gegen die aufsteigenden Tränen. Was für ein Alptraum.

Die Melodie ihres Handys erklang. Hamish.

»Wo bist du?«, schallte es ihr, kaum dass sie das Gespräch angenommen hatte, besorgt entgegen.

»In Thybster.«

»Oh Gott«, hauchte Hamish bestürzt. »Diese Pubinhaberin ist deine Schwester, oder?«

»Ja.« Sie musste nicht fragen, woher er es wusste. Der Überfall auf Jeana war durch Kimberlys Eingreifen auch von der überregionalen Presse aufgegriffen worden.

»Wie geht es ihr?«
»Nicht gut.«
»Und du? Wie geht es dir?«
»Ich bin okay.«
»Kann ich etwas für dich tun?«
»Nein, ich glaube nicht.«
»Ali, warum hast du mich gestern angerufen?«
»Ich …« Der Anruf schien Ewigkeiten zurückzuliegen. »Ich dachte, es wäre jemand in meiner Wohnung gewesen.«
»Hast du die Polizei informiert?«
Sie schwieg betreten.
»Ich bin noch in Aberdeen«, hörte sie Hamish sagen. »Ich fahre jetzt nach Inverness. Ich kenne da jemanden bei der Polizei. Ich werde sie bitten, sich deine Wohnung anzusehen.«
»Aber es war nur ein Gefühl, dass jemand da war. Das muss doch nichts mit dem hier –«
»Ali, sei nicht so naiv! Drei Überfälle in einer Woche. Thybster ist doch nicht Chicago! Du schnüffelst herum, ohne zu wissen, mit wem du es überhaupt zu tun hast.«
Sie biss die Zähne zusammen.
Seine Stimme wurde sanfter. »Bitte, halt dich aus dieser Sache raus, Ali. Ich habe Angst um dich.«
»Das kann ich nicht, Hamish.«
Es blieb still in der Leitung.
»Bist du noch da?«
»Aye.« Hamish klang resigniert. »Hat irgendjemand einen Schlüssel für deine Wohnung, damit ich reinkomme?«
»Meine Nachbarin Karen Hopkins. Ich rufe sie an und sage ihr, dass du kommst.«
»Okay.«
Sie beendete das Gespräch, informierte Karen und begann, das Chaos im Schankraum aufzuräumen.

Thurso

Die Kopfschmerzen ließen nicht nach. Nach dem Arztbesuch hatte der Chief Inspector Marley zur Befragung in die Polizeistation mitgenommen. Kenny hatte darauf geachtet, dass er Grace nicht begegnete, und ihn zunächst in einer Gewahrsamszelle untergebracht. Marley war sich sicher, dass er dazu keine rechtliche Handhabe hatte, aber er hatte nicht die Kraft gehabt, dagegen zu protestieren. Stattdessen hatte er sich stillschweigend auf die dünne Matratze gelegt und versucht zu schlafen.

Er schreckte hoch, als die Zellentür geöffnet wurde und die untersetzte Gestalt von Kenneth Campbell erschien. »Geht's dir besser?«

»Nicht wirklich.«

»Mhm.« Statt ihn herauszuholen, kam Campbell herein und setzte sich zu ihm.

Marley lehnte sich mit dem Rücken gegen die kühle Wand und schloss wieder die Augen. Das Pochen in seinem Schädel war zermürbend.

Campbell seufzte tief und schwer. »Marley, ich muss wissen, was letzte Nacht passiert ist.«

»Da sind wir schon zwei.«

»Du bist Grace' kleiner Bruder, aber sie kann dich nicht schützen, und ich kann es auch nicht.«

»Wovor denn?«

»Woher hast du die Beule an der Stirn?«

»Hab mich vermutlich irgendwo gestoßen.«

»Hast du weitere Blessuren?«

Er zuckte die Achseln. Die andauernden Kopfschmerzen überlagerten alles.

»Marley, lass uns den Tag durchgehen. Was hast du gestern gemacht?«

»Ich hab gearbeitet«, begann er grübelnd. »Ryan war vormittags kurz da. Und Kimberly hat Alisons Fahrrad abgeholt.

Sie wollte eine Radtour machen.« Die Erinnerung an den kurzen Abschied ließ seine Stimmung noch tiefer sinken.

»Wie lange hast du gearbeitet?«

»Bis um fünf oder sechs. Dann habe ich aufgeräumt, hab geduscht, was gegessen.« Er erzählte es, ohne sich wirklich daran zu erinnern.

»Und dann?«

»Ich weiß es nicht ... ehrlich, Kenny.«

»Es ist wichtig!«

Marley rieb sich über die Schläfen. »Ich glaub, ich hab schon den ersten Scotch getrunken, bevor ich was gegessen habe. Ich war schlecht drauf.«

»Warum?«

»Geht dich das was an?«

»Mich geht alles etwas an!«

Was zur Hölle war passiert? Kenny hatte es ihm noch immer nicht verraten.

»Die Situation mit Douglas belastet mich.« Es war nicht die ganze Wahrheit, aber auch nicht komplett gelogen.

»Okay, weiter.«

»Ich ...« Er hob die Schultern. »Ich hab Filme geguckt.«

»Was für Filme?«

Bilder flackerten vor seinem inneren Auge auf. »Keine Ahnung.«

»Sei ehrlich, verflucht. Das bist du deiner Schwester schuldig!«

»Boxvideos.«

»Kimberly Hart?«

»Du weißt es?«

»Ganz Schottland weiß es.«

»Dass ich Kimberlys Boxkämpfe auf Youtube angeschaut habe?«

»Dass die Boxweltmeisterin in Thybster ist.«

Das Gespräch verwirrte Marley zusehends.

»Du wusstest also, wer sie ist«, stellte Campbell fest.

Marley nickte.

»Kanntet ihr euch schon, bevor sie nach Thybster kam?«
»Nein. Ich kannte sie aus der Zeitung. Aus dem Fernsehen.«
»Also gut. Du hast Videos geschaut, und dann?«
»Ich hab getrunken. Und dann ist alles irgendwie …« Er drehte den Finger vor seinem Gesicht.
»Warst du noch mal weg?«
»Keine Ahnung. Glaub nicht.«
»Warst du vielleicht im JJ's?«
»Ganz sicher nicht.«
»Warum nicht?«
»Weil ich niemanden sehen wollte. Ich war schlecht drauf, Kenny. Da ertrag ich niemanden um mich herum.«
»Du hast heute Morgen gesagt, Ryan wäre bei dir gewesen.«
Marley zog grübelnd die Stirn in Falten. »Ja, ich glaube, er war kurz da. Erst vormittags und dann abends noch mal.«
»Wann abends?«
»Muss spät gewesen sein. Er hat im Pub geholfen. Frag ihn. Er war sicher nüchterner als ich.«
»Das werde ich.« Campbell schnaufte unentschlossen. »Marley, ich stelle dir jetzt eine Frage, und ich verlange von dir, dass du ehrlich zu mir bist. Um Grace' willen. Schau mich an.«
Marley wandte sich mit gequälter Miene dem Inspektor zu.
»Hast du ein Drogenproblem?«

Thybster

Alison war froh, als Grace im Pub auftauchte und mit ihr vor die Tür ging. Sie setzten sich auf die Bank vor dem B&B, wo Rosenhecken sie vor allzu neugierigen Blicken schützten. Grace war blass und sah müde aus. Sie hatte in der vorangegangenen Nacht ebenso wenig Schlaf bekommen wie Alison.

»Die Presse rennt uns die Bude ein. Die wollen wissen, wo sie Kimberly finden können«, erklärte Grace.

Auch im JJ's war der Apparat heiß gelaufen. »Wir haben das Telefon ausgestöpselt.«
»Boxweltmeisterin.« Grace schüttelte ungläubig den Kopf. »Hättest du das gedacht?«
»Ich hab's gewusst.«
»Und sagst mir nichts?«
»Sie wollte nicht, dass es jemand weiß. Wie geht es ihr?«
»Sie hält sich aufrecht, hat heute Vormittag ihre Aussage unterschrieben.« Kurz huschte ein Schmunzeln über Grace' Lippen. Sie berichtete ihr von dem Disput zwischen Kimberly und Campbell. »Das mit der Presse hat Kenny selbst verbockt, und sie hatte keine Scheu, es ihm zu sagen.«
»Wo ist sie jetzt?«
»Wieder bei Dad. Ich frag mich, wie wir sie morgen unbemerkt in den Zug nach Edinburgh setzen sollen.«
»Meinst du, du könntest sie vorher bei Jeana vorbeischmuggeln? Sie hat nach ihr gefragt.«
»Vielleicht heute Nacht, wenn die Paparazzi schlafen.« Grace lächelte freudlos. »Wusstest du, dass Joyce vor ein paar Tagen Trouble mit Arran hatte?«
»Nein.« Alison riss die Augen auf. »Hat er etwas mit dem Überfall zu tun?«
»Wir haben ihn noch nicht erreicht. Seine Bank sagt, er sei heute in Inverness bei einem Seminar und komme erst morgen Nachmittag zurück. Kenny hat die Kollegen vor Ort gebeten, ihn in Augenschein zu nehmen.«
»Arran weiß auch, wie man mit Schafen umgeht«, überlegte Alison laut.
»Aber welches Motiv sollte er haben?«
»Wer profitiert davon, wenn Douglas verkauft? Hast du nicht gesagt, dass Matthew Fletcher bei eurem Besuch versucht hat, deinen Dad zu überzeugen, dass er verkaufen soll? Die Kaufanfragen an Fletcher, Brown und Douglas kamen alle zum selben Zeitpunkt. Wenn es dieser Investor ist, der den Golfplatz bauen will, braucht er zwei Farmen, sonst lohnt sich der Bau nicht.

Und die Fläche von Douglas' Farm ist attraktiver als die von Brown.«

»Na gut, nehmen wir an, Arran steckt da mit drin – wer noch? Kenny geht davon aus, dass wir nach zwei Tätern suchen. Zumindest an dem Überfall auf meinen Dad waren zwei Leute beteiligt. Und die sechs Schafe hat nicht einer allein zusammengetrieben und getötet.«

»Jacob.«

»In der Nacht, in der Dad überfallen wurde, war er im Pub.« Alison kam ein Gedanke. »Habt ihr Felton überprüft?«

»Felton?«

»Damian Felton. Er fährt einen dunklen Pick-up. Ich hatte dich gebeten, ihn zu überprüfen.«

»Ach ja, Rickman und Felton. Das hatte ich an Kenny weitergegeben. Ich darf in diesem Fall nicht tätig werden. Soweit ich weiß, haben beide Alib–« Das Klingeln von Grace' Smartphone unterbrach sie.

»Mein Boss, da muss ich kurz ran.« Sie stand auf und ging ein paar Schritte durch den Garten, bis sie außer Hörweite war. Doch allein an der Körperhaltung erkannte Alison die Anspannung ihrer Freundin.

»Was ist los?«, fragte sie, kaum dass Grace das Gespräch beendet hatte.

»Kenny hat eine Hausdurchsuchung für Francis Cottage angeordnet. Ich muss zu Marley.«

Sie sahen beide zum Pub.

»Das kann nicht sein. Nicht Marley.« Das Entsetzen, das Alison befiel, ließ sie schwindelig werden. »Ich komme mit.«

»Nein!« Grace hob bremsend die Hand. »Das ist eine Polizeiangelegenheit.«

Alison sah ihrer Freundin beunruhigt nach, die eilig zu ihrem Wagen lief. Es konnte nicht sein, dass Marley hinter all diesen Überfällen steckte. Und schon gar nicht zusammen mit Arran. Die beiden waren noch nie dicke Freunde gewesen.

Sie wollte ins Haus gehen, als eine silberne Limousine lang-

sam auf den Hof rollte. Sie blieb abwartend stehen. Der Wagen hielt. Ein Mann stieg aus, mittelgroß, stämmig, kurz geschorenes Haar, zerknitterter Anzug.
»Wir haben geschlossen«, rief sie ihm zu.
Statt wieder in sein Auto zu steigen und zu verschwinden, kam er auf sie zu. Unwillkürlich wich sie einen Schritt zurück.
»Geschlossen!«, wiederholte sie energisch.
Der Mann blieb stehen. »Gehört Ihnen der Pub?«

***

Kim wäre gern zu Jeana gegangen, um nach ihr zu sehen und sich zu verabschieden. Aber Grace hatte ihr abgeraten. Im Laufe des Tages waren Presseleute vor dem JJ's aufgetaucht.
Stattdessen saß sie nun mit Douglas auf einer Holzbank vor dem Haus und kraulte Trevor hinter den Ohren. Der Farmer war nicht sehr gesprächig. Es war ihr recht. Ihr war nicht nach Reden. Sie sollte Lothar anrufen, ging es ihr durch den Kopf. Wahrscheinlich liefen bei ihm schon die Drähte heiß.
Es war ein Schock gewesen, ihr Foto wieder in der Presse zu sehen. Es war kein aktuelles Bild. Auf dem Foto hatte sie noch raspelkurze wasserstoffblonde Haare. Die Augen waren dunkel geschminkt. Der Mund eine schmale grimmige Linie.
»Warum boxt du?«, durchbrach Douglas unvermittelt ihr Schweigen.
Kim hatte den Oberkörper zu Trevor vorgebeugt, sah über die Schulter zu ihm. »Weil ich es kann.«
Er schüttelte den Kopf. »Männer boxen.«
Sie lächelte nachsichtig. Wie oft hatte sie diese Diskussion schon führen müssen? Frauenboxen wurde nicht ernst genommen. Ein Eindringen in eine Männerdomäne, eine Lächerlichkeit. Abnormal, unweiblich. Ihr Image war das einer Kampfmaschine, eines Monsters, einer Killerin. Für eine Amazone war sie nicht hübsch genug.
»Was sagt deine Mutter dazu, dass du dich prügelst?«

Ihre Mutter hasste es, dass sie boxte. Henriette war Model, semi-erfolgreich, Modeschauen auf Marktplätzen und in Kaufhäusern, dazu Katalog- und Werbefotos. »Sieh zu, dass dir niemand die Nase bricht« war ihr einziger Ratschlag. Sie hatte sie nie zu Wettkämpfen begleitet. Aber nach dem Vorfall war sie die Einzige gewesen, die sie nicht bedrängt hatte, wieder in den Ring zu steigen. Auch nicht, dass sie es sein lassen sollte. Nur vor ein paar Wochen hatte sie sich einmal geäußert: »Du musst raus hier, Kim. Hau ein paar Tage ab und denk in Ruhe über deine Zukunft nach. Solange du hierbleibst, wirst du keine Entscheidung treffen können.«

Was würde Henriette sagen, wenn sie wüsste, in was für eine Geschichte sie hier hineingeschlittert war?

»Ich prügle mich nicht«, erklärte Kim dem Schäfer. »Ich kämpfe. Es ist Technik, Taktik ...« Sie verstummte, als ein Wagen in die Hofeinfahrt einbog. Sie beschattete die Augen, um die Insassen erkennen zu können. War die Presse so dreist, ihr bis auf den Hof des Farmers zu folgen? Ihr Herz setzte einen Schlag aus, als sie den Fahrer erkannte.

»Runter von meinem Hof!«, rief Douglas, kaum dass er die Wagentür geöffnet hatte.

»Douglas«, sie musste sich räuspern, damit ihre Stimme ihr gehorchte, »er will zu mir.«

Die Beifahrertür wurde geöffnet, und Alison stieg aus. »Douglas, das ist Mr Hart, Kimberlys Vater.«

Douglas sah sich verwundert zu ihr um.

Kim nickte, den Blick finster auf Alison gerichtet. Hatte sie also doch gelogen. Und jetzt tauchte sie hier mit Lothar auf! Kim trat ihm entgegen. Wut und Erleichterung fochten einen Kampf in ihr.

»Kim, mein Gott, was ...« Ihr Vater fuchtelte aufgebracht mit einer Hand im Kreis herum. Er blieb stehen und hob beide Arme. »In was für einen Schlamassel hast du dich denn hier geritten!«

Sie verschränkte die Arme vor der Brust. Vorwürfe waren das Letzte, was sie hören wollte.

»Hast du auch nur eine Ahnung, was wir uns für Sorgen um dich gemacht haben?« Er kam näher, riss entsetzt die Augen auf, als er die Bandage an ihrem Handgelenk bemerkte. »Was zur Hölle ist mit deiner Hand passiert?«

»Gestaucht.« Das erste Wort.

»Warst du in der Klinik? Wurde das geröntgt? Das muss sich ein Fachmann ansehen.« Er griff nach ihrem Arm. Sie wich zurück.

»Himmel Herrgott! Kim, deine Linke! Da muss ein Spezialist ran. Wir fahren sofort zurück. Ich rufe Sergej an, er soll uns den nächsten Spezialisten auf dem Weg organisieren.«

»Ich fahre nirgendshin.«

»Jetzt sei nicht kindisch!« Er packte sie an ihrem unverletzten Arm.

»Hey!«, rief Douglas erbost dazwischen, dem der aggressive Ton ihres Vaters offensichtlich nicht gefiel.

»*Excuse me, Sir, this is private!*«, raunzte Lothar den Farmer an.

Douglas sah fragend zu ihr.

»*It's okay.*« Kim versuchte, ihm zuversichtlich zuzunicken.

Alison kam um das Auto herum. »Lass uns reingehen, Douglas.«

Kim bedachte sie mit einem vernichtenden Blick, als sie an ihr vorüberging. Verräterin.

Lothar wartete, bis die beiden im Haus verschwunden waren. »Du packst sofort deine Sachen und kommst mit mir mit. Rike hat uns zwei Zimmer in Thurso gebucht. Sie ist mit den Pressevertretern in Kontakt. Wir werden morgen eine kurze Pressekonferenz geben, bevor –«

»Nein.«

»Kim, wir müssen mit der Presse reden. Wir müssen steuern, was über dich geschrieben wird. Und auch, wenn ich extrem sauer bin, was du hier für eine Nummer abziehst, ist die Sache am Ende vermutlich gar nicht so schlecht für uns. Sie wirft ein ganz neues Licht auf dich. Das ist die positive Publicity, die du brauchst: Kimberly Hart, die Retterin!« Er unterstrich die Worte plakativ mit den Händen.

»Nein!«

»Wir haben gar keine andere Wahl.«

»Kapierst du es denn nicht?« Ihre Hilflosigkeit machte sie wütend. Sie wurde lauter. »Ich bin abgehauen, weil ich es nicht mehr will!«

Ihr Vater sah sie an, als wäre sie ein bockiges Kind. Er schüttelte den Kopf, bemühte sich um einen verständnisvollen Ton. »Kim, ich verstehe, dass die letzten Monate schwer für dich waren, keine Frage. Aber du steigerst dich da hinein. Wir kriegen das alles wieder hin. Wir verpassen dir ein positives Image. Ich habe Arrangements getroffen. Wir sind schon mit ein paar Fernsehsendern im Gespräch. Vielleicht können wir dich in einer Gameshow unterbringen, da kannst du dich von einer zugänglichen Seite zeigen. Und im Herbst habe ich ein Topangebot für einen WM-Kampf an Land gezogen. Du hast doch den Vertrag gesehen. Deine Gegnerin ist phantastisch. Das wird der Kampf des Jahres! Allerdings müssen wir dich dazu ganz schnell wieder in Form bringen.« Sein Blick wanderte prüfend über ihren Körper.

Sie starrte ihren Vater fassungslos an. Warum hörte er ihr nicht zu? »Ich steige in keinen verfluchten Ring mehr!«

»Natürlich steigst du wieder in den Ring!« So langsam riss auch Lothar der Geduldsfaden. »Sergej und ich haben einen großartigen Mentalcoach gefunden. Er ist zuversichtlich, dass wir dieses kleine Trauma in den Griff kriegen. Es ist doch gar nichts passiert. Das ist alles nur in deinem Kopf.«

»Eine Frau ist tot!«

»Aber es war nicht deine Schuld.«

»Es ... es ...« Sie fand keine Worte. »Ich kämpfe nicht mehr. Schluss – aus!« Sie wandte sich ab und stapfte wütend über den Hof.

»Kim!«

Sie ging weiter, einen Schritt nach dem anderen, zu dem Trampelpfad entlang den Weiden.

»Herrgott, du bist eine Kämpferin, Kim! Ich habe dich nicht dazu erzogen, wie ein Feigling davonzulaufen!«
Seine Worte trafen sie wie Ohrfeigen. Stoisch marschierte sie weiter.

Alison hatte mit Douglas in der Küche gesessen und das Geschehen durch das Fenster beobachtet. Die erregten Stimmen drangen bis zu ihnen. Nur verstehen konnte sie kein Wort. Die beiden sprachen Deutsch miteinander. Dann ging Kimberly davon. Ihr Vater brüllte etwas hinter ihr her. Alison war verwundert über den Eklat. Lothar Hart hatte im Auto eher einen besorgten als einen wütenden Eindruck auf sie gemacht.
Es klopfte an der Tür. Douglas öffnete.
»Entschuldigen Sie bitte meine Unbeherrschtheit gerade eben.« Lothar Hart presste unschlüssig die Lippen zusammen. »Mr ...?«
»MacKeith.«
»Mr MacKeith, würden Sie Kim bitte von mir ausrichten, dass ich in Thurso bin und auf ihren Anruf warte.«
»Aye.«
»Danke. Die junge Frau, die mit mir hergekommen ist, soll ich sie wieder mitnehmen?«
Douglas wandte sich zu Alison um.
»Danke, nein, ich bleibe noch.«
Der Mann ging zu seinem Wagen und fuhr vom Hof.
»Wo wird sie hingegangen sein?«, überlegte Alison.
»Ich mach die Milch für das Lamm warm, dann kannst du sie ihr bringen.«
Sie lächelte dankbar. Wenige Minuten später lief sie über den Trampelpfad zu der Weide, auf der Douglas Daisy untergebracht hatte. Tatsächlich saß Kimberly dort auf der Mauer, das Kinn in die rechte Hand gestützt, und starrte vor sich hin.
Alison blieb wenige Meter entfernt von ihr stehen. »Hey.«
»Was willst du?« Kimberlys Stimme war kalt. Sie machte sich nicht die Mühe, zu ihr zu schauen.

»Ist gerade nicht so gut gelaufen, oder?«

»Verpiss dich einfach.«

»Dein Vater ist im JJ's aufgetaucht. Ich vermute, er hat durch den Zeitungsbericht erfahren, wo du bist. Es steht auf allen Portalen.« Sie hob die Flasche in ihrer Hand. »Douglas hat mir die Milch für Daisy mitgegeben.«

Endlich bewegte Kimberly sich. Sie streckte die rechte Hand aus, ohne zu ihr zu sehen. »Gib her.«

Sie versuchte, ihr Gesicht zu verbergen, aber als Alison sich zu ihr beugte, um ihr die Flasche zu geben, sah sie, dass Kimberly geweint hatte. Während sie aufstand und das Lamm lockte, um es zu füttern, setzte Alison sich auf die Mauer. »Alles ein bisschen viel im Moment, hm?«

Kimberly hockte sich ins Gras, während Daisy gierig an der Flasche sog.

»Manchmal hilft es, sich etwas von der Seele zu reden.«

Kimberly hob den Blick. Desillusioniert. »Was soll das helfen? Ich habe einen Menschen getötet. Von Reden wird sie nicht wieder lebendig.«

»Es war nicht deine Schuld.«

»Woher willst du das wissen? Bist du neuerdings Boxexpertin, ja?«

»Nein, natürlich nicht.«

»Dann hör auf, mir Ratschläge geben zu wollen.«

Alison verstummte. Aber sie konnte noch nicht gehen. Sie suchte nach den richtigen Worten, während sie Kimberly bei der Fütterung zusah. Schließlich war die Flasche leer. Das Lamm trollte sich. Kimberlys Gesicht verschloss sich wieder zu einer finsteren Maske.

»Ich möchte dir noch danken. Du hast Jeana gerettet.«

»Schon okay.«

»Du hast dein Leben für sie riskiert.«

Kimberlys Miene wurde etwas weniger abweisend. »Wie geht es ihr?«

»Nicht gut. Sie hat nach dir gefragt.«

»Grace sagte, ich soll nicht zum Pub kommen wegen der Presse.«

»Ja, die belagern uns«, stimmte Alison zu. »Sag mal, würdest du den Kerl erkennen, wenn du ihn siehst?«

»Ich weiß nicht. Er trug eine Maske.«

»Könnte ... könnte es Marley gewesen sein?«

Sie sah das Entsetzen in Kimberlys Augen.

»Marley?«

»Die Polizei durchsucht gerade Francis Cottage.«

»Marley?«, wiederholte Kimberly. Im nächsten Augenblick sprang sie auf, setzte über die Mauer und sprintete davon.

**

Marley stand im Hof von Francis Cottage und musste hilflos mitansehen, wie fremde Menschen das Haus und die Werkstatt durchwühlten. Campbell hatte ihm von dem Überfall auf Jeana berichtet. Es hatte ihn zutiefst erschüttert, und er konnte noch immer nicht fassen, dass der Chief Inspector ihn als Täter in Erwägung zog.

Er war froh, als Grace auf den Hof gefahren kam. Campbell nahm sie zur Seite. Schließlich steuerte Grace auf ihn zu, verzweifelt und wütend zugleich.

»Drogen, Marley? Im Ernst?«

»Verflucht, nein! Grace, ich nehme keine Drogen. Der Test muss falsch sein.« Das Gleiche hatte er auch Campbell gesagt. Er hatte auf eine zweite Blutentnahme bestanden.

»Marley, bitte sei ehrlich zu mir.« Es lag etwas Flehendes in ihrer Stimme.

Es traf ihn, dass selbst Grace ihm nicht glauben wollte. Dachte sie womöglich auch, dass er im Drogenrausch Jeana überfallen hatte? Er konnte nur wortlos den Kopf schütteln. Sein Leben geriet völlig aus den Fugen, und da war niemand mehr, der ihm Halt gab. Er wollte um sich schlagen, und gleichzeitig hätte er sich am liebsten in ein Mauseloch verkrochen.

»Wie geht es Jeana?« Seine Stimme klang heiser.

Erst jetzt schien seine Schwester sich zu entsinnen, mit wem sie sprach. »Sie bekommt alle Hilfe, die sie braucht.« Sie berührte sanft seinen Arm. »Marley ... es tut mir leid.«

Er war sich nicht sicher, was ihr leidtat, aber er nickte. Schweigend beobachteten sie das Geschehen.

Hinter seinem Rücken wurde es laut. »Marley!«

Er wandte sich um, sah Kimberly auf sich zurennen. Wo kam sie mit einem Mal her? Sie war doch abgereist. Zwei Polizisten versuchten vergeblich, sie aufzuhalten. Sie wich geschickt aus. Stürmte weiter auf ihn zu. Atemlos blieb sie vor ihm stehen. Sie hob den Blick zu seinem Gesicht, scannte jeden Millimeter.

»Ms Hart!«, schallte Campbells wütende Stimme über den Platz.

»Zieh das Shirt aus«, forderte Kimberly bebend.

»Was?«

»Zieh das verfluchte Shirt aus!«, schrie sie ihn an. Ihre Pupillen waren so groß, dass die blaue Iris kaum zu erkennen war.

»Ms Hart!« Campbell hatte sie erreicht. Er packte Kimberly am Oberarm und wollte sie fortzerren.

Sie schüttelte ihn ab, stieß Marley mit den flachen Händen vor die Brust. Er stolperte zurück.

»Zieh das Shirt aus!«

Zwei Polizisten eilten Campbell zu Hilfe. Sie bekamen Kimberlys Arme zu fassen. Sie gebärdete sich wie toll, um sich aus dem Griff der Männer zu befreien. Marley sah den flehenden Blick in ihren Augen.

»Zieh verdammt noch mal das Shirt aus!«

Er griff den Saum seines Shirts und schob es hoch.

Freitag

Thybster

Alison hatte das blaue Zimmer im JJ's bezogen. Erst in den frühen Morgenstunden hatte sie etwas Schlaf gefunden. Sie machte sich Sorgen um Jeana, um Marley, um Kimberly. Die ganze Situation war völlig eskaliert.

Sie hatte den Tumult vor Francis Cottage nur aus der Ferne beobachten können. Sie war nicht so schnell wie Kimberly, und als sie am Hof ankam, hatte sie weder den Mumm noch die Kraft gehabt, an den Polizisten vorbeizustürmen. Für die Presse, die aufgrund des Polizeiaufgebots ohnehin vor Ort war, war die Show ein gefundenes Fressen.

Campbell hatte allen einen Maulkorb verpasst, und sie hoffte, dass keines der wüsten Bilder den Weg in die Medien schaffte. Utopisch. Irgendeiner würde die Story bringen. Sie hatte keine Gelegenheit gehabt, mit Grace, Marley oder Kimberly zu reden, um herauszufinden, was sich auf dem Hof eigentlich abgespielt hatte.

Vogelgezwitscher drang durch die Fenster. Ein Schwarm Stare flog vorbei. Sie nahm ihren Laptop und öffnete die Startseite der regionalen Zeitung. Ihre Befürchtungen bewahrheiteten sich. Ein Foto zeigte Kimberly, die von zwei uniformierten Polizisten zurückgezerrt wurde, im Hintergrund war unscharf Marleys verstörter Blick zu erahnen.

»Überführt Boxchampion Serientäter von Thybster?«, lautete die Headline. Der Beitrag bestand aus puren Spekulationen.

Sie zuckte zusammen, als die Melodie ihres Smartphones erklang. Hamish.

»Guten Morgen, Ali.«

»Hey.«

»Du klingst nicht ausgeschlafen.«

Sie berichtete ihm von den Geschehnissen des vergangenen Abends.

»Dann wird dich meine Nachricht nicht fröhlicher stimmen.«

»Was soll mich jetzt noch schockieren?«

»Ich hatte gerade ein kurzes Intermezzo mit DCI MacLeod.«

»Was wollte er?«

»Sie. Ich habe gestern Abend dafür gesorgt, dass sich die Polizei deine Wohnung ansieht. Liebste Ali, wenn du auf unkonventionellen Wegen an Dokumente kommst, die eigentlich nicht in deinem Besitz sein sollten, dann lass diese bitte nicht für jeden sichtbar auf dem Küchentisch liegen.«

»Shit.«

»Exakt.« Er seufzte. »Ich habe MacLeod gesagt, dass dir die Unterlagen anonym zugespielt wurden.«

»Gute Erklärung, danke.«

»Verlang so etwas nicht öfter von mir.«

»Was ist mit meiner Wohnung?«

»Das Schloss an deiner Tür wurde manipuliert, es könnte also tatsächlich jemand in deiner Wohnung gewesen sein.«

»Hm.«

»Wurde etwas gestohlen? Fehlte Geld? Standen Schubladen offen? Schranktüren?«

»Nein. Es war nur so ein Gefühl, dass jemand da gewesen wäre.« Hätte sie dem doch mehr Beachtung geschenkt.

»Wonach hat derjenige dann gesucht?«

»Vermutlich nach den Unterlagen auf meinem Küchentisch.«

»Und warum hat er sie nicht mitgenommen?«

»Ich weiß es nicht.« Alison schnaubte frustriert. Was übersah sie? »Hamish, sagt dir der Name Richard Felton was?«

»Ja-a«, erwiderte er zögernd.

»Was weißt du über ihn?«

»Mann mit Geld und ohne Skrupel.«

»Golfspieler?«

»Mit Sicherheit. Was ist mit ihm?« Hamishs Stimme klang unheilahnend.

»Er ist vermutlich der Käufer von Fletchers Farm.«

»Ich will nicht wissen, woher du diese Information hast, oder?«

Ob ein Treffen mit ihrem Ex ihm besser gefiel als die Erkenntnis, dass sie zur Informationsbeschaffung einen Einbruch begangen hatte? »Nein, willst du nicht«, erwiderte sie.

»Felton gibt sich gern als großzügiger Gönner, spendet für prestigeträchtige wohltätige Organisationen. Man sagt ihm aber auch nach, dass er Kontakte zu kriminellen Kreisen pflegt. Es konnte ihm allerdings bisher nie konkret etwas nachgewiesen werden.«

»Womit verdient er sein Geld?«

»Aktienspekulationen, Im- und Export von Luxusgütern. Würde mich nicht wundern, wenn er im Drogen- oder Waffenhandel mitmischt – aber dieser Gedanke entspringt meiner persönlichen Abneigung gegen den Kerl.«

»Welches Interesse könnte so jemand haben, hier die Grundstücke aufzukaufen? Ich meine: So wie du ihn beschreibst, braucht er doch keinen Golfplatz als Abschreibungsobjekt.«

»Wie wäre es mit Geldwäsche?«

Sie bemerkte ein Zögern. »Was ist?«

»Es gibt Menschen, die akzeptieren ein Nein nicht. Denen ist jedes Mittel recht, um zu bekommen, was sie wollen. Bitte, Ali, überlass diesen Fall den Profis.«

Alison schnappte empört nach Luft. »Was denkst du denn, was ich bin?«

»Hier geht es nicht um einen kleinen Ladendieb.«

»Das weiß ich auch!«

»Ich mache mir doch nur Sorgen um dich.«

Ich kann auf mich aufpassen, lag ihr auf der Zunge. Aber stimmte das tatsächlich? »Ich muss mich jetzt um Jeana kümmern«, flüchtete sie aus dem Gespräch.

**

Der Tee in seiner Tasse war kalt geworden. Marley starrte stumpf vor sich hin. Campbells Leute hatten das Haus und die Werkstatt auf den Kopf gestellt auf der Suche nach irgendetwas, das ihn mit den Vorfällen der letzten Wochen in Verbindung bringen konnte. Sie hatten nichts gefunden.

Wieder und wieder sah er Kimberly auf sich zustürmen. Wut und Entsetzen im Blick. Drei gestandene Männer waren kaum in der Lage gewesen, sie zu bändigen. Erst als er sein Shirt hochgeschoben hatte, hatte sie sich beruhigt.

Ihren Blick hatte er nicht deuten können. Erleichterung? Reue?

Grace hatte ihm später, als endlich alle fort waren, verraten, dass der Mann, der Jeana überfallen hatte, Blessuren von Kimberlys Schlägen haben musste. Marley hatte keine, lediglich eine kleine Beule an der Stirn. Noch immer fehlte ihm die Erinnerung, wann und wo er sich gestoßen hatte. Und ebenso wenig konnte er sich erklären, woher die Spuren von Liquid Ecstasy in seinem Blut kamen.

Campbell hatte die Gläser und Flaschen, die noch vom Abend zuvor auf dem Wohnzimmertisch gestanden hatten, zur Laboruntersuchung mitgenommen. Da es kein belastendes Material gegen Marley gab, durfte er in Francis Cottage bleiben. Der Chief Inspector hatte ihm jedoch empfohlen, sich vom JJ's fernzuhalten.

Grace war bei ihm geblieben, nachdem der Polizeitrupp abgezogen war. Stillschweigend hatten sie gemeinsam aufgeräumt. Er war froh, dass sie angeboten hatte, bei ihm zu übernachten. Allein wäre er wahnsinnig geworden.

Er hatte sich das Hirn zermartert, um sich an die vorangegangene Nacht zu erinnern. Aber da war nichts. Das Letzte, woran er sich wirklich erinnerte, waren die Aufnahmen, die er von Kimberly angesehen hatte. Das Entsetzen, das ihn gepackt hatte, als er sie kämpfen sah.

Kimberly Hart war ein Pitbull. Sie stürzte sich in den Kampf und schlug erbarmungslos zu. Die Heftigkeit hatte ihn schockiert. Ihre Hiebe waren ein Inferno für ihre Gegnerinnen. Sie kämpfte mit einer Aggressivität und Entschlossenheit, die er von dieser ruhigen Frau mit dem trockenen Humor niemals erwartet hätte. Sie boxte ihre Gegnerinnen in Grund und Boden. Die meisten ihrer Kämpfe hatte sie vorzeitig durch klassisches K. o. oder technischen Knock-out für sich entschieden.

Und trotz seines Entsetzens empfand er Respekt vor ihrem Siegeswillen, ihrem Mut, vielleicht sogar Bewunderung. Und den Wunsch, sie zu besänftigen. Sich dazwischen zu stellen. Sie in die Arme zu nehmen und ihr zu sagen, dass sie nicht mehr wütend sein musste.

Seine Gefühle verwirrten ihn. Konnte man sich in so eine Frau verlieben?

Er hatte Grace diese Frage gestellt. Sie hatte mitfühlend gelächelt: »Ich denke, das hast du schon.«

Grace hatte Frühstück gemacht. Mit Mühe hatte er einen Toast hinuntergezwungen. Nun war sie zum Dienst. Die Decke fiel ihm auf den Kopf. Er musste raus, an die frische Luft, sich irgendwie ablenken, aber er saß wie gelähmt in seiner Küche, unfähig, den Tisch abzuräumen. Er nahm sein Handy, wählte Ryans Nummer. Es dauerte eine Weile, bis die heisere Stimme seines Freundes erklang.

»Hab ich dich geweckt?«, fragte Marley verwundert.

»Mir geht's beschissen, Mann.« Ryan räusperte sich. »Haben die Bullen dich wieder laufen lassen?«

»Aye.«

»Gut. Ich hab denen gesagt, dass ich Mittwochnacht bis ein Uhr bei dir war. Bist du okay?«

»Geht so.« Marley schnaufte unentschlossen. Ryan schien es ähnlich schlecht zu gehen wie ihm. Hatte ihm auch jemand Drogen untergejubelt? Aber wer? Wann? Wie? »Kann ich vorbeikommen? Wir müssen reden.«

Thurso

Kim brauchte einen Moment, um sich zu orientieren, als sie erwachte. Das Zimmer war ihr fremd. Schwere Vorhänge verdunkelten die Fenster. Auf einem kleinen grün gemusterten Sessel lag ihre Kleidung. Ihr Rucksack stand geöffnet daneben. Sie war in einem Hotel in Thurso.

Sie drehte sich auf den Rücken und starrte an die Decke. Campbell hätte sie am Abend zuvor gern in eine Zelle gesperrt, das hatte sie seinem Blick entnommen. Stattdessen hatte er jedoch Lothar angerufen. Der war ungefähr genauso sauer wie der Chief Inspector, als er erfuhr, was geschehen war.

Angesichts der am Straßenrand lauernden Presse bestand ihr Vater darauf, dass sie an der für den nächsten Tag geplanten Pressekonferenz teilnahm. Campbell würde ebenfalls dabei sein, um zu verhindern, dass zu viel über die Ermittlungen an die Öffentlichkeit gelangte.

Durch ihre kopflose Aktion hatte sie die Gerüchteküche ordentlich befeuert. Alisons Frage nach Marley und dazu die Beule an dessen Stirn hatten sie irritiert. Aber er hatte keine weiteren Blessuren am Körper. Er konnte es nicht gewesen sein.

Lothar war mit ihr zu Douglas gefahren. Sie hatte ihren Rucksack gepackt, und er hatte sie mit in sein Hotel genommen.

Es klopfte. Sie stand auf, vergewisserte sich, wer vor der Tür stand, und ließ ihren Vater herein. Er hielt ihr den Bildschirm seines Tablet-PCs hin.

»Gut gemacht, Kim. Tolles Foto.« Seine Stimme triefte vor Zynismus. »Mein Gott! Wie kannst du nur so die Beherrschung verlieren?«

Sie antwortete nicht, ging stattdessen ins Bad und putzte sich die Zähne.

»Ich habe uns Frühstück raufbestellt«, erklärte er etwas ruhiger, als sie wieder ins Zimmer kam.

»Ich habe keinen Hunger.« Sie setzte sich auf den kleinen

Sessel, der in einer Ecke zwischen Fenster und Bett stand. Es war der Trotz, der aus ihr sprach.

Lothar öffnete eine Flasche Wasser, füllte zwei Gläser und reichte ihr eines. »Wir müssen die Pressekonferenz vorbereiten. Denkst du, du kannst die Bandage abnehmen? Es ist nicht gut für den nächsten Kampf, wenn sie denken, du wärst verletzt.«

»Lothar, du hörst mir nicht zu«, erwiderte sie resigniert. »Ich werde nicht kämpfen.«

»Kim, red doch keinen Unsinn!« Er bemühte sich, seine Stimme nicht zu erheben. Hotelwände waren dünn. »Du gehörst in den Ring! Du bist eine geborene Kämpferin, eine Weltklasseboxerin. Du hast deinen Höhepunkt noch längst nicht erreicht.«

»Was muss ich tun? Mir die Hand abhacken?«

»Kim!«

»Ich will nicht ... Ich kann nicht mehr kämpfen!«

»Das stimmt nicht. Du hast es dir selbst bewiesen.« Er deutete auf ihre Hand. »Du hast einen Mann in die Flucht geschlagen.«

»Das war doch etwas ganz anderes.«

»War es nicht. Es war ein Kampf, und du hast gekämpft.«

Sie senkte ratlos den Blick auf ihre linke Hand. Hatte er recht? Hatte sie mit der Begegnung ihr Trauma überwunden? Nein, sie hatte agiert, hatte Jeana geholfen. Ein Kampf im Ring war eine ganz andere Sache. Sie hob den Kopf, sah zu ihrem Vater auf. »Ich habe Angst, dass es wieder passiert.«

Er schüttelte ungeduldig den Kopf. »Wie oft muss ich es dir noch sagen? Du denkst nicht rational. Es war nicht deine Schuld, dass die Frau gestorben ist. Es war ein unglücklicher Zufall. Mehr nicht.«

»Wenn ich den Kampf abgebrochen hätte –«

»Nein, Kim! Hör auf! Sie war die Herausforderin. Wenn sie spürt, dass etwas nicht stimmt, dass sie nicht mehr kann, dann muss sie den Kampf abbrechen. Ihr Coach hätte den Kampf abbrechen müssen. Der Ringrichter. Der Arzt. Aber nicht du! Es war nicht deine Entscheidung und nicht deine Verantwortung. Sie hat dem Arzt gesagt, sie wäre okay. Gib denen die Schuld, aber nicht dir.«

»Aber –«

»Kein Aber!« Er setzte sich auf die Bettkante ihr gegenüber, legte seine Hände auf ihre Knie, bemühte sich um eine ruhige, versöhnliche Stimme. »Kim, dein ganzes Leben haben wir dafür trainiert. Du bist ein Ausnahmetalent. Schmeiß das doch nicht alles hin nur wegen dieser einen Geschichte.«

Sie hatten Pläne gehabt. Mit dem ersten Sieg war sie die Erfolgsleiter von Kampf zu Kampf weiter hinaufgestiegen. Doch der Tod ihrer Gegnerin hatte sie schockiert, hatte ihr ihre eigene Vergänglichkeit vorgeführt. Sie hatte mit sich gehadert, sich hinterfragt, zu verdrängen versucht. Aber es ging einfach nicht. Nie wieder würde sie mit der wilden Entschlossenheit und dem unbedingten Siegeswillen in einen Ring steigen. Sie konnte es nicht mehr. Und sie wollte es nicht mehr.

»Papa …« Wann hatte sie ihren Vater zuletzt Papa genannt? Seit sie mit dem Training begonnen hatte, war er Lothar gewesen. Sie wollte nicht, dass die anderen Athleten dachten, sie würde bevorzugt behandelt, weil sie die Tochter des Chefs war. Sie war Kim – eine Boxerin wie all die anderen, die bei Lothar trainierten. Und er war ihr Mentor, ihr Manager, ihr Coach. »Papa«, wiederholte sie, »ich bin eine Kämpferin, ja, aber ich bin keine Maschine. Ich bin ein Mensch. Ich bin deine Tochter.«

Sie sah ein Flackern in seinen Augen, eine Unsicherheit.

»Das weiß ich doch.«

»Weißt du das wirklich noch?«

Sie liebte ihren Vater, und es zerriss ihr das Herz, ihn enttäuschen zu müssen. Wie konnte sie ihm nur begreiflich machen, dass sie ihre Entscheidung getroffen hatte?

»Erinnerst du dich, wie ihr versucht habt, mich im Training zu bremsen, wenn ihr gesagt habt, es sei genug, und ich habe gesagt: Es ist nicht genug. Die Grenze ist noch nicht erreicht.«

»Oh ja.« Er lächelte bei der Erinnerung, Wehmut lag in diesem Lächeln. »Stundenlang hast du am Boxsack trainiert, hast Techniken geübt, bis jeder Stoß genau da landete, wo du es wolltest, bist Extrarunden gelaufen, um dir zu beweisen, dass noch mehr in dir steckt. Und du hattest recht, Kim. Du hast Biss, ein Kämpferherz. Du wusstest immer genau, wie weit du gehen kannst. Weiter, als wir es je gefordert hätten.«

»Ja.« Sie nahm seinen Tablet-PC, suchte den Artikel zu dem Überfall im Pub mit ihrem offiziellen Pressefoto und hielt es ihrem Vater hin. »Schau dir das Bild an und dann schau mich an. Ich bin das nicht mehr. Und ich will es auch nicht mehr sein.« Sie sah ihm fest in die Augen. »Ich habe meine Grenze erreicht. Es ist genug.«

Sein Lächeln verschwand. Er erkannte die Unumstößlichkeit ihrer Worte, senkte den Blick auf das Foto, starrte es eine Weile wortlos an. Es tat weh, aber sie war froh, endlich eine endgültige Entscheidung getroffen zu haben.

»Kim, bitte denk doch –«

Sie schüttelte entschlossen den Kopf.

Er rieb sich erschöpft durch das Gesicht, stand auf, ging in dem kleinen Hotelzimmer zwischen Bett und Kleiderschrank auf und ab. »Okay«, sagte er schließlich. Und noch einmal, leise, resigniert: »Okay.«

Er räusperte sich, strich sich über das kurz geschorene Haar. »Weißt du, was Jette gesagt hat, bevor ich hergeflogen bin? Zwing sie, in den Ring zu steigen, und du verlierst nicht nur ein Talent, sondern auch deine Tochter. Ihre Worte. Sie hat dich noch nie kämpfen sehen, aber sie kennt dich besser als ich.«

Zu keinem einzigen Kampf war sie gekommen. Sie lebten in unterschiedlichen Welten. Henriette in ihrer glitzernden Modelwelt, für Kim gab es nur das Training und den nächsten Kampf. Lediglich die Schminktipps hatte sie von ihr bekommen, um ihrer Mimik auf Fotos einen möglichst aggressiven Ausdruck zu verleihen und Gegnerinnen schon im Vorfeld einzuschüchtern. Der erste Hieb im Ring hatte den Rest getan.

Lothar setzte sich ihr wieder gegenüber, nahm ihre Hände

in seine. Sie las die Enttäuschung in seinem Gesicht, aber auch seine väterliche Liebe.

»Ich will meine Tochter nicht verlieren. Ich akzeptiere deine Entscheidung, Kim. Aber lass es uns anständig machen. Du kommst mit mir zurück nach Hamburg. Du wirst erhobenen Hauptes bei einer Pressekonferenz deinen Rücktritt erklären. Ich will, dass du als stolze, gefeierte Siegerin abtrittst und nicht wie ein geprügeltes Kind.«

***

Kenneth Campbell war auf hundertachtzig, das hatte Alison bereits gemerkt, als er sie mit einem kurzen Anruf aufforderte, umgehend nach Thurso zu kommen. Sie saß in seinem Büro und sah in sein gerötetes Gesicht.

»Ich hatte einen Anruf aus Inverness. DCI MacLeod hat mich darüber informiert, dass einer gewissen mir bekannten Privatschnüfflerin angeblich *anonym* Dokumente zugeschickt wurden, die einen Makler betreffen, mit dem Douglas MacKeith aus Thybster vor gut einer Woche aneinandergeraten ist.«

»Und?«

»Jetzt tu nicht so unschuldig! Ich will wissen, was du weißt! Und zwar alles!« Er lehnte sich mit verschränkten Armen abwartend zurück. »Ansonsten habe ich eine hübsche kleine Zelle für dich reserviert.«

»Das ist ...« Campbells entschlossene Miene ließ Alison verstummen. »Ich weiß nicht viel. Douglas, Matthew Fletcher und Mike Brown, also alle Farmer zwischen Thybster und Castletown, haben vor gut zwei Monaten von Bright Estate Agents ein Kaufangebot bekommen. Die Preise liegen weit unter dem tatsächlichen Marktwert. Matthew hat das Angebot angenommen. Mike – keine Ahnung, von Douglas weißt du ja selbst.«

Campbell nickte.

»Douglas hat Drohbriefe beko–«

»Bitte?«

»Er bekommt seit einigen Wochen Drohbriefe, die sich offensichtlich auf das Kaufangebot von Bright beziehen.«

Campbell hob fassungslos die Hände. »Wieso weiß ich nichts davon?«

»Wir wissen es selbst erst seit Kurzem.«

»Wer ist *wir*?«

Alison sog die Luft zwischen den Zähnen ein. Das reichte, um Campbell von seinem Stuhl hochschnellen und zur Tür stürmen zu lassen. »Grace!«

Der Chief Inspector trat ans Fenster und blieb wartend dort stehen, bis Grace MacKeith im Türrahmen erschien. »Tür zu. Hinsetzen!«, raunzte er sie an. Er bebte vor Wut. »Gerade erfahre ich zufällig, dass dein Vater Drohbriefe bekommen hat. Stimmt das?«

Alison zuckte bedauernd mit den Schultern, als Grace zu ihr sah.

»Ja, Sir.«

»Spar dir dein ›Sir‹. Seit wann weißt du von den Drohbriefen?«

»Seit Dienstag.«

»Und du hast es nicht für nötig befunden, mit mir darüber zu reden? Ihr beide, verflucht noch eins!« Campbells Hand wedelte aufgebracht zwischen den Frauen hin und her.

»Dad hat die Drohbriefe verbrannt«, erklärte Grace. »Und nachdem du Marley in Gewahrsam genommen hattest, befürchtete er, dass du ihm nicht glauben würdest.«

Campbell schüttelte ärgerlich den Kopf. »Wie soll ich zielgerichtet ermitteln, wenn meine wichtigsten Zeugen, dazu noch ein Mitglied unserer Polizei, nicht den Mut haben, mit mir zu reden? Verdammt noch mal, Grace! Ich kenne euch beide, seit ich euch als besoffene Teenager in die Zelle gesteckt habe!«

Genau in diese Zeit fühlte Alison sich gerade zurückversetzt. »Kenny, es ist nicht immer alles so einfach, wie es scheint.«

»Weiß Gott nicht«, stimmte er ihr zu. »Raus mit der Sprache. Was habt ihr mir noch alles vorenthalten?«

»Vermutlich steckt ein Richard Felton hinter den Kaufangeboten«, erklärte Alison.
Die Neuigkeit schien Campbell nicht zu überraschen. »Von wem hast du die Information?«
»Ich habe meine Quellen.«
Campbell verdrehte die Augen, beließ es aber dabei. »Sonst noch was?«
»In meine Wohnung wurde eingebrochen, aber das weißt du vermutlich bereits?«
»Ja.«
»Das ist alles, was ich habe.« Alison wünschte, sie hätte mehr. Sie musste wissen, wer ihre Schwester überfallen hatte. »Ist Damian Felton mit Richard Felton verwandt?«, wagte sie zu fragen.
»Selbst wenn: Wir haben Damian wegen seinem Pick-up überprüft. Er hat Alibis für die Tatzeiten.«
»Wo war er? Bei seiner ihn liebenden Ehefrau? Haben die beiden friedlich nebeneinander geschlummert?«
»Ich werde den Teufel tun, dich über unsere Ermittlungen zu informieren.« Er sah auf seine Uhr. »Ihr habt Glück, dass ich jetzt zu dieser verfluchten Pressekonferenz muss. Alison, wenn du noch irgendetwas weißt und es mir verheimlichst – ich schwöre dir, ich krieg dich dran wegen Behinderung einer polizeilichen Ermittlung! Und Grace ...« Campbell zögerte. Es fiel ihm offenbar schwer, seine Botschaft rüberzubringen. »Du feierst ab sofort deine Überstunden ab. Ich will dich hier in den nächsten Tagen nicht sehen. Harts Auftritt hin oder her, dein Bruder ist noch nicht aus dem Schneider.«
Das kam einer Suspendierung nahe. Grace riss entsetzt die Augen auf. »Das kannst du nicht machen! Kenny, ich habe mir nichts zuschulden kommen lassen und Marley auch nicht. Er hat keine Verletzungen, du hast es doch gesehen! Du hast die ärztlichen Untersuchungsergebnisse!«
»Wir gehen von zwei Tätern aus«, fuhr Campbell sie an. »Vielleicht hat er ja nur Schmiere gestanden.«

Grace schüttelte energisch den Kopf. »Aber Ryan war bei ihm. Du hast seine Aussage.«

»Du gehst jetzt nach Hause und hältst dich aus allem raus. Verstanden?« Campbell wandte sich an Alison. »Dasselbe gilt für dich.«

Alison sah bestürzt zu ihrer Freundin. Grace war leichenblass geworden.

»Kenny –«, setzte Alison an.

»Raus.«

Thybster

Ryan wollte nicht, dass Marley zu ihm kam. Ihm ging es schlecht. Er wollte nur seine Ruhe. Schlafen, wieder auf die Füße kommen. Marley riet ihm, zum Arzt zu gehen. Einen Drogentest zu machen.

»Drogen, Alter?«, hatte Ryan ungläubig gefragt.

»Ich kann's mir auch nicht erklären. Du kennst mich. Ich nehm so einen Scheiß nicht.«

Marley fand keine Ruhe. Sein Leben entglitt ihm. Unruhig tigerte er durch seine Werkstatt, aber er konnte sich nicht aufraffen, mit der Arbeit zu beginnen. Tatenlos strich er mit der Hand über das Holz. Er würde seinen Auftrag nicht rechtzeitig erfüllen können. Er sollte seinen Auftraggeber informieren. Verdammt, er brauchte das Geld. Er musste die Raten für seine Kredite zahlen.

Er lief zurück ins Haus. Ging ins Wohnzimmer, blieb im Raum stehen, starrte auf das Sofa. Was zur Hölle war in dieser verhängnisvollen Nacht passiert? Diese Lücke in seiner Erinnerung machte ihn wahnsinnig.

Hatte er etwas mit dem Überfall auf Jeana zu tun? Konnte er sich nicht erinnern, weil sein Herz es nicht ertrug, was er getan hatte? Er raufte sich die Haare. Denk nach, Marley. Du musst dich erinnern!

Wie waren die Drogen in seinen Körper gekommen? War er auf einem Trip gewesen? So etwas las man doch immer wieder in den Medien. Der totale Kontrollverlust, der Menschen dazu trieb, völlig irre Dinge zu tun.

Schon sah er wieder Kimberly vor sich, die wie eine Wahnsinnige auf ihre Gegnerin eindrosch. Ihr wilder Blick, als sie am Abend auf Francis Cottage aufgetaucht war: »Zieh das Shirt aus!«

Unwillkürlich schob er erneut das Shirt hoch, betrachtete seinen Oberkörper, tastete über die Flanken. Da waren keine Blutergüsse, keine blauen Flecken, keine Prellungen. Nichts.

Er hielt es nicht länger mit sich allein aus, stampfte aus dem Haus, die Straße entlang, ins Dorf hinein. Er hatte das Gefühl, dass die Leute hinter den Fenstern ihrer Wohnungen standen und ihn anstarrten.

Er musste zu Jeana. Ihr gegenübertreten und sehen, ob etwas in ihm passierte.

***

Alison nahm Grace mit nach Thybster. Mit gesenktem Kopf hatte ihre Freundin ihre Tasche genommen und unter den teils anteilnehmenden, teils neugierigen Blicken ihrer Kollegen die Dienststelle verlassen.

»Wir fahren zu Douglas«, erklärte Alison, während sie den Wagen über die Brücke lenkte, die über den River Thurso führte.

»Ali, ich verliere meinen Job.« Aus Grace' Stimme war jede Hoffnung verschwunden. »Wenn Marley mit den Überfällen zu tun hat, kann ich hier nicht mehr arbeiten.«

»Marley hat nichts mit der Sache zu tun. Denk so etwas nicht!«

»Du hast Kenny doch gehört.«

»Er tappt im Dunkeln.«

»Nein, er weiß mehr als wir.« Grace vergrub ihr Gesicht in den Händen.

»Habt ihr Arran Fletcher überprüft?«

Sie hatten Thybster fast erreicht, bis Grace sich so weit gefasst hatte, dass sie antworten konnte. »Wasserdichtes Alibi. Er war bereits Mittwochabend in Inverness. Das Hotelpersonal, die anderen Fortbildungsteilnehmer, mit denen er den Abend an der Bar verbracht hat, und eine Bekanntschaft, die über Nacht bei ihm war, haben seine Anwesenheit bestätigt.«

»Was ist mit Jacob?«

»War den ganzen Abend zu Hause. Keine Zeugen.«

»Könnte er –?«

»Nein, ich habe ihn gesehen. Er hat weder ein Veilchen, noch gibt es Hinweise auf Blessuren am Körper.«

Alison fluchte innerlich. Irgendwo in Thybster liefen die Fäden zusammen. Zwei Täter, und sie kannten noch nicht einmal einen. »Wir müssen Damian Felton noch mal überprüfen. Richard Felton, Damian Felton, das kann kein Zufall sein! Und er fährt einen dunklen Pick-up.«

Marley hatte Conor mit einem Mann gesehen, der einen dunklen Pick-up fuhr. Ob Conor in der Sache mit drinhing? Hatte Damian ihn niedergestochen, um einen Mitwisser aus dem Weg zu räumen? Conor war ein Trinker, er war nicht zuverlässig.

»Kenny hat gesagt, dass Damian Felton ein Alibi für die Tatzeiten hat«, erwiderte Grace.

»Was für ein Alibi? Wenn seine Frau aussagt, dass er zu Hause bei ihr war, muss das nicht stimmen.« Bei diesen Worten kam Alison ein Gedanke. »Ist es okay, wenn ich dich bei Douglas rauslasse? Ich muss noch was erledigen.«

Auf halber Strecke zum JJ's hatte Marley der Mut verlassen. Was war, wenn Jeana ihn nicht sehen wollte? Was, wenn er tatsächlich etwas mit dem Überfall auf sie zu tun hatte? Allein der Gedanke war so fürchterlich, dass er ihn nicht ertrug. Auch wenn Jeana und er nie ein Paar gewesen waren und nie werden würden, war sie doch seine Gefährtin seit ihrer Kindheit, seine

Vertraute. Eine Freundin, wie Ryan und Dave seine Freunde waren. Er würde für sie durchs Feuer gehen.

Kurz entschlossen bog er in die Hill View ein, ging hinauf zur Murkle View. Ryans Wagen parkte am Straßenrand vor den schmalen Reihenhäusern. Marley sah zu den Fenstern. Die Vorhänge waren zugezogen.

Er ging zur Tür und klopfte. Drinnen blieb es still. Vielleicht hatte Ryan seinen Rat beherzigt und war zum Arzt gegangen, hoffte er. Er klopfte dennoch ein zweites Mal. »Ryan? Ich bin's, Marley.«

Schleppende Schritte erklangen von der anderen Seite. Ryan zog die Tür auf.

»Komm rein.« Er hatte sich schon wieder abgewandt und schlurfte gebeugt durch den dunklen Flur in sein Wohnzimmer. Die Luft war stickig.

»Du musst mal lüften, Mann.« Marley trat ans Fenster.

»Lass die Vorhänge zu«, bremste Ryan ihn.

Marley hielt in der Bewegung inne und drehte sich zu seinem Kumpel um. Ryan saß im Dämmerlicht auf dem Sofa, den Oberkörper vorgebeugt, den Kopf in die Hände gestützt. Es schien ihm so übel zu gehen, wie es Marley am Tag zuvor ergangen war.

»Ich koche uns einen Tee.«

»Du hättest nicht herkommen sollen.«

»Ich dreh durch zu Hause, Ryan. Ich halt das alles nicht mehr aus.«

Ryan hob mühsam den Kopf in seine Richtung.

Marley erstarrte.

Alison parkte den Wagen vor Conor Greenless' kleinem Cottage. Sie hoffte, dass Liwa zu Hause war. Sie schritt zur Tür, klopfte, drehte den Knauf. Die Tür war verriegelt. Sie klopfte erneut. »Liwa?«

Es dauerte, bis ihr geöffnet wurde. Die Philippinin war blass, Schatten lagen unter ihren Augen, das sonst so glänzend schwarze Haar hing ihr matt über die Schultern. »Was willst du?«

»Reden.«

»Keine Zeit. Muss zu Douglas.«

»Was willst du dort?«, fragte Alison verwundert.

»Ich putze.«

»Das muss warten. Ich muss mit dir reden.«

Die Philippinin zögerte.

»Liwa, es ist wichtig.« Alison trat einen Schritt vor. »Trinken wir einen Tee?«

Resigniert wandte Liwa sich ab, ging ihr voran in die Küche und schaltete den Wasserkocher ein.

»Wie geht es Conor?«

»Er liegt da. Liegt nur da.« Trotz all der Gewalt, die sie im Laufe der Jahre durch ihren Mann erfahren hatte, schwang Sorge in der Stimme mit. Aber vielleicht hatte sie auch nur Angst, abgeschoben zu werden, falls Conor starb.

»Wie steht es um ihn?«

»Ich weiß nicht. Die Schwestern nichts sagen. Die Ärzte keine Zeit.«

»Ich kann mit dir hinfahren, wir können gemeinsam versuchen, mit den Ärzten zu reden.«

Liwa goss das kochende Wasser in zwei Teetassen und stellte sie auf den Tisch.

»Danke. Setz dich zu mir, Liwa.«

Die Frau setzte sich. Alison musterte ihr Gesicht. Sie waren im gleichen Alter. Sie hätten Freundinnen sein können. Ihre Stimme war voller Anteilnahme, als sie fragte: »Was hast du auf dem Herzen, Liwa? Irgendetwas belastet dich doch.«

Sie musste sich etwas gedulden, bis Liwa zu reden bereit war.

»Die Polizei … sie denken, ich war das.« Sie hob gequält den Blick. »Ich bin Schande für meine Familie.«

»Hast du der Polizei alles gesagt, was du weißt?«

Ihr Schweigen verriet ihr, dass sie es nicht getan hatte.

»Du musst mit der Polizei reden, Liwa. Viele Menschen sind

zu Schaden gekommen. Die haben meine Schwester überfallen! Du kennst doch Jeana.«

Ein feuchter Glanz lag in Liwas Augen. »Das mit Jeana ist schlimm.« Tränen liefen über ihre Wangen. »Sie immer ist so lustig.«

Alison hatte Mühe, bei dem Gedanken an ihre Schwester ihre eigenen Gefühle im Griff zu behalten. »Hast du Jeana etwas gesagt? Ist sie deswegen überfallen worden?«

Liwa schüttelte den Kopf. »Ich habe niemandem gesagt. Ich kann nicht …« Sie krampfte die Finger ineinander. »Wenn ich hätte, vielleicht das nicht wäre passiert.«

»Wenn du *was* hättest, Liwa?« Alison wagte kaum zu atmen. »Liwa, es ist wichtig.«

»Douglas wird mich hassen. Alle werden mich hassen.«

Alisons Ahnungen verdüsterten sich. »Warum, Liwa? Warum sollte dich jemand hassen?«

Wie weit konnte sie gehen? Sie wollte nicht durch eine falsche Frage riskieren, dass Liwa sich in ihr Schneckenhaus zurückzog. Sie senkte ihre Stimme, sprach sanft, mitfühlend. »Marley ist dein Freund, nicht wahr? Er ist auf deiner Seite. Hat …« Sie musste sich zwingen weiterzusprechen. »Hat er Conor niedergestochen?«

Liwa schüttelte den Kopf.

Ein ganzer Felsbrocken fiel ihr vom Herzen. Sie hätte Liwa vor Erleichterung am liebsten umarmt. Sie war bis unter die Haarspitzen angespannt, als sie vorsichtig fortfuhr: »Aber du weißt, wer es getan hat?«

Liwa verschränkte die Arme auf dem Tisch, vergrub das Gesicht darin. »Ich habe gebracht Unheil. Alles ist meine Schuld.«

Alison legte besänftigend eine Hand auf Liwas Schulter. »Wir fahren jetzt zusammen zur Polizei, Liwa. Du musst alles erzählen, was du weißt.«

Thurso

Kim drehte die Tasse zwischen den Händen. Sie hatte mit ihrem Vater ausgemacht, in der Pressekonferenz nichts über ihren Rücktritt zu sagen, dafür würde er kein Wort über die Möglichkeit eines nächsten Titelkampfes verlieren. Sie wollten die Medien nicht täuschen. Sie würden sich auf die Geschehnisse vor Ort konzentrieren. Kim war eine Urlauberin, die versehentlich Zeugin eines Verbrechens geworden war.

Die Bandage hatte sie Lothar zuliebe für die Pressekonferenz abgenommen. Sie war nervös. Sie hatte noch nie gern mit Journalisten gesprochen, und seit ihrem verheerenden Kampf im vergangenen September hasste sie es. Die Fragen waren brutal, die Aufmacher in den Zeitungen reißerisch gewesen. Man hatte sie als eiskalte Totschlägerin hingestellt, die den Titel behalten wollte, um jeden Preis. Schon vorher hatte sie das Image der Killerin gehabt: böse, brutal, kalt und unbarmherzig. Sie hatte es nicht an sich herangelassen, war in ihrem sicheren Kokon gewesen, umgeben von Menschen, die sie liebten und respektierten. Doch seit dem Tod von Anna Filenko im Ring war nichts mehr, wie es gewesen war.

Campbell war zu ihnen ins Hotelzimmer gekommen. Er wirkte ebenso angespannt. Sie fragte sich, ob er immer noch wütend war wegen ihres unbeherrschten Auftritts bei Marley.

Er briefte sie: Kein Wort über den Hergang des Verbrechens. Kein Wort über die mutmaßlichen Verletzungen des Täters. Kein Wort über ihre persönliche Beziehung zu Jeana, Alison oder Marley. Er hätte gern gesehen, dass sie die Pressekonferenz absagten, aber das würde nur noch mehr Spekulationen herausfordern.

»Haben wir uns verstanden?« Er sah ihr und ihrem Vater streng in die Augen.

»Ja«, erwiderte Lothar. »Bringen wir es hinter uns.«

Campbell schritt ihnen voran aus dem Zimmer. Ihr Vater nickte ihr zuversichtlich zu. Sie war froh, dass er an ihrer Seite war.

Sie hatten den Raum, den das Hotel für die Konferenz hergerichtet hatte, kaum betreten, als ein Blitzlichtgewitter über sie hereinbrach. Kim war überrascht, wie viele Journalisten sich in dem kleinen Raum drängten.

Campbell schritt ihnen voran an den Tisch, zog, ganz Gentleman, den mittleren Stuhl für Kim zurück und wartete, bis sie sich gesetzt hatte. Er nahm den Stuhl zu ihrer Rechten, während ihr Vater links von ihr Platz nahm.

Campbell begrüßte die Pressevertreter, bat um Verständnis dafür, dass zum gegenwärtigen Stand der Ermittlungen keine Auskunft über den Überfall im JJ's gegeben werde. Er dankte Kim, die durch ihren beherzten Einsatz den Täter in die Flucht geschlagen und das Schlimmste verhindert hatte. Dann gab er die Fragerunde frei.

»Ms Hart, wie haben Sie die Tat entdeckt?« – »Ich kam zufällig hinzu.«

»Was dachten Sie?« – »Ich dachte nichts. Ich habe reagiert.«

»Hatten Sie keine Angst?« – »Nein.«

»Wie schlugen Sie den Täter in die Flucht?« – Hier übernahm Campbell: »Kein Kommentar.«

»Schlug der Täter zurück? Wurden Sie verletzt?« – Campbell wieder: »Kein Kommentar.«

»Aber Sie trugen gestern eine Bandage.« – Ihr Vater kam ihr zuvor: »Lediglich eine Vorsichtsmaßnahme. Es ist alles okay.«

»Warum sind Sie gestern auf Marley MacKeith losgegangen?« – Campbell: »Kein Kommentar.«

»Woher kennen Sie MacKeith?« – Wieder Campbell: »Kein Kommentar.«

Mitten in all den Fragen ging die Tür auf. Inspector Lionel Jenkins platzte herein und eilte zu Campbell. Er wisperte ihm etwas ins Ohr. Der Chief Inspector setzte ein Pokerface auf, während er Jenkins lauschte, wandte sich schließlich mit undurchdringlicher Miene den Journalisten wieder zu.

»Es tut mir leid. Wir müssen an dieser Stelle die Pressekonferenz abbrechen.«

Ein Aufruhr entstand. Fragen prasselten wild durcheinander. Campbell eilte ohne ein weiteres Wort mit Jenkins davon, während Kims Vater sie durch die Seitentür hinausschob und mit ihr ins Hotelzimmer zurückkehrte.

Thybster

Marley brauchte einen Moment, bis ihn die Erkenntnis mit ganzer Wucht traf. Ryan. Sein bester Freund. Seit Kindertagen. Die Wut erfasste ihn in einer heißen Welle, schlug über ihm zusammen.

»Du verfluchtes Arschloch!« Er stürmte durch das Zimmer, packte seinen Kumpel am Kragen, zerrte ihn vom Sofa hoch.

»Hey!« Ryan biss gepeinigt die Zähne zusammen, versuchte, Marleys Hände zu lösen.

Sie waren beide gleich groß, gleich stark, hatten so manche Kämpfe gerungen. Aber niemals gegeneinander. Marley drückte ihm schier die Luft ab. Ryan wand sich aus seinem Griff, stieß ihn mit aller Kraft von sich. Marley strauchelte zurück, fiel rücklings über den Couchtisch. Der ungebremste Aufprall raubte ihm den Atem. Ein Glas kippte um, der Inhalt ergoss sich über Tisch und Boden.

Ryan stand wutschnaubend über ihm. »Ich hab das für dich getan, Mann!«

»Für mich?«, schrie Marley ungläubig. »Du wolltest Jeana vergewaltigen? Für mich?«

»Die Frau hat dich von vorn bis hinten verarscht! Dein gutes Herz ausgenutzt. Die alle! Die nutzen dich alle nur aus!«

»Niemand nutzt mich aus!«

»Ach ja?« Ryan starrte wissend auf ihn herab. »Marley, Schatz, kannst du bitte das Fahrrad für Sexy-Kimberly richten, damit sie einen Ausflug machen kann?«, ahmte er Jeana nach.

»Dann kommt diese Tussi, sagt Danke und Auf Nimmerwiedersehen. Ich hab dein Gesicht gesehen, Marley. Du bist viel zu gut für die!«

Es verschlug Marley die Sprache. Fassungslos lag er am Boden, blickte zu seinem Freund auf, von dem er gedacht hatte, dass er ihn kannte.

»Und dein Alter!«, fuhr Ryan aufgebracht fort. »Du darfst ihm bei der Schafschur helfen, die Zäune reparieren, seine verfluchte Scheune löschen. Aber hat er auch nur einmal Danke gesagt? Hat er dich auch nur ein einziges Mal bei irgendetwas unterstützt? Mal ein gutes Wort über dich verloren?«

Ryans Augen waren nur noch zornige schwarze Pupillen. »Dann noch Conor, dieser versoffene Arsch! Seit ich dich kenne, versucht er, dich kleinzumachen! Und dann zieht er dich auch noch vor allen in den Dreck!«

Marley konnte nicht glauben, was er hörte. Er kroch rücklings ein Stück zurück, behielt seinen Kumpel im Auge, der wutbebend vor ihm stand. Er zog sich auf einen Sessel hoch. Sein Rücken schmerzte. »Du kannst doch …«

»Du musst mal auf 'nen grünen Zweig kommen. Wir beide, Mann!«

»Aber die Überfälle – ich verstehe es nicht!« Marley brüllte es Ryan hilflos entgegen.

Polizeisirenen erklangen aus der Ferne. Ryan blinzelte verstört. »Du hast die Bullen gerufen?«

»Nein.«

»Lüg mich nicht an, Mann!«

»Du bist das verlogene Arschloch!« Marley wollte erneut aufspringen und auf seinen besten Freund einschlagen. Dann sah er Kimberly vor sich, die gegen sich und die ganze Welt zu kämpfen schien. Und die Ryan ein gigantisches Veilchen verpasst hatte. Es hatte genug Gewalt gegeben.

Die Sirenen verstummten. Autotüren schlugen zu. Im nächsten Augenblick wurde die Haustür gewaltsam aufgestoßen. Chief Inspector Kenneth Campbell erschien im Wohnzimmer. Sein Blick wanderte von einem zum anderen. »Also doch ihr beide.«

Ryan sah zu Marley, Enttäuschung und Schmerz spiegelten sich in seinen Augen wider. Dann schüttelte er den Kopf. »Nur ich.«

Jenkins verlas ihm die Anschuldigungen und seine Rechte.

Campbell zog Marley vom Sessel hoch und schob ihn zur Tür. »Geh nach Hause.«

In ihm war nur noch Leere.

Sonntag

Thybster

Das ganze Dorf stand unter Schock. Es wurde getuschelt, gewispert, aber niemand konnte glauben, dass einer der ihren zu all diesen Taten fähig gewesen war.

Alison saß bei Jeana und Joyce in der Küche. Sie waren erschöpft, müde und noch immer entsetzt. Erleichterung wollte sich nicht einstellen. Seit Kindertagen war Marley, waren sie alle mit Ryan befreundet gewesen.

Auf dem Weg nach Thurso hatte Liwa sich Alison anvertraut. Sie hatte seit Längerem eine Affäre mit Ryan Tylor. Er behandelte sie gut, liebevoll und mit Respekt, während Conor sie immer wieder schlug. Sie sei undankbar, warf er ihr vor, eine Schmarotzerin, eine Hure, die er für Geld gekauft hatte.

Das Schicksal wollte es, dass Conor Ryan beobachtete, als dieser das erste Schaf tötete. Als er Liwa davon erzählte, wollte sie es nicht glauben. Ihre Reaktion hatte Conor ihre Gefühle für Ryan verraten, und er schlug erneut zu. Das war an dem Abend, als Marley zu ihr gekommen war.

Conor bereute, wie so oft, seine Gewalttätigkeit. Er versprach Liwa, niemandem etwas von Ryans Tat zu sagen, wenn sie die Affäre beenden würde. Von Ryan erfuhr sie, dass Conor ihn mit seinem Wissen erpresste. Nach dem Überfall auf Douglas hatte Conor jedoch erklärt, dass er für kein Geld der Welt länger schweigen würde. Er hatte Liwa wieder geschlagen. Sie hatte Ryan angerufen. Er war nachts zu ihr gekommen und hatte Conor niedergestochen.

Doch der Überfall auf Jeana war für Liwa zu viel gewesen. Ryan war in der Nacht zu ihr gekommen und hatte von einer Schlägerei gesprochen, um seine Blessuren zu erklären. Am nächsten Tag hatte er sie gebeten, niemandem zu sagen, dass er bei ihr gewesen sei. Er müsse Marley ein Alibi für die Nacht geben.

»Aber warum hat er das alles getan?«, grübelte Joyce.

»Er wurde angeheuert. Jemand hat ihm Geld und einen guten Job auf dem Golfplatz versprochen, wenn er Douglas dazu bringt, zu verkaufen«, wusste Alison. »Erst hat Ryan Drohbriefe geschrieben. Als Douglas nicht darauf reagierte, musste er Taten folgen lassen. Da kam er auf die Idee, die Schafe zu töten. Dass Douglas mit dem toten Schaf bei Bright aufgetaucht ist, hat seinen Auftraggeber mächtig verärgert. Er forderte rigorosere Maßnahmen, um Douglas klarzumachen, mit wem er sich angelegt hatte. Darum der Scheunenbrand.«

»Ryan war an dem Abend im Pub«, überlegte Joyce.

»Er kam spät, ich hatte schon Feierabend in der Küche«, widersprach Jeana. »Und dann kam schon der Anruf von Riddel, dass Douglas' Scheune brennt.«

Joyce runzelte grübelnd die Stirn. »Aber es hieß doch, sie waren zu zweit bei dem Scheunenbrand. Wer ist der zweite Mann?«

Das wusste Alison nicht.

Ein Wagen fuhr in den Hof. Alison sah durch das Fenster Grace aussteigen. Sie ging zur Tür.

Grace blieb neben ihrem Wagen stehen, deutete mit dem Kopf zum Pub. Anscheinend hatte sie Neuigkeiten, die sie nicht vor Jeana preisgeben wollte.

Alison folgte ihr um den Pub herum. Sie setzten sich draußen an einem der Tische einander gegenüber.

Grace nahm Alisons Hand zwischen die ihren. »Danke.«

»Wie geht es Marley?«

»Beschissen. Ich bin die letzten Nächte bei ihm geblieben, aber heute will ich nach Hause, Randall kommt zurück.«

»Soll ich zu Marley fahren?« Alison sah zu den Fenstern des Pubs. »Ich hätte einen Auftrag für ihn. Der Schankraum muss umgebaut werden. Ich will, dass nichts mehr Jeana an diese fürchterliche Nacht erinnert.«

»Das könnte ihm vielleicht helfen. Aber er würde sicher kein Geld von euch nehmen.«

»Da werde ich schon mit ihm handelseinig.«

Grace lächelte dankbar, aber ihre Gesichtszüge wurden sogleich wieder ernst. »Kenny war gestern Abend noch bei Marley. Ryan hatte ihm K.-o.-Tropfen in seinen Whisky gekippt. Das waren die Drogen, die in der Blutprobe entdeckt wurden – Liquid Ecstasy. Die Dosis war hoch. Er hätte ihn umbringen können. Ich bin so froh, dass Kenny ihn morgens gefunden und eine Blutprobe beim Arzt eingefordert hat. Das Zeug ist ja nicht lange im Blut nachweisbar.«

»Hat Kenny da schon etwas geahnt?«

»Nein, er dachte allen Ernstes, Marley hätte Jeana überfallen und sich danach zugedröhnt.«

»Und Ryan hat das jetzt klargestellt?«

»Wenigstens das, ja. Marley sollte einschlafen, sodass er zum Pub fahren und Jeana überfallen konnte. Dann wollte er wieder zurück zu Marley, sodass Marley denken würde, sie hätten die ganze Nacht gezecht. Aber mit den Verletzungen, die Kimberly ihm zugefügt hatte, konnte er nicht zurück zu Francis Cottage.«

Alison strich sich grübelnd über das Kinn. »Er hat bei euch ausgesagt, er wäre bis ein Uhr bei Marley gewesen.«

»Aye. Damit gab er nicht nur Marley, sondern auch sich ein Alibi.«

»Aber er hatte doch die Verletzungen im Gesicht. Ein Veilchen ist ja wohl nicht zu übersehen.«

Grace zog eine Grimasse. »Jenkins hat ihn telefonisch befragt. Er hatte Ryan angerufen, um ihn vorzuladen. Ryan hat gesagt, er könne nicht kommen, er habe eine Magen-Darm-Grippe. Kenny hat ihn ganz schön zusammengestaucht, weil er ihn nicht persönlich befragt hat.«

»Kann ich mir vorstellen«, erwiderte Alison in Erinnerung an das letzte Gespräch mit dem Chief Inspector. »Ich verstehe trotzdem nicht, was der Überfall auf Jeana sollte. Sie hat doch nichts mit dem Verkauf von Douglas' Farm zu tun. Und Ryan war fast jeden Abend hier, hat hinter der Theke ausgeholfen … Eine Vergewaltigung! Herrgott!«

In Grace' Gesicht lag etwas, das Alison beunruhigte.

»Er hat ausgesagt, dass er sie nicht vergewaltigen wollte«, erklärte Grace. »Er wollte Fotos von ihr machen. Demütigende Fotos.«

»Fotos? Warum?«

»Sie sollten an dich gehen. Du solltest eingeschüchtert werden, damit du aufhörst herumzuschnüffeln.«

Alisons Herzschlag setzte aus.

»An dich kam er so schnell nicht ran. Du warst in Inverness.«

»Oh Gott, nein.« Der Boden unter Alison geriet ins Wanken, sie vergrub das Gesicht in den Händen. Wie sollte sie das ihrer Schwester erklären? Wie sollte Jeana ihr je vergeben?

»Ryan schweigt sich über den zweiten Mann aus«, fuhr Grace nach einer Weile fort. »Allerdings hatte er in den letzten Monaten mehrfach Kontakt zu Damian Felton. Und Damians Alibi für die Nacht, in der Dads Scheune abgefackelt wurde, ist geplatzt. Kenny befragt ihn gerade. Du warst vermutlich von Anfang an auf der richtigen Spur. Er ist ein Großneffe von Richard Felton. Wir hätten ihn gleich genauer überprüfen müssen.«

Es war zu spät, darüber nachzudenken, was man hätte tun müssen. Sie hatte ihre Schwester in Gefahr gebracht. Das würde Alison sich nie verzeihen.

***

Marley stand in seiner Werkstatt und versuchte, sich durch Arbeit abzulenken. Doch der Schock saß zu tief. Er konnte nicht begreifen, dass sein bester Freund für all die schlimmen Taten verantwortlich war. Am Morgen war Marley zu ihm nach Thurso gefahren. Kenny hatte ihm erlaubt, mit Ryan zu sprechen.

»Der Typ hat mir einen guten Job versprochen«, hatte Ryan versucht, es zu erklären. »Du hättest auch einen guten Job bekommen können. Oder Aufträge. Da hätte ich für gesorgt. Wir beide, Mann, wir sind wie Brüder.«

Nein, das waren sie ganz sicher nicht. Als Ryan kein Verständnis auf Marleys Gesicht erkennen konnte, war er wütend geworden. »Denkst du, ich hab Bock darauf, jeden Tag Scheißkisten im Hafen zu schleppen und nach Fisch zu stinken? Stundenlang nach der Arbeit unter der Dusche zu stehen, um den ganzen Dreck runterzuwaschen? Die Weiber rümpfen die Nase über uns. Wir sind Malocher. Abschaum. Verflucht, ich will auch eine Familie, Marley. Ich will ein Haus, ein gutes Einkommen, eine Frau und eine saubere Arbeit!«

Immer hatte Ryan so geredet, als wäre die Arbeit im Hafen für ihn okay. Gute Arbeit, gutes Geld. Wäre es anders gelaufen, wenn sie gemeinsam im Hafen gearbeitet hätten? Zusammen hatten sie immer viel Spaß gehabt. Was war nur in ihn gefahren?

Marley hörte das Knirschen von Autoreifen auf der geschotterten Einfahrt. Der Wagen hielt, der Motor erstarb. Er ging zum Scheunentor. Im Hof parkte eine silberne Limousine. Die Beifahrertür wurde geöffnet. Kimberly stieg aus.

»Hey.« Sie blieb neben dem Auto stehen. »Hast du Zeit?«

Er zuckte die Achseln.

Sie beugte sich ins Wageninnere, wechselte ein paar Worte. Sie schloss die Tür, und der Wagen fuhr davon. »Mein Vater«, erklärte sie. »Er holt mich später ab.«

Er nickte.

»Marley, es tut mir leid ... Mein Auftritt vor drei Tagen.«

Er nickte wieder. Seine Kehle war trocken, sein Kopf leer, sein Herz schlug etwas schneller. Er wollte, dass sie blieb, und gleichzeitig wünschte er sie zum Teufel.

»Ich dachte ... Ich hatte Angst, dass du es warst.«

Es kränkte ihn, dass sie ihm so eine fürchterliche Tat zutraute. Aber was wusste man schon über einen Menschen? Er kannte ja nicht einmal seinen besten Freund.

»Puh«, stieß sie unsicher aus. Sie strich sich die Haare aus der Stirn. »Gehen wir ein paar Schritte?«

Er sah an sich hinunter. »Ich mach mich kurz frisch.«

Sie wartete im Hof, bis er wieder aus dem Haus kam. Er steckte die Hände in die Hosentaschen, während sie zur Straße gingen. Der Himmel über ihnen war dunstig blau. Die Sicht war getrübt. In der Ferne braute sich ein Unwetter zusammen.

Er überließ ihr die Entscheidung, wo es langgehen sollte. Ihr Weg schien sie automatisch zu den Weiden zu führen. Vertraute Pfade.

Die Bewegung nahm ihm etwas von seiner Befangenheit.

»Wie geht es dir?«, wagte er zu fragen.

»Ich weiß nicht. Es ist viel passiert. Ich bin durcheinander.«

»Mhm.« Ihm ging es genauso.

»Ich war gerade bei Jeana. Sie hat gesagt, du baust den Schankraum um.«

»Aye.« Er war am Tag zuvor bei ihr gewesen, hatte sich für Ryan entschuldigt. Sie hatte ihn in den Arm genommen, als wäre er derjenige, der getröstet werden müsste.

»Bei dem Überfall auf Jeana ... Hattest du da wirklich keine Angst?« Er hatte ihre Antwort auf die Frage eines Journalisten in der Zeitung gelesen.

Er musste sich gedulden, bis sie ihm antwortete. »In der Situation: Nein, da habe ich reagiert, mehr nicht.« Es verging wieder ein Moment, bis sie fortfuhr: »Später vielleicht ein wenig, als ich mit Jeana auf die Polizei gewartet habe und nicht wusste, wie schnell sie kommen würden.«

Er wünschte sich, er hätte es irgendwie verhindern können.

Sie liefen über den Trampelpfad bis zu den Klippen. Er erinnerte sich daran, wie er sie bei Thybster Rock hatte trainieren sehen. Ein leichtfüßiger Tanz mit mörderischen Hieben.

Sie blieb stehen. Das Meer war kabbelig. Die bleigrauen Wellen trugen Schaumkronen. Die Luft war feucht. Er sah zu den Wolken. Das Unwetter würde bald die Küste erreichen.

»Ich habe noch keine Orcas gesehen. Nicht mal einen Delphin.«

Er hätte es ihr gegönnt. Der Anblick dieser schönen Tiere,

die anmutig durchs Wasser glitten, hatte etwas Magisches. »Vielleicht ein anderes Mal.«

»Ja.« Sie atmete tief durch.

»Ich hab mir deine Kämpfe angesehen.« Er musste es ihr sagen. »Du bist gnadenlos.«

»Ich steige nicht in den Ring, um Zweite zu werden.«

Zweite. Es gab keine Zweite in einem Boxring. Es gab nur Gewinner und Verlierer.

»Warum boxt du?«

»Mein Vater war Boxer«, begann sie. »Amateur, nicht gut genug, um damit richtig Geld zu verdienen. Er hat eine Kampfsportschule aufgemacht, stieg in die Nachwuchsförderung ein, wurde Boxpromoter. Mich hat er von klein auf mitgenommen. Er sagt, ich hätte schon im Kinderwagen mit meinen kleinen Fäusten in die Luft geboxt.« Es war eine ihrer Lieblingsgeschichten. »Ich bin eine Boxerin. Und ich bin gut. Ich bin die Beste.«

Eine Weile standen sie schweigend nebeneinander und beobachteten die näher kommenden dunklen Wolken, die einen grauen Schleier über das Wasser zogen.

»Hast du auch meinen letzten Kampf angesehen?«, fragte sie zögernd.

»Aye.«

»Der Kampf lief gut für mich. Ich hatte einige gute Treffer gelandet. Sie ging in der dritten Runde zu Boden, stand aber wieder auf. Die Pause hat sie gerettet.«

Er hatte die Szene deutlich vor Augen. Die taumelnde Gegnerin, der Blickkontakt zwischen den Frauen, bevor jede in ihre Ecke ging. Kimberly hatte heftig mit ihrem Team diskutiert. Die nächste Runde dauerte nur wenige Sekunden.

»Ich hätte den Kampf abbrechen müssen. Ich hätte mich weigern müssen weiterzukämpfen. Ich habe gespürt, dass sie die nächste Runde nicht überstehen würde. Ich habe es in ihren Augen gesehen. Ich hätte auf mein Gefühl hören sollen und nicht auf das, was alle anderen sagten.«

Sie rieb sich energisch durch das Gesicht. »Wenn du im Ring stehst, musst du kämpfen. Da gibt es keine Gnade. Für mich ging es darum, als Siegerin aus dem Ring zu steigen. Für alle anderen um eine Menge Geld.«

»Es geht meistens um Geld«, stimmte er ihr zu.

Sie blickten aufs Meer. Der Wind sprühte ihnen kalte, salzige Luft ins Gesicht.

»Es gab Untersuchungen. Meine Handschuhe wurden beschlagnahmt, weil man den Verdacht hatte, sie wären zu dünn gepolstert gewesen. Mein Blut wurde auf Doping und Drogen untersucht. Die Presse hat mich als Totschlägerin hingestellt. Die Obduktion von Anna hat mich entlastet. Ein Aneurysma ist in ihrem Hirn geplatzt. Der Arzt sagt, es hätte zu jeder anderen Zeit passieren können. Ihr Tod war nicht meine Schuld.« Sie ballte die Hände zu Fäusten. »Aber das macht es nicht leichter.«

Er spürte ihren inneren Aufruhr und hätte sie gern in den Arm genommen, aber ihre Körperhaltung verriet ihm, dass sie das nicht wollte. Sie wollte kein Mitleid.

»Wie ging es für dich weiter?«

»Ich habe trainiert. Wenn ich trainiere, geht's mir gut. Aber das erste Sparring war eine Katastrophe. Und es wurde nicht besser. Vielleicht wollte ich es auch nicht.« Sie atmete tief durch, als müsste sie Anlauf nehmen für den nächsten Satz. »Ich höre auf mit dem Boxen.«

Sie zog ihre Konsequenz. So wie Marley als Junge beschlossen hatte, nie wieder Fleisch zu essen. »Das finde ich gut«, erwiderte er aus tiefstem Herzen.

»Ich glaub, da bist du der Einzige.«

»Du solltest es auch gut finden, sonst ist es nicht die richtige Entscheidung.«

Ihr Blick verharrte grübelnd in der Ferne. »Es macht mir Angst. Für mich gab es in meinem ganzen Leben nie etwas anderes als den Kampfsport, erst Taekwondo, dann Boxen. Es gab das Training. Die Vorbereitung. Den nächsten Kampf.

Ich hatte immer ein Ziel vor Augen, auf das ich hingearbeitet habe.«

Sie stand vor dem Nichts. Eine unsichere Zukunft.

»Was sind denn jetzt deine nächsten Schritte?«

»Ich fliege mit Papa zurück und werde offiziell meinen Rücktritt erklären.«

Natürlich würde sie zurück nach Deutschland fliegen. Er hatte es gewusst, und dennoch machte ihn diese Aussicht traurig. »Und dann?«, fragte er.

»Ich weiß nicht genau.« Sie seufzte ratlos. »Ich krieg ja nicht einmal einen einzigen Tag vernünftig strukturiert.«

»Du brauchst einen Job.«

Sie nickte gedankenverloren. »Ich habe deinen Vater gefragt, ob er mich anlernt.«

»Bitte?« Er meinte, sich verhört zu haben.

»Er braucht Hilfe auf der Farm, und ich glaube, ich kann ganz gut mit Schafen.«

Er starrte sie ungläubig an. »Das ist ein Scherz, oder?«

Sie schüttelte den Kopf.

»Du weißt, dass die Tiere geschlachtet werden?«

»Daisy nicht. Das hat er mir versprochen.«

Er wusste nicht, was er sagen sollte. Sie würde wiederkommen. Dies war kein Abschied für immer. Der Wind frischte auf. Blitze zuckten über den Horizont.

»Wir sollten zurückgehen. Da zieht ein ziemlich heftiger Sturm auf.«

»Ich dachte, den hätten wir gerade hinter uns.«

Sie versuchte, es leichthin zu sagen, aber er hörte die Erschöpfung dahinter. Die letzten Wochen hatten sie alle fertiggemacht. Er wollte nicht, dass sie jetzt ging.

»Darf ich dich zum Essen einladen?«

Sie spitzte grübelnd die Lippen, dann wurde ein erwartungsvolles Grinsen daraus. »Dein Geheim-Pie?«

Er erinnerte sich daran, wie sie den Auflauf beim letzten Mal mit gutem Appetit verspeist hatte. »Lässt sich machen.«

Ihr Lächeln wurde breiter. Sein Herz schlug schneller. Er mochte sie so gern, doch das Wissen um ihre Wildheit schüchterte ihn ein.

»Was ist?«, fragte sie in seine Unsicherheit.

»Was soll sein?«

»Du starrst mich an.«

»Entschuldige, ich …« Er räusperte sich. Was hatte er zu verlieren? Er sammelte all seinen Mut. »Ich würde dich gern küssen.« Er grinste unbeholfen. »Aber du hast eine verdammt harte Linke.«

Ein Schatten huschte über ihr Gesicht, und er verfluchte sich innerlich für seinen unbedachten Scherz. Doch dann entspannten sich ihre Züge wieder. Sie legte die Arme um seinen Hals, hob ihr Gesicht zu seinem und lächelte sanft. »Jetzt kann nichts mehr passieren.«

Mittwoch

Inverness

Alison stellte ihre Handtasche auf das Schränkchen im Flur und machte einen Rundgang durch ihre Wohnung. Hamish hatte nach dem Besuch der Polizei aufgeräumt, aber es waren die Kleinigkeiten, die ihr zeigten, dass fremde Menschen ihre Wohnung durchsucht hatten.

Der Papierstapel auf ihrem Küchentisch fehlte. Auch die externe Festplatte hatte Scotland Yard an sich genommen. Ebenso ihr Einbruchswerkzeug. Was soll's? Sie hatte ohnehin nicht mehr vor, als private Ermittlerin zu arbeiten. Nie wieder wollte sie erleben, dass ein Mensch, den sie liebte, durch sie in Gefahr geriet.

Sie schaltete den Wasserkocher ein, um Tee zu kochen. »Was nun, Alison Dexter?«, fragte sie sich selbst laut. Leider war niemand da, der ihr eine Antwort gab.

Weder Jeana noch Joyce gaben ihr eine Schuld an dem, was geschehen war. Vielleicht würde das eines Tages noch kommen. Sie begann zu ahnen, durch welche Hölle Kimberly Hart in den letzten Monaten gegangen war.

Kimberly war am Montag mit ihrem Vater zurück nach Deutschland geflogen. In einer Woche sollte die Pressekonferenz stattfinden. In vierzehn Tagen wollte sie zurück nach Schottland kommen, um rechtzeitig zur Schafschur auf der Farm zu sein. Dieses verrückte Mädel hatte sich in den Kopf gesetzt, Schäferin zu werden. Vermutlich würde sie diesen Plan aufgeben, wenn sie das erste Mal die Lämmer für den Transport zum Schlachthof zusammentrieb. So hart sie boxte – sie hatte ein sanftes Herz.

Conor war aus dem Koma erwacht. Er hatte Liwas Aussage bestätigt und nicht nur Ryan, sondern auch Damian Felton belastet. Es war ein Treffen zwischen Conor und Damian, das Marley bei Thybster Rock beobachtet hatte. Damian hatte ihm das Schweigegeld übergeben. Nachdem Douglas jedoch niedergeschlagen und seine Scheune abgefackelt worden war, wollte Conor zur Polizei gehen. Das hatte Ryan zu verhindern versucht.

Es klopfte an ihrer Wohnungstür. Alison verharrte in der Küche. Mit Hamish war sie erst am Wochenende verabredet – kein heimliches Treffen in einem Hotel. Er wollte zu ihr kommen, eine Aussprache. Ihr graute davor. Sie ging in den Flur, spürte ein leichtes Unwohlsein.

»Wer ist da?«, fragte sie durch die geschlossene Tür.

»DCI MacLeod. Öffnen Sie bitte.«

Zögernd kam sie der Aufforderung nach. Einen Moment standen sich die Frauen sich gegenseitig musternd gegenüber. Una MacLeod war groß, schlank und attraktiv. Anfang vierzig, schätzte Alison. Sie trug einen grauen Anzug, die braunen Haare hatte sie zu einem strengen Zopf im Nacken zusammengebunden. Blaue Augen, hohe Wangenknochen in einem schmalen Gesicht. Über ihrer linken Schulter hing eine überdimensionierte Handtasche.

»Darf ich reinkommen?«

Alison trat zur Seite. »Ich bin gerade erst nach Hause gekommen.«

MacLeod trat ein. Wieder glitt ihr Blick taxierend über Alison.

»Was wollen Sie von mir?«

»Ich wollte die Frau kennenlernen, die es schafft, einen rechtschaffenen Mann wie Hamish Brannigan dazu zu bringen, einer DCI dreist ins Gesicht zu lügen.« Sie hob leicht die Augenbrauen. »Ich hatte Sie mir anders vorgestellt.«

»So? Wie denn?«

»Nicht so ... bunt.«

Alison sah an sich hinunter. Sie trug eine grüne Leinenhose und eine orangegelbe Tunika. Die Kleidung gehörte ihrer

Schwester. »Du siehst aus wie eine Blumenwiese«, hatte Jeana gesagt.

»Ich mag grelle Farben.«

Wieder streifte sie MacLeods kritischer Blick. »Für eine Privatdetektivin nicht unbedingt von Vorteil.«

Sie besaß auch unauffälligere Kleidung, aber sie hatte keine Lust, mit MacLeod über ihre Garderobe zu diskutieren. »Das hat sich ohnehin erledigt.«

»Wieso das?« Die Polizistin schien erstaunt.

»Na, ganz so talentiert scheine ich ja nicht zu sein.«

MacLeod deutete ein Lächeln an. »Ja, da ist noch Luft nach oben. Wie sieht's aus? Bekomme ich einen Tee?«

Alison ging ihr voraus in die Küche, nahm eine zweite Tasse aus dem Schrank und schaltete erneut den Wasserkocher ein.

»Wie geht es Ihrer Schwester?«

»Es ging ihr schon besser.« Alison goss den Tee auf und setzte sich zu MacLeod an den Tisch.

»Hat man ihr Adressen gegeben? Es gibt Spezialisten.«

Alison nickte. Grace hatte sich darum gekümmert, eine geeignete Therapeutin zu finden.

MacLeod nahm ihre Tasche, holte einen Beutel heraus und legte ihn auf den Tisch.

»Was ist das?«

»Etwas, das Sie nicht so achtlos in Ihrer Wohnung herumliegen lassen sollten.«

Alison warf einen Blick in den Beutel. »Das brauche ich nicht mehr.«

MacLeod sah ihr offen ins Gesicht. »Ich bin seit drei Jahren an Richard Felton dran. Drei Jahre. Und der Mistkerl macht keinen einzigen verfluchten Fehler. Und dann setzt dieser Idiot sich in den Kopf, einen Golfplatz in Caithness bauen zu wollen, was eine unkonventionelle, wenn auch leider noch nicht perfekt geschulte Privatdetektivin auf den Plan ruft.«

»So? Wen denn?«, brachte Alison einen Anflug von Ironie auf.

»Die Unterlagen, die mir letzte Woche *anonym* zugespielt wurden, sind Gold wert.« Una MacLeod bedachte sie mit einem konspirativen Lächeln. »Kontaktdaten, E-Mail-Verkehr, Passwortdateien, Verträge. Dazu kommt ein Beschuldigter, der bereit ist, gegen seinen Auftraggeber auszusagen.«

Damit meinte sie Ryan, vermutete Alison. »Dann haben Sie ja alles, was Sie brauchen.«

»Ja.«

»Gut.«

MacLeod lehnte sich entspannt zurück. »Alison …«, sie nippte an ihrem Tee, »… ist es okay, wenn ich Alison sage?«

Sie zuckte irritiert über die plötzliche Vertraulichkeit die Achseln.

»Sie haben Potenzial«, erklärte MacLeod.

Das hatte Alison selbst auch gedacht, nachdem sie Sam während ihrer Ehe hinterherspioniert und herausgefunden hatte, mit welchen Methoden er seinen Reichtum vermehrte. Daher hatte sie nach ihrer Scheidung beschlossen, einen Beruf aus dieser Schnüffelei zu machen.

»Wollen Sie mich anheuern?« Ihr Sarkasmus war nicht zu überhören.

»Hätten Sie Interesse?«

Die Frage schien durchaus ernst gemeint. Einen Moment spielte Alison die Option gedanklich durch, dann schüttelte sie den Kopf. »Zu viele Vorschriften.«

MacLeod grinste flüchtig. »Dachte ich mir schon.«

Sie tranken ihren Tee, beäugten sich gegenseitig, als wären sie beide nicht sicher, wohin dieses Treffen führen sollte.

»Was habe ich falsch gemacht? Wie ist Richard Felton mir auf die Schliche gekommen?«, fragte Alison schließlich.

Die DCI stellte ihre Tasse zurück auf den Tisch. »Haben Sie Spuren hinterlassen, als Sie bei Bright eingestiegen sind?«

Alison dachte an ihre überstürzte Flucht, den nicht verriegelten Aktenschrank, den eingeschalteten Computer und nicht zuletzt das offene Toilettenfenster. »Ja, leider.«

MacLeod nickte nachdenklich. »Im Moment können wir nur vermuten: Bright hat den Einbruch bemerkt und informiert Felton. Durchsucht hat der Einbrecher die Akten zu den Immobilien in Caithness. Danach haben Sie gesucht, oder?«

Alison nickte.

»Kurz zuvor war Douglas MacKeith in seinem Büro. Die Sache mit dem Schaf war mal eine nette Abwechslung für die Kollegen.« MacLeod grinste flüchtig. »Felton informiert Damian, der spricht mit Ryan. In Thybster war bekannt, dass Sie in der Sache herumschnüffeln, also schickt Felton einen seiner Leute in Ihre Wohnung. Felton sucht immer den Schwachpunkt bei seinem Gegner. Es ist klüger, jemanden mundtot zu machen, als ihn umzubringen. Die Fotos in Ihrer Wohnung machen auf den ersten Blick deutlich, wer die wichtigste Person in Ihrem Leben ist. Der Zufall will es, dass Ryan Tylor diese Person sehr gut kennt. Und so schließt sich der Kreis.«

Dann ging der Überfall auf Jeana wahrhaftig einzig und allein auf ihr Konto.

MacLeod schien ihre Gedanken zu lesen. »Genauso gut könnten Sie Douglas MacKeith die Schuld geben, weil er sich gegen Felton aufgelehnt hat, statt mit den Drohbriefen zur Polizei zu gehen. Schlussendlich sind allein Richard Felton und seine Leute verantwortlich für das, was geschehen ist.«

Es war ein schwacher Trost in Anbetracht dessen, was ihrer Schwester angetan worden war.

MacLeod leerte ihre Tasse und stand auf. »Lassen Sie uns in Kontakt bleiben.« Sie legte eine Visitenkarte auf den Tisch und tippte auf den Beutel. »Dein Name und der Einbruch tauchen in keinem meiner Berichte auf. Du schuldest mir was, Alison.« Ihr Blick war eher konspirativ als fordernd. »Danke für den Tee. Ich finde allein hinaus.«

Alison sah der Frau verdutzt hinterher. Ihr Smartphone verkündete den Eingang einer Nachricht. Sie kam von Kimberly: »Schritt 1 in ein neues Leben erledigt: Flug nach Aberdeen gebucht. Sehen wir uns?«

Alison lächelte. Kimberly Hart meinte es ernst. »Wann landet dein Flieger? Ich hole dich ab.«

Sie nahm den Beutel mit ihrem Einbruchswerkzeug. Sollte sie alles direkt in den Müll werfen? Aber dann hätte Felton am Ende das erreicht, was er wollte. Sie ging mit dem Beutel in ihr Schlafzimmer und verstaute ihn im Bettkasten. Sie musste nicht heute über ihre Zukunft entscheiden.

Rezept – Marleys Special Pie

Zutaten für 4–5 Portionen:
600 g mehligkochende Kartoffeln
100 ml Milch
30 g Butter
1 Ei
Salz, Muskat
50 g geriebener Cheddar

2 Karotten
1 Paprika
1 Zucchini
1 Aubergine
200 g Champignons
Öl zum Anbraten
Gewürze (Salz, Pfeffer, Paprika)
1–2 Zwiebeln
140 g Erbsen (1 Dose)
240 g Kidneybohnen (1 Dose)
250 ml Gemüsebrühe
1 EL Mehl
3 EL Tomatenmark
4 EL Worcestershiresauce
2 EL Balsamicoessig
1 Dram Whisky (Marley verwendet Wolfburn oder Old Pulteney)
Kräuter (Thymian, Bohnenkraut)

Kartoffeln kochen, mit Milch, Butter und Ei zu Brei verarbeiten, mit Salz und Muskatnuss würzen.
Frisches Gemüse klein schneiden, alles in Öl anbraten. Kräftig mit Salz, Pfeffer und Paprika würzen. Zwiebel klein hacken,

mitdünsten. Erbsen und Bohnen zufügen, mit Gemüsebrühe aufgießen. Mehl sieben und einrühren. Tomatenmark, Worcestershiresauce, Balsamicoessig und Whisky hinzugeben. Alles gut 5–10 Minuten einköcheln lassen. Mit Kräutern würzen. Gemüsemischung in eine große Auflaufform geben. Kartoffelbrei darauf verteilen. Geriebenen Cheddar darüberstreuen. Bei 200 Grad 25–30 Minuten im Ofen backen.

Danke!

Zahlreiche Menschen haben mich bei der Arbeit an diesem Krimi unterstützt. Allen voran mein Mann, der nicht nur immer wieder mit mir nach Schottland reisen muss, sondern dort auch das Autofahren übernimmt, damit ich Ausschau nach Schauplätzen halten kann. Klaglos begleitet er mich bei meinen Recherchetouren durch das manchmal doch kalte, nasse und stürmische Wetter. Du bist der Beste!

Ich danke Kenny von der Highlands and Islands Police für Einblicke in die Arbeit und Strukturen ländlicher Polizeistationen in den nordöstlichen Highlands.

Tobias Berger gilt mein Dank für sehr interessante Einblicke in die Schafhaltung.

Wertvolle Rückmeldungen erhielt ich von meinen Testleserinnen Julia Mildner-Powell und Cornelia Lingemann. Ein dickes Dankeschön, ihr Lieben!

Ich danke ganz herzlich Christel Steinmetz für ihr Vertrauen in meine Arbeit seit so vielen Jahren und ganz besonders dafür, dass sie dieses Buch möglich gemacht hat!

Ebenfalls ein Dank an meine Lektorin Hilla Czinczoll und an das gesamte Team des Emons Verlages für die gute Zusammenarbeit.

Sie suchen Thybster auf der Landkarte? Diesen Ort habe ich frei erfunden – er könnte aber so an Schottlands Nordküste existieren. Alle anderen genannten Orte sind real, und Sie können sie bei Ihrer nächsten Schottlandreise besuchen.

Sybille Baecker
EISBLUME
Broschur, 256 Seiten
ISBN 978-3-89705-782-1

»Mit scharfem Blick und feinem Gespür beleuchtet die Autorin die Abgründe des zwischenmenschlichen Miteinanders, die Distanz zwischen den einzelnen Mitgliedern der Gesellschaft. ›Eisblume‹ ist ebenso sehr Gesellschaftsroman wie Krimi.« Gäubote

Sybille Baecker
NECKARTREIBEN
Broschur, 317 Seiten
ISBN 978-3-89705-947-4

»Mit einem überzeugend konstruierten Plot und authentischen Charakteren lässt Sybille Baecker in Branders viertem Mordfall ein berührendes und bisweilen bedrückendes Gesellschaftsporträt entstehen.« Schönes Schwaben

www.emons-verlag.de

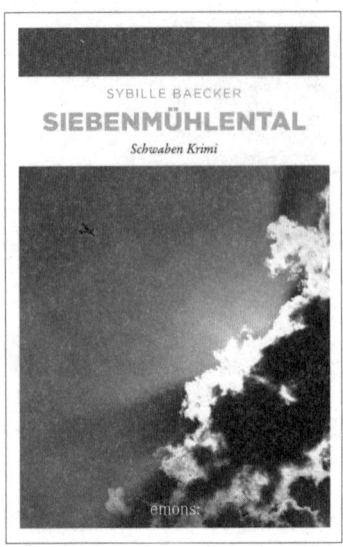

Sybille Baecker
SIEBENMÜHLENTAL
Broschur, 368 Seiten
ISBN 978-3-7408-0498-5

Constantin Dreyer hat alles: eine lukrative Firma, eine treu sorgende Ehefrau, eine hübsche Geliebte und eine Fluglizenz. Er wäre sorgenfrei – wäre er nicht tot, hinabgestürzt von einem Viadukt im Siebenmühlental. War es Suizid oder Mord? Diese Frage führt Kommissar Brander und das Team der Kripo Esslingen auf den Flugplatz, an dem Dreyer als Fluglehrer tätig war. Dort hat Brander eine Begegnung, die ihn in seine Vergangenheit katapultiert. Und plötzlich überschlagen sich die Ereignisse …

www.emons-verlag.de

Sybille Baecker
SCHWABENTOD
Broschur, 336 Seiten
ISBN 978-3-7408-0927-0

Ein Mann wird ermordet in seinem Haus aufgefunden – marionettengleich arrangiert und rosa lackiert. Die einzigen Tatzeugen: sechs lebensgroße Silikonpuppen, ausgestattet mit Sprachfunktion und internetfähigem Betriebssystem. Die Zukunftslösung gegen Einsamkeit? Oder ein perfides Mittel, um die Privatsphäre der Besitzer auszuspionieren? Während Kommissar Brander und seine Kollegen der Kripo Esslingen fieberhaft versuchen, die digitale Welt zu verstehen, werden weitere bizarr hergerichtete Leichen entdeckt.

www.emons-verlag.de

Sybille Baecker
KEHRWOCHE
Broschur, 336 Seiten
ISBN 978-3-7408-1261-4

Eigentlich wollte es Kommissar Brander zur Abwechslung einmal ruhig angehen lassen, doch daraus wird nichts: Die Mutter seiner Adoptivtochter Nathalie wird tot aufgefunden, und die Kollegen von der Tübinger Kripo haben die junge Frau als Täterin im Visier. Während Brander versucht, Nathalie zu helfen, erschüttert ein zweiter Mord die Universitätsstadt. Niemand scheint die Tote zu kennen. Doch die Ermittlungen ergeben: Alle Befragten lügen. Was soll hier unter den Teppich gekehrt werden?

www.emons-verlag.de